有爱的青春陪伴者

第一次见她以后,他所做的所有事,都是为了掩藏他的一见钟情。

没有橡树

没有羊毛 著

天津出版传媒集团
天津人民出版社

图书在版编目（CIP）数据

没有橡树 / 没有羊毛著. -- 天津：天津人民出版社, 2025. 1. -- ISBN 978-7-201-20894-7

Ⅰ．I247.5

中国国家版本馆CIP数据核字第2024V89G94号

没有橡树
MEIYOU XIANGSHU

没有羊毛　著

出　　版	天津人民出版社
出版人	刘锦泉
地　　址	天津市和平区西康路35号康岳大厦
邮政编码	300051
邮购电话	（022）23332451
电子信箱	reader@tjrmcbs.com
责任编辑	玮丽斯
特约编辑	雪　人　听　听
装帧设计	Insect　唐卉婷
责任校对	言　一
制版印刷	长沙鸿发印务实业有限公司
经　　销	新华书店
开　　本	880毫米×1230毫米 1/32
印　　张	11
字　　数	383千字
版次印次	2025年1月第1版 2025年1月第1次印刷
定　　价	42.80元

版权所有　侵权必究

图书如出现印装质量问题，请致电联系调换（022-23332451）

目录 CONTENTS

第一章／你的名字 001

第二章／不知道和不在乎 020

第三章／欢迎光临 040

第四章／我们不合适 059

第五章／复杂还是简单 080

第六章／下雨是一个理由 099

第七章／祝你生日快乐 123

第八章／殊途同归 146

CONTENTS 目 录

第九章／我是你的镜子　169

第十章／请你爱我　192

第十一章／海盐柠檬水　210

第十二章／限时体验卡　233

第十三章／我们的未来　252

第十四章／欢迎来到现实世界　275

第十五章／野心的第一步　296

第十六章／人生的选择　315

番外／十年之前　339

第一章
你的名字

1

每年夏天，大学里面就会有两股势力斗法，一派祈雨，一派求晴天，大一的希望下雨不用军训，大二的巴不得晒死这帮新生，大三的要么在图书馆备战考研要么在宿舍睡觉，大四的不在学校。

有句老话，大四的看大三的教大二的骗大一的。

涂亮亮今年大二，计算机专业，校篮球队中锋，很高，用他本人的话来讲，叫作"将近一米九"。

男生是很奇怪的，身高不到一米八的时候对外统称一米八，超过一米八又精确到小数点，可一旦超过一米九，又开始谦虚。

——"没有没有，不到一米九，快了快了。"

——"啊，不了不了，不用再长了。"

涂亮亮从小被叫"大个"，已经受够了，就算他成绩突出，以年级前五十的排名进了江州大学，仍然免不了被矮一个头的邻居叔叔亲昵地拍在肩膀上："嘿，这大个有点本事！学计算机好啊，以后搞电脑搞IT，你爸妈有福了。"

这位叔叔因为拍不到他的后脑勺，只好拍肩膀。

涂亮亮礼貌地低头说："谢谢叔叔。"

当中锋的原因是个子很高，成为副队长的原因是脾气很好——生活的洗礼让他长成了一个脾气很好的小伙子。

其实根本没有副队长这个职务，篮球队就只有一个队长，是经管院的王志鹏，负责和社团带教老师联络，但他喜欢喊涂亮亮帮他跑腿办事，因为涂亮亮多半都会答应，一来二去地，大家就叫涂亮亮为副队长。

还在军训期间，来球场打球的新生不多，他们白天站军姿练队列已经累到不行，很难有多余精力活蹦乱跳。

涂亮亮来了球场，刚换上衣服，王志鹏就招手，说："亮，来，给你个任务。"

"什么？小事不想干，大事干不了，鹏哥，你尽管说！"

"少来！"王志鹏捶了他一拳，指了指正中央的那个场子，"你去跟那个新生说一声，让他让一下，说我们校队训练。"

正中央的场子只有一个人，孤零零地在那里练投篮，脱了上半身的迷彩服，就剩一件白T恤，还穿着迷彩裤，一看就是新生，错不了。

"直接去不就得了？新生还不懂要给校队让位置吗？"涂亮亮不以为然地嘟囔。

王志鹏谨慎地说："你代表校队去说。"

涂亮亮感觉王志鹏的态度实在奇怪，问道："怎么了？"

"你看他穿的鞋。"

"哦，同款！"涂亮亮兴奋地展示自己的新鞋。

王志鹏给他泼冷水："他那双是联名且限量款！"

"这么贵啊？鹏哥，你怎么认识？你也挺虚荣啊！"涂亮亮很激动。

"买不起还不让看看了？"王志鹏说，"谁知道是哪家的阔少，客气一点，别得罪人。"

涂亮亮搓着后脑勺，他觉得王志鹏对人有点刻板印象了，说道："何必这样说人家？"

"昨天也是他，阿桂去问了，傲得很，不理人，今天你去。"

"阿桂会讲话，我还不如他，我去怎么就行？"

"你高！"

涂亮亮大摇大摆地走过去，嗓音嘹亮："兄弟！一个人玩啊？"

那人转过身来，涂亮亮看清了他的脸，完全符合刻板印象里养尊处优的长相——五官长得很好，面部线条流畅精细，眉眼柔和，皮肤很白，是那种一点苦都没吃过的白，军训没黑几度，只是有些地方晒得发红，是挺傲的，眼神里没什么情绪，只是浅浅点了点头。

"让让呗，校队要训练，就剩这个场子了，先谢了啊。"

那人看涂亮亮一眼，视线很快收回去，运球走了两步，淡淡说道："不是先来后到吗？"

"那咱们合场行吗？一起。"

"不。"

嘿！不知好歹！涂亮亮起了心气，瞅准机会，突然发力，扑上去断球。谁知道这看起来懒洋洋的阔少反应倒快，当即护着球转身，以前脚掌为轴心转了半圈，篮球落地点了两下。

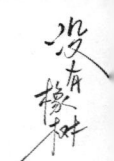

涂亮亮心想：这是跟我玩攻防呢，看哥盖你一个，叫你知道什么叫一米九！

球还在对方手中，那人突然发力运球向前，空切到篮下，速度极快，涂亮亮反应了半秒才追上去，选择强侧防守，重心下压，张开双臂，鞋底在橡胶地面摩擦出咯吱声。篮下推拒几轮，那人瞅准机会，猛然蹬地起跳，投篮脱手。这正中涂亮亮下怀，他几乎是同时跃起，左手封盖，狠狠扣下，一个扎扎实实的 block shot（盖帽）！

球弹了两下滚到一边，涂亮亮把气喘匀，头发往后一拨，迫不及待地挑衅道："厉害吗？"

那人垂了下眼睛，沉默地去捡球。

涂亮亮追着他喊："出声啊？"

涂亮亮心想：看你还傲不傲！要打架也不怕，哥一米九。

那人捡了球转过身来看他，居然回应了，而且还笑了一下："嗯，厉害。"

他笑起来还挺好看的，眼神柔和了不少。

涂亮亮愣住了，先是搓脸，又是搓后脑勺，噎了半天。

两个人沉默地对看，涂亮亮率先打破僵局，问道："那个……你要不要也参加校队啊？"

那人眼睛亮了亮，说："好啊。"

"我叫涂亮亮，大二计算机系，你呢？"

"林州行。"

"哪个系的？"

"金融。"

校队正在纳新，涂亮亮把人介绍给队长。后来，王志鹏一直说："咱们的中锋给全队做的最大贡献，不是达成了多少场上得分，而是带回来一个活体的 ATM（自动取款机）。"

涂亮亮后来才知道，林州行是深圳百乐集团创始人林启远的外孙，林启远的儿子早逝，只有一个女儿，女儿也只有这一个儿子，也就是说，林州行是未来百乐集团唯一的继承人。

哪个百乐？

王志鹏给涂亮亮解释说："你上周去看电影的那个百乐，你出门买水的那个百乐，你推着小推车去超市的那个百乐！"

百乐是零售巨头，港股上市集团，旗下门店、商超、卖场、电影院等遍布全国，光是江州就有四家百货商场。

涂亮亮出于好奇问过林州行："你去逛街是不是都不付钱啊？"

林州行言简意赅地回答："付钱。"
　　十年之后，关于他们之间的友谊缘起，涂亮亮是这么描述的："他说我当时看他挺可怜的，有钱人家的小孩，又傲又娇气，都没人和他玩，就算有，也是花他的钱，那只好我和他玩啊，不然怎么办？"
　　对于涂亮亮的此种说法，林老板的评价是："对。"
　　这都是后话，说回当下。当下是十年前，某果手机刚出到最经典的第四代，惊艳世界。微信还没普及，人人都用QQ，校园论坛和校内网还很火爆，学生们追的星、喜欢的音乐和现在截然不同，但有一些话题是永恒的，过去、现在、未来都谈论不休，永不疲倦，那就是——
　　"哪里有美女啊？带我去看看。帅哥照片有吗？给我看看。"

　　军训结束后的社团和机构招新是每个学年校园里规模最大的"赶集"活动，终于脱掉一身绿皮的鲜嫩嫩的新生们都充满了对大学生活的好奇，大一的凑热闹，大二的看热闹。
　　王志鹏在校学生会兼体育部部长，把涂亮亮喊去帮忙招新。
　　林州行本来什么社团也没报，去球场玩了一会儿，结果被人叫走，莫名其妙地坐在了外联部的纳新教室。他毫无兴趣，只是叫他的那个人他暂时不好拒绝，只好来了。
　　叫他的人是大了两届的同系学姐，丰海罗家的第三个女儿，罗海意。
　　若说林家和罗家是世交，其实是不准确的，但如果说是亦敌亦友，是说得通的。
　　丰海也是零售企业，百乐的市场份额占有率虽然大于丰海，但丰海的实力仍然不容小觑，同行相斥，两家在业务上有不少竞争关系。
　　林家和罗家同是老广人下南洋起家，一同加入了南洋商会，又前后回国创办了各自的企业，发展壮大，和南洋商会的陆家算是一个紧密圈子里的，联系很深。
　　罗家是后辈，罗董事长前后娶过三任夫人，生下罗家三美和一子，三个女儿气质不同，各有千秋。罗董事长前两年心脏病突发离世，大女儿早早嫁人，罗三小姐还要两年才本科毕业，弟弟只有六七岁，因此接过大旗扛起父亲产业的只能是罗二小姐罗海韵。
　　罗家大姐和二姐都是原配夫人生的，二小姐和三小姐差了七八岁，这一代年龄相仿的几个人是罗三、林州行，还有陆家的两个，但陆家的商会主要项目在东南亚，两个小孩也都被安排去留学，可以说罗三和林州行见得最多，两个人还是同一个高中的。

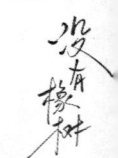

因此罗三得意扬扬地对着林州行说:"明知道我在江大也不来打招呼,还要学姐来找你,没礼貌。"

"找我干吗?"

"林阿姨让我照顾你呢!怎么不去美国?随便申请就好啦,总有书念。在国内读可以去广州啊,为什么跑这么远?"

林州行说道:"不为什么。"

罗海意抱着手臂笑盈盈的,但是话里充满警告:"怎么还是这个脾气?再甩脸色我和林阿公告状了哦,学姐好心带你进学生会,连句谢谢也不说。"

"谢谢。"提到外公,林州行叹了口气,随后又面无表情,"但是我没兴趣。"

"这一届的主席就是外联的,你进了外联,随便拉点家里的资源进来,再选主席就是顺理成章了。"罗海意不理他,自顾自地说,"不用谢。"

林州行觉得有点烦,但是他没说话。

涂亮亮在门口伸出个脑袋找他,他立刻起身离开外联部的纳新教室。

涂亮亮有大事要宣布,脸色极为严肃,双眼灼灼,郑重其事地说:"你知道我刚刚遇见谁了吗?我老婆!"

林州行表情淡淡的,问道:"你谈女朋友了吗?"

"还没。"一米九的高个大男生尽显娇羞,"我的意思是,我未来的老婆。"

这一句话噎了林州行半分钟,终于缓过来之后,他问:"是谁?"

"不知道名字。"

林州行转身就走,涂亮亮把他拉住,说:"但是我有照片!"

"看一下。"

有的时候,命运会出现一个关键的交集点,此后的发展由此启动了不同方向的平行世界。有的人你遇见过和没遇见过,人生会截然不同,而这个关键的交集点往往都会有一个关键道具,此时此刻,这张照片就是那个关键道具。

同一张照片,涂亮亮无法自拔地沉醉于左边的女孩柳唯,但照片上有两个人,另一个也是个女孩子,这是第一次、第一眼,林州行注意到邓清。

2

邓清选择去学生会的纳新选拔,是有思考有规划的,此事此前在宿舍内部展开过认真研讨,各自有了不同结论,而她的结论就是去最冷门的那个。

她们宿舍是四个人,全部都是学档案管理的,这是个冷门专业,全系刚好三十个人,五个男生、二十五个女生,可怜兮兮地凑在全院人数不足三百人的信息管理学院下面。

当初报这个专业是邓清自己决定的,她认真考虑了自己的分数,又认真考虑了想去的学校,在志愿手册的最后几张纸里找到了这个专业。全省只招一个,她就是那唯一一个。换句话说,她算是擦边上了江州大学。

其他人的情况也差不多,要么被调剂,要么也是为了进江大。

当一年级的小朋友们在作文本上写下未来志愿的时候,科学家和航天员的概率最高,又或者是作家、音乐家、舞蹈家,很少有哪个小朋友从小的志愿是"我要管档案",但二号床的柳唯女士就是这个例外。

档案管理是她的首选专业,这很不常见。柳唯女士出自书香门第,父亲是县城图书馆馆长,母亲是地方考古队的,父亲性格温柔,母亲则比较泼辣,柳唯的性格随母亲,长相则更多随父亲。

邓清第一眼见她就很有好感,因为人人都对美女很有好感。

柳唯女士是个美人,是那种有书香气的漂亮,喜欢盘发,眼睛是细长的凤眼,架着一副金丝边眼镜。她是江苏人,连名字都是非常经典的江南风情款。

然而好巧不巧,同宿舍还有一个叫刘薇的。这两个人的名字读起来几乎一样,只是音调的区别,于是宿舍里出现了仿佛牙齿矫正的一幕,叫人的时候下大重音在音调上,非常费劲。每个宿舍凑齐后的第一件事当然就是排年龄顺序,于是排名第二的柳唯被称为二姐。

代号如下:老大、二姐、小清、薇薇。

其中"二姐"这个代号流传最广,走出宿舍走向全系扩散到全院。一周以后辅导员也开始这么叫,想来就算是普通话过关的人民教师,也并不想在点名的时候做"牙齿矫正"吧?

老大是北方人,一米七三的个子在北方不算太显眼,在南方就很突出了,她第一天来坐地铁之后忧愁地说:"你们知道吗?我在车这头,能一眼望见车那头。"

刘薇没有听懂,问道:"啊?什么意思?"

邓清耐心解释:"老大的意思是全车厢都找不到一个比她高的男生。"

刘薇小心翼翼地感慨:"啊,这是不是地域歧视呀?"

老大赶紧解释:"我没有歧视他们!我可以找比我矮的当男朋友,长得帅就行!"

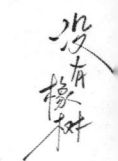

"这是重点吗？"二姐在对床狂笑起来。

"咱们院没有长得帅的，高的倒是有几个。"刘薇也忧愁起来，"男生本来就少，我全都看过了。"

小刘同学是个圆脸短头发的女孩子，东北人，开学前就通过老乡会的QQ群找到组织，把能认识的同届和上届都交流了一遍。学姐跟她说，要想谈恋爱的话，别在院里找，院里没有帅哥！

邓清好奇地问刘薇："你想找男朋友？"

"不不不。"刘薇连连摆手，"我叶公好龙，我喜欢看别人谈，自己就算了。"

老大接话道："我想谈。第一次谈我一定要找个帅的！"

"小清，你呢？"

邓清笑了笑，把这个话题轻轻一抛："二姐先说。"

"我都行啊。"二姐潇洒地说，"社团、成绩、男朋友，有什么就来什么，事业、爱情两手抓，这又不冲突。"

话题又转回来，邓清说："我也都行。"

她不是在敷衍，而是的确这样。

邓清想了想，很确认自己是个差不多就行了的人，从来没有什么非要不可的野心，十分擅长擦边。她小升初踩着分数线上了重点初中，一分不多，一分不少；初中择校稍微好点，高出分数线十分；如今大学选专业也是如此，她不讨厌这个专业，但是也说不上喜欢。

恋爱？基本都是才有了点朦朦胧胧的好感，就被她妈妈陈锦女士掐断。

陈锦一方面得意于自己的遗传基因，女儿完整地继承了自己的杏眼和高鼻梁，另一方面也对那些半大小子严防死守，发现一个，立刻围剿一个。

这次邓清离家陈锦还不忘和她谈心，说："妈妈以前都是为了你好，现在你成年了，上大学了，可以谈恋爱了。那个什么李观彦不是也上的江大嘛，你要是有意思，就联系联系吧，妈妈支持！"

对于母亲的开明态度，邓清的反应是——那是谁？

高中分班之后，他们的教学楼并不在一起，邓清几乎就没再注意过李观彦，自然记不起来，终于想起来之后，她心里也没什么波澜。

总之就是都行。

不过她还是有点好奇，问李观彦在哪个专业。

陈锦女士准确又迅速地说："金融！江大的王牌专业，能考上还是很了不起的，以后就业也很好。清清，你考虑考虑。"

"你怎么知道得这么清楚？"邓清有点无语。

007

"那不是你们学校光荣榜上写的吗？又不是我去打听的，我哪有这么闲！"

"我知道了。"

你是很闲啊，还专门去看……邓清调侃完老妈，挂了电话，心想：有什么好考虑的，我哪有这么自恋！

家长有时候真的很奇怪，高中严防死守，掐灭所有苗头，大学又希望马上蹦出个男朋友，两个人安安稳稳谈四年恋爱，毕业就夫妻双双把家还，再按部就班结婚生孩子。

陈锦女士感叹说："哎，那我这辈子的任务就算完成了。"

每当这个时候，邓清就忍不住反问："什么任务？谁给你的任务？"

陈锦女士顾左右而言他，又开始假装开明："哎呀，你多谈几个积累积累经验也行，但是毕业要回家来，不然你爸爸可受不了。"

这点邓清倒是蛮同意，于是说："知道啦！"

军训结束之后社团招新，老大拿回来一大堆宣传单，大家看得眼花缭乱，什么都感兴趣，什么辩论社啦、街舞团啦，又或者音乐社，还有学生会、校广播台等等。二姐和刘薇什么都想去，老大开始琢磨哪里帅哥比较多。这时候邓清倒是思路很清晰地说："我打算报学生会和音乐社。"

"你不广撒网一下吗？"刘薇问，"报了名也不一定能录取上呢。"

邓清很坚定地回道："我就报这两个，用心准备，一定能录上。"

二姐想了一会儿，说道："小清说得有道理，贪多嚼不烂。"

邓清的想法很直接，大学社团的履历最终会体现在毕业的第一份简历上，应届生的简历构成很局限，只会由成绩、社团经历、实习经历和自己的项目经历或者社会服务组成。那么就社团经历这个部分来讲，学生会是她的首选，可以体现组织和管理能力，还能有契机参加学校活动，获得额外机会，除此之外，再添加一个兴趣爱好类的社团来佐证她的素质背景，因此选了音乐社。

邓清从小练钢琴，高中荒废过一阵，再捡起来应该不难。

刚进学校几个月就能这样思考策略的新生并不多，刘薇听愣了，跟着点头。于是老大提议大家都报学生会，这样还能一起准备，大家一致同意。

刘薇再次通过人脉收集消息，打探回来后说："报哪个部门都行，就是不要报组织策划部。"

"为什么？"

"要干很多活。"

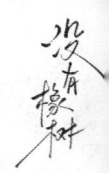

报名当天，老大冲去了体育部，刘薇在女生部门口排队，二姐挽着邓清的手要拖她一起报外联部，但是邓清摇摇头。

"怎么啦小清，你不喜欢外联部？"

"不是啊。"

邓清的目标是进学生会，那么喜欢哪个和不喜欢哪个就没那么有所谓。她最终去了一间门可罗雀的教室，里面只坐着十个人，其中两个还是上一届的部长和副部长。部长是个妆很浓的美女，叫隋欣阳，非常谨慎地提醒："这里是组织策划部的面试教室。"

"我知道。"邓清把报名表递过去，问了一些问题。

最后隋欣阳很和气地说："这位同学，那么你对组织部的工作内容还有什么疑问吗？"

邓清想了想，问道："总共录取几个？"

"十个。"

"那能不能透露一下目前来面试的有几个？"

"十二个。"

"包括我吗？"

"对。"

"我没有其他问题了。"邓清笑着说，"谢谢。"

三天后出通知，宿舍四个人中，邓清是唯一一个被录取的。

作为组织部的新干事，被录取后的第一个活动就是被叫去迎新晚会的舞台后台帮忙，因为舞台搭建临时出了一点问题，需要大家在这里帮忙看着器材，得熬夜。

有人举手说："学姐，十一点宿舍就关门了，我们待到几点啊？"

"叫部长。"隋欣阳先是纠正了一下称呼，然后说，"器材需要守夜，今天熬一下，我请大家喝奶茶。"

"整夜吗？"

"对。"

"整夜我接受不了。"

"接受不了就退出。"

当下就走了三个人，隋欣阳带着剩下的七个人进了后台，那里面穿梭着很多人——这两天是迎新晚会的筹备期，学生会好多部门都在这里。

隋欣阳正在思考怎么分配位置，邓清站在她身后随意看了看，突然注意到一个人。

那是坐在设备台前的一个人,侧对着她,手指翻飞,正在操作电脑。他的手特别漂亮,邓清忍不住多看了两眼,盯了半天才把视线上移,这才发现这个人长得也还可以,穿着一身黑色,衬得他很白。他整个人很修长,手指也是。虽然坐着,但感觉得出来他应该很高,大概不止一米八。屏幕上的具体内容看不清楚,他的神情很认真,视线一动不动,被她盯了半天,也似乎完全没有察觉。

这就是第一次、第一眼。

邓清注意到林州行。

3

涂亮亮给林州行看的那张照片,是他用手机拍的,他还在用翻盖的诺基亚,图片的像素不好,屏幕又小。

林州行盯着看了半天才说:"是很漂亮。"

涂亮亮倒吸一口冷气,觉得很不妥,心想:这是我老婆!

但为了万无一失,他还是忍住了,先问道:"你说的哪个?"

"右边。"

草率了,虚惊一场。涂亮亮先是放松,随即不满地说:"明明是左边这个!"

林州行又看两眼,为了以示尊重,说:"右边。"

"右边这个长得好看,但是没有表情啊,多冷淡!"

林州行冷冷淡淡地说:"我就喜欢没有表情的。"

"啧,你们是不是都这样?那个李观彦也是,追着他的不喜欢,喜欢不理他的,真逗!"涂亮亮表示费解,"我还是喜欢我老婆这样的,戴眼镜,有书卷气,一看性格就很好。"

"连名字都不知道,不要乱叫。"林州行感到头疼。

"对对对,对不起,对不起,我太激动了。"涂亮亮赶紧说,"州行,你见过吗?认不认识?你们这届的,大一。"

"没见过。"林州行问,"你怎么知道是大一的?"

"我刚拍的!"

"那你去问。"

"我不敢。"一米九的大个子缩起来搓后脑勺,"再说人家都走远了,找不到了。"

"来了纳新的面试,应该以后会进学生会。"林州行垂下眼睛想了想,"我帮你留意一下。"

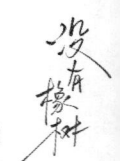

"哎呀，不就是这个目的嘛！"涂亮亮心满意足，"哥的终身幸福就拜托你了，一定请你吃饭。"

"嗯。"

林州行转身回了外联纳新教室，罗海意还在那里和外联部的部长李晟有一搭没一搭地调笑聊天。林州行也靠了过去，态度一变，弯着眼睛笑了一下，说："罗三，介绍一下？"

罗海意一听眉毛就竖起来，眼睛瞪出精光怒火，阴森森地说："再这么叫，我撕了你。"

林州行立刻改口："Leyna姐姐。"

"在学校叫学姐。"

"学姐。"

林州行很听话，罗海意很满足，指了指林州行，对李晟说道："喏，百乐集团的大少爷林州行，只要他愿意进外联部，这两年的赞助你就不用愁了。"

"我还没填报名表。"林州行说，"麻烦借支笔。"

"不用了。"李晟热情地握住他的手，"林少，欢迎加入外联部！"

林州行笑了笑，抽回手，问："这届的主席是谁？"

罗海意知道他的意思，又问李晟："秦谦去哪个教室了？"

"躲到辅导员办公室蹭空调去了吧？这个人，一点苦不吃。"

"走。"罗海意极其自然地伸手揽住林州行的肩膀，"学姐带你去。"

一出教室门，林州行不着痕迹地隔开一点距离。

罗海意饶有兴致地打量他的表情，问道："怎么出去转了五分钟就改主意了？"

"机会难得，总不能不知好歹。"

他脸上这副冷淡样子罗海意再熟悉不过，不免嗤笑："你当我是第一天认识你？别装了行不行？"

"既然我装，那你可以猜。"林州行淡淡道，"猜中了，我就认。"

"无所谓，来日方长。"

罗海意觉得天高皇帝远，深圳和江州毕竟隔着那么远，罗家管不到，林家也未必管得到，林州行来了江大，这简直是正中下怀，日子还长，自己总有机会。

江大的法学和金融都是全国排名极前的强势专业，秦谦已经在准备法考，计划在大三下学期报名，大四上学期参考，因此对于学生会的事务没有前两年那么热衷了。偏偏大二下学期换届他又选上了主席，扔掉不做也

011

舍不得，因此能躲就躲，但今天是纳新，他不得不来。

面前一堆初筛报名表都是各部门部长送过来的，秦谦正准备出去到秘书处叫个大二的干事来录入，就遇见罗海意带着林州行来找他。罗三小姐名声响亮，两个人又熟，胡乱扯了一通。

罗海意拿腔拿调地说："哎哟，秦主席还亲自干活！"

"罗台长不也亲自来看我了嘛！"

学生会通常都有种很奇特的气质。

林州行从高中时就是如此，即使被母亲委婉劝解好几次也拒绝去。但罗三一直很喜欢笼络这些人脉，来江州念了三年书，以她的资源，没有进学生会当主席，是因为她在做广播台的副台长。

这两个人在打官腔，林州行在一旁沉默地拿起报名表翻看了一下，很明显厚的那一沓是落选的，薄的那一沓是入选的。见秦谦的笔记本电脑开着，正打算做录入，林州行出声打断那两人，很谦虚地问："秦主席，我能帮忙吗？"

"别，林少叫我秦谦就行。"秦谦急忙说，"别这么客气，我去找个干事来弄。"

"我来。"林州行不动声色地坐下，十分自然地翻找核对起来，"很快的。"

罗海意极其奇怪地看他一眼。

报名表上贴着一寸登记照，林州行一张一张看下去。女生部，没有，学习部，没有，宣传部，也没有，这三个都是大部门，体育部男生居多，秘书处和组织部只有薄薄十几张纸……看到了。

林州行心平气和地放下报名表，在键盘上敲下两个字的姓名——邓清。

既然找到了，那另外一沓也就没有必要看下去了，林州行很快做完入选的几十人的录入，拿起另一沓的时候眨了眨眼，十分乖巧地问道："落选的也要录入吗？"

听起来是娇气，很不想做完的样子。

"不用不用，我让别人接着做。"秦谦有台阶就下，过来很和气亲昵地拍了拍他的肩。

罗海意便笑了笑，说："那我们先走了，顺便去帮你喊个人来。"

"好啊。"

秦谦可能看不出来，但罗海意心知肚明，直接就问："你在找谁？"

"你猜。"林州行还是这两个字。

"我不猜，来日方长，迟早会知道。"罗海意也还是这个态度，凑

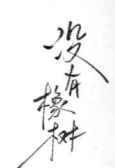

近了笑盈盈地提了新要求,"不过不管怎么说,我是不是帮了大忙了?Liam,请我吃饭。"

"嗯。"这次林州行倒是点头了。

4

林州行睡了一觉醒了。晚上八九点是男生宿舍最热闹的时候,灯火通明,但喧闹声却像是隔着一团雾,有些朦朦胧胧的。他偏头拔出耳塞,大杂烩一样复杂层次多样的万千世界涌入耳中,炸雷似的。

突然,刘可一张放大的笑脸骤然出现在眼前。

江大的宿舍规格是四个人,上床下桌,每个人再配一个独立衣柜。林州行在睡觉的时候手机一直放在下面的桌子上,刘可给他扔了上来,说道:"响了一晚上了,我给你按了静音。"

"嗯,没事。"

"你咋这时候睡觉?"

"困。"

林州行从来没有住过校,也没有和这么多人在一个屋子里睡过。他怕光怕响动,在家时管家为了不打扰他,早上送餐的时候都是悄悄放在门外。来大学努力适应了这么多天,他也还是没习惯,晚上睡得浅,实在困得不行的时候,反而能在一片噪音里睡着。

母亲林舒琴从他决定来念江大的时候就开始计划要在学校附近买套房子,被他拒绝了。林舒琴又提出要不赞助点钱,换到教师公寓或者留学生单间公寓,也被拒绝。

"新修一栋宿舍楼吧。"

"不要。"

"或者冠名一下美术馆或者音乐厅,你们学校还缺什么吗?"

"什么都不要!"林州行终于不耐烦起来。

外公也在旁边说:"管他做什么?就去住宿舍,一点苦吃不得,我当年下南洋的时候,住棚屋……"

这时候林舒琴就会说:"好啦,爸爸,不是那个年代了呀。"

林州行看了看屏幕上的一串未接来电,果然是林舒琴,叹了口气。

刘可又冒出脑袋来,招呼道:"林少,睡够了是不是正精神着?来两把呗!哥们又掉段了,很急!"

"等一会儿。"林州行说,"我回个电话。"

"行,我帮你把游戏更新一下!"

林州行下了床，揉了揉额前的软发，顺手拿起桌上的半包细烟和打火机，来到了走廊。走廊上，室友曾生光正在和女朋友打电话，他虎背熊腰的，但是声音捏得跟在绣花一样，婉转温柔。于是林州行又走远了些，一直到走廊尽头挨着窗子，一切人声都隔得远了才停下来。

林州行眼神没什么焦点地落在窗外。他不喜欢说谎，但也一向不怎么听话。

儿子有一种惯常被骂的说法——像你爸似的。但林舒琴不会这么说，她对自己的丈夫满意得不得了，会这样骂人的是林州行的外公林启远。老爷子一手打拼出现在的上市集团，原本想要交给自己的儿子，也就是林州行的舅舅林舒华，无奈林舒华早逝，老头只好重新出山，又提拔起自己的女婿来。

女婿是外姓人，即使李泽平在入赘林家后就改名换姓为林平舟，老爷子的这种根深蒂固的思想还是挥之不去。

林启远是很疼林州行的，但也有生气的时候，生气的时候就指着林州行骂"好似你老豆咁正笨柒（像你爸爸一样笨）"！

往往林平舟都在现场，被指桑骂槐，一箭双雕，但他总是装作没听到，照常处理文件或者看新闻。林启远是百乐董事长，林平舟是执行总裁，叫林董比叫爸爸更多，老头说一不二，在家训人的时候没人敢劝，所以林州行被骂时都是默不作声，垂着眼睛，很乖巧的样子。

可是这样也不行，林启远还是常常和林舒琴讲："阿琴，你儿子和他那个爸爸一样，一声不吭，心思却深，你好好管管！"

九点钟，人流都往寝室的方向走，路灯在黑夜的映衬下越发明亮，透过窗户，林州行看见有两个女生逆着人流在往外走，不知道要去干什么，但是他认出了其中一个是邓清。

另一个大概是她的室友，看起来很高。

不是第一次碰见了，每天的这个时候都会有个人陪着这个高个子女孩出门，两个人匆匆忙忙地跑走，有的时候是邓清，有的时候是涂亮亮喜欢的那个戴着眼镜的女孩子，有的时候是另一个短头发女孩。林州行也是有一次打电话碰巧看见的，默默观察了几天，猜这大概就是她们宿舍的四个人。今天运气不错，是邓清陪着出门。

他忽然觉得自己有点像偷窥狂，所以他没有去追究和探查她们到底去了哪里。何况他还没有想好究竟要用什么样的方式正式认识邓清。

要不着痕迹，要像个巧合，显得像是不经意间有一种别样的缘分。

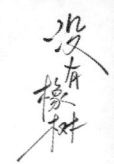

只不过这个世界其实并没有那么多巧合。

电话拨过去,林舒琴轻声细语地嘱咐了许多话,林州行一一应下。

林舒琴又问他见没见罗三小姐,他说见了,林舒琴便满意地说道:"蛮好,我特意同她家大姐讲,要Leyna多照顾你的。"

"不用她照顾。"

"要她多带你出去认识些朋友呀,小州,等你接手公司以后呀,都是要常常见的。"

林舒琴说的朋友,不是他以前打篮球骑机车玩起来的那些朋友,而是父辈之间常常提起的"谁的儿子和谁的女儿"那种朋友。林州行不爱去这些场合,虽然在不得不去的时候他的表现总是很好,但是能躲就躲,离家之前,还因为这件事和外公吵了一架。

母亲果然是来劝他的,说了一些让他主动打电话给外公和好之类的话。

见电话那头寂静无声,林舒琴无奈地叹了口气,又问道:"还是睡不惯吗?那妈妈给你在外面租套房子吧,Leyna早就搬出来住了,你们学校允许的。"

林州行还是那句回话:"不用。"顿了一下,他语气柔和了一点,"妈,没事的。"

紧接着打来电话的是父亲,林平舟很少联系他,这很反常。

林州行接了电话,主动喊了一声:"爸。"

"你妈非要我跟你说一声。"林平舟直接开始说事,"你弟弟换学校了,美国的那套公寓我打算给他们住,你婶婶住我们的房间,享之住你的房间,行不行?"

林州行低声道:"嗯。"

这个弟弟是林平舟弟弟的孩子,也就是林州行的堂弟,叫李享之,英文名Jason。李享之还没出生时父亲就离世了,林平舟就是他关系最亲密的大伯。他初中起就被送出国了,一同陪着出国的还有妈妈汪兰。算起来也是孤儿寡母,林平舟一年至少要跑三四趟美国。

林州行从深圳出发到江州那天,林平舟就是在国外。

他心里是有点失落的,但是没有提。

林平舟主动说:"小州,爸爸过去是帮着处理点事情,你也知道婶婶英语不好,沟通不了的。"

"嗯。"

"给你买了一个礼物,算是我给你补的成年仪式,过两天就送到了。就这样,好好照顾自己,有什么不习惯的和你妈说。"

林平舟急匆匆地说完就挂了，林州行握着手机发了一会儿呆。

5
林州行回宿舍的时候，曾生光还在打电话，姿势都没动过一下。曾生光的女朋友不在江州。

刘可说他这是跟手机处对象，曾生光说刘可吃不着葡萄说葡萄酸，刘可说女人只会影响他拔剑的速度。他是个重度网瘾少年，但是泡了三年网吧还能考上江大的金融系，不可谓不是奇迹，又或者叫天才。

他们宿舍还有一个男生叫程岩，他就是勤奋的代表，精英中的精英，军训结束之后的第一周就开始泡图书馆，除了睡觉，很少待在宿舍。

刘可说程岩谁都看不上。

林州行虽然话不多，但是脾气还不错，而且也打游戏，段位还比自己高，他恨不得立刻和林少结拜成亲兄弟。

可惜今天不顺，两个人连输三把，刘可把把坑得人一脸血，林州行摘下耳机有点恼火："玩不了就去玩连连看。"

"哎，我的问题，我的状态不行。"刘可嬉皮笑脸地道完歉，忽然一脸深沉，"我有心事。"

林州行耐着性子问："什么事？"

"林少，你说人有没有可能对一个没见过面的人'一见钟情'？"

这话说得林州行心里一颤，但是他脸上没什么表情，只说："没见过面怎么'一见钟情'？"

"就是我在游戏里'见'过。"刘可咯吱咯吱地把椅子拉近了，"你听我说。"

刘可娓娓道来，大意就是他在学校的贴吧里看到一个游戏帖子，里面都是江大的新生留自己的ID认亲，他随手加了一个，对方同意了，结果好巧不巧第二天就排到一局，带他潇洒躺赢，深深地打动了他单身十八年从未摇动过的心。

林州行问："你喜欢男的？"

刘可一翻白眼："绝对是女的！"

"你怎么知道？"

"我在中路清线，她从上路下来抓人，不小心抢了我一个炮车，她居然说对不起！"

"还有吗？"

"她打游戏会说谢谢！"

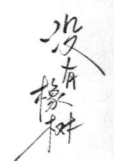

"嗯。"林州行也同意,"那应该是女孩。"

"哎,一见钟情。"但是刘可又难免疑神疑鬼,"万一他真是个男的咋办?"

"那就约出来见一面,"林州行干脆地说,"别坐着等。"

"就算是女的,我也不确定是不是真的喜欢人家,见面多尴尬啊!"

"与其纠结,不如行动。"林州行笑了一下,"到底喜不喜欢,等你见到的时候就一定会知道。"

学生会纳新结束后,几乎所有部门都举行了迎新的部门团建和破冰活动,除了邓清所在的组织策划部,据说是因为部长隋欣阳失恋了。

因为失恋,隋部长三天没去上课,邓清听说了之后觉得消息存疑——当代大学生逃课三天也未必一定是因为失恋吧?

不过,虽然她的部长失恋了,但是她的室友恋爱了。

单方面的,老大宣布喜欢上了体育生陈军。

陈军人高马大,但眉清目秀,完全是她的理想型。

他是大二的学长,她在拳击社的纳新现场一眼看上,可惜她毫无基础,报了名也没进去,所以她决定从侧面出击——陪陈军跑操。

单方面的陪,是指站在跑道旁边看。

二姐快急死,说:"天天看有用吗?我去帮你要电话!"

老大羞得猛躲,少女情怀总是诗。二姐刚跨出去半步,老大已经藏得没影子了,于是只好作罢。

女生之间如果关系好,就一定干什么都要一起,包括上厕所。其他三个人排了个班,每天轮流陪老大去看跑操,刘薇很想得开,说这就等于去散步。

档案系的宿舍和其他系合并才能占满一栋楼,女生宿舍在园区深处,外侧是男生宿舍,金融系的宿舍就在路边和门口,属于出入的必经之路。自从听过陈锦女士的"考虑考虑",邓清就总忍不住想,万一哪天在楼下遇见李观彦怎么办?几乎三年没见,他还认得出她吗?

结果,还真的有这么一天。

远远有人喊自己的名字,邓清只好停下脚步。

李观彦穿着篮球服跑过来,打了个招呼。

"好巧啊,你也来江大了。"邓清只好装作惊喜。

"对啊,读金融。你呢?"

"档案。"

李观彦很惊讶:"还有这个专业?"

就知道他会是这个反应,邓清有点尴尬地"嗯"了一声。

"好特别。"

"是吧。"

"我刚打完球回宿舍。"李观彦指了一下,补充说,"这是我们宿舍楼。"

他的意思是他恰好遇到,不是蓄意为之。

林州行正靠在窗边,忽然被这么指了一下,脊背一僵,以为自己被发现了,往后躲了躲,又看了两眼,很快意识到是误会。

林州行认识李观彦,这人也是篮球队新生,和他一个系,很确定是单身,因为涂亮亮说过李观彦正在追英文系的蔡璇,但对方不怎么理他。

李观彦居然认识邓清。

林州行还站在窗边。

他需要快一点。

"这男生挺帅啊。小清,你怎么认识的?"

老大的评价还是很客观的,邓清十分同意,帅就是她当初差点跟李观彦发展出什么的唯一理由。

但是邓清没说那些,她只是说:"他是我高中同学。"

"我觉得他对你有意思。"老大分析,"他主动找你要电话,你怎么想?"

"不怎么想。"邓清说,"就是同学联系一下,不代表什么。"

外联部在内部讨论新人团建活动的时候,部长李晟问他们想不想找其他部门联谊,很少主动发言的林州行突然说了一句组织部,结果全场死寂,他有点莫名。

秦主席只好悄悄告诉林州行,组织部的部长隋欣阳是李晟的前女友,两个人刚闹完分手。

所以他这是哪壶不开提了哪壶?

林州行于是去找李晟道了歉,还说要请他吃饭。

李晟嘴上说着"这有什么可道歉,不用不用",但最后还是去了。

他可能是刚刚分手,实在想找人聊聊,结果两个人喝了五瓶啤酒。

具体展开来讲,是林州行喝了两杯水,李晟喝了五瓶啤酒。

喝到伤心处,李晟开始滔滔不绝:"我被倒追半年心思松动人就从了,大一大二都谈得挺轻松挺开心的,一到大三这女人怎么就变了?"

李晟有些郁闷地说:"她逼我考研、考公务员,而且两个都要考!"

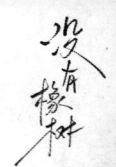

林州行喝着水,"嗯"了一声。

"是吧?要是你,你也觉得受不了对吧?还非要给我补习雅思,我六级过得都费劲!唉,烦死了,喝酒喝酒。"

闻言,林州行端起水杯和李晟碰了碰。

第二章
不知道和不在乎

1

吃过一次饭之后,李晟觉得自己和林州行的关系亲近了很多,而且开始觉得林州行是个很不错的人,起码他很懂得倾听,这在男生中相对少见。

不,是罕见。

男孩总是被世界围绕着长大,他们理直气壮地以自我为中心。

外联部的新人团建最终是和女生部共同举行的,活动形式就是普通的吃饭,这让男生们非常高兴。现场热闹非凡,大家自发地四处找人喝酒聊天,结交新朋友。林州行坐在其中喝果汁,一次都没离席过。

吃过了两次饭,李晟看出来林州行不太喝酒,但是他爱怎么样就怎么样,也没人敢劝。

不过女生还是敢的,林州行长得不错,身上又有百乐光环,不张扬不讨人厌,对他感兴趣的女生不少,试着去搭话,很快就发现他和气、礼貌,但是冷淡,你问什么他都回答,但仅此而已。

且他不为所动,即使女孩子嬉笑着先干掉一杯,他也一口不喝。

所以,当又一个明媚艳丽的女孩子跑来坐在他身边的时候,林州行并没有太大反应,直到对方自我介绍说"我是女生部的新干事,英语系的,我叫蔡璇",他才抬了下头,侧身认真地看了她一眼。

英语系,蔡璇,李观彦……

他刚要主动开口问点什么,蔡璇已经干脆、清爽地说了下一句话:"林州行,我挺喜欢你的。"

直接、坦率、大方。

林州行微微眯了下眼睛,的确有些惊讶,说道:"我们应该不认识。"

"对,所以我们今天就认识一下吧。"

蔡璇又说:"军训的时候总看你在球场打球,一直不知道你叫什么。"

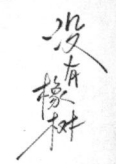

我也是今天才认识你,真的。"

鼓起勇气表白之后当然是紧张的,为了不给对方压力,她只是表达好感,没有说下一步的要求。她看着林州行,期待着他的反应。

林州行的反应是想了一下后问道:"是不是李观彦拉你去的球场?"

蔡璇愣住了。

外联部的主要职能就是给学校和学生会主办的各种活动拉赞助,江大全国排名靠前,名声在外,拉赞助并不难,但百乐这样的排场还是少见,免费赞助了迎新活动需要的所有矿泉水和饮料,以及部分舞台设备。

这么大手笔,不仅李晟很激动,就连秦主席也激动起来。水和饮料是次要的,值钱的是这些器材,租一天就要大几万,现在居然能免费用了,校团委的宣传老师对他们大力赞扬。

于是秦谦回去就表扬李晟,李晟表扬林州行。林州行莫名其妙,他根本就不知道这件事,反应了一下之后想到肯定是林舒琴干的,也就默认了。

其实他没有和母亲提过,但一定是罗海意为了邀功自己照顾他照顾得多么好,把推荐他进外联部的消息告诉了林舒琴,林舒琴一直希望他结交人脉,当然高兴得不得了。

器材提前几天送进来调试,一天晚上出了点小问题,秦谦通知部长们召集所有新干事去看器材,需要守夜,保安晚上十点下班后由学生来接替。

李晟通知完其他人,特意单独跟林州行说:"你就不用去了。"

本来就是百乐赞助的器材,怎么能让他去守夜?

结果林少说:"应该一视同仁,不是说所有新干事吗?"

他强调了"所有"两个字。

李晟心中大惊,不免因自己对林少的刻板印象产生了一些愧疚。但他也不敢当真,只好说:"州行,你去看看也行,什么时候想回就回,不给你安排任务。"

林州行回道:"好。"

器材放在礼堂的后台,前台还在排练,人群来来往往的,几乎学生会所有的新干事都在这里,之所以是"几乎",是因为林州行很快发现组织部的都不在。

也就是说,没有邓清。

他有点犹豫要不要留下,但还是决定再观察一下。

李晟和秦谦都躲着偷懒没来,副主席顶着一张刚刚被迫下机的脸哀怨地安排着。最后一个区域划给了组织部,副主席掏出手机,大声抱怨:"隋欣阳怎么还不来？搞什么鬼，李晟又不在！"

林州行路过女生部区域的时候，蔡璇大声和他打招呼。他有点头疼，但还算礼貌地点了点头，随后他感到一道沉郁又寂冷的目光，稍稍回头，他看见了他神出鬼没的室友程岩。

精英的德智体美劳当然是要全面发展的，不可能当空有高分的书呆子，学生会及社团经验有个更"简历化"的描述，叫作"极强的实践能力和管理能力"，因此程岩被选拔进了学习部。

除了听说林州行免试入外联部的走后门事迹之外，程岩还被告知今晚的所有器材都由百乐赞助，这给他的既定印象画下了浓墨重彩的一笔。

特指百乐这位的话，那还能加一句——还有脸。

在蔡璇出声喊住林州行之后，程岩心里的刻板印象简直严丝合缝——看到没有，开学才几天就骗到一个女孩子，这位阔少是来上学的还是来勾引女孩子的？

人对于敌意总是敏感的，林州行本来也不是热络的性子，对方又一直用看垃圾的眼神看他，他当然不可能主动去打招呼。不过生气也谈不上，他一直以来被人捧惯了，忽然来了这么一个先入为主对自己厌恶至极的人，还有种很隐秘的新鲜感。

林州行扫了程岩一眼，目光没有任何停留，直接越过他身前。

没想到程岩却开口打招呼，似笑非笑地说："林州行。"

这么喊林州行的人不少，但从来没有方才听在耳朵里的这声别扭，好像叫出一种不卑不亢的感觉来。

程岩接着说："没想到你还亲自来。"

"是啊。"林州行淡淡道，"希望你能感到荣幸。"

程岩攥起拳，但林州行已经走远了。

2

组织部的区域已经预先留好，就等着隋欣阳带人过来分配。林州行顺势在设备台前坐下来，那里摆着一台电脑，他开了机，随便点了几下，想看看有什么游戏能提提神，昨晚又没有睡好，他实在有些困。

这电脑系统老旧，自带的游戏也很匮乏，只有弹珠、贪吃蛇和麻将。弹珠一登进去有很长的一段英文操作说明，界面也是全英文的，玩的人最少。林州行看了一会儿玩法介绍，试着打了两盘，成了最高纪录。

这时，刘可发来消息：林州行！她上线了啊！我怎么办？

刘可说的那个"她"，自然是他那个一见钟情的"线上对象"，他扭

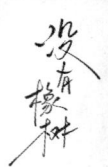

捏许久还是没能开口要其他联系方式，还是只加了游戏好友。

林州行回复了一个字：约。

刘可发了一大串流宽面条眼泪的字符表情：不敢。

林州行回复了两个表示无语的等号，然后继续打弹珠。

一个刘可，一个涂亮亮，当代男大学生都怎么回事，既不敢又不做，难道坐着等就能等来女孩子吗？

……还真能。

林州行感到一道又凉又轻的视线在他身上落了好一会儿，他转身去找，却只看到一个背影。正对着他的是另一个人，隋欣阳。

林州行当然认得出隋欣阳，李晟喝完五瓶啤酒之后拉着他看了几十张合照，他想对这位学姐的脸印象不深刻都不行。

隋欣阳指着他问："你是哪个部门的？"

林州行很礼貌地回答："学姐，我是外联部的。"

"也是大一的？"

"嗯。"

"这里就你一个人？"

"嗯。"林州行说，"暂时被分到这里。"

"那刚好，你和他就一起。"隋欣阳指了指背对他的那个人，接着对林州行介绍自己，"我是组织部部长。"然后急匆匆地走了。

那个女生转过身，微微偏了偏头，安静地和林州行对视一眼。

太近了，林州行忽然有一种距离上的不适应感。第一次见是照片，第二三四五六七次单方面的见面是远远地隔着窗户，而这一次太近了。

这是邓清。

太巧了。

诚然他是刻意为之，等在这里蓄谋已久，但隋欣阳的分配却是一种纯粹的巧合。组织部再怎么说也有七八个新干事，这又怎么不是天造地设的缘分呢？

邓清比照片上更漂亮些，也更冷淡些，不是明艳张扬的那个类型，但也不能叫作清冷，她的五官是很精致娇俏的，一双杏眼，下巴有点肉感。她给人冷淡印象的并不是长相或者话语，而是一种神情和气质，或许薄唇和平直的嘴角也有一点推波助澜的作用。

她没有给出一个通常见面会有的微笑表情，只是看着林州行。这让林州行莫名紧张，想了一遍用什么样的开场白才能不显得愚蠢至极。

只是他习惯使然，从小被外公教导，喜怒可以形于色，但是不能"真"，暴露自我意味着先露底牌，所以越是害怕，越要不怕，越是紧张，越要镇静。

这也就是罗海意所说的"装"。

所以看在邓清眼里，这是个面无表情的人。

双方等了一会儿，都发现无事发生，林州行转着椅子再次面向屏幕，心里在想：即使自己什么都还没说，但已经是愚蠢至极。

邓清其实也挺紧张，她不是很擅长破冰的人，但察言观色的本事多少有一点，看出来林州行并不是个很活泼的性格，因此她咬了咬牙，很是大义凛然地决定由她来开口。

她对人的第一印象判定虽然不够准确，但也差不太多。林州行并不高冷，还算温和，即使回答得简短，但一定是有问必答。

他们开始有了对话，不过，这对话是很生硬的。

邓清先问："你困吗？"

"还好。"林州行说，"九点钟。"

他说话的时候抬头，淡淡扫了邓清一眼，本意是想表示现在还早。

其实他挺想跟她说自己原本是很困的，但是见到了意想之中的人，当然就不困了，如果她想，他们还可以再聊上一会儿。

但是可惜，人们只要一开口，就会无可救药地误解对方。

因为他这样回答，邓清只觉得自己问了一个蠢问题，显然没有哪个大学生会有九点睡觉的作息时间。

这是个讲话语调起伏不大的人，尾音略略偏低，声音是好听的，但和温文尔雅不沾边。男生讲话语速不急的话很容易被夸奖成温柔，可林州行不属于这种情况，他声线冷而透，配上他偏白的皮肤和抬眼时的平静，给人的感觉像薄薄的一片冰。

既不表现亲近，也不多作评价，没有攻击性，但是让人怀疑自己。

因为他暂时还不需要讨好任何人，所以没有养成时刻让对方舒适的语调习惯，在他刻意控制的时候，也能装得很柔和。只是现在有点紧张，所以在邓清尝试给台阶下以缓和气氛之后，他不小心又说了一句生硬的废话。

邓清说："等会儿如果熬不住了可以睡一会儿吗？"

而他的回答是："可以吧，这里有这么多人在。"

很好，这天聊不下去可以不聊。邓清内心升起了一股莫名的火气，觉得自己已经尽力了，气鼓鼓地垂下眼睛站在旁边盘着手臂，视线偏到一边去。

为了拉回她的视线，林州行问："你玩吗？"

"玩。"

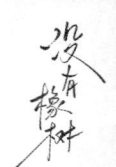

　　林州行起身让位,邓清接过鼠标,坐在他刚刚坐过的座位上接着打起了弹珠游戏。排行榜上的最高纪录就是林州行刚刚打出来的,也不是很高,他也没玩多久。

　　我占了他的位置的话他去干什么?邓清这样想着,下意识扭头看,正好和林州行对视,吓了一跳。

　　这人瞳色偏淡,静静看人的时候有一种冷心冷情的薄凉感。

　　林州行不知道从哪里搬来了一张凳子,坐下来看她玩,用眼神示意可以继续。

　　他们身处后台,热闹喧哗,其他人有买了扑克斗地主的,有组织一圈人玩真心话大冒险的,有搬来一箱水划拳的,而林州行坐在邓清旁边看着她打弹珠游戏。

　　沸水之中,两人之间静得尴尬。

　　这让邓清生出一种被人考核的紧张感来,但因为是林州行,她又有了隐约的胜负欲。

　　因为刚刚几句没头没尾的对话,她决心扳回一城,想要在他面前显得聪明。

　　想要显得聪明,却要用打弹珠的方式达成,不得不说有点可笑。但邓清就是如此,气性上来了不管不顾,几十块的劣质键盘被打得啪啪直响,脊背挺得很直,眉峰微微蹙起。她那样专注,完全没有发现她在看着屏幕,而林州行一直在看她。

　　认真地投入到一件简单的小事中,把它做好并且成功,其实并不容易,林州行被她的专注感染,也开始关注分数。他轻轻眯起眼睛,看到了界面上非常细的一行小字。

　　"我发现了。"林州行眼睛一亮,点了点屏幕右上方一个非常刁钻的角落,"如果弹到这里再弹回的话是双倍得分。"

　　邓清也看见了:"对。"

　　"打那里。"

　　之前算是没有目标地乱玩,保证弹珠不落下就能得分,只需要反应力,但现在有了一个明确的目标,难度陡然增加,邓清玩得有点吃力,一下子用掉了刚刚存掉的两条命,游戏结束了。

　　林州行说:"再来。"

　　通常来说,女人暂时失败时,男人等着上场。雄性孔雀喜欢在雌性面前开屏,露着丑陋的屁股,这是大自然的某种安排和规律之一。

　　邓清气馁之下,说:"要不你来玩。"

她以为林州行就等着这句话,只是不好意思说。

谁知林州行竟然摇头拒绝:"你手热,再试试。"

好!那就再试一次!邓清从心底升起一股豪迈来,大有一种不负所托的责任感,全神贯注、气势十足地再次点击"开始"。

她摁键盘的声音更加激烈了,全神贯注地盯着那枚小小的弹片,最终弹珠准确无误地击打成功,屏幕弹出彩蛋和纸屑花。邓清一声激动的尖叫卡在喉咙正要出口,却发现屏幕特别扭曲地闪了一下,然后蓝屏了。

"啊……"

这声尖叫刚上扬起来就变了调,兴奋劲儿少了大半,她心想,完了。

邓清愣着回头,眼里难免流露出一点求助意味。林州行脸色一变,侧身在键盘上摁了几下组合键,但没什么作用。她赶紧起身,他这次毫不客气地坐下了。

邓清很懊悔,在旁边担心地说着:"这怎么办?明天这台电脑还要用的吧……"

林州行心想:对啊,怎么办?我怎么知道?!

他尝试着回忆去网吧包夜的时候工作人员通常的处理方式,摁了一通,电脑还是没什么反应。他微微睁大眼睛,流露出一点焦虑。

通常是有人替你急你就没那么急,所以邓清从慌张转为镇定,从盯着电脑转向盯着林州行。

看他平静了许久的表情终于有所松动,她甚至有点想笑。

他有一双很好看的手,近距离再看一次,邓清难免还是先被他漂亮而修长的手指吸引,然后才是他的脸。

她站得近,又居高临下的,角度合适,因此能准确无误地看清林州行又窄又长的双眼皮,线条流畅,眼尾斜斜向上延伸,睫毛很长……

邓清肯定了自己之前的感觉,除了手,他的脸的确"也还可以"。

林州行不是那种第一眼给人以强烈印象的帅哥,只是让人模糊地觉得"不错",要细看之下才看得出五官精致。所谓的"那种"帅哥,通常是欧式双眼皮,双眼深邃,大而有神。

邓清在心里举了个例子对比,比如李观彦。

在她思维发散期间,林州行轻轻叹了口气,弯腰下去强制重启。

邓清此时心态已经完全调整好,反正谁坐在椅子上谁着急,她反而有点幸灾乐祸:"万一重启也不行怎么办?"

林州行还是不说话,也不是不理,也不是迁怒。他略略转头,但不知自己为什么没有答复,很空白地看了她一眼,又盯着屏幕。

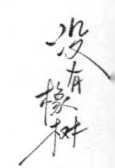

五秒，十秒，三十秒……

系统重启反应中，黑着的屏幕朦胧地印着两个人的脸。

熟悉的开机音乐很大声，邓清松了一口气。

林州行这才扭头过来，笑着说："好了。"

这是他今天晚上第一次笑，他笑起来就温和许多，眸光闪动。邓清立刻眼尖地发现他有颗尖尖的虎牙，大部分男生有虎牙可能会显得幼稚和可爱，但林州行不是。不知道为什么，邓清忽然有了一种命定之中的警惕，就好像一个提醒，提醒她这个人不是像表面上看起来那么温良无害。

这种感觉突然和莫名，她即使察觉，也完全不懂究竟意味着什么。

她只是盯着他看，然后也笑起来："那太好了。"

对林州行来说，这也是邓清对他露出的第一个笑容。

有的时候，你想用比喻来形容一个人，平时根本就不会用到的一些词突然跳出来，然后你不得不承认极为贴切，比如化雪融冰。

她重新在他身边坐下来，带来一种很淡很淡的清香。软软的发梢像软绸一样落在林州行的手腕上，他动了动，轻轻地挪开了。

3

电脑恢复正常后，林州行没有再开弹珠游戏，他猜测里面可能会有一些指令冲突的bug（问题、漏洞）再次导致死机。邓清坐在旁边看他玩贪吃蛇，蛇越来越长，邓清越来越困。

她撑着下巴，捂着嘴轻轻打了一个哈欠时，林州行关掉贪吃蛇，打开麻将，问道："你玩吗？"

"你玩吧，我刚刚玩了挺久的。"这不是客套，是她累了。

林州行想了想，说："我不会打麻将。"

"啊……"邓清一下子坐直，"我教你吧！"

邓清其实也不会，最多算知道规则，是个半吊子。林州行点开电脑对战模式，两个人和三台电脑一起打，邓清积极地出谋划策，他就按照她的指挥出牌，输多赢少。

邓清说："这要是真的算钱，那裤子都输掉啦。"

林州行点头附和："嗯，幸好。"

邓清推他的手臂，催促道："失败是成功之母，好了好了，快，下一把下一把。"

"嗯。"

于是就这样，两个人打了一整晚的麻将。

也不能叫一整晚，临近三点的时候，邓清睡着了，很安静地趴在桌面上，枕着手臂，青丝半散。林州行独自继续刚刚点开的这局，大三元凑满13张听牌，他没摸最后一张，直接关了游戏起身。

已经是后半夜，一些人睡得东倒西歪，安静了许多。排节目的人出去买了夜宵回来，围成一圈正在分筷子。林州行找她们借了一件演出用的披风，拿回来披在邓清身上。

为了打发时间，他又点开游戏。

他怎么可能不会打麻将，林舒琴从小带着他混在小姐与太太们之间，五六岁就被招呼着搂在怀里记牌。在那个圈子里，林舒琴是惯常被捧的，借着夸他来捧。

"阿琴，你崽好乖。"

"是啊，小州最听话了，陪阿妈来打牌。"

这是一种技能，要会要通，要读得懂桌上的牌面和桌下的人心。除此之外，林州行还被逼着学了许多东西。林舒琴看似是一个柔和溺爱的母亲，实则是家族意志坚定的拥护者，她的才能不在企业和业务上，因此把经营人脉和培养合格的继承人作为毕生任务，以目前情况来说，她自觉是很成功的。

所以，有时候林州行会觉得母亲爱他是出于一种责任。

这种责任也带来了义务，他生来什么都有，没有资格抱怨，因此必须接受，所以程岩的鄙夷不会让他觉得恼怒，而是漠然。

程岩讨厌他，只是因为他是百乐的林州行，那么蔡璇说喜欢他，也因为他是百乐的林州行吗？

不然，如她所说，球场看见多次，为什么直到联谊中遇到并明确了他的身份才来开门见山？想到此处，林州行突然一惊，邓清根本没有问过他的名字。

她知道他是谁吗？

他盯着邓清看了一会儿，目光在她小巧的唇珠上轻轻停留，又赶紧移开，连自己都不曾察觉地笑了一下。

他想她应该不知道吧。

能和他打一晚上的麻将，也没想过要开口问一句他叫什么。

她不仅不知道，而且不在乎。

等她醒了再郑重其事地自我介绍好像也很傻，林州行沉默地纠结了很长时间，直到刘可给他发来一条简短信息：救！

林州行：说。

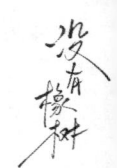

刘可一个电话打过来，可怜兮兮地说："我在网吧。快来！"

虽然莫名其妙，但是想了一会儿，林州行还是起身走了。

所以当邓清醒来时，面对的是已经空掉的座位和缓慢从天窗挪进后台的晨光。她略微活动着酸痛的肩膀和脖颈，身上的披风滑落，便弯腰去捡，然后听见头顶上有个冷冰冰的声音发问："怎么就你一个人？"

"啊？"邓清揉揉眼睛，"他走了吧？"

"什么时候？"

"不知道。"

"嗯。"这人很冷峻地说，"我是学习部的程岩，来登记签到，你在这里写上名字就可以。"

表格上已经有自己昨晚的签到以及时间，邓清按格式写上了现在的时间、负责的区域，然后签名。她发现其他区域都起码有两个人，但昨天那个人的名字却没有留在上面，他是谁？

她居然没有问。

"还有一个人也在的，昨晚和我一起，但我不知道他叫什么。"

程岩在心里冷笑，果然只是走个过场而已。他迅速把表格抽走："不重要，你回去吧。"

"好。"

可是回去的路上，邓清却有点心不在焉，她一直在想那个人，昨天晚上遇到的那个人。

林州行到了网吧，发现刘可像一块桌布似的趴在前台和老板扭来扭去。一见林州行，刘可就立刻来了精神，说："你看我没骗你，我真有金主！"

老板嗤笑一声："给钱！"

刘可呜呜呜地假哭着跑过来把人扯过去。

林州行抬眼，只问："多少？"

老板把屏幕掰过来，屈起指节敲了敲。

林州行从钱夹中抽出几张纸币递过去，说道："给他办张卡，余额都充进去。"

钱夹并没有logo（标志），也有点旧，但老板认得出黑金十字纹皮革。

刘可在旁边叉腰抱怨："我都说了回去拿钱过来，这人死心眼，不让我走。"

老板笑眯眯地改了态度："哎呀，我没有不相信你嘛，我以前也是江大的，是怕有人冒充学生逃单。大家都是校友，小学弟，我给你道个歉好不好？"

刘可好奇地问道："你什么时候毕业的？"

"去年。"

"毕业就当老板了？"

"没毕业就当老板了。"老板矜持而得意地纠正，一人手里塞了一张写有"周明祎"的名片。

"除了网吧，还有旁边的桌游和酒吧，提我的名字都打折。误会一场，真不好意思，我送你们两张会员卡。"

刘可立刻热情与之握手："伟哥！我叫刘可！"

"那个字不念伟。"

"周哥！"

"再玩两把呗？等会儿我给你俩送早饭。"

"你这儿还包早饭？"刘可一边互动，一边扭头询问，"林州行？"

林州行已经走到门口，转身看他一眼："要不你就住这里？"

"啊……那不用了。"刘可到底是心虚，扑上去把林州行的肩膀揽住，"你听我解释。"

林州行任他揽住，伸出两根指头，说道："限时两分钟。"

其实两句话就能讲完，在林州行鼓励刘可去约之后，刘可真的去了，只是约的不是见面，而是打游戏。两个人打到快熄灯，对方意犹未尽，说包夜继续，刘可于是单刀赴会，旋风般赶着关宿舍之前出了门，但是因为过于激动，忘了带钱。他口袋里就五块钱，赊账一晚上，老板不放人。

林州行冷静地问："都出来包夜了，为什么不直接约在网吧？"

刘可摸了摸脸，说："孤男寡女的，不好。"

"不敢见面吗？"

刘可沉默了一会儿，反问道："你不觉得有时候保持距离和幻想更好吗？"

一天之前，也许林州行会点头，但是现在，林州行说："不觉得。"

4

邓清回宿舍的时候，二姐和老大都已经起床洗漱，而刘薇居然不在，但她没有多余力气再问，倒头就睡，再醒来就是中午了。

刘薇也仿佛刚醒没多久，双眼蒙眬地抱着饭盒往嘴里塞食物："小清，你也有一份。"

邓清立刻跳下床："谢谢！"

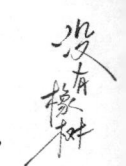

军训过后的宿舍关系总是分外和睦，大家都打算开个好头，好好相处，至于四个人分三个群这种情况，那都是后来的事。

学生会一年一度的纳新盘活了平时寂静的本校论坛，大家积极地贡献着偶遇的帅哥和美女。老大在帖子里逐一翻找点评，二姐在她身后一边搓护手霜一边走来走去地插嘴。

刘薇说："你不是天天在看陈军，还看别人啊？"

二姐替老大反驳："怎么能在一棵树上吊死！"

老大点头："体育部好多是我的菜，可惜竞争太激烈了，进不去。"

刘薇也同意："起码他们都很高。"

二姐提醒说："可是陈军又不高。"

"你不懂，"老大维护道，"他练的那个项目不能太高。"

二姐不服气："你这么了解他，他认识你吗？"

"急什么！"

几个人你来我往地拌嘴了几句，邓清在闲聊的欢快氛围中吃完了饭，心想：老大多少比自己还是好一点的，起码她知道人家叫什么。

刘薇也吃完了，凑到屏幕前一起加入，突然指着电脑叫了一声："哎，你们两个！"

吃瓜吃到自己，邓清慌忙跑过去。

一个人发布了照片，照片上是邓清和柳唯两个人，大概是刚进走廊的时候被拍到的，之后两个人分开，邓清去了组织部，柳唯去了外联部。

热评写了四个字：气质美女。

柳唯和邓清开始了一番无意义的谦让，为了让这场无休止的追捧画上句号，邓清率先转移话题："其实我在外联部有看到一个。"

"你喜欢？"

"就觉得长得还行吧。"

"叫什么？"

"不知道。"

"快快快，找一找。"二姐扑在屏幕前，"外联部的我全都看过了，我怎么不知道？"

外联部相关的照片特别多，翻来翻去之间，邓清始终没有吭声，眼睛却一直盯着屏幕。

刘薇突然"啊"了一声，身体轻微一颤，伸手指着屏幕上的照片，问道："这谁啊？长得好像那个……"她因为一时想不起来急得跺脚，"就是暑假我刚重温过的那版射雕，那个演员叫……啊啊啊，想不起来！"

"我想起来了。"老大说,"香港的,眼睛可大了,娃娃脸。"

"对对对!"

"这是外联部部长啊。"二姐戳了一下屏幕,"我也觉得还挺帅的,好几个人都是因为他才报外联部的。"

"那你说他长得像不像?"

"说像也像吧,总体是挺港风的,但他的脸没那么圆。"

其他三个人讨论得热火朝天时,邓清伸出一根手指点了点照片角落的一个人影,幽幽地问:"这是谁?"

"他啊?"二姐意味不明地感叹了一声,"林州行。"

刘薇探头过来看,眯着眼睛,说:"看不清啊,帅吗?"

"应该可以吧……"二姐迟疑着评价,"有点不太记得具体长什么样子了。他都没有参加面试,一开始就直接坐在学长学姐那边了。"

"免试?凭什么啊?"刘薇不满地嚷道。

二姐倒是心态挺好,说:"可能家里有钱吧。"

刘薇继续嚷嚷:"太不公平了!"

老大把话题拉回来:"小清,你看上啦?"

"没有啊。"邓清急忙否认,"昨天晚上临时搭档了一下,就……问问。"

"一晚上你都不知道人家叫什么?"二姐奇怪地扭头,"难道你们没聊天没讲话?"

"也不是……"邓清蹭了蹭鼻尖,也疑惑了一下。

对啊,为什么他没有问她?

"那你们在干吗?"

"打游戏。"

刘薇眼睛亮了:"什么游戏?"

"就电脑自带的那种,麻将啊贪吃蛇啊,很无聊的。"

"哎,没意思,我还以为你也玩对战游戏。"

刘薇爱打游戏,四个人里面就她的笔记本配置最高,一周七天里面有四五天要玩到熄灯。

二姐发挥宿舍长责任心教育刘薇:"你注意一点,昨天还跑去通宵,不像话!再这么玩下去,眼睛要瞎掉的!"

刘薇好像叛逆期没过,反驳:"你这话我妈说过一模一样的,我好不容易高考完,来到了自由的新天地!"

"我就是你妈。"二姐将手伸上去捏脸,"再通宵一定揍你。"

"放手,放手……"

"薇薇脸还挺滑。"柳唯扭头呼朋引伴,"哎,你们都来玩一下!"

邓清和老大全聚过来,搓得小孩抗议不止。

"过分……"

父亲林平舟的礼物派专人送到了学校,林州行拆出来一块黑色的劳力士迪通拿,出厂的字母代表他出生的那一年,编码则是他的生日。宇宙计型迪通拿是专门为职业车手开发的,配有专门的计时器和测速外环,令车手能够准确地测量消耗的时间和计算平均速度。

林州行喜欢车,但是林舒琴不喜欢他把过多的时间花在这上面,她总是担心他会出事,也总是提醒他不要开得太快。

学校是人们进入社会前的最后一道防线,外界的光环影响着这里,但也维持着表面的朴素平和。江大的学生中不乏名流子女,但大学生们看起来都大同小异,有一种褒义的纯真土气,太高调会显得有点傻,但林州行还是在去上课的时候戴上了那块劳力士,没什么人在意,只是程岩不咸不淡地看了他好几眼。

金融泱泱大系六个班,刘可在一班,曾生光在二班,程岩和林州行在三班。三班还有一个林州行留心过的人——李观彦,两个人勉强算是认识,因为轨迹重合得实在太多——同专业同班、篮球队、罗海意。

李观彦家里是做餐饮连锁的,经常有意无意自嘲或者自夸是"烤鱼王子",找罗三拜对码头,没几天就玩得很熟,对林州行有种远远打量的意味。两个人遇到时,也会浅浅打个招呼。

除此之外,还有一个李观彦不知道林州行知道的轨迹重合,那就是邓清,其实硬要算的话还有一个,那就是蔡璇。

李观彦从军训开始就在追蔡璇,金融系(3)班和英语系的队列挨着,晚上的才艺表演环节蔡璇被推上去唱歌,大方不扭捏且十分甜美,李观彦马上去要了联系方式,然后就开始追,包括且不限于送礼物,拉着人家去球场,跑前跑后地买水买零食……

蔡璇反应淡淡的,李观彦也并不沮丧,但是直到看见过一次蔡璇来教室找林州行,才骤然觉得索然无味。

在追人的阶段伏低做小,李观彦是无所谓的,但是自己献殷勤的人反应寡淡,反而对着别人笑靥如花,对他来说就像吞了一只苍蝇一样恶心。

那一次看见蔡璇突然来教室,他原本特别高兴,有一种精诚所至金石为开的得意感,结果人家走到半路拐了方向,那甜笑也不是对着自己,那种巨大的落差感他不想再受。

从那天起，李观彦不再理蔡璇。

对此，大龄单身男青年兼篮球队副队长涂亮亮的评价是："他怎么移情别恋得这么快，跟喝水似的？"然后反应过来自己扫射了，找补说，"州行，我没说你。"

林州行只是淡淡地"嗯"了一声。

涂亮亮目光炯炯，问："进展得怎么样了？邓清的那个室友叫什么啊？你问到了吗？就是……我老婆，你知道的，我老婆！"

"我知道。"林州行又说，"别急。"

大学生上完早八之后灵魂出窍，邓清觉得自己是一具行尸走肉。她不仅没梳头，而且还把上衣前后穿反了，勒得十分难受，幸好圆领纯色长袖看不出多少异常，但是整整两节课，她都觉得自己像一只被吊起脖子的大鹅。

下午才有课，二姐神采奕奕地说要去逛超市，刘薇积极响应。老大陪邓清回宿舍换衣服，她们穿过园区的必经之路时，被李观彦叫住。他又穿着篮球服，说马上体育馆有一场训练赛，问邓清有没有兴趣去看。

邓清拽着领子喘气，心想：看个头的训练赛。

老大在旁边问："和哪个学校打啊？"

"隔壁理工的。"

知道老大这么问就是很想去，邓清试探着看她一眼，问："那我们去看看？"

老大拽起她就走。

李观彦很高兴，忍不住说了句："都是新生，我要上场的。"

李观彦就走在身边，邓清感觉微妙。之前的李观彦瘦瘦高高，两条腿很细，不像现在练出了肌肉，人也晒黑了一点，整个人散发着健康阳光的气息。

可是不知道为什么，邓清觉得李观彦没有以前帅了。

她在心里鄙视自己的这种颜控想法。

李观彦实际上只是替补，匆匆跑下去集合。

今天安排好的首发队员已经热身完进场，邓清猛然看见了林州行，他也穿着篮球服，站在场边，正在低头调整护腕。

不自觉地，邓清拉扯着自己的领子，试图展平一点，又捋了下头发，心里想着：我今天黑眼圈是不是很重？

发现林州行马上就要抬头，邓清心里一紧，立刻拖着老大拔腿就走。

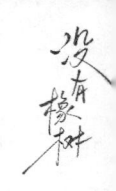

老大一头雾水地问:"小清,怎么了?"

"我们……"邓清说,"我们回去吧,我肚子疼。"

林州行把腕表交给涂亮亮保管,涂亮亮忧心忡忡地说:"万一出点事咋办?我手上只有我们老家一套房。"

林州行笑了笑,回道:"没事。"

他其实已经看见了邓清,也看见了是李观彦带她们进来的。他迟疑了一下,还是想迈动步子,但半步都还没走出去,邓清就扭头跑了。

她跑什么?

5

邓清回宿舍换了件衣服,又去洗了头发吹干,折腾了一圈。

二姐和刘薇还是没回来,老大看了会儿小说,觉得有点无聊,又见外面天气好,提议:"要不问问她们俩逛到哪里了?我们去找她们会合吧?"

邓清看了看表,说:"球赛应该还没结束,去不去?"

老大猛地站起来,突然反应过来什么,来了一个意味深长的眼神,说:"难怪要跑回来换衣服。"

"不是你想去吗?"邓清把长发掖在耳后,对着落地镜照了照。

"此地无银三百两。"老大挽着她的胳膊出门,边走边说,"我懂你,小清,我也喜欢运动系。"

之前那张照片那么模糊,老大一点都没有认出来林州行,自然以为是李观彦的缘故,邓清没有解释,只说道:"不是的,别瞎猜。"

训练赛主要是练战术练磨合,输赢都在其次,林州行和李观彦打的都是后卫,与其说一个首发一个替补,不如说是一个上半场一个下半场。训练赛队员更换频繁,轮流上场,双方教练哨声不断响起,林州行打了两次穿插进攻之后教练示意暂停,打了手势。他点点头,和李观彦击掌后跑下场,接过涂亮亮递过来的水喝了一口。

他看到了邓清,发现她换了件有腰带的连衣裙。

她虽然刚刚跑了,但是不知道什么时候又回来了。新生之间的训练赛实际上是没什么看头的,场边坐着的人很少,女生也不多,她们要么是来看看隔壁理工的队员,要么是谁的女朋友或者女同学。

林州行看了眼刚刚上场的李观彦,突然明白了邓清重新出现的原因。

李观彦也看见邓清了,立刻干劲十足地跑动起来,露出一个很大的微笑来,举起胳膊用力摆动一下。

邓清只好礼貌地回应,笑了一下,摆摆手,然后眼神飘动,偷偷摸摸地找人。她的视线扫过场边时,猛然和人对视,两个人的目光撞在一起。

发现林州行冷淡又锐利地瞪着自己,邓清有点不理解,甚至往后看了看——没人,他就是在瞪她,奇怪,她哪里惹他啦?

篮板忽然一声巨响,球应声入框,小小的欢呼声响起,李观彦得分了。

老大在旁边看得很投入,跟着场边的人一起鼓掌,猛拉邓清的胳膊,激动地说道:"小清,进了!"

邓清懵懂且迟钝地跟着拍了两下手,眼神没动,林州行却移开了视线。

李观彦长相俊朗,笑起来很阳光,一下子就成了场上的焦点,有胆子大的女生直接喊道:"帅哥,加油,再进一个!"

老大不服气了,怂恿道:"瞎喊什么呀?小清,你也喊!"

邓清看她一眼:"我要是喊了,你明天喊陈军吗?"

"不了吧……"老大立刻退缩,"算了算了。"

场上热热闹闹地庆祝着,场下林州行低声和教练说了句什么之后就转身走了,走进通道的一团阴影中,看不见了。

邓清眨了眨眼,原本也不知道自己在期待什么,此时却有点失落。

合理的解释是,林州行没有认出她来。

邓清安慰自己,这情况很正常。

"州行,你跑哪儿去?"涂亮亮追过去提醒,"还没打完。"

"透下气。"

涂亮亮有点不满,他知道这话就是扯,林州行不会回来了。他展现出学长的责任心来:"发什么神经?打完要复盘技术要点的,别乱跑。"

"教练那边我说过了,亮哥帮我听一下。"林州行笑了笑,露出他的虎牙尖,语气软软的,"心情不好。"

涂亮亮头疼着妥协,摆摆手:"行行行。表还给你,拿好。"

邓清在组织部接到的第一个工作任务是替隋欣阳去开会,敲定迎新晚会伴手礼的具体内容,虽然理论上是要根据组织部的策划方案来,但实际上这个方案肯定是个摆设。因为这部分学校没有预算,所以完全取决于外联部能拉到的赞助以及和对外品牌的合作情况。

隋欣阳和邓清说:"直接问林少就行,问他打算出点什么!"

"嗯……谁?"邓清装作很镇定,听不懂的样子。

"林州行。你们不是见过了吗?他就坐在那里,你们一组的,聊得怎么样?"

"一般。"

"很正常。"隋欣阳意有所指,"外联部的人都那副样子。"

"我还以为外联部的选拔标准是活泼外向的那种。"邓清好像受到了某种启发。

隋欣阳笑了,回道:"怎么,林州行不像是不是?但他姓林,百乐的那个林,在其他人都只能拉来门口烧烤店的炸肉串赞助的时候,我们希望林州行能直接一步到位。"

"也太现实了。"邓清开玩笑说,"我现在督促我爸的公司上市还来得及吗?"

"你家也有公司?"

"小厂子而已。"

林川那里做生意的人很多,几乎家家有厂有店。邓清的爸爸是国营厂技术人员出身,下海办了一家小加工厂,规模不大,不过也能自给自足。所以从小到大,物质层面上邓清没有缺过什么,她在这方面的欲望也不是很浓厚,奢侈品买不起,商场逛得起就行。

"小清,你放心,组织部不看那些。"隋欣阳安慰道,"我们这里只要能干活的。"

"所以你不去开会,让我去。"邓清揶揄道,"部长,我懂了。"

隋欣阳长叹一口气,说:"你不懂。"

她大三,不过二十来岁,但浓妆后面总是带着一副很成年人的情伤表情,抱着手臂咬牙切齿地说:"我不想见某人。"

邓清这才知道,之前传闻中导致隋欣阳消失三天的罪魁祸首前男友正是外联部部长李晟。

她默默记下这个八卦,打算晚上吃饭的时候和室友分享。

隋欣阳像所有失恋人士一样,有很多的感想和过来人经验要分享,语重心长地说:"你记好,不要在学生会里面找人谈恋爱。"

邓清点点头,说:"好的。"

"我跟你说,州行,千万不要找学生会的。"基本是同时,但是不同地点,李晟说了一句差不多的恋爱感悟。

林州行问道:"为什么?"

"多尴尬,分手了还得见面。"

"如果同班,不也是一样?"

"你说得对,所以同班也不行。"李晟最终总结,"兔子不吃窝边草。"

不过,林州行却说:"如果再也不见面,就不会有其他可能性。"

李晟沉默了，很久没有说话。

邓清抱着笔记本从教室门口走进来时，李晟突然说："你知道吗，是她提的分手。"

邓清在两个人面前坐下。

李晟震惊地问："就你一个人？"

"嗯。"邓清镇定自若地摊开笔记本，"我代表组织部。"

李晟调整了一下表情，说："稍等一会儿，外联部的其他人还没到。"

"好。"

"等一下你做会议记录。"

"好。"

简短的回答过后，邓清一言不发。她没有闲聊的兴致。但林州行今天穿了一件淡蓝色牛津布衬衫，袖子卷到小臂处，细白腕子上戴着一块黑劳迪。他和那天晚上懒洋洋的样子很不一样，和球场上也不一样，邓清忍不住多看了他两眼。

林州行挪了一下凳子，倾身靠近桌面，看着邓清，说："其实我……"

他这话让下课铃声打断，然后突然进来一大堆人，外联部有好几个新生干事正好在旁边教室上课，一下课就过来开会，嘻嘻哈哈地互相打招呼。

邓清抬头回望林州行，带着一点点疑惑和探究的眼神，可是会议马上开始了，林州行没再继续说下去。

全是外联部的人，开起会来思维发散，吵吵嚷嚷，天马行空。李晟没有专程介绍邓清，甚至连名字都没问起，邓清觉得被忽视，也不生气，但态度冷淡起来，散了会合上笔记本转身就走，速度极快。李晟追了几步才追上，想要喊住，却不知道名字，尴尬极了，只好出声大叫："啊……那个谁，喂，你等一下？"

谁？哪个谁？

邓清脚步没停。

忽然，有一个声音带着一点点笑意，在她身后喊道："邓清！"

她停下脚步，发现是林州行。

"你怎么知道我的名字？"

林州行笑了笑，没答话，三言两句还真有点说不清。

李晟赶上来，自顾自说："你回去问问你部长，以后都是你来和我对接吗？"

"你直接问她吧。"

李晟有点不爽地说："她把我拉黑了啊。"

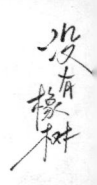

"哦。"邓清很无辜地说,"那我也不知道。"

"好吧。"李晟睁圆了眼睛,叹了一口气,但也没办法,抓抓头发走了。

想一想也是,这只是一个新干事,哪知道那么多。

邓清无辜的样子是装的,虽然表情不明显,但是林州行看得出来,她现在是在故意给李晟钉子碰,敏感又厉害,一点亏不肯吃。

林州行问:"为什么装不认识?"

"我们认识吗?"邓清又是那副无辜表情,杏眼弯弯的。

"是不认识。"林州行不满意,"你都不问我的名字。"

"林州行。"

"你知道?"林州行轻笑了一声。

所以她也像他一样私下留心吗?他难免得意,那么……

林州行正要再开口,邓清却说:"当然,你很有名。"

"为什么?"

"有钱。"

他笑意顿消,微微皱了下眉头。

很令人满意的反应。

笑意转移到了邓清的嘴角,她跑开了,像一只诡计得逞的狐狸。林州行站在原地,有点愣住了。

他从来没有被这么温和地讽刺过,邓清脸上的表情不是挑衅,也不是鄙夷,既不羡慕,也不会有任何心理上的预设,仿佛只是念出了商品标签上的价格一样。

你在乎我,对我感兴趣,于是我来到了橱窗前,架子上的小熊等在那里,身上唯一鲜明的标签就是"有钱"。

"还需要努力啊,林州行。"

他认为她在这样对他说。

"除了有钱,你身上还有其他东西能够留住我吗?"

第三章
欢迎光临

1

视网膜效应的意思是，越关注，越出现。从林州行看见过一次之后，就有第二次、第三次、第四次……

李观彦总是能在宿舍楼下遇见邓清，然后说上几句话，林州行站在窗户后面，有一点微妙的恼火：她真的看不出来李观彦是故意的吗？

也不至于看不出来，对于邓清来说，主要是不在乎。

李观彦当时是高一下学期才转到班上来的，转学生容易吸引大家的注意力，帅气的转学生更甚。在很多的青睐中，对方选择了靠近自己，邓清刚带了些雀跃的心情，就被陈锦女士这位王母娘娘拔下银簪划出银河。

惆怅的心情是有的，可是惆怅和刻骨铭心，实在差得有点远。

所以有的时候她会想，果然小说和现实还是不一样的，但是老大不这样认为，说是因为她还没有经历过。

老大说得很玄妙："有过恋爱不代表懂得爱情，这就和做题一样，盲目刷题十道比不上用心举一反三一道。"

这时候就有人问："那么什么叫懂得爱情呢？"

老大说："要心痛过。"

"我不同意。"刘薇举手反对，"不开心还讲什么爱不爱的，找虐吗？"

老大反驳："得多缺心眼才能一辈子傻呵呵乐呵呵的？"

邓清想了想，说："世上不如意之事十有八九，也没有什么事是永远正面永远开心的。"

"听我讲。"二姐做了一个手势示意大家安静，"就三个字，姐乐意。"

刘薇问："什么意思？"

邓清拍了拍"小孩"的头顶，回道："意思就是，当你觉得即使难过也愿意的时候，就是真爱了。"

"真爱就是受虐我也高兴？"刘薇还是不懂，疑惑着鼓起嘴，"我有病吗？"

二姐一边敷面膜，一边指了指老大，说："也差不多。"

老大正对着电脑双手合十，嘴里振振有词，像作法一样。自从她加到了陈军的QQ之后就一直这个反应，虽然QQ还是二姐上周实在受不了了主动去要的，但是加上之后，除了最初的"你好"和自我介绍，两个人再没有说过别的。

李观彦也是一样，虽然加了邓清的好友，但是除了在校园里遇到会打招呼然后闲聊两句之外，他并不会主动来找邓清。所以管他是偶遇还是刻意，邓清都不打算去探究和在乎，学业上的烦心事已经很多，她不打算给自己增加负担。

档案系的人实在太少太少了，少到去上了一次课专业老师就把全班都记住了的程度。她们四个因为喜欢坐一排而被特殊标记，文献编辑学的老师是返聘来的老教授，老先生六十六了还能跑马拉松，将报道剪下来贴在办公室里，满满一墙。他第一次来上课时，红光满面的，水壶里泡着西洋参，看见人全挤在后面坐着，像一群小鼹鼠，声如洪钟地催促："都想躲哪儿去？坐前面来！"

当然人人低头，没人想去。老头就点名，第一个叫道："邓清！"

邓清扯二姐的袖子，二姐捏着刘薇，刘薇不甘心拖着老大，四个人磨磨叽叽地在老头目光的洗礼下坐到第一排。

老大郁闷地说："都怪小清长得太显眼了！"

这门课的作业很多，要背的地方也多，而且和既定印象相悖——档案学是要学高数的。

四个人里面只有邓清是学理科的，只好当其他三个人的老师。

除去上课，邓清还有学生会和社团活动，音乐社的活动只去了两次就不太想去了。江大最近承接了省青年代表大会的培训活动，学生会全员做协助，光是志愿者招聘就让组织部忙了许多天，每天都是部门内部开会，她再没有见过林州行。

林州行突然想给外公打个电话。

从报完志愿陆续吵了几架之后，祖孙俩再没有讲过话，他离开深圳那天，父亲没到，外公也没来。

家里对他的就读去向意见不一，林平舟主张让他和李享之一样去美国留学，林启远不同意，要他去广州，要么是东南亚。

林舒琴同意他去广州,因为离家近,她可以常常去看看儿子。

林州行谁的话也没听,一声不吭选了江大。

他不是非要选江大不可,他只是不想选他们选的。

少年人的叛逆期是从什么时候开始的?十四岁?又或者十五岁?不太清楚,因为林舒琴一直以来总是说"小州很听话的,没有什么叛逆期"。

看起来是没有,和其他"子弟"比起来,林州行算是外人最艳羡的那一款——规矩、努力、上进。

他长得像母亲,性格却冷淡安静。这原本应该是很好的,但是林启远却跟自己女儿讲:"你儿子,疯得很。"

林舒琴温温柔柔地反驳:"哪有呀?一点影子也没有的,爸爸,你不要乱说。"

"他现在还小,你又护着,当然不大明显,看人要看透彻,阿琴,你明不明白?"

林平舟在旁边轻咳一声,抖了抖报纸,家政阿姨送过去咖啡。林州行也分不清外公到底是在说他,还是在说他父亲,又或者一箭双雕,一骂一对。

有的时候,他会和父亲短暂生出一种同盟的情感,好像因为他身上流着一半"外人"的血,所以总有一半被这个家拦在门外似的。

林州行不自觉地摸了摸左手的腕表。

但是总回忆这些,又显得他狼心狗肺,林启远打拼下如此家业,亲和而严厉地护他长大,当然有更多慈爱时刻,可那些记忆都很久远了,仿佛很久没有发生过了。

从初中开始,林州行每一个假期都被安排去门店轮岗,每一步都在往"林家继承人"的塑造上更近一步。他被重视,只因为他是唯一。

林舒琴身体不好,试管失败过两次,可能要休养两年再试,又或者就此放弃,不好说,这些都要看林启远如何决定。

试管的事情林舒琴当然瞒着儿子,只是她以为自己瞒住了。

林州行知道这件事的时候并没有自己预想当中的那样寒心,林家长期的教育已经让他能第一时间从利弊考虑问题,他能接受外公和母亲的选择。

这样是对的。舅舅林舒华英年早逝,教训惨痛。

找职业经理人就会更好吗?制度就能强过血缘吗?

林州行知道外公不会接受那样的想法的,父亲就是最好的例子。

电话没有响很久就被接通了,林州行低声喊了一声"阿公"后沉默不言。

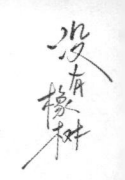

林启远忍了半天按捺不住,没好气地说:"衰仔!你怎么不等我死了再打电话?"

见电话那边半天不吭声,林启远暗骂子女都是父母债,隔代更是讨债鬼,不由得叹了一口气:"你阿妈都和我讲了,在那边没有不习惯就好,国庆节返家吗?"

"有事。"

"回吧。"林启远不死心,"你阿妈很想你,我们一起出海去,到岛上住几天。"

"不回。"

"不回就干些正经事。江大附近的门店考察过没有?数据和阿姚对一下,报告……对,写个报告,念书念这么多年,报告都没明白怎么行?江大周边看过了就再走远些,慢慢都搞清楚。"

林启远被拒绝后,嗓音逐渐严厉起来:"小州,听到没有!"

林州行垂着眼睛说:"我很忙。"

"要从细节看全局,明白吗?等你正式接班到了阿公这个位置,就要学会抓大放小,不要管细枝末节,但你不清楚每一步细节的话,被下面人骗掉底裤都不知道!现在不锻炼,要等什么时候?等你接了你老豆(老爸)的班,把百乐搞得一塌糊涂的时候吗?"

沉默了一会儿,林州行低声说:"阿公,我知道了。"

挂掉电话,林州行掏出烟盒,又倒出来一支,但手机里接到了一条通知,他又收起来,转身回了宿舍。

信息里的关键词是"学生会""全员"。

全员……

也不能用多么夸张的词句来形容,倒也不至于是骤然雀跃这么极端,就像是细雨天沾着雾气的窗户被擦出透净的一角,让他有了一些能够喘口气的、清新的期待。

他又能见到她了。

2

邓清早早来到规定地点集合,特意穿上了上次在篮球场穿过的那条连衣裙。她看见林州行混在外联部一大群人之中,跟在李晟身后走了过来,见他穿着很普通的白T恤和牛仔裤,很清爽的样子,邓清有点后悔,觉得自己太隆重了。

为了显得放松和不在意,邓清在场馆边随意坐了下来,没有和其他人聊天,但也没有再看外联部那个方向。可是林州行主动走了过来,好像没有计较上次小小的冒犯一样,挺友好地闲聊了几句关于天气、今天的任务安排和一些无伤大雅的隐私,比如,林州行问她是哪个专业的。

"档案。"

林州行没有敷衍地假笑"那很特别",也没有夸张地惊叹"还有这种专业",只是继续问:"都学些什么?"

"要学高数、计算机、信息管理,要学不同纸张的贮存和养护方式。"邓清说,"和很多人字面上理解的其实很不一样。"

林州行认真地听着,说:"不太常见。"

"是啊,我们系只有一个班,三十个人。"

他看起来很好奇,问道:"是因为喜欢这个才报的吗?"

"不是。"

"那是为什么?"

林州行今天好像很喜欢问问题,邓清就很坦诚地说:"因为分数不够,我想上江大,就只能报这些冷门专业。"

林州行点点头。

"那你呢?"

"金融。"

"所以,你是为什么?"邓清带着点促狭心思,用一样的话来问,"是因为喜欢吗?"

"不是。"

"那是为什么?"

"因为……"林州行忽然露出那种等待谜底揭开已久的笑容,舔了一口嘴里的虎牙,不紧不慢地说,"因为我有钱。"

轻松愉快的聊天氛围荡然无存,图穷匕见,邓清咬了咬牙。

他讲了这么长的铺垫,就只是为了把这句话还给她。

睚眦必报。

林州行调整了一下位置,站在邓清面前——他原本就站在她身前,她坐着,他把自己的身位摆得更正了一些,插着兜,微微俯身,刚好投下一块不大不小的阴影。

为了听他说话,邓清半仰着头,精致的五官被恰巧合适地笼罩在阴影下。林州行慢慢低声笑了,抛出一句反问:"有钱人不学金融,学什么?"

"很有道理。"邓清也笑着说,但是嘴角只勾了一点点,语气和语调更是硬邦邦的,"只会花不会挣,花完了怎么办?"

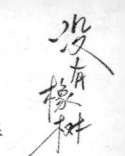

林州行直起身，半垂着眼，有些居高临下了，说道："花一半扔一半也花不完。"

"何必，要扔不如给我。"

"你要吗？"

两个人表情平淡，甚至略带微笑，但话语却像凉飕飕的冷箭。

李晟在旁边越听越觉得后背发凉，劝道："别吵架。"

这话一插进来，两个人一同侧过头，齐齐看李晟一眼。李晟突然有种是他说错话打扰了什么的奇怪感觉。

隋欣阳看见了，立刻踩着高跟鞋风风火火地过来，维护道："小清，谁欺负你和我说，别怕！"

"没有。"邓清有点哭笑不得。

李晟不满地说："谁欺负她了？"

隋欣阳翻了个白眼，理都不理，要把邓清拉走。邓清小跑两步，乖乖跟上，但是回头看了一眼，发现林州行还在看着她，似笑非笑的样子，手插在兜里。

她一甩头发，大步走开。

正式开始干活之后，邓清和程岩被分到一组，一个给志愿者发物资，一个负责登记。程岩话不多，但是记录很细致，邓清手脚麻利，他们这组进度相对较快。

林州行和女生部的蔡璇分到一组，两边的人都望着他们笑，神色暧昧不明。程岩一看就是不聊八卦的人，邓清只好自己往那边看，动作幅度不好太大，偷偷摸摸的。

冷不丁的，程岩突然说："她在追他。"

这像兜头一盆冷水浇下一样，邓清心里一颤，稳住情绪，回道："那挺好的。"

"什么挺好的？"程岩鄙夷地说，"肤浅，就图一张脸。"

邓清不愿意听这话，很不客气地问："你和蔡璇很熟吗？了解她吗？贸然这样说很没礼貌。"

程岩奇怪地看了邓清一眼，无奈地说："我在说林州行。"

"所以，是蔡璇在追……"

"对。"

"你讨厌他？"邓清噎住了。

程岩非常直白地说："我很不喜欢他。"

"为什么？"

程岩又看她一眼，意思是"这还用问为什么"。

他的眼神如此理所当然，邓清会心一笑。虽然她并不至于讨厌林州行，但是也觉得有人讨厌他是非常正常的。

不过……其实林州行不张扬，不卖弄，攻击性也不强，邓清想，所以比起说他讨厌，她更愿意说他可恶。

也算见过两三次，林州行的态度其实不像表面那样冷淡，反而有些被包裹和隐藏住的主动，邓清能敏锐感觉到他对她的情绪捕捉，他话不多，时机却总是微妙，不动声色地拨弄几句，然后等着看她的反应，仿佛在做什么实验。

他在观察她，可她又不是小白鼠。

自己躲起来隐藏想法，却总是刺探别人，这就叫作可恶。

邓清燃起斗志，决心要找准时机戳穿林州行的真面目。

那么问题随之而来——什么才是林州行的真面目？

在揭露真相之前，她先产生了更浓重的好奇。

中途休息时，秦谦才姗姗来迟，装模作样地挨个关心了一下大一新生。不少人除了集体会议外还没有私下见过主席，一人打趣一句，气氛挺热烈。

秦谦说："大家辛苦了。"然后喊了一声唯一一个在旁边发呆不看他的新生，"邓清。"

"嗯？"邓清眨了眨眼睛。

"你带着程岩，再叫一两个男生去买几箱矿泉水来发给大家，记得拿小票，到时候找财务部报销。"

邓清应下，笑着问："谁来？"

响应的男生蛮多的，程岩却迟迟不动。他看见林州行扔下蔡璇也走了过来，便不冷不热地说："既然林州行在这里，买水还用付钱吗？用脸买单就行了。"

这话很难接，无人应声，最后唯独邓清说："就算是百乐店员也未必各个都认识他吧，又不是通缉犯。"

气氛从冰点降到了零下。

多数人在等着林州行的反击，说实话，还是很期待的，热闹嘛，谁不爱看？打起来也行。

可惜林州行不说话，程岩趁机接着说："那就拍一张照片发给店长，店长不认识发给区域，区域发给总部，总部总认识吧？"

秦谦试图缓和气氛："别开这种玩笑，快点去。"

"我去。"林州行突然说，拿回邓清手里的钱塞给主席，右手还是插在兜里，"既然想看，我就表演一下。"

不该是邓清来答应，但是邓清太好奇了，抢答道："好呀！"

"行，那让……"秦谦有点莫名。

"就他们两个。"林州行转身点人，"其他人不用。"

3

场馆正对面就有一家百乐便利店，入驻了江大内部，店面是通常一级店铺规模的两倍，学校内部的门店选品和商区、住宅区的不同。林州行带着他们两个进了店，开门见山地说："我们是学生会的，送我们几箱水。"

程岩递给邓清一个果然如此的眼神，却发现邓清正紧紧盯着林州行看。

店员小哥识人甚多，这点冒犯不在话下，波澜不惊地说："同学，这个送不了。"

"找你们店长说。"

"我们店长不在。"

"那我们等着。"

说完，他直接在临窗的高脚椅上坐下，长腿支着，完全没理程岩，侧出半个身子看了看旁边的冰柜，对着邓清笑了笑，问道："吃雪糕吗？"

"谁付钱？"邓清半是玩笑半是揶揄地说，"你用脸买单吗？"

林州行轻快地说："当然。"

"别逗。"

"等下店长会送我们的。"

"我不信。"邓清没当真，但是觉得有趣，跑过来看了看，想着大不了等下自己付钱就好了。

林州行说："选那个鲜杧果内芯的，黄色的。"

"好吃吗？"

"我不知道，是新品，拿你做做试验。"这是林州行的习惯，要在句尾刺人一下。

那就偏不选，邓清拿了旁边那个巧克力的，经典牌子，从小就吃。

林州行又慢悠悠地说："你果然只选自己有把握的。"

"那又怎么样？"邓清当着他的面趾高气扬地撕掉包装纸。

林州行轻轻笑了笑，她却有点恼火，哪里好笑？

她抓起柞果味道的雪糕举到他面前，说："那你来试。"

林州行接了过来。

程岩硬邦邦地站在旁边，开始觉得阵营划分有点不对劲了，接着突然被袭击——林州行扔了一袋棒冰过来，程岩下意识接了，动作比脑子快，又冷脸放了回去，淡淡地说："我不吃。"

林州行也很冷淡地回道："随你便。"

"要等到什么时候？"

"你等着就可以。"

闻言，程岩坐到旁边去了。

邓清一边啃雪糕的巧克力皮，一边把这个问题又问了一遍："要等到什么时候？"

林州行低声回答："按照百乐系统门店管理规定，每隔两个小时，店长会来巡店。"他看了看表，"快了，还有五分钟。"

邓清点点头，"哦"了一声。

林州行又说："等你吃完这支雪糕就到了。"

"柞果味的好吃吗？"

"你不吃，又要问。"林州行吃完雪糕的表情令人什么都看不出来，他微微偏头眯了眯眼睛，舔了一下冰冰凉凉的虎牙尖，"你猜。"

邓清又生气了，猜个头啊！又不是什么机密！

百乐统一制服，胸前工牌标出员工的昵称，店员的工牌边框是银色的，而店长是金色的。店长进店后，立刻被店员小哥叫过去耳语一番。

了解了情况，店长走过来，很和气地笑道："同学，学生会如果谈赞助呢，有多种方式，直接送这种是没有的，不好意思。不过你们跑来一趟，也挺有心的，你们刚刚吃了两支雪糕是不是？我替你们付钱，感谢你们支持百乐江大门店。"

话很软，态度很硬。

林州行指了指窗外，说："连续一周，这里都会有学生会负责组织的培训，这个培训是……"

他拖长了语调，看了看邓清，显然是不在意也不记得。但是邓清当然记得，方案就是她写的，连忙接上："是为团委召开的全省青年代表大会招募志愿者，志愿者会在场馆培训一周。"她笑盈盈的，"学生会会为志愿者招募和培训全程服务，十分有意义！"

店长不为所动，微笑着附和："是很有意义。"

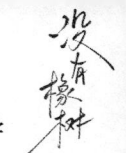

邓清有点失落,以为努力就到此为止,谁知道林州行再次开口:"学生会将近七十人,志愿者一共有……"

他又不记得,邓清补上:"两百人。"

"嗯,两百人,这就是接近三百人的体量规模,定量提供免费饮料,一天一瓶,那么就是大约有七十人的消费决策是百乐,这七十人会将其他人引导到店,获客单价是一元到两元之间,进店后除了取用免费饮料,有一定概率搭配其他单品,比如雪糕、薯片或者其他零食。"

林州行掏出手机计算器,点出几个数字。但店长摆了摆手,其实不用看,这些他一听心里就有数。

比邓清更惊讶的是程岩,他站了过来,沉默地听着。

"同学,是经管院的吧?"店长还是好脾气模样,"学以致用,不愧是江大的高才生!"

这是软钉子,程岩松了一口气,出言讥讽:"林州行,看来还是不行。"

林州行并不着急,去店里转了一圈,继续礼貌地说:"我知道您在担心什么,送矿泉水的话影响正常销售和库存,随意挑选的话无法控制成本,所以我们可以限制范围。"

他把刚刚挑好的饮料依次排开,放在桌上,细致地把它们都摆正,边摆边说:"这些成本都在一到两元之间。"

店长笑道:"同学,这些零售价可都是……"

"我说的是进价。"林州行直接打断,一个一个点了起来,"一块二,一块八,这个八毛……"

店长脸色一变,突然打断道:"可以的,我们送。"

"真的?"邓清惊喜道,"谢谢您!"

"这位同学太内行了。"见店长尴尬地笑了笑,店员小哥加入进来,试图开个玩笑,"这么专业,考不考虑加入百乐?"

林州行一本正经地说:"考虑。"

邓清有点想笑,捂住嘴挡住笑意。

林州行又看向程岩,淡淡问道:"满意了吗?"

程岩咎嚅但是也算坦诚,说:"厉害。"

邓清说:"那我们回去通知大家过来自选。"

三个人正要出门,林州行忽然转头面无表情地对着店员小哥说:"给我拍一张照片。"

"啊?"店员小哥有点蒙。

"给你们店长看看认不认识我,店长不认识发给区域,区域不认识发给总部。"

林州行语气平平地说完,看了程岩一眼,转身出去了,留下面面相觑的店长和店员小哥。

店长问:"那个……同学,他什么意思?"

"不用管。"程岩解释道,"他有病。"

邓清终于忍不住,"扑哧"一声笑出来。

"受不了对不对?"程岩看起来和她心情类似。

可是邓清却没有多少同意的意思,只是笑。

林州行在前面停下脚步等着他们,清清淡淡地问:"有这么好笑吗?"

"有。"邓清点头同意,但仍然笑得停不下来。

这两个人忽然对视一眼,林州行也淡淡笑了一下。

程岩又觉得不对了,他再次对他们三个之间的阵营划分感到怀疑。

邓清一边走,一边问:"所以以后去谈其他便利店也可以这样吗?"

林州行却摇了摇头,回答:"不可以。"

"为什么?"

"下次告诉你。"

邓清咬了咬牙。

程岩评价:"故弄玄虚。"他加快脚步,甩开两人走了。

林州行说:"等下次没有其他人的时候,你如果还记得问我,我讲给你听。"

邓清想了想,说:"我要听真的那种,你不能再逗我。"

林州行又笑了,他得刻意忍住才能不逗她,正色一瞬,说:"嗯,一定是真的。"

4

志愿者培训将进行一周,实际上的会议只有三天,包含开、闭幕式。邓清没想到大学里的社团活动这么累,她在高中也加入过社团,课余之外偶尔组织活动,大概一个月才一两次,现在加入了组织部,不管上课下课,手机信息总是一直在闪。

二姐开玩笑说校长都没邓清这么忙。

组织部的新干事也不少,但其他人渐渐都被分配了固定任务,一旦事情复杂一些,隋欣阳第一个想到的总是邓清。

邓清想法多,思路奇特,很能抓重点,做事又利索,不抱怨,能者往

往被迫多劳,她的确比其他人要忙上一些。

于是青年大会突然决定在间休加入节目表演的事情,隋欣阳也来找邓清商量和安排,她先是大骂了一通秦谦不管事,随后露出很头疼的表情。

这事很小,但确实不好办。

开、闭幕式已有节目,是学校出面直接安排乐团、合唱社、音乐社等相关社团和艺术系的同学表演,但间休时间很短,也就是十到十五分钟。这是多数参会者放松闲聊、上厕所、喝水的时间,团委宣传老师突发奇想要在这里安排节目,因此很不好找人。

"就弄简单一点吧,既然老师只是想有个节目,没那么单调,那就乐器最好。"邓清想了想,"就当个背景音乐。"

隋欣阳点头,说:"我也是这个想法。可是找谁呢?秦谦出面在学生会指定一个不就好了,总有会乐器的。烦死了,这个人光占坑不干活!"

邓清镇定地说:"没关系,我来。"

"小清,你?"

"我会钢琴。"

"你太棒了!"

俗话说,一天不练琴自己知道,一周不练琴老师知道,一个月不练琴全世界都知道。邓清许久没练琴,为了能表演,不得不通过音乐社借了学校的琴房练习。偏偏这周是月经期,肚子疼了两天,二姐劝她逃课,她没同意。这两天的文献课开始讲胶卷和影像档案了,很有趣,实验课还安排了去暗房洗照片,邓清不想错过,连轴转之下难免憔悴。

一天晚上,二姐陪邓清去练琴。两个人出来的时候夜色已经很浓,琴房附近没有宿舍区,路上行人很少,邓清想起来自己的夜用卫生巾用完了,两个人便一起去买。

顺路的这家便利店就是体育馆对面的百乐江大店,两个女孩子说说笑笑地推门进店时,店内并没有其他人。邓清听到一声例行的"欢迎光临百乐",但声调一点都不热情欢乐,那略略向下的尾音让她觉得有点熟悉,下意识看了一眼收银台。

店员低着头,好像在查账。

离谱,她怎么觉得这店员好像是林州行?

到底是像还是就是啊?邓清在货架当中来回走了两圈,从间隙中又看了好几眼,几乎百分之九十地确定了——几乎是同时,邓清听见那人问:"看什么?"

既然不装不认识了,邓清也就直接问:"你怎么在这里?"

"做兼职。"林州行说得理所当然，但听在人耳朵里实在是很离谱。他穿着百乐统一的店员制服，胸口挂着名牌，手腕上却还是戴着劳力士。

二姐被这对话吸引过来，哈哈大笑地加入："微服私访吗？"

林州行看了柳唯一眼，很无语，但是为了涂亮亮，暂时决定不生气，回道："不是。"

邓清主动介绍："这是我室友。"又对二姐道，"学生会的。"

二姐当然认识林州行，林少的名字还是二姐告诉邓清的，所以邓清这话实则是对着林州行说的，算是简单地说明。可这四个字在林州行听来却刺耳极了，他用了这么多细密心思，就换了这四个字？

学生会的。

这就是她所认为的他们之间的关系定义。

林州行咬紧后槽牙，微微皱了皱眉。

接着刚才的话题，邓清继续问："干吗突然想到跑来做兼职呀？"

林州行却冷淡地问道："选好了没？"

邓清被噎了一下，不说话了。

二姐可见不得这个，马上指着墙上的宣传画阴阳怪气地说："小清，服务态度不好的店员，我们是可以投诉的。"

墙上是百乐便利店的服务宣传海报，上面写着"温暖""微笑"之类的字眼。二姐语气甜甜地捏着嗓子："小哥哥，可以给顾客笑一个吗？"

林州行冷冰冰地笑了笑，二姐嫌弃说："一点都不温暖。"

邓清劝道："算啦。"

本来就又忙又累了，没有心情和他撑来撑去，邓清拿了两包卫生巾，觉得有点尴尬，后来转念一想，正常的生理现象，也没什么好尴尬的，也就坦然拿去结账。

两包卫生巾加两瓶水，林州行看邓清神色恹恹的，有点后悔，但柳唯横在一旁，抱歉的话他一个字也说不出口。

扫码枪"嘀嘀"两声响，邓清正在掏钱，林州行忽然轻声说："这个是冰的。"

"嗯？"邓清一愣。

"你拿的是冰水。"林州行很有耐心，"要不要换？"

柳唯比邓清更快听懂，麻利回答："不用，这是给另外两个室友带的！"

"嗯，对。"邓清迟钝半拍。

"好。"林州行说，"欢迎下次光临。"

"这个态度还可以。"二姐很不记仇，"小哥哥，我决定不投诉你了。"

"谢谢。"

邓清默默提起东西就走。

她们走后，林州行叹了口气。

走出去三百米，二姐突然说："其实也可以了，毕竟也不能要求他又帅又有钱脾气还好，哪能这么完美？起码他还挺细心的，以后应该是那种会帮女朋友记生理期的男朋友呢！"

邓清顾左右而言他："二姐，你明天还陪我来好不好？有人陪着没那么难熬，太久不练了，我有点紧张。"

二姐并没有计较话题转换的生硬，反而一口答应："好啊，我明天还陪你来弹棉花。"

然后就是沉默，邓清不答上一个问题，二姐也不追问。两个人提着东西走了很长一段路后，邓清忽然开口，没头没尾的："我有点不确定，看不出来他什么意思。"

二姐哈哈笑道："我以为你憋得住呢！怎么样，还是需要柳老师的心理辅导吧？"

邓清的耳尖红了起来，但既然开口，就索性说个痛快："总是这样不远不近的，讲一句藏三句，我是真的猜不出来。"

"猜不出来不猜嘛，理他干什么？以后喜欢你的人多的是，前天上大学英语还有一个呢！"

邓清泄气地"嗯"了一声。

她们院系人数少，大学英语是合并到其他院一起上的，就在前天，邓清被后座递了字条，说想做个朋友。意图太明显，她直接拒绝了。

二姐观察邓清的表情，故意说："不过你们才见过几面，急什么？管他什么意思，先接触着，有什么关系？"

邓清急忙附和："我也觉得。"

二姐却笑了，问道："小清，那你什么意思？"

"我不知道。"

"哦……"二姐拖长尾调，"那我知道了。"

"我都不知道你就知道了，你知道什么？"

"你什么意思，还要看他什么意思。"

邓清咬了下唇，喃喃道："我管他什么意思！"

"很好！美女就该有这种态度！"二姐大笑起来。

邓清轻轻推了推二姐，嗔道："别笑我啦。"

林州行在百乐门店兼职这件事很快就成了热点，来参观的人络绎不绝。大学生脸皮薄，转来转去不买东西很容易不好意思，多少也会买瓶水，但是林少的排班不多，不一定能遇到，一次遇不到，还得去第二次，这起码是两瓶水起步。

店长算了算账，发现这样下去半个月就能完成一个月的业绩预期了，心情大好。他当然已经知道这人是谁，那天的对话末尾就猜出来了，只是在区域经理的要求下，没有透露给其他店员，毕竟上面要求正常对待。

5

邓清很好奇，她好奇的原因是她想不明白，原本以为林州行是个很要面子的人才喜欢"装"，现在看来并不像——明知道在江大店兼职是这个结果，被人围观给人服务，他却并不在意。

林州行确实不在意，他选这里只是因为近，打算体验和了解一下百乐的大学生兼职体系。在这方面，某连锁快餐品牌做得是一骑绝尘的好，很长一段时间里，"大学生兼职"几乎就等于去炸鸡店端盘子和炸薯条，如何用大集团的完善体系和品牌效应节约真实的人力成本，同时用情绪价值在压榨之余打造梦幻口碑，是林州行当下桌面上的思考题。

被当成猴子看两眼和多走一站路比起来算不了什么，虽然另一家百乐门店就在北门之外不到一百米，但是林州行就是这么娇气，何况有些人为了看他"表演"跑了好几趟还扑空，只会让他觉得挺好笑的。

比如程岩。

林州行排班没什么规律，出去干什么也不会和室友事无巨细地讲得太清楚。程岩专门绕路，几乎天天从店门口经过，终于赶上一次进了店，林州行冷不防一句"欢迎光临百乐"倒把他吓了一跳。

一抬头，看见林州行微笑起来，程岩不知所措，连刁难人都不会，急匆匆地拿了东西结了账。

但是围观和找碴还是有区别的——

刘可拿了一堆东西欠兮兮地拿腔拿调："小林，给我介绍要声情并茂一点。"

林州行胸口的名牌上写的就是"小林"。

林州行回道："上面都写了。"

"我不认识。"

"不识字就别吃了。"

"你这个态度我不买了。"

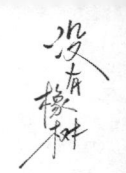

"爱买不买。"

"哎呀，我买！"刘可态度一转，"小林，再给个机会？走不，今晚上伟哥那儿包夜去？"

林州行这才是真的怒了，甩了一包面包打在刘可身上，没好气地骂道："你就不能先 Q 再 E 吗？"

他难得情绪激动，也很少说脏话，刘可知道他这是真生气了，小心翼翼赔笑道："怪我怪我，那把都怪我，是我菜……还不行吗？"

林州行冷冷道："这不是菜，而是不用心，说了不听。"

"对对对，我下次改正。"刘可急忙说，"游戏而已，不至于不至于。"

"你想追就自己去，别再叫我一起。"

"唉，我知道错了。"刘可崩溃了，"你发了两天脾气也差不多了吧？"

刘可没想到林州行会真生气，因为林州行平时什么都不太在意的样子。那天刘可和刀刀约着开黑一直输，正中午把躺着睡觉的林州行叫起来带他们，林州行也没有生气。

顺便解释一下，刀刀就是刘可的网上钟情对象，游戏昵称叫"文刀刀"。

为了网速和设备更好一点，两个人还去了周明祎开的网吧。输了第一把，林州行还是没生气，只是跟刘可说："你正常点打，这样赢不了。"

刘可"嗯嗯啊啊"心不在焉地答应。和刀刀一起打游戏，他当然想着要保护她。

第二把的关键团战，林州行提前指挥让刘可去站位，先放 Q 技能控住对面关键 C 位，刘可答应了但是没去，依旧黏在刀刀身边帮她挡技能，第二把又输了。

刘可照例傻笑说"我的我的，林少再带一把"，林州行说"不打了"，刘可没当回事，开玩笑说了句"别输不起啊"。这句话惹到林州行了，林州行戴上耳机收好键盘就走了。

回宿舍刘可道了歉，林州行说没事，其他交流交往也正常，但再也不叫刘可一起开黑。

刘可没想到林州行说不打了居然是以后再也不跟他一起玩了的意思，后知后觉地发现了林州行的难哄之处。

林州行不觉得自己是输不起，他只是讨厌一个人在明知道是竞争的局面里根本不想赢。

到最后林州行也没有松口，但是答应了刘可一起去周明祎的桌游店玩。那阵子狼人杀等桌游刚刚在学校流行起来，林州行对此很感兴趣。这种不动声色隐藏自己观察别人的游戏当然正对他的胃口，去过几次之后，他渐渐和周明祎也熟悉起来。

邓清在琴房练习，二姐在旁边坐着捧了本书看。二姐就是这样一个矛盾又统一的奇妙女人，一方面性子直接，另一方面很坐得住，能沉得下心来看书，体现出书香门第的熏陶来。

她这两天在看康德，内容晦涩，属于邓清翻两页就会睡着的程度，但她说很有意思。

练了两个小时，邓清休息了一会儿，两个人随意聊天。

二姐感叹说："还是学钢琴好啊，只要摁下去怎么也难听不了，我小时候学了几个月二胡，把我爸折磨得不轻。"

邓清笑着问："怎么不试试别的？"

"我爸妈一个图书馆的，一个考古队的，可有情怀了，非要学中式乐器呢。"二姐细数起来，"二胡，像杀猪；琵琶，我吃不了苦，按不动弦，老哭；古筝也是一样，扬琴那个小棒棒被我敲断好几根。试了一大圈下来，我爸妈才放弃。"

"我学钢琴也是我妈选的，因为老师说我有点天赋。"

"那怎么没接着学下去？"

邓清笑起来，回道："因为我妈没有天赋！"

小孩学琴主要考验的是家长，陈锦女士实在受不了那一套魔鬼训练，草草让邓清考级了事，当个业余爱好，反正女儿也没有显现出什么别样的热情。

二姐好奇问道："小清，难道你从小到大就没有什么特别特别想做，非做不可的事情吗？或者非要不可的东西也行。"

"好像……还真的没有。"邓清想了想，"我爸妈总是把话跟我讲得很清楚，什么东西能有，什么东西不是不想给我买，是买不起，哭也没用闹也没用，能有的东西从来没有亏待过我，所以……好像还真没有。"

二姐若有所思地说："听起来，你不是不想，而是因为知道不能所以不想。"

"可能吧。"也许邓清不是真的过得一帆风顺，而是遇到所有困难都轻巧地绕过去了，因为有安稳的家庭环境和那么一点点刚好够用的聪明。

林州行今天是晚班，店里没有什么人，涂亮亮坐在柜台旁边和林州行聊天，催促道："你的进度怎么这么慢？认识了就赶紧约出来啊，我还等着沾你的光！"

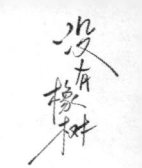

林州行一边留意门口，一边翻动手里的专业书，应付道："别急。"

"很急，哥很急。"

林州行绕开话题："昨晚的比赛看了吗？"

"看了啊，霍华德的防守能力很强，只要别想不开非要单带，绝对无敌！"涂亮亮的恋爱脑居然这么牢固，短暂被带跑一秒钟之后马上回归正题，"男的就得主动出击，州行，别坐着等，要是真喜欢，就……"

他突然不说话了，脖子像被人向上提着，如烤鸭店门口挂着的鸭子一样，涨红了脸——邓清和柳唯推门进来，林州行终于抬起头，没什么感情色彩地说："欢迎光临百乐。"

二姐说："林少，情绪太不饱满了，给笑一个呗。"

林州行看了旁边脸部充血的涂亮亮一眼，笑了一下。

"行。"柳唯满意地点评，"今天这个态度还可以。"

但是今天邓清还是没理林州行，也不是刻意不理，只是她也找不到什么话题，原本连东西都没有想买的，但是路过时看见他站在收银台，莫名其妙地就走进来了。

二姐看破不说破，气定神闲地在店里走来走去。涂亮亮那两只眼睛瞪得像探照灯似的，跟着从左到右，又从右到左。

林州行看得想笑，用很小的音量重复涂亮亮刚刚说的话："男的，就得主动，亮亮，你……"

他话没说完，涂亮亮跳起来跑了。

店里只剩三个人了，二姐很识趣地大声说："小清，你慢慢选，我去外面等你。"

说着，她就真出去了，一点余地没留。邓清硬着头皮挑了半天，勉强拿了一袋薯片去结账，提起袋子才发现里面多了东西，是三条巧克力棒。她说："我没买这个。"

林州行简短地说："送的。"

"哦。"

见她反应平淡，林州行又补了一句："不是专门送你的，是送给今天最后一个进店客户的。"

邓清笑了笑，问道："哦，那万一还有其他人进店怎么办？"

"不会。"

"为什么？"

"因为我要下班了。"林州行垂了下眼睛，"还有五分钟，等我吗？"

邓清纠结了几秒钟，回道："我室友还在外面。"

"嗯。"

"那个……"走了两步,邓清又突然回头,含混问道,"你下次晚班什么时候?"

"下周二。"

"就是……我最近,最近在琴房练琴,"邓清磕磕绊绊地解释,"所以会经常路过。"

"嗯,我知道你有表演,注意休息,你脸色不太好。"他表情平淡。

她觉得自己把话说得牛头不对马嘴。

尴尬之下,还是赶紧走人算了。

"拜拜!"

第四章
我们不合适

1

主舞台聚光灯的灯光洒下，邓清的手指触上琴键。她穿上了白色礼服裙，黑发用蕾丝丝带扎起，在体育馆白色灯光的照耀下，像笼上了一层月光。

和美好意象以及悠扬旋律相悖的，是整个场馆的实际氛围——人们走来走去，离开座位闲聊，又或者趁着几分钟的休息时间赶紧去卫生间排队，场馆里响着一种乱中有序的嗡嗡声，钢琴声经扩音器放大也并不能盖住，各种声响混杂炖煮在一起，变成了一锅微微沸腾的汤。

细白手指翻过琴谱，邓清心平气和地进入下一个段落小节，将数日的练习成果倾注到乐曲之中。顺滑优美的旋律本身就是嘉奖，有多少人在听，是否沉浸其中并不重要，她不在乎，她在乎的是完成这个事情本身。

所以邓清没有注意，其实有一双眼睛始终注视着她。

连续拿了三年奖学金，又是江大学生会主席，秦谦也是受邀参会的青年代表之一，他把杨老师的任务甩给隋欣阳的时候并没有想到，会是邓清来完成这个间休表演。

他都不知道邓清会弹钢琴，在他的印象里，这是个不容易被讨好的学妹，总是在他发言完众人捧场的时候清清淡淡地笑笑。邓清的长相其实很符合他的审美，只是人有点傲气，像是很难追，他衡量过的，自己否决了。

代表休息的铃声一响起，秦谦活动了一下手腕，起身顺着台阶往下走，准备出去转转透口气。就是这个时候，他发现追光打向舞台，像铺下一条银白色的缎子，邓清提着裙摆矜贵而轻盈地登上主讲台，钢琴已经摆好，她坐了下来，调整好裙子。

心念一动，秦谦坐了回去。

他这个角度，看到的是邓清的侧脸，追光勾勒出她小巧英挺的鼻子和翘着的下巴——她总是习惯性地微微扬起脸，但是现在她却略略垂着头，身体弯曲成一个浅浅的弧度，好像在把什么灌注在指尖，悠扬的旋律让她精致的面孔变得柔和，周身气氛恬静。他盯着她，目不转睛。

算好时间差不多了，林州行提前五分钟用推车把水送到会场，一箱一箱往下搬货。本校志愿者主要都在外场协调，内场都是各地参会的青年代表，以及专门请来的安保，认识他的人很少。看见他身上的百乐制服，安保就当是普通的送货人员，指了一个位置，说："就放这里就行。"

"嗯。"

趁安保转身的工夫，林州行迅速脱掉身上的制服团在手上，只穿着里面的白色内搭，侧身混进人群里，绕了一个圈，跟着上了看台。这一套小伎俩是以前为了躲林家的保镖练出来的连招，没想到用在了这里，具体为什么要来……其实林州行自己也不知道，他只是……只是想来看一看。

体育馆四面看台层层叠高，最低处是在场馆内搭建的主讲台，主讲台旁边是一架钢琴，孤零零的一道追光，邓清就坐在那里。林州行站在看台通道的最高处俯视，看见很多人三三两两穿过场馆在她身边走来走去，像混乱的车流一样，可是她完全不受影响，脸上没有一丝窘迫的表情。

林州行坐在台阶上欣赏她的曲子，也在欣赏她的旁若无人，他喜欢她什么都不在乎的样子，就好像谁都无法改变她，谁都无法动摇她。

她有着一种稳定的、极具安全感的、永远存在的东西。

在乐曲即将结束的时候，安保在林州行身后用没开的电棍敲了敲他的背，问道："坐在这儿干什么？参会证出示一下。"

"我是送货的。"林州行迅速抖开百乐制服，手脚笨拙地套在身上，乖巧地笑了笑，眨眨眼，"想去下洗手间，找不到怎么回去了。"

"跟我走。"安保招手示意他跟上，"别乱跑。"

"好的好的。"

乐曲落下最后一个音符时，林州行回头看了看。

邓清一边下台，一边疑惑地猛眨眼睛。

看错了吧？她应该是看错了。他怎么会来呢？他也进不来。

其实上次邓清那样说，是希望林州行能去琴房找她一次，或者看一看她。她不太确定林州行说的"等我吗"是什么意思，那是他表达好感的一种方式吗？还是真的就只是刚好而已？

邓清分辨不出来，她还是希望林州行能更明确一点。

因为她看见过林州行送蔡璇回宿舍。

隋欣阳从通道里面奔出来抱住邓清，一把抓住她的手，激动地说："亲爱的，你完成得太好了！"

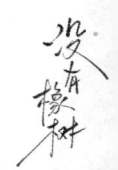

邓清自嘲笑道："没一个人看我呀。"

"怎么会！穿得这么漂亮，又弹得这么好，肯定有知音欣赏。"隋欣阳热情鼓励，"我小时候一直梦想能在舞台上弹钢琴呢，感觉特别有气质。"

隋欣阳不知道从哪里变出来一小捧花，放在邓清面前，笑盈盈地说道："对了，这个给你。刚刚有人送来的，恭喜你演出顺利完成！"

"谁呀？"邓清接过花，好奇地拿起上面的卡片，正反面翻着看了看，"怎么没有落款？"

"是呀，所以我也不知道是谁。"隋欣阳耸耸肩，"志愿者送进来的。"

卡片上是很新鲜的墨水笔迹，只写着一行字——龙飞凤舞的英文花体"Op.62 No.6"。

隋欣阳凑过来看，问道："这是什么意思？"

邓清摇头，说："我也不知道。"

她不是看不懂，而是不知道送花那人想传达的意思，"Op.62 No.6"是一个编号，门德尔松的《春之歌》是他所开创的音乐体裁 Lieder ohne Worte（无词歌）中最有名的一首，作品号第 62 号第 6 首，而她刚刚在台上演奏过的曲目之中，就有门德尔松的这首《春之歌》。

所以这个人听出来了，然后送花给她，写了一个编号，代表什么？

邓清有点莫名其妙，对答案吗？

"不管怎么说，收到花都是好事嘛。"隋欣阳举起手机，"小清，笑一个吧！"

邓清双手捧花微微偏头，对着镜头轻轻笑了一下。

一拍完，邓清就把隋欣阳拖了过来，说："部长，合照！"

隋欣阳赶紧掏出随身带的小镜子拨弄了下刘海，点了两下唇抹匀口红，说道："你发到网上的时候记得要修图！"

"放心吧。"

邓清把照片发上去之后第一个点赞的是二姐，然后是秦谦。

秦谦：我在现场听到了。

还附上了一朵玫瑰花的表情。

所以是他吗？

私聊对话框完全是空的，此前他们没有单独说过话，邓清想了想，没有专门去问，只回复了一个笑脸。

每周林州行大约有两个晚班，学校里的百乐门店并不是 24 小时的，十点半就可以关店下班，他们的排班也不是固定的一三五或者二四六，而是顺延的。蔡璇记这个记得比她自己的课表都清楚,她会在十点二十分进店,拿上几样东西,然后问林州行能不能送她回宿舍。

她眨眼,语气柔柔的:"太晚了,我一个人。"

女孩子主动提要求往往很难被拒绝,林州行送过蔡璇两三次,很绅士地帮她提着刚买的东西,但是仅止于路口。

蔡璇抿嘴笑道:"怎么了,还避嫌呀?"

林州行很直接地回道:"对。"

"你又没有女朋友。"蔡璇丝毫没有被他的态度影响,向前走了几步,发现林州行真的不动,又背着手脚尖点着地轻盈地绕回来,仰头望着他,"难道你有喜欢的人了?"

是和否都是一种回答,林州行不想回答,只说:"不用刻意来买东西。"

"我总找你,你觉得烦了,还是影响你工作了?"蔡璇以退为进,"我可以再注意一点,你不用管我的。"

教养使然,林州行说不出直接刺耳的肯定句,而且对方的确没造成什么很过分的困扰。他把手里的袋子递给她,礼貌地道别后就转身走了。

2

比起完善丰富的员工管理系统来说,百乐门店的实习生体系可谓是一塌糊涂,没有统一的培训流程,也没有个性化的员工关怀,品牌力根本无从展现。

在这方面,百乐和其他所有平庸的大型公司一样,只展现出了大系统的冗长、无聊和老龄化,仍然把实习生定义成廉价劳动力,而不是品牌构建的种子。

因此,林州行写道——

实习生选择了百乐,在这个过程中品牌力反而被消耗了,觉得成为百乐的店员不如成为百乐的客户。

成为百乐的客户能获得完善和流畅的服务,而成为百乐的店员,除了一点微薄的薪水,什么都没有。

这份报告林州行并不是直接发给外公的,而是发给姚叔。姚文宪跟着林启远创建百乐,是心腹干将,一直负责大零售业务,统管百货商超和系统门店。从初中开始,林州行每个假期都被安排去轮岗,总是姚文宪亲自带他,他有时候喊姚叔,有时候喊师父。

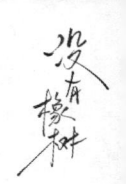

但是这份报告发给姚叔和发给外公区别不大，反正姚叔一定会向外公汇报。果不其然，不久林启远就从深圳的办公室直接拨视频电话来，训了林州行一个多小时。

林州行戴着耳机垂眼听，回应和表情都不多，坐在那里看着屏幕。刘可还以为他在看电影，走近一看，发现他另外开了一个窗口在看参考书。

那份报告把林启远气得不轻，尤其是"老龄化"三个字扎得老头半夜都睡不着觉，背着手在办公室走来走去，喝了半缸子茶。

姚文宪见缝插针地续水，说："小林总指出的问题也都存在。"

"细路仔（小孩子），你还捧起他来了！"老头心情不好，见谁骂谁。

姚文宪马上改口："小州能提出问题就是好事，下一步我们慢慢研究改进方案。"

"让他自己提。"林启远收了脾气，"阿姚，你不要插手。"

林州行慢慢开口："要两个月时间。"

"给你三个月，我倒要看看你有什么高见。"老头越说越心平气和，拿过茶杯来喝了一口，突然话题一转，"学校里有没有人骚扰你？"

"没有。"

"那你也不要去骚扰别人，要有分寸。"林启远问，"有中意的吗？"

林州行想了想，还是如实说："有。"

"有空认识女仔也得，拍拖都得，我们不管你，动静体面些，别闹得不好看，让人家说林家没家教。"

"嗯。"

自动门一声"叮咚"，邓清跨进店里，装模作样绕了两圈。

林州行望着她笑了笑，眼神跟着转，手上却开始收拾东西，把零钱扔进盒子里，硬币哗啦啦地响。

邓清故意问："你要下班啦？"

"是啊，巧不巧？"

"真巧。"

"会议不是开完了吗？"林州行突然说，"上周五加周末，一共三天。"

会议开完了，表演也结束了，按道理说，邓清不用去琴房了。

"嗯对，但是我……因为……反正就是……"邓清猛然被点破，颠三倒四地想了一会儿后索性放弃，理直气壮地说，"反正就是路过。"

"哦。"林州行又笑了一下，"等我五分钟，我换下衣服。"

逐渐入秋，夜晚露寒，林州行脱下百乐制服套上一件黑色的冲锋衣，一边拉上拉链,一边快步走出来,带着一股兴奋劲儿,却猛然顿住了。

就这几分钟的工夫,蔡璇突然出现,两个女生正笑着说话。

手里的动作忘了停,林州行把拉链一直提到下巴,夹到了肉,他吃痛,"呲"了一声。

女孩子们一起回头看他。

莫名的,林州行低了一下头,埋了小半张脸在拉高的领子里面,随即轻轻清了下嗓子,调整身体姿态,挺直背脊,默默伸手把拉链拽下来。

蔡璇抢先开口,用一种亲近的口吻说:"你下班啦?刚好遇到邓清,我们一起回去吧,好不好?"

邓清盯着林州行,似笑非笑地接话:"是啊,刚好遇到,你说巧不巧?"

"嗯。"林州行煎熬地挪开视线,"走吧。"

关灯、锁门,两个女孩子站在一旁看着他弄完这些。她们当然是认识对方的,只是此前交集不多。

蔡璇性格大方,比较自来熟,亲热地挽着邓清的胳膊。

邓清心想,纵有不爽也该是某个人受着,不用殃及无辜,于是对蔡璇没什么直接敌意,两个人聊了一会儿共同听说的学生会的八卦。

林州行和她们隔开一个身位那么远,有时候蔡璇把话抛给他,他不接,蔡璇也就讪讪的。邓清客套话说完也不提新话题了,到了最后,三人沉默地走着。

"小清!"走到园区门口时,终于有人打破尴尬气氛,虽然是个外来者。

就算天再黑也看得清彼此,但李观彦就是只喊邓清,然后才像刚刚看见其他人似的,问道:"你们三个怎么凑到一起去了?"

蔡璇懒得理李观彦。

林州行淡淡回道:"遇到了。"

邓清勾了勾嘴角,尝试赞同,语调却很平淡:"是的,就是很巧。"

"你干什么去了,这么晚回来?"

这问题很难回答,邓清含混地说:"就是出去走走。"

"嗯,晚上散散步挺好的。"李观彦兴致勃勃地邀请,"我每天晚上夜跑,要不要一起?明天一起吧?"

"在哪里跑呀?"

"有一条路线,环着江大的,月明山转一圈往南出学府路,再环湖绕回来。其实江大可大了,我带你去爬青山,青山有个天台,视野特别好!"

"真的吗?我好像没去过。"

"当然了,那里是江大的最高点。"

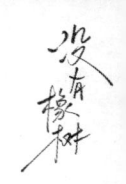

这两个人聊起来没完没了，林州行难耐地抱起手臂。

邓清看他一眼，忽然笑着说："好啊。"

好在哪里？林州行皱起眉。

李观彦打了个响指，愉快地说："那就说定了，明天见，我先走了，拜拜！"

"拜拜。"

李观彦心满意足地离开了，他本来对邓清不算太上心，但是今天看见这三个人走在一起他实在受不了，尤其是看到林州行。

凭什么又是林州行？真离谱，自己一个都还没追到，他凭什么两个？

李观彦下定决心，非得抢过来一个不可。

蔡璇笑盈盈地说："哎哟，有点意思。"

邓清也笑了，问："有什么意思？"

"我认识他，我们都是篮球队的。"林州行忽然缓慢地切入话题，跟着她们两个一起往前走，手插在兜里，"你们之前就认识？"

邓清回答："高中同学，只不过是分班前的。"

"那也不能叫同学，应该是同校。"

面对这种找碴的聊天方式，邓清举一反三道："对，就比如我们以后毕业了，也要说是同校，不是同学。"

林州行轻轻吸了一口气，半天没话好说，只"嗯"了一声。

蔡璇在旁边笑起来，说道："这一句接一句的，难怪李晟学长总让你们两个别吵架。"

"没有吵架。"邓清无辜地说，"这就是在聊天嘛。"

蔡璇的宿舍楼比邓清近一点，说话间就已经到了，在路口分别。剩下的两个人继续往前走，一直到宿舍楼下，邓清说："谢谢你啊，我上去了。"

林州行却问："你明天下午有课吗？"

邓清刚要走，诧异地转头，回道："没有，怎么了？"

"约你出去，可以吗？"

心房猛震一下，邓清脸上却不显，只问道："去干什么？"

"桌游，缺个人。"

"狼人杀吗？我不会。"

"我教你。"

"我不会你还约我啊？"邓清垂下眼睛，"找不到其他人吗？"

"不是，只是想让你去。"

路灯，月光，临近晚上十一点，黑色的衣领反而衬出更加苍白的脸色，黑发下面是一双闪闪发亮的眸子。如果是一双墨瞳，大概会显得格外深情可信，那样的话，也许那句就是一腔热烈的真心。

可是林州行的瞳色呈现出锐利分明的浅褐色，平静地盯住邓清，这眼神好像他刚刚讲话的语调一样，让邓清觉得是一种审视，所以她问："为什么选我？"

"因为……"他慢慢地说，语调果然还是听不出什么温度，"因为你比较聪明。"

邓清被称赞过很多次漂亮，但没有被称赞过很多次聪明，相比较起来，外貌竟然是更为客观的东西，照镜子就可以看到，但是否聪明，这是个证明题。

邓清时而自信，时而心虚，因为聪明是一种需要被外人肯定的特质，很容易落入祈求他人认同的圈套。

可就算明知道是圈套，邓清还是答应下来，她太希望自己能显得聪明了，尤其是在林州行面前。

3

窗外是细细的雨雾，站在窗前的林州行玩着手里的打火机，砂轮发出轻擦声，火舌映在瞳仁中，低声应着电话里绵长细密的嘱咐。

林舒琴听到声响果然马上问道："又抽烟？"

"现在没有。"

"多注意些，小小年纪，肺要黑掉的呀！"

"知道。"

林舒琴继续说了下去，总不过是那些话——让他和罗三多交往，江大内部也有一个圈子，有些人的身份不像他们从商的可以示人，十分低调。

林舒琴语气温柔但是口吻严厉："关系不维系就会淡，迟早会断，小辈有小辈的交流方式，妈妈帮不上忙。学校里的机会是最难得最紧密的，你不能再拖了。"

"嗯。"

林州行"啪"的一声按上盖子，把打火机塞进兜里，态度亲昵，语气柔软："妈，约会的话，穿什么比较好？"

"边个女仔（哪个女生）？！"林舒琴一时激动忘记讲普通话，猛然站起来，刚刚在说什么也忘了，"妈妈给你收好了一个箱子的衣服啊，记不记得？回去找一下，我让小宋帮你配好的，一套一套放在里面。什么场

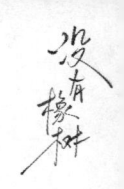

合？请人家吃饭还是出去玩？第一次出去不要穿得太隆重，会吓到妹妹，衣服和香水要搭好，戴什么表？你选好了发照片给妈妈，我帮你看。"

"嗯，知道。"

"你爸爸第一次约我吃饭的时候，穿了他最贵的一套西装，笑死人了，我只想让他带我去吃路边摊呀。"林舒琴说起往事笑眼如新月，"转眼你都这么大了，有喜欢的女孩子了。琦琦该伤心了，这要我怎么和老周讲嘛。"

林州行想了想，说："还早。"

"是哦，"亲妈笑眯眯地补刀，"妹妹喜不喜欢你还不知道呢。"

邓清化了完整妆面，从上午下课回宿舍开始就在挑衣服，问二姐和刘薇哪件好看。

刘薇正在打游戏，敷衍说："都好看。"

二姐答非所问："你要去哪儿？"

"你先告诉我哪件好看点。"

"约会？谁？"

"也不是。"邓清想了想，有点沮丧，"感觉不算约会，有挺多人一起的。"

"哦，林州行。"二姐手很稳地撕开一张面膜，心里明了。

再躲下去也没意义，邓清只好接着这话说："一起玩桌游而已。"

"都是外联部的吗？"

"不是外联的，好像都是其他学校的。"

"那就有意思了！"二姐眼睛一亮，"你这是宴会女伴的身份啊！"

"什么乱七八糟的，电视剧带入过头了。"邓清觉得无语。

"喊，那我还嫌他碰瓷我家欧巴（哥哥）呢！"

二姐最近在迷一部热播韩剧，男主角是财阀家族继承人，对女主角一方面尽显霸总风范，另一方面温柔体贴。二姐经常一边看一边跟着朗诵名场面的名台词"你的心，你的脸，你的嘴，我都想念"，然后捂住刘薇的眼睛大喊："小孩别乱看大人亲嘴。"

刘薇扒开她的手，没好气地说："我不感兴趣！"

这一片是大学城，江大挨着理工，然后是师范和几所职业技术学院，学生们养活了这里的网吧、桌游吧、美食街。

周明祎大学就开始入伙，毕业之后找家里拿了点钱盘下店面，生意做得红红火火，学生一茬接一茬，完全不愁客源，出手阔绰的也很多，比如百乐林少。

林州行昨天半夜发消息让他组局，花钱包了整个桌游店一下午，只为了环境安静点，他立刻行动起来凑满了一桌人。这些人都是店里的熟客，有几个之前林州行和人拼桌打过照面，有几个则不认识。

林州行带了一个女孩子进店，周明祎很快发现这个女孩完全没玩过。

"没关系，规则讲一遍就懂了。"周明祎笑嘻嘻地拿来牌盒，耐心讲了一遍，又问懂了没有。

邓清有点晕，但问不出什么问题。

林州行在旁边说："跟着玩两遍就明白了。"

林州行看了周明祎一眼，周老板沉稳地比了个"好"的手势。

——放心吧，我懂。

于是在邓清摸到女巫牌的时候，周老板立刻摇头，说："怎么第一次就抽到这么难的身份？重新开吧。"

狼人有队友，平民可以少发言，预言家有查杀任务，女巫手握一支毒药和一支解药，但相对的信息量却很少，新人拿这张牌，很容易不知道做什么。

"新人拿到身份牌就要重开啊？"坐在对面的4号女生不咸不淡地甩出来这句，"那她岂不是明牌平民，那和睁眼玩有什么区别？"

每个人面前都摆着号牌，4号女生是3号男生的女朋友，女朋友开腔，3号男生也帮腔跟上："完全不会玩的话，是有点不公平。"

周老板打圆场："带一带就好了嘛。"

"水平差太多的话，没意思。"

邓清发现了，这桌只有她一个新人，被激起心气，她对那女生说："试一局，我会跟上的。"

而说着会教她的林州行却只是站起来说："这局重开，毕竟带身份这件事已经亮了，下次不管抽到什么，邓清都正常玩。"

他开始收牌，手伸到邓清面前时，邓清紧压住牌面，压低声音说："林州行，你就是这么教我的？"

林州行轻轻拉扯一下，邓清松了力气，修长两指夹回牌面。林州行笑了笑，轻声说道："你很聪明的。"

聪明个头啊，邓清只觉得他可恶。

周老板主动站起来换位置，林州行站到了长桌末端，说道："我来当法官。"

新的一局，身份牌是狼人，第一次天黑时，邓清第一个睁开眼，寻找和确认自己的队友。周老板也是狼人，坐在她对角，隔空咧开嘴笑出一口

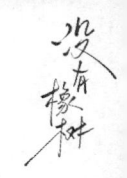

白牙，比了一个放心的手势。

邓清点点头，指了指3号男生。

"确定吗？"林州行的声音悬停在所有人的上方。

第一晚，3号男生"死亡"，有遗言，但没什么头绪。一轮发言下来，刚好到他女朋友归票，不动声色地点人，的确又准又厉害，直接指向邓清。邓清虽然不慌，但是百口莫辩，周明祎自爆跳狼硬拉下水两个平民，一下子扭转了局面，狼人有惊无险地获得胜利。

第二局邓清抽到平民牌，划水一整局，混到赢，第三局，又是女巫。

女巫没有队友，通常也不会像预言家一样在开局就亮明身份，当林州行说完"女巫请睁眼"后，邓清缓缓睁开眼睛。

林州行的声音和语调她现在已经很熟悉，和第一晚听到的一样，凉而透，不辨情绪，不知心思。邓清想林州行的确适合做法官，他应该会很喜欢这个位置，可以居高临下地俯瞰别人，不动声色地梳理局面，比身居其中的任何一个人都先知道结果。

邓清知道林州行在看她，特别是闭上眼睛的时候。她不喜欢被人凝视，为了对抗他，她微微仰起头，以同样的眼神回望。

林州行突然轻轻笑了一下。

长桌旁坐着许多人，又或者没有其他人，因为其他人都闭着眼睛，唯有他们两个眼神勾连。

林州行慢慢地说："女巫，你有一瓶毒药，一瓶解药。"

"你有一瓶解药，你要救谁？你有一瓶毒药，你要杀谁？"

这局有人狼恋，所以局面更复杂一些，狼人杀中有一个叫丘比特的角色，丘比特可以任意指定两个人成为"情侣"，成为"情侣"的两人状态绑定，一人被判定"死去"，另一人也必须"殉情"。当出现人狼恋的情况时，获胜条件则变更为——这两人要"杀死"在场其他所有人。

随着游戏进行，狼人和平民都逐渐出局，林州行仍然摇头游戏尚未结束，大家都有点惊讶。几轮发言在脑子里转了一圈，邓清有了一个猜测，当"女巫"睁眼时，她下意识寻求林州行的确认。

但是他什么反馈都没有给她。

因为他是法官。

不管了，邓清决心相信自己，她用解药救了自己，然后用剩下的那份毒药指向坐在她左侧的人。

女巫"杀死"了人狼恋中的人，绑定的狼人随之殉情，平民获得最终的胜利。

"这场谁是女巫？简直是神女巫。"4号女生在复盘的时候一直追问，其他人也纷纷附和。

林州行很简短地说："邓清。"

"你很厉害。"那女生对邓清说，"很聪明。"

"谢谢。"邓清大方认下。

其实她有点不好意思，并不是真正的自信，但每个人都在夸她聪明，人总归是高兴的，有些飘然。

周老板殷勤地过来找邓清攀谈，说自己以前也是江大的。两个人东拉西扯地讲了一会儿后，周明祎掏出名片，说了一通送打折优惠券还有饮料的话，加上了邓清的QQ好友。

林州行去了一趟洗手间回来，发现这两个人聊得和谐愉快，心一沉。周明祎讲起江大的鬼故事来逗人，邓清不怕，但是乐得捂住嘴。突然，邓清看了一眼钟面时间，"哎呀"一声。

她想起和李观彦约好的夜跑，虽然现在离约定的时间还有十多分钟，但是从下午玩到晚上，还没吃晚饭，她有点饿了。

"怎么都八点了……"邓清小声嘟囔。

林州行凉丝丝地插话："晚上还没吃东西，饿吗？"

"嗯，你吃夜宵吗？"

"可以。"

说完，林州行不忘友好提醒："记得发消息告诉李观彦，你不去了。"

很久很久以后，林州行回顾今晚的节点时，承认自己做错了判断，此处关键的并不是李观彦，而是周明祎。

但是在当时，他即使微妙地意识到了，也只是在反思自己不该乱吃飞醋，毕竟只是加个好友而已。

4

从店里出来就是小吃街，正是夜市繁华的时候，两个人沿街慢慢走着。说是出来吃夜宵，但是无人提议，林州行太沉得住气，邓清只好先开口，但是他说都可以。

这就很烦人，但是女生应当拥有一些理直气壮的特权，所以她就近进了一家韩国料理店。

这家店人气火爆，就是二姐爱看的那部热播韩剧的缘故——店正中央挂了一面大屏幕，反复播放着男主角拼命为女主角制造浪漫的桥段，所以店里几乎都是情侣，男生殷勤地跑前跑后。

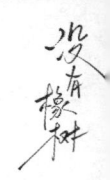

林州行气定神闲地坐下,半天不说话,只是喝水。

和周遭穿运动衣运动裤的男生相比,林少今天的行头在环境中较为突出,邓清在下午玩狼人杀的时候就注意到了。他穿了一件短款风衣,白色内搭的领口略低,嶙峋锁骨上环着两圈细长银链,站在身边时能闻到一股清爽的海风味道。

是什么香水?邓清想问问牌子,又有点不好意思。

平时都是开玩笑和揶揄,这算起来是正式意义上的第一次单独相处,邓清难以避免地感受到他身上的一些做派,于是起身拿来菜单,放在少爷面前,然后又拿来纸巾、餐具。

林州行后知后觉,家里有管家和家政阿姨,他的确太习惯被人照顾了,等反应过来为时已晚,只好尴尬地把菜单又推了过去,说:"你先点你喜欢吃的。"

邓清当他是良心发现,气消了一点,毫不顾忌地点了炸鸡和啤酒。

一口咬下去,炸鸡酥皮又脆又爽,鸡肉嫩而多汁,再配一口啤酒,她很满足地感叹一声。

林州行谨慎地咬了两口,表皮上辣椒粉的浓烈气味呛得他捂着嘴咳嗽两声。老广人吃饭前先喝汤,养胃养生,讲究保留鲜味,而且林舒琴很少让他吃这种油炸的高热量食物。

辣得说不出话,林州行一小口一小口地抿啤酒,安安静静地把炸鸡拨到一边,觉得邓清喜欢就可以,他没所谓。

吃饭是一件很幸福的事情,夜宵尤甚,但是吃饭的时候有一个对食物没有热情的人坐在旁边就很扫兴。邓清想着:问了你又不说,说了你又不点,点了你又不吃。内心升腾着的食欲小火苗被浇灭大半,她不免恼火,没好气地说:"你要是不喜欢吃,刚刚怎么不说?"

林州行平静地回答:"你也没问。"

邓清顿时气结。

林州行起身去结账。

"该我问他吗?为什么是我问他?怎么就应该是我问他?"邓清忍了一路回到宿舍,等二姐一问就噼里啪啦倒出来一串。

二姐笑得前仰后合,劝道:"好了好了,小清,冷静点,慢慢讲,从来没看你这么激动。"

"我伺候不来。"邓清握紧拳头,"我和少爷不合适。"

"是不合适。"二姐总结,"都又傲又冷。"

老大试图缓和,说:"你们才第一次约会。"

"我受不了!"

"好了好了,咱们不理他。"老大爬到上铺去安慰邓清,把人从被子里面扯出来。

邓清扯回被子,气得埋在被子里面呜呜叫。

二姐又开始笑,笑个没完。

刘薇很不理解地说:"说真的,小清,我不知道你喜欢他什么,长得帅的还有很多,李晟学长就比他帅。"

老大补充道:"还有那个李观彦也不错。"

邓清闷闷的声音从被子下面传来:"我没有喜欢他。"

二姐含笑道:"你们不懂,其实林少蛮好玩的,他表面的反应全是装的,有时候猜一猜也是种乐趣,可是总这样谁受得了?心思太重,一般人都会敬而远之的,但你清姐是一般人吗?她好奇得不得了。"

邓清不服气,从被子里钻出来继续解释:"我就是想知道他什么意思。"

"要么也喜欢你,要么不喜欢你,还能有什么意思?"二姐说。

"不是的。"邓清摇头,"我不是好奇结论,我是好奇想法。你不觉得他的想法和他的行为和他……和他说的话对不上吗?"

"觉得,"二姐点头,"但是我们不好奇。"

刘薇附和:"想不明白就不想呗。"

邓清抱着被子不说话。

见二姐又要说什么,邓清提前开口:"我不喜欢他,我只是好奇。"

二姐轻笑一声,和老大对视一眼,点点头,说道:"行的,就按你的说法来。"

"小清,那你觉得林州行会喜欢你吗?我听说蔡璇在追他呢,你也要追吗?"刘薇的脑子是一条直线,此刻还在纠结上一个问题。

"我不知道。"

"以不变应万变,蔡璇要追就追。"二姐这话是从安慰的角度出发的,"没事,林州行看起来蛮难追的。"

"也不难追啊,他之前的女朋友就是主动去追他追到的,还是个姐姐。"李观彦突然神秘兮兮地压低声音说,"林州行的前女友也在江大,你知道是谁吗?"

八卦聊到这里,不问一句就不礼貌了,邓清耐着性子问:"是谁?"

"丰海集团的三小姐罗海意,大三的学姐,我们昨天才在一起喝酒,

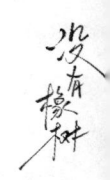

听她说了不少林州行的事,你要不要听?"

邓清冷冷道:"不用。"

"哦,我以为你们很熟。"李观彦的语调听起来蛮失望的,但是表情可看不出来。

"不熟。"

因为约好的夜跑放了人家鸽子,邓清有点不好意思,在李观彦再次提出的时候应约了,算补偿。两个人环着月明山走了一圈,又往南向学府路走去。

这并不是邓清先提的,而是李观彦非要说起林州行,她被迫听了一路。

"想看看照片吗?"说完,李观彦自顾自在手机里翻找起来。

邓清说了句"不用",但屏幕还是被递到眼前,她的视线还是被吸引。

是罗海意发在电子相册里的照片,上了锁,仅对好友可见。照片所处的环境漆黑,唯独镜头里的三个人被闪光灯照亮,看起来原本是两个女生在合照,林州行被站在右边的女生突然拉进镜头。他本来就白,再加上闪光灯近乎过曝,显得五官十分鲜明,瞳仁像猫眼一样,是很浅的琥珀色。他露着一个愣怔的浅笑,邓清一眼就看见他微微张开的唇边那颗探头探脑的尖尖的虎牙。

他有点呆,像是没什么烦恼。

她还从来没见过林州行这个样子,松松垮垮地被人扯着,逆来顺受般半弯着腰,迁就着女生们的高度,外套被拉下来一半,滑落左肩,右肩的衬衫衣领上蹭上了口红,显出几分浪荡。可是他也很乖巧,没有冷傲的姿态,像是一个普通的、快乐的,有钱人家的小公子。

李观彦在旁边讲解:"右边的学姐是罗海意,左边的是木会长的女儿木水弦,昨天是她的生日,罗海意帮她组了这个局。

"不过她比较喜欢别人叫她的英文名。如果你下次见到,直接叫她 Gabi 比较好。她和林州行聊得蛮好,也挺配的,门当户对,对吧?你觉得呢?"

邓清"嗯"了一声。

这两个女生的姿态都很松弛,也很漂亮,耳侧垂着很大的珍珠,手里端着酒,对着镜头大笑着。右边的罗海意扯着林州行的外套把他拉进镜头,这张照片看起来和谐极了。邓清想,大概这才是他原本的生活吧。

她一直所好奇的"本来面目"不过如此。

邓清花了两秒的时间忌妒,五秒的时间失落,然后是长久的怅然。

他们又环湖绕了两圈,李观彦零零碎碎地和她聊着以前高中的事。

等到李观彦最终将邓清送回宿舍的时候,她已经心平气和了,她想本就应该是这样的。

世事大多如此,人与人之间并不公平,她猜不透林州行,是因为她根本不懂他应该有哪种生活,到底是什么样子。

不是她的问题,也不是他的问题,而是他们并不相同,也不相通。

"不是不是,我和林州行没有谈过。"时间回到昨晚,在音乐声中,话语被淹没,罗海意即使和Gabi隔得极近也得再次提高音量,"你也知道,因为阿东那个时候……"

陆鸣东是南洋商会陆家的长子,比罗海意大一届,两个人暧昧过几年,具体到了哪一步只有当事人自己知道。陆鸣东后来去国外留学,打飞的回来和罗海意吵架,吵完的当晚就飞回国外,被扔在国内的罗海意气不过,找上了林州行。

罗海意说道:"其实是假扮,只是放出消息而已,也没怎么样,这小子傲得很……"

Gabi好奇地打断她的话:"他怎么就愿意?"

"只要是能给阿东添堵,他当然愿意。"

如果说林州行算是圈子里比较出挑的后辈,那么一山还有一山高,陆鸣东就总是压林州行一头,是林启远最喜欢的"后生仔",别人家的小孩,林州行烦得要死。

不仅长辈喜欢陆鸣东,同辈也是。陆鸣东长着一双桃花眼,桃花运也好得不得了。

Gabi笑道:"东哥的话,当初我也想过呢。上次你家姐姐过生日,我们在澳门……"说着,她突然问道,"怎么东哥在加州我都能见那么多次,但是一次都没见过林州行呢?"

"都说了傲得很嘛,冷冷淡淡的,喊都喊不来,深圳的趴(指聚会)他都很少去,何况你在边海。不过他长得蛮可爱的,脾气不错,人也干净,这是最难得的,你也知道这个圈子的男的都……"罗海意做了一个手势,心照不宣地和Gabi对了一个眼神,嘻嘻笑起来,"你要是搞得定的话,我让给你。"

"冷淡的我可没兴趣。"Gabi说道,"我虽然没见过他,但也知道周琦一直在追他……"

"你的话不会。"罗海意摆手打断,"他很识趣,肯定会很听话的,蛮好拿捏……"说着她把人喊过来,扬起一个大大的笑脸,"Liam!这里!"

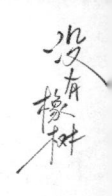

5

　　一方面是林舒琴一催再催，另一方面是林州行上次应下了罗海意欠她一顿饭，因此赴约，只是到得比较晚。罗海意租了一套别墅给 Gabi 办生日趴，林州行进门的时候，大多数人已经喝了一轮了，三三两两聚在一起划拳玩"开火车"，音乐声极大，仿佛墙面都在震动。

　　李观彦见到林州行，拿起一杯酒，正准备要说点什么，罗海意很有穿透力的声音远远传了过来。李观彦做了个手势，说道："算了，你先去，Leyna 姐要给你介绍 Gabi 认识。"

　　李观彦很意外的是林州行的态度竟然很友好，林州行顺手从身旁的桌上拿了一杯酒，扔掉上面的柠檬，弯身轻轻和李观彦碰杯，发出一声脆响。

　　林州行略略笑道："等下再聊。"

　　李观彦很不适应，摸不着头脑，望着他的背影好一会儿。

　　这人有社交假面具？

　　木会长早年从政，退休后自己创办了一家私募，有丰富的监管人脉和各种资源，横跨政商两界，离过一次婚。新夫人给生了小女儿木水弦，养得像公主一般，原本是要送出国的，是木水弦自己选了江大。她的理由也蛮简单，试一下，没想到就考上了。

　　音浪起落，灯球旋转把斑驳的光影打在人们脸上，两个女孩手里拿着酒杯，随着节奏声轻松地摇动着。

　　林州行慢慢走过来，罗海意心急，扯着他的外套一把揽过来。

　　他比她们高出很多，因此半弯着腰，酒杯一碰，他抿了一口。

　　罗海意嚷道："干掉嘛，来这么晚，倒让主角小姐等你！"

　　林州行垂着眼睫一笑，说："学姐，我不太行，你也知道的。"

　　"男人不能随便说不行哦。"罗海意笑眯眯的。

　　如果不是 Gabi 在身边，她其实不敢对林州行如此，父辈的权和势就是天然的阶梯，泾渭分明地隔出主次，年轻的灵魂遵循着古老的规则，十几岁的少男少女已经学会虚伪假笑和察言观色。

　　站在高处的人习惯了傲慢，但总有更高处的人，于是转脸就换上另一副面具。怎样都是可以笑的，那么就笑吧，乖顺总是没错的。

　　林州行来之前就已预料到会如此，他知道他今晚大概是罗海意准备好的"礼物"之一——Gabi 刚刚失恋，罗海意张罗这一场既是凸显人脉，也是讨她欢心，想借花献佛。

Gabi 来江大其实另有缘由，前男友人很优秀但家境普通，负担不了出国的费用，两个人便约好一起上江大，但木家的压力给下来后，前男友选了前程，拿了木家的钱去了英国，再不联系。Gabi 伤心之下拒绝了去国外的安排，自己一个人也要上江大。母亲见两人到底是分得彻底，也就无可无不可。

林州行特意晚到，是想往后排一排，但看现在的架势，前面的兄弟是全军覆没。国建的许汝不行，连锁酒店的赵家也不行，冯部均的姐姐是当红女演员，他本人长得也很精致，这也不行，不是还有李观彦吗？看来李观彦也不行！

看起来，罗海意今天打定主意主菜是推他，Gabi 对他也像是有兴趣，这就很糟糕。林州行挣开罗海意站直了一些，顺手整理衣领。

Gabi 捏着杯子倒了半满，越过罗海意直接问："如果我喝了这些，你就都喝掉，有问题吗？"

林州行笑了笑，说："好啊。"

两人喝掉一杯，Gabi 红唇一勾，直接拎起酒瓶晃了晃，问道："那如果我喝掉这瓶，你也喝掉一瓶，有没有问题？"

罗海意让出一个身位，不再站在他们中间，饶有兴致地抱着手臂看，心想：林州行，木家的女儿亲自请，你还要说我不行吗？

林州行把 Gabi 手中的酒瓶接了过来，也学她的样子摇了摇，眨眼笑道："这酒开太久了不好喝，我调酒给你喝好吗？"

"什么酒？"

"看了就知道。"林州行不忘叫上罗海意，"学姐也尝一尝吗？"

别墅里器具不全，林州行在吧台挑挑拣拣，勉强凑了一套，红石榴糖浆、柠檬汁、15 毫升的伏特加、蓝色薄荷利口酒，挤入浓缩橙汁，导入朗姆酒，加冰 shake（摇晃），静置片刻倒入杯中，从鲜红到青色，七只杯子里的酒液依次显现出彩虹的颜色。

这是 Rainbow shot（彩虹酒），不难调，但是很花哨。

林州行往每只杯子里补了一小勺朗姆酒，掏出打火机，依次点燃，轻轻打了一个响指，蓝色的火焰跃动起来。

罗海意"哇"了一声，随即笑道："我要是再小上三四岁，肯定喜欢得不得了。"

Gabi 不屑道："骗小女孩的把戏，已经过时了。"

反响不太热烈，林州行并不尴尬，坦然道："是啊。"

表面的酒精已经烧完，林州行伸手拿起最尾端青色的那杯，Gabi 却擒

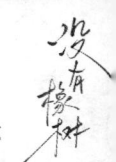

住他的手腕，说："酒精密度低，糖浆密度高，第一杯全是酒，最后一杯全是糖，林州行，你就这么一点聪明，全用在这个上面吗？"

刚刚若直接拒绝是驳了面子，这时候借着台阶下就顺当许多，林州行低声笑道："我不太会喝，喝多了要醉。"

"你不想在我的面前醉？"Gabi 盯着他。

"不是。"

看起来气氛不错，罗海意目的达到，打了个招呼趁机离开。

吧台边只剩两个人，Gabi 继续说："就是。"

"好，你说了算。"

"那我要是让你喝第一杯呢？"

"好。"林州行很干脆，直接伸手。

Gabi 却再次擒住他的手腕，抿唇一笑，说："算了。"

罗海意说的没错，林州行似乎真的听话。

光影流动，彩色的灯光给林州行的脸上镀上一层釉色，他一直在笑，但眸色却温和又疏离。Gabi 心念一动，拉着他往外走，说道："出去抽一支吧？这里太吵了。"

"嗯。"

Gabi 很顺手地摸进林州行的兜里掏出打火机，林州行并不反抗。

他们绕到后门去了。隔着一层门板，音乐声沉闷了许多。秋天的夜晚略寒，尼古丁滚进肺里就暖了，林州行半垂着眼睫为 Gabi 点烟，微微弯腰。

这个角度是合适的，Gabi 拉着他的领子使力向下拽，吸了口烟对着唇要渡进去。他挣开，口红蹭到右脸上。

Gabi 半眯着眼，问道："什么意思？"

林州行说："我有喜欢的人。"

作为漂亮又优秀的女孩子，Gabi 几乎没有被拒绝过，瞬间恼火极了，大声说："你那个欲拒还迎的样子，真看不出有多清高。"

"不过分的情况下，我不想得罪你。"林州行倒是直接。

"是吗？那我怎么样都行吧？"Gabi 心中忽然闪过一个念头，因为觉得有趣，气极反笑，一手推开口红盖子，一手扯开他的外套，把昂贵的衬衫当作画布，鲜红刺眼地划下几个字母。

——WUSS！

讨厌鬼，胆小鬼！

不解气，她又加了好几个"S"才罢休，SSS 级别的讨厌鬼！

林州行逆来顺受地被摁在墙上，等她画完了才淡淡道："气消了吧？"

视线相对，林州行看向别处。

Gabi冷眼看着林州行，她在这个圈子里还没见过这样的人——在这种情境下还能忍，沉默地拉上外套。

Gabi扔掉口红冷笑道："你放心，我就算真的想找个人玩一玩，也不会找你，我要找也找东哥那样的。"

林州行看她一眼，说："你和陆鸣东是适合的。"

这是一句阴阳怪气的嘲讽，Gabi不是听不出来，心想：罗三相处这么久还看走眼，林州行怎么会听话，又哪里好拿捏？他明明臣服规则，又冷傲地在心里审判，评价所有人，说着不想得罪，其实并不在乎。

但最没意思的就是这种人，她推开他走人，临走前甩下一句话："林州行，你想装又不肯装到底，假得不够真，真得又不够假，你在哪里都混不下去，也没人受得了你。"

"哦对了。"她回头，"你喜欢的那个人知不知道你是这种货色？"

黑暗中，Gabi满意地看到林州行站在那里，面具裂开一条细缝，露出惶惑的神色来。

许久之后，他仍旧独自站在原地。

门外是清清冷冷的月亮，门内是欢腾热闹的夜场。林州行掏出手机在熟悉的名字上翻动几下，点进去看，发现邓清发了一条图文，照片是前两天一起吃的炸鸡配啤酒，配字是：吃饭，还是得找到合适的人才开心！

她还在生气，虽然林州行有点不太明白她在气什么，在他的角度看来，他已经尽力选了邓清喜欢的店，点了她喜欢的菜，但是她仍然很不高兴。可是这种不高兴直接又可爱，林州行不禁莞尔，慢慢打字回复：能不能不放辣椒？

手机很快振动起来，邓清的回复几乎立刻就来了，而且是私聊。

邓清：不好意思呀，我不知道。很辣吗？

林州行：嗯。

这样的对话结束后，她还能追问上一句：你不能吃辣？

林州行叹了口气，回了三个字：不太行。

邓清：啊……我之前不知道。

很诚恳，很无辜，也很可恶，反正她总是理直气壮，有一点在乎，但是不多。林州行觉得换位而处的话，自己一定可以马上察觉到对方的好恶。

但是邓清不会。

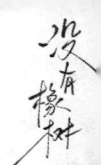

也许他应当觉得灰心,但是情绪的牵动骗不过自己,原本烦躁至极的心情缓解了很多。

　　林州行回复:那下次换个口味再试试。

　　邓清:好。

第五章
复杂还是简单

1

邓清捧着手机等了一会儿也没能等到林州行的下一句，又开始在生气和高兴当中反复横跳，高兴他说了"下次"，生气他也不讲个时间。下次，什么叫下次？难道他又在等她主动去约吗？

她索性把手机丢到一边，可消息铃声一响，她又马上抓起来。

可惜是李观彦。李观彦看到照片，问她是不是小吃街中段的那家韩国料理店，又说自己还没去过，又问好不好吃，又问是什么时候去的，终于把话题引到夜跑上来，委屈兮兮地说：原来你那天放我鸽子，是去吃饭了，炸鸡那么好吃？

邓清有点尴尬地回复：还可以，也没有……那么好吃吧。

李观彦：那你放我鸽子的事怎么说？

邓清：有空改天呀。

李观彦：那就明天咯。

犹豫了一会儿，李观彦又说：你明天有事的话就后天，或者再等一天，我都可以。

后面是一个笑脸表情包。

邓清：就明天吧。

李观彦：好的，在你们楼下等你，还是八点钟，可以吗？

邓清：好。

放下手机，邓清点开另一个对话框。没有新消息，她反手把手机塞进枕头底下，狠狠压住。

拜托，看到没有，约人是这样约的！

洗手池边，林州行对着镜子洗掉脸上的口红痕迹，衬衫上的没办法，洗干净也不想要了，回去扔掉。

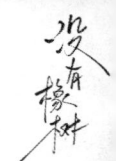

巧得很，李观彦这时从他身后经过，停下来看了一会儿。

无所谓狼狈不狼狈，只是因为是李观彦，林州行多少有点介意，开口问道："你刚刚要和我说什么？"

李观彦插着兜走过来，说："哦，我是想告诉你，你知道我和小清为什么认识吗？"

"高中同学。"林州行直起身子，掏出纸巾擦干右脸。

李观彦透过镜子看着他，笑着说："不止。"

林州行卷起袖子，伸手要放水，听到李观彦在身后说："刚刚我约她，她答应了。我要把她追回来。"

"你不用跟我说。"林州行冷淡道，"她不是战利品。"

他的态度令人盛怒，李观彦最不爽的就是他这副不正眼瞧人的样子。怎么，自己不配当他的对手吗？

李观彦冷笑一声，靠近了些，搭住林州行的肩膀，回道："也是，林少这么傲，却舍得下身段，能屈能伸，我能比得过吗？"

突然之间天旋地转，紧接着是一阵钻心剧痛，李观彦大叫一声。林州行骤然发力掐住他的虎口掰住手指，趁他痛得脱力反扣在背后，压住他的脖子直直往下摁。林州行比他要瘦要轻，所以用整个人的重量压上来制住他，膝盖抵死，他被牢牢卡在洗漱台上。

李观彦的鼻尖已经触到水面，林州行手腕施力，那眼神像是要把他活剥了，阴森森的。感觉下一秒整颗脑袋就会被摁进水里，李观彦吓得大叫："我开玩笑的！"

动作停顿，施压仍在，头皮被扯得生疼，李观彦挣扎两下没挣开，喘着粗气道歉："林州行，我那是玩笑话，说得……说得不对，我和你道歉。你，你别太过分，大家都麻烦。"

林州行又压下来一点，对他说："我要是过分，是我有麻烦还是你有麻烦？"

"家大业大，仗势欺人就没意思了是不是？对不起。"

力气松了，钳制消失，李观彦立刻暴起提拳，但林州行比他更快，对着他胸口狠砸一拳，拎起他的领子就往墙上扔，他后背撞得生疼。若说刚刚是没有防备，那现在就是技不如人，李观彦心想：真是活见鬼，这人怎么这么能打，根本看不出来啊！

见对方又要提拳，李观彦挡了一下一声大叫，把刚刚拧开门的人吓了一跳，那人惊讶地问："你们怎么了？"

"没事。"林州行迅速松手，走回水槽边放干积水，把卷起的袖子放了下来。

进来的人是国建许局的公子许汝,老好人一个,警告说:"州行,今天是 Gabi 的生日,别闹事。"

李观彦感动极了,对啊,许大哥,你也看出来是他欺负我了吧?

"闹着玩。"林州行笑了笑,问李观彦,"没生气吧?"

"没有没有。"李观彦连连摆手,急忙跑了。

许汝又扯着林州行聊了两句,言语之间暗示他算了。

林州行浅浅一笑,说:"许哥别担心,我没说要记仇啊。"

"你最好是。"许汝眼睛一眯。

有刚刚那一场,李观彦虽然仍不服气,但谨慎地和林州行保持距离,埋头鼓捣手机,和邓清捡起一些乱七八糟的话题说。

罗海意招手叫他:"观彦,别玩手机了,快,给我们大美女拍张照!"

"一起。"Gabi 扣住罗海意的手。

"那就都一起。"镜头闪光灯亮起时,罗海意伸手一拉,把站在旁边的林州行扯了进来,拍完就大叫,"快,给我看看你的技术。"

李观彦竖起大拇指捧场:"技术一般,主要人太美了,怎么拍都好看。"

罗海意得意道:"那是,Gabi 是最漂亮的。"

Gabi 客气捧场:"亲爱的,你也超美!"

林州行也站过来看了一眼,甚至朝李观彦淡淡笑了一下,好像什么事都没发生过一样。

照片里,林州行是乖巧的愣怔模样,人畜无害似的。李观彦心想:太吓人了,发起疯来一点征兆都没有,不能让这种人追到邓清。

他要拯救他天真单纯的高中同学。

和李观彦夜游分别后回到宿舍,邓清刷到林州行分享了一首歌,名字和吃炸鸡有关。

这个人真是有毛病,这是在干什么?对山歌吗?

吐槽归吐槽,她还是点了个赞。

两分钟后,邓清刷到李晟的回复:吃错药了?

紧跟着是蔡璇:去吃吗?哈哈!

二姐为邓清打抱不平,出主意说:"你就回复吃过了,不过是在学府路,就接在蔡璇下面回!"

"算了,"邓清拒绝,"茶茶的。"

二姐恨铁不成钢地说:"这种关键时刻,你不抢怎么行,小清!"

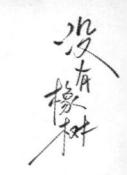

"我不太会和人抢……"

刘薇客观公正地评价说:"说到底还是林州行的问题。"

"确实,不过以他那个条件,也难免吧。"二姐平等地阴阳着双方,"蔡璇,罗三小姐,还有那个什么……你刚刚讲的……"

"Gabi 木水弦。"

"对。"二姐掰着手指头,笑眯眯地说,"小清,你们四个可以凑一桌麻将了。"

2

蔡璇追林州行的阵仗和影响逐渐扩大,渐渐变得非常有名,虽然她其实没有干多么出格的事情。但是俗话说,女追男隔层纱,她又大方不避人,多数人抱着喜闻乐见的态度,热衷于起哄,从学生会到金融系(3)班,都等着促成一段佳话。

蔡璇去金融系蹭课的时候,很多人都会给她指位置,最积极的就是李观彦。她也不怯场,笑眯眯地说谢谢,大大方方地承认自己就是来看林州行的。

学生会内部更是助攻众多,看热闹是人的天性,李晟更是最热情的那个红娘,俨然把自己"兔子不吃窝边草"的言论抛在脑后。

秦谦也很喜欢把这两个人分到一组,而且蔡璇往往很主动,总是先举手。偶尔她笑着站起来的时候,邓清在旁边坐着抱着手臂看一看林州行的反应。

他没什么反应。

合理距离内的,无可无不可,明显带有追求意味的就避开,比如蔡璇去篮球场给他送水,他是不接的。

蔡璇来金融系旁听,又或者学生会分组,林州行很难公开站出来给人难堪,舆论场渐渐形成,更是压力巨大。但是无论公开场合还是私下,蔡璇并不正式表白,行为也不过界,这让林州行觉得如何拒绝是个很棘手的事情。

有一次,他隐晦地问了问涂亮亮。

涂亮亮听懂了,但是很诚恳地说:"州行,你哥真是从来没过过这种烦恼。"

林州行没回他,涂亮亮又催道:"我老婆叫柳唯,然后呢?我们什么时候能见个面?"

林州行正烦,没好气道:"你要见面问我干什么?"

"不是,你拉哥一把啊,没点良心,我天天哄你容易吗?万事开头难,这第一步我真是不好意思迈出去,能认识就行了,后面靠我自己努力,好吧?"

"可以从第一步开始努力。"

"第一印象太重要了,我怕搞砸了啊。你厉害嘛,是不是?"相处几个月,涂亮亮对付少爷已经有了一套心得,"你和邓清开始得多好,有来有往的,很顺利嘛!"

提错了话题,越想越烦,林州行在心里骂了句脏话。

除了李观彦,林州行已经渐渐发现秦谦的刻意留心和不对劲,学生会主席的事务,这人原本能推就推,现在却次次出现,存在感十足,而且必定是站在邓清身边,即使对方回应寥寥,他也锲而不舍。

而且林州行很确定邓清基本没有察觉。

这女人就是很粗心,虽然看起来很随和,实际上对谁都有一种漫不经心的敷衍,她的世界坚固而稳定,她真正要做的事情也不会为其他任何人改变,但是因为在乎的事情不多,所以在乎的事情以外就会显得比较随和。

林州行不太确定自己被放在哪一边。

在有限的一些相处当中,他们两个总是有些针锋相对,李晟常常劝说他们两个不要吵架,说他俩就像两个对不上的齿轮一样,总在进行一些无意义的磨合。

学生会的其他人普遍认为他们两个关系不好,邓清和其他人讲话都很正常,好像唯独喜欢撑他,他有时候会反思自己,有时候又实在觉得搞不清缘由。

林州行当然不会把原因归咎到自己的隐藏和无意识的傲慢上去,人总是很难看清自己。邓清更是这样,她对于他们之间的相处模式也感到困惑。实际上她有一种天生的敏感和直接,以及正义感,所以才会在林州行居高临下地评价"学生会的多数会议都毫无意义"的时候毫不客气地反驳:"那是因为你可以轻松完成任务,但是有些人不行,他们需要交流和寻求帮助,需要被引导。"

"弱者喜欢抱团。"

"不是人人都像你,出生就有自己的领地和资源。"

林州行平静地反问:"因为我天生就有,所以除此之外都不值一提,是吗?"

他能理解,这就是程岩的想法,又或者不止程岩。他的身份永远大于他本人,甚至在外公和父母那里也是如此,他们养大的是林家的继承人,

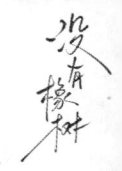

而不是外孙和儿子。

因为生来比旁人拥有更多，并不配自怨自艾，这世间的苦难如山，有钱从来就不是一件坏事，他不能装模作样地为此感到痛苦。

可是邓清，邓清没有说"我不是这个意思"，也没有试图安慰他，她只是认真地思考，然后诚恳地回复："不是的，是我不理解你。一斤棉花和一斤铁一样重，你的付出也是很珍贵的，可是我不理解。我没有经历过你经历过的事情和环境，就只能先把我们自己讲给你听。"

讲完这一句，她静静看着他。

沟通是了解的基础，我对你好奇，我想了解你，我愿意向你敞开心扉，现在轮到你了。

可是林州行拒绝了，他没有继续聊下去，而是走掉了，又或者说是跑掉了。他还没有做好准备要被人剖开，尤其是邓清安静的眼神，像一柄薄而锋利的柳叶刀一般。

而林州行有无法摘下的面具，跟随着他的成长附着在他的脸上。有时候他自己也会害怕，害怕面具下面其实什么都没有。

"可能就是不合适吧。"二姐帮邓清总结，"喜不喜欢和适不适合在一起本来就是两码事，喜不喜欢只讲感觉就行，在一起就复杂很多。性格和口味，这些都是改不了的，不要指望一个男的为你改变什么，就算一时上头装一装，也装不了一辈子。"

"对我来说是一码事。"老大加入讨论，"我喜欢陈军，只要陈军也喜欢我，就绝对是合适的。"

刘薇提出疑问："那总有不合适的地方吧？"

老大说："我可以改。"

二姐摆摆手，说："恋爱脑不纳入讨论范围。"

邓清想了想，说："我不会改的，我也改不了。"

二姐笑道："那不然呢？你不会指望林州行为了你低头吧？他要长得像个蛤蟆也就算了，可惜啊，那张脸还不错，怎么办？"

想到那张被闪光灯照亮的照片，想到完全不同、从未触及的根本不了解的另一个世界，邓清叹了口气，躺在床上幽幽地说："算了。"

家境殷实，父母和睦，成绩不错，长得漂亮，再加上每一步的投机取巧都走对了，想要做的事也都做成了，一直以来，邓清也是有点深埋于心的小骄傲的，觉得算是顺风顺水的人生，但直到认识林州行，她才明白什么叫天之骄子。

这话并不是说他有多优秀多耀眼的意思，而是指他的人生自在高处、毫无烦恼，什么都很好——家境很好，学习很好，长得很好，性格很好，十分平滑。这种人的人生就是简单模式，他只要当个正常人，他就能衣食无忧，一生平稳，这是多少普通人羡慕不来的。

所以说这个世界不太正常，不正常在这种事情居然能让人理所当然地觉得正常。

可这是没有办法的。

邓清不觉得自己很差，也不觉得自己比不过别人，但她确实没有自信自恋到觉得林州行能非她不可，何况没有人知道他在想什么。

而且她心里很明白，她也不可能要求他说个清楚。

有资本的人，不可能不傲慢，这个资本可能是长相、性格、家世，这个傲慢的表现形式也未必一定是表面上的嚣张和跋扈，也可能是像林州行那样，对不够殷勤的人总是持观望态度。

甚至不止是他，连她自己都是这样。她觉得这样不好，有点不够干脆，有点糟糕。但若论糟糕，他们两个明明一样糟糕。

邓清没有迟钝到那个程度，秦谦总是提起她的钢琴表演时她就察觉到了什么，秦谦还试图送她演出票，被她躲过和拒绝了。

周老板在加过QQ后给她们全宿舍发了优惠券，还要请吃饭，在二姐的大力主张下，她们去了一次，但是只用了优惠券，并没有真的让周老板请客。

吃人嘴短，邓清说了一些感谢的话，两人慢慢地就聊了起来。她不主动发起话题，但周明祎讲话实在妥帖，也总是很有趣，被某人气到的时候，她有时实在忍不住想放松一下。

月光越过窗棂，宿舍夜话，四个人都躺在被子里。

二姐一边掰着手指数着，一边说："林少那边的上次数过了，现在我们数一数你这边的，李观彦、主席、周老板，再加一个林州行，八个人，小清，八个人，刚好凑两桌麻将。"

"别说啦！"邓清试图逃避。

老大忧心忡忡地说："你们快点有一个结果吧，不然多耽误别人。"

刘薇哈哈大笑道："我好期待啊。"

邓清哼哼唧唧地求饶："我们还是聊老大和陈军吧，好不好？"

二姐接过话头，问老大："你们不是聊得蛮好吗？什么时候约出来见面？"

"不着急。"老大美滋滋地说，"我反而觉得线上这样慢慢聊，有一

种灵魂伴侣的感觉。"

"行吧。"二姐无奈地说,"你硬要当网友也行,但是我觉得你们互相多聊聊私人生活比较好,别总在那里诗词歌赋人生哲学的,太虚。"

"比如?"

"比如你问清楚他有没有女朋友,没有的话,喜欢什么类型的!"

邓清一听就笑了,说:"你别这样,她问不出口的,太直接。"

老大讪讪附和:"对啊。"

二姐怒道:"一个两个说了不听,气死我算了,睡觉!"

二姐正要睡,刘薇突然说:"你们怎么不问问我?"

"什么?!"其他三个人差点立刻坐起来。

老大惊讶极了,问道:"你有情况?你怎么会有情况?!你除了上课哪出过门?难道是我们班的?我们班才五个男生!"

二姐更激动:"谁家小崽子带你早恋?我劈了他!"

邓清跑下床,跑到刘薇那一边,双手撑在床沿上,严肃地问:"是不是打游戏认识的?"

"啊⋯⋯"刘薇眨眨眼。

邓清已经确定,转头告诉那两人:"就是。"

"网友不行。"二姐下了定论,"是人是狗都不知道。"

刘薇补充说明:"是江大的,学校游戏论坛认识的。"

二姐谨慎地改变态度,说:"哦,那观察观察。"

"现在的问题是,我觉得他是男的。"刘薇说,"但是我不确定他知不知道我是个女的。"

这下另外三个人都疑惑了。

3

林州行知道邓清最近在躲他,也许用"躲"这个字不太合适,具体表现会更微妙一点,没有那么消极,但确实不像以前有一种兴致勃勃等待挑战的感觉。他搭话时,她友善亲和了很多,但那反而意味着遥远。

林州行性格敏感,极快察觉,不免有些灰心。他已经尽力用心对邓清,但邓清的回应仍然若即若离。这不是比赛,女孩子也不是战利品,他没办法像对待其他事一样,不惜一切代价只为赢到底,喜欢这种事很难强求,也没法非要一个结果。

林舒琴也是这样讲的——

"就算没有结果,也要尊重对方,喜欢一个人本身就是一件很幸福的事情，默默守护也是一种方式，付出也会让人觉得快乐。小州，妈妈很开心你开始学着爱人了。"

林州行其实没有办法接受林舒琴的这种浪漫化观念，他和母亲的思维差异体现在诸多方面，但是他并不会当面反驳。外公曾经说母亲是玻璃罩中的玫瑰，作为儿子，他有义务维护她的幻梦。

何况林家有这个资本，她就是可以做一辈子的大小姐。

从表面上看，林州行和邓清的关系变好了，他们不再像两只牙尖嘴利的小鹦鹉一样啄来啄去。

当蔡璇靠近时，林州行变得更沉默了。

漫长的财务流程过后，关于上一次青年代表协办活动的所有乱七八糟的账目报销终于结束，秦谦拿到了活动经费，开始组织聚会活动，先吃饭，然后去KTV。

聚餐席间，邓清一直拉着隋欣阳聊天，秦谦没能找到一个合适的搭话机会。但是他想着，没关系，吃完饭还有下一场，唱歌向来是滋生暧昧的温床。

因为人太多，所有的歌都会变成好几个麦克风的叠声合唱，只有一种情况除外，那就是绯闻男女主拿起话筒时，其他人都会识趣地闪到一边，然后发出窃窃私语的怪笑。

蔡璇点好一首男女对唱的歌，大家都等着男主角，找了半天才发现林州行不见了。

"州行吗？我确定他来了，刚刚还坐在这里的。"李晟说，"蔡璇，你等等看。"

"好。"蔡璇把麦克风递出去，"那这首谁唱呀？"

秦谦接了过来。学生会里也有暗知他心意的人，很狗腿地使眼色，就要把另一个麦克风递进邓清手里。邓清慌忙站起来说要去洗手间，隋欣阳见状，笑眯眯地伸手去接，说："秦主席，咱们两个唱啊？"

秦谦没想到横生枝节，看了一眼李晟的脸色，赶紧说："你别害我。"

"唱呗。"李晟冷笑了一声，也不知道在对谁说，"我出去抽支烟。"

"我和你唱怎么就害你了？"隋欣阳像是根本没听到一样，只和秦谦说，"嫌弃我啊？"

"我的天，我哪敢？"

"那就快点，进前奏了！"

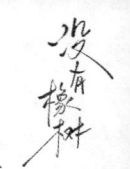

夏日已过，过了十二点，夜里是很凉的，房间里面有空调，是恒温的，但走廊上还是有点冷。邓清拉紧了外套，探头探脑地一看，发现秦谦和隋欣阳还没唱完，赶紧又离开。

旁边空置的另一个包间里，邓清突然看见里面坐着一个人。

从走廊透进了一束灯光，把那人的半边身子打亮，连带他手上的动作也清清楚楚，邓清没费什么力气就认出来那是林州行，他一个人坐在里面安安静静地玩牌，神情专注，额发略遮眉眼。

说玩牌其实不太准确，他好像只是在洗牌切牌，动作让人眼花缭乱，纸牌在他手里被分成几沓，像花瓣一样绽开又收拢，轻轻一个响指，最上面的一张牌从手背被弹进牌堆，又被夹在指间转了两圈。他的手很好看，无论什么时候，邓清都这样觉得。

虽然已经决定"算了"，要离他远点，但是等她回过神时已经看了很久，想走是来不及的，因为林州行已经出声："看什么？"

被发现了，邓清只好走进去，问道："你会花切？"

"会几招简单的。你怎么认识？"

"之前我妈带我去香港和澳门玩，看见有人会这个，好厉害啊！"

"没什么厉害的。"林州行笑了笑，微微仰头，态度温和，"我也是去澳门的时候跟人学的，多练就可以。"

对话丝滑又客气，因为如今他们彼此都很谨慎。听起来他在接她的话找共同点，邓清却想，她去澳门只是游客，可是林州行不一样。

她不该失落，但她还是有点失落，为了掩饰这种失落，她主动说："刚刚那个叫什么？可以再做一次吗？"

"你想看？"

"嗯。"

"最基础的那种，Sybil cut（五段切），将纸牌依次切为五段，并像蝶翅一样展开，然后收回，五段切。"林州行说着演示了一遍，动作流畅。

邓清看得认真，由衷地赞叹道："好漂亮的手……"

牌突然掉在地上，天女散花一样地落下，林州行匆忙去捡。

这莫名状况让邓清卡顿一下，吐出最后一个字："……法。"

她也弯身下去帮忙捡。地板上很黑，手指不小心碰到一起，两个人都闪开了，重新调整姿势。

这次差一点握住了，邓清迅速抽回手，干脆不捡了，直起身子。林州行沉默地收拢好纸牌，静静地放在桌面。

他们之间，突然就无话可说。

没有客人的包房是不开空调的，见邓清摸了摸胳膊，林州行突然问道："冷吗？"

没等她回答，他起身走了，大概两分钟之后回来，说："让他们开了空调，等一下就暖和了。"

"哎？"邓清很惊讶，"你怎么做到的？"

林州行淡淡回道："给钱。"

没有客人所以不开空调，包下来不就开了？居然这么简单。邓清被他这种粗暴直接的做事方式逗笑，他有些疑惑地看她一眼。

他一半侧脸落在黑暗中，另一半笼在走廊投进来的灯光下，他的脸上似乎被切开一道泾渭分明的线。邓清发现林州行的瞳色在光线不足的时候会变为漆黑，在补足光线后又会呈现那种熟悉的浅褐色。此时他一只眼睛黑色，一只眼睛褐色，这样看着有些骇人，邓清手比脑快，不由自主地拉了一下他的袖子。

她的动作莫名其妙，他却跟着她的意图顺从地转换姿势，向前靠近，两个人全都埋进了黑暗中。现在她很难看清他的表情了，却好像能听见他的呼吸声——实际上是不可能的，也根本没听见，是因为他们隔得很近，太近了，又或者，那根本就是她自己的心跳声。

万一他吻上来怎么办？邓清突然慌乱地冒出这个念头，那也……那也可以。她迅速做好心理准备，却看见林州行开始拉衣服拉链……这是不行的！这太吓人了！

邓清差点叫出来，左手捂住了嘴，右拳捏拳，肌肉绷紧，然后发现林州行只是把外套脱掉了，扔在她面前。

"已经两点了，想休息的话，这个给你枕着。"

邓清狠狠松了一口气，僵硬地回答："谢谢。"

她折好他的外套垫着躺下，但是半天缓不过来，懊悔刚刚脑洞过大，觉得自己特别有病。

幸好她反应不快，没给他一拳，不然就彻底完蛋了。

4

邓清侧身躺着，脑中让各种乱七八糟的想法搅成了一团糨糊，这样肯定是睡不着的。见林州行在一旁靠坐着，邓清翻了个身平躺，主动破冰说："我也想学。"

"什么？"

邓清指了指桌面上的纸牌。

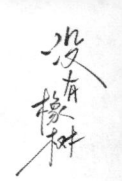

林州行伸手拿了过来，顺手又玩了一个 Buzzsaw（锯齿切），将纸牌扇状拉开逐张落下，形成漂亮的锯齿状，说道："通常用 52 张牌，拿掉两张鬼牌和广告牌。"他递给邓清。

邓清把牌握在手里，手感和普通的纸牌不同，纸面光滑挺括，有一种漂亮的、优雅的冷肃气息，她认真提问："普通的纸牌也可以玩花切吗？"

"手感不好。"

"那好吧，那你教我一个简单的。"

"就刚刚那个吧。"林州行示意邓清用双手握牌，很耐心地讲了第一步的动作，右手食指抵住牌面，左手打开一小沓牌……

"不要太厚。"林州行说道。

邓清不得要领，他不得不用手调整，触到女孩子柔软而细嫩的手指。

她仰起头看他，勾魂夺魄的眼睛，纤长的睫毛，真诚又专注地问道："我这样对吗？"

林州行垂下眼睛，低声道："对。"

第二步，用左手的食指和右手的中指再分一沓牌出来，要更少一些，悬在两侧之中。这一步更难，林州行不敢整个握住邓清的手，错手之间，纸牌洒落。邓清"哎呀"一声，大部分牌其实都落在了她的身上。

她今天穿了一件带丝绸光泽的衬衫长裙，领口的绸带打了个蝴蝶结，缀在白皙的胸口，纸牌零乱散落在曲线优美的身体上，甚至有一张牌的尖角浅浅插进领口，随着呼吸时胸口的起伏而轻轻抖动。林州行匆忙移开视线，弯腰去捡地面上的。呼吸发颤，他咬牙平复心情，捡完后再次坐好。

邓清已经整理好身上那些牌，接过剩余纸牌重新收拢练习，又掉了三四次之后失去耐心，用自嘲掩饰道："我手太笨。"

"练习次数太少。"林州行说，"你钢琴都能弹得很好。"

邓清有点难以辨别这句话是揶揄还是安慰，因此问道："怎么就很好了？你又没听过。"

他们之间特有的那种句尾的小钩子又刺出来了，邓清等着林州行的回击，他却沉默着。她突然反应过来，问道："是不是你？"

"什么？"

"花。"

"是我。"

他承认了，邓清心里是高兴的，原来他真的去看她演奏了，那束花也真的是他送的。

她笑了起来，问道："你真有意思，林州行，为什么不落款？"

林州行很擅长破坏一个人的好心情，淡淡回复："因为我觉得不用。"

邓清立刻皱眉，追问："什么意思？"

"不用落款，你不用知道是我，我只是想告诉你，有人在听。"他侧头看了过来。

"那不就是你吗？"

"不只是我。邓清，总有人在听。"

认真投入的人，应当得到欣赏和目光，他送她一束花，不是送出一份追求、一份爱意，而是送出一份回应。

辛苦的练习是有意义的，深夜的努力是有意义的，糟糕的环境和错误的时机都不会是阻碍，观众之中，总有听懂你的人。

邓清听明白了他说的话，心房震颤，屏住呼吸，在昏暗的光线中盯住他的侧脸。

为什么总是这样呢？只要靠近就忍不住好奇，就像一扇紧闭的门，又值得警惕又想要推开，如果他这样细心、这样在乎，那Gabi怎么办？蔡璇又怎么办？他是怎么想的？

心绪杂乱而急迫，邓清想要问个清楚，突兀地换了话题："你躲在这里干吗？"

"没躲，"林州行回道，"出来透气。"

"透了这么久了，那你回去啊。"

又是这种感觉了，这种理直气壮的感觉。

林州行反而笑了起来，反问："你怎么不回去？"

邓清心一横，说："有人在里面。"

"那是你在躲。"

"谁说的，我要躲谁？"

话说得含混，她就等林州行怎么回复。

你猜我说的是秦谦还是蔡璇？你要装傻吗？还是说不知道？又或者吃醋讲出秦谦的好感，让我保持距离，这就是在乎了，对不对？你要证明吗？你要向我解释蔡璇吗？

可是林州行全都没有，他清晰地越过她表面的掩饰，直接回答了她完全没问出来的那些问题，而且极为可恶，因为他也同样说得模糊，挡了回来。

"邓清，既然你现在也在这里，所以，我们的解决方式是一样的。"

如果你在躲秦谦，那么我就在躲蔡璇，我们都不想给人难堪，我们的解决方式是一样的。又或者，如果你在躲蔡璇，那么我就在躲秦谦，我们都不喜欢站出来和人争，我们的解决方式是一样的。

邓清顿了半响，在这个回合败下阵来。她接不上下一句话，哪怕只是单纯的回击。

林州行看透她的想法，让她的试探显得生涩又拙劣，他有一种又冷又透的聪明，也许仅仅只是针对她而已。

邓清有一种脊背发凉的感觉，她害怕被人看破和拆招，因此立刻竖起防御，起身要去关门，说："困了，我要睡了。"

门已经合上，光线全部被隔绝，林州行突然提高声调："把门打开！"

邓清愣了一下，下意识照做，拉开门，就看到蔡璇正站在门口。

蔡璇偏头看了一下，充满探究和警惕地问："你们在干吗？"

林州行快速走了过来，站在邓清身边用力把门推到最大，急切地说："太晚了，找个空房间休息而已。"

在邓清听来，这是一个她从来没得到过的解释语气。

"就……你们两个？"蔡璇指了指他俩。

"刚好遇到。"林州行说，"你要是累了也可以一起。"

蔡璇立刻说："好啊！"

廊灯太亮，她也要随手关门，林州行再次使力撑开，说："别关。"

蔡璇也一愣，但仍然笑盈盈地搭话："这屋好暖和。"

没人回应。

邓清什么话也不想说了，自顾自走回沙发躺下。

李晟也摸了进来，他在外面晃了很久，实在冷得要命，抱怨道："那两个人唱个没完。"

蔡璇挨着林州行坐下，话还没说上，林州行就起身去找邓清，伸手道："衣服，我要睡了。"

邓清一声不吭地把外套甩回他脸上，可惜力气不够，只扔到他胸口。

林州行一把接过，神色自若地穿好，走到房间另一个角落的单人沙发上靠坐着合上眼，他真的睡了。

李晟一边搓小臂，一边感叹："这屋确实暖和……真就这么睡了？等会儿来人怎么办？"

"不会。"邓清说，"林少付了钱包夜。"

"哦，那行。"

后来，陆续又有一些人困得支撑不住，也跑到这屋来睡觉，沙发上或蜷或卧躺了一堆。

当然也有精力王者，麦霸整晚还在点《死了都要爱》，但是再撕心裂肺也吵不醒隔壁这间屋子的人。偶尔有人醒了会跑过去唱两首，闹完了又回来睡觉。

可是邓清睡得有点不安稳,她睡觉畏光,只好拿手遮住脸,但灯光还是从指缝中滑入。她努力闭住眼睛,忽然光芒渐渐消失,是有人从角落起身,轻轻关上了门。

借着一片黑沉,那个人安静地看了她一会儿。

终于是彻底安心的无光环境了,偶尔有其他人发出的呓语声,又或者调整姿势时衣物的摩擦声,模糊朦胧的声响之中,邓清真的睡着。

5

通宵之后,即便是再活蹦乱跳的大学生也会像霜打的茄子,刚醒的人和没醒的人一样浑浑噩噩,碰上隔壁真的唱了整个晚上的强人,精神状态高下立判。

隋欣阳精神满满地过来邀请:"小清,吃早饭去吗?"

邓清看了一眼角落,发现林州行不仅已经醒了,而且已经走了,蔡璇也不见了。

她心里涌起一股愤恨,微微夹着酸涩,最后都化作食欲,说:"吃。"

"走吧,咱们去早市。"

隋欣阳捧着豆浆和包子,边走边吃,还不忘和邓清聊天,自然就说到昨天秦谦刻意的行为,邓清道了谢。

隋欣阳说:"这有什么。小清,记得我的忠告吗?别找学生会的,尤其是大三的,油得要命。非要找也找个帅的,秦谦不行,太一般,不过帅的男人是渣男的几率高。哎,你和林州行昨天在外面干什么?半天不回来,蔡璇还专门找你们去了。不过林州行是还可以,算是帅的,怎么样,小清你要考虑一下吗?"

邓清忍了又忍还是没忍住,说:"部长,你前后的逻辑冲突,你不觉得吗?"

"哪里冲突啦!不谈怎么知道是不是渣男?妹妹,别急着判人死刑。"

"要谈也不是我谈,蔡璇追得那么紧。"

"不不不,"隋欣阳猛摇头,"我不看好。"

"为什么?"

"女追男,没有好结果。"

邓清闭了嘴,埋头喝豆浆。她这才明白,隋欣阳突然提她和林州行,不是因为看好,是为了反驳李晟罢了,李晟赞同,隋欣阳就要反对。

所以爱情这回事,如人饮水,冷暖自知,他人的视角也未必就百分百

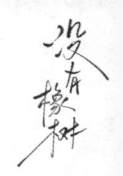

客观，人们在他人身上看到的也许还是自己。

所以这一次，昨晚在包间中发生的对话，邓清没有告诉任何人，自己反复复盘几次，仍然想不明白林州行的意图，比起最初的好奇，她渐渐开始害怕。

林州行是个能看透她又不被她看透的人，如果真的喜欢上这样的人，那是不是未来他们之间的每一步都将无知无觉地走在黑暗里？

可是邓清不是一个能接受未知的人，也许她是好奇的，喜欢探险，但是她没有好奇到不顾危险。她不喜欢冒险，非常不喜欢。

期中考试即将到来，进入了为期一周的考试周，不过不是所有课程都有考试，也不一定都是闭卷考试的形式，文献课的老教授就是要求写一篇小论文，他自己评分，为此把学生挨个叫到教师办公室帮忙整理材料。

老头贼贼的，说是帮忙，实际上学生一坐下他就说要上厕所、要出去走走或是有别的老师叫他之类的，理由非常多。

邓清坐定之后仰头一看，吃惊极了，桌上这几沓材料已经垒得比人都高。老头慈祥地安慰说："没事，你做到十二点去吃饭，换下一个人来。"

"哦好，好，老师，我知道了。"

这是几个院系教授的联合大办公室，临近中午，老师们都提前去吃饭了，人并不多，只有几个辅导员和帮忙的学生。邓清埋头写酸了手，正放下笔活动着手指，却听见两个熟悉的声音边说话边往办公室里面进，她心思一转，腰更弯了些。

从外面看，材料纸堆完全把她遮住了，一点都看不见人。

邓清要的就是这个效果，因为这两个人一个是蔡璇，一个是李晟，她暂时谁都不想理，也不想打招呼。

李晟也是送材料给老师的，路上遇见蔡璇，对方一直缠着他问问题，聊着聊着也就一起来了。蔡璇问来问去还是林州行，和邓清一样，她也在纠结看不懂的细节，反复琢磨，问道："他为什么不让我关门？"

李晟想了想，说："避嫌吧。"

"呀……"蔡璇有点失望，"那他就是没意思咯。"

"怎么会？"李晟给她分析，"学生会那么多人，走来走去的难免看到，你一个女孩跟他一起关在小屋子里，又不开灯，叫别人怎么想？传出去怎么办？这是考虑你的名声啊。"

"真的吗？他真会这么想？"

"别人的话难说，州行的话一定是的，他心思很细，就是不爱说话。"

李晟笑着说，"他以后对女朋友肯定会很好的，你放心。"

"那是当然，"蔡璇甜丝丝地说，"不然我图什么？"

"加油啊！"

纸上洇出墨点，直到很大一个黑团出现，邓清才反应过来。她赶紧换了一张纸，重新开始抄写，心里却还是想着刚刚李晟和蔡璇的对话。

难道……难道是她自作聪明揣测别人，想得太多了吗？

也许林州行是一个细致的、温柔的人，只是不爱说话而已，就是这样简单。是她想得复杂了吗？

她不确定，想来想去，更加糊涂了。

即使临近期中考试，也不耽误玩。从桌游店出来，刘可还在喋喋不休地控诉程岩，说："太绝情了，国际经济法这么恶心这么难背的专业课，程岩小气吧啦，总结的资料一眼不给别人看。"

林州行一边走，一边分心听着，不时点点头。

路过炸鸡店，生意依然火爆，店内的大屏播到了韩剧的最新一集，男主和女主因误会而暂时分手，赚足话题度，连国内的论坛和热搜上都是这位，人气爆棚。

趁着当红，他所在的唱跳团体要来中国开巡演，江州就是其中一站。林州行推动百乐旗下的子公司赞助了一部分，说是推动，实际上他什么也没干，只是和妈妈说了一下而已。

林舒琴一脸了然，笑眯眯地说："知道啦，妹妹喜欢追星是不是？小州只要两张票？要不要请同学都来看，包几排内场好不好？"

林州行赶紧说："不要。"

之前的教训已经很糟糕，他再也不想在一大群人里面想方设法地找邓清相处。

他习惯提前布局——这是林州行一贯的做事方式，就是当事情发生时，他能够不动声色地完成它，轻松得仿佛一个巧合。

回到宿舍，邓清刚开始抱怨老头对学生劳动力的无偿利用，二姐就立刻把她摁在电脑前面，说了一些敷衍的安慰，然后手把手地详细教她怎么抢票。

邓清环顾一圈，发现老大和刘薇都是一副深受其害的表情——原来她们都已经被教学过了。

二姐手捂心口，说："这是我和我老公的约会！"

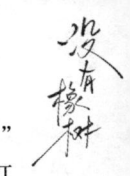

"要抢到好吗？姐妹们，钱不是问题，要抢到，抢到了我磕头重谢！"

"不用这么大礼。"刘薇说，"我要是抢到了，这一个月都是你关灯就行。"

二姐满口答应："没问题。"

二姐"老公"的"老婆"显然非常多，抢票结束后，好友圈里一片哀号，一刷下去全部都是抢票失败的截图。林州行突然刷到邓清也发了一条，立刻从床上坐起来，打字留言道：你要吗？

与此同时，他也刷到了周明祎的留言，周明祎问了一句：还没睡？

林州行轻哼一声。

"林州行有票啊！"二姐拼命摇晃着邓清，急得差点用手语。

邓清急忙安抚道："我知道，我知道，你别急。"

点开私聊对话框，邓清想着先委婉一点，于是给林州行发了四个字：你也喜欢？

二姐很急地问："他什么时候能回复？"

"我也不知道呀。"邓清很无奈。

消息一声"叮咚"，整个宿舍的人全部聚拢过来观看这场聊天的现场直播。

林州行：不认识。

林州行：百乐是赞助商之一。

邓清：那可以卖给我一张吗？我们可以加价。

林州行：不用。

林州行：那天有课吗？

林州行：到几点？

刘薇率先抢答："小清，他要约你！"

老大看向二姐，二姐说："我没事，我很坚强。"

邓清刚想张嘴，二姐深明大义地说："我那是虚拟老公，你这搞不好是真老公。"

老大和刘薇被她感动得眼泪汪汪，异口同声地说："姐妹，大气！"

邓清赶紧打字：其实不是我喜欢，是我室友。

林州行：哪个室友？

邓清：你见过的那个。

林州行：陪你去琴房的，叫柳唯？

邓清：对。

林州行：两张够吗？

邓清：够！

林州行：后天给你。

邓清：好，我等你下课去教室找你，你方便就好。你几点下课，在教三吗？

林州行：两点半，阶梯教室102。

邓清：嗯，我一定等你！

为表诚挚谢意，邓清还发了好多可爱小兔子的表情——小兔子眨眼、小兔子鞠躬、小兔子说谢谢你、小兔子害羞……

林州行轻轻叹了口气，这是邓清最热情、最主动、最甜美的一次了，却是为了室友。他熄灭屏幕，非常罕见的大脑放空，发了一会儿呆。

女孩子是神秘的生物，比任何谜题都要难解，他一般很少猜错谜题，但这一次，他还是猜错了。

居然不是邓清，是柳唯。

林州行重新拿起手机，给涂亮亮打了个电话，说："出来看演唱会。"

"啊？看什么啊？我又听不懂！"

"你老婆喜欢。"

涂亮亮立马来了精神，大声说："那我必须到啊！"

第六章
下雨是一个理由

1

林州行又找林舒琴要了两张票，一共是四张，给出去两张，还有两张。

涂亮亮把粉红色的纸张捻在手里，咂咂嘴，有点不好意思地说："州行，你想好了，你真的不去？"

"嗯。我和邓清如果聊不好，你们夹在中间会尴尬。"

"太够意思了，以后有什么事需要你哥的，尽管说！"涂亮亮激动地与林州行反复握手，"养儿千日，没有白费啊！"

林州行把手抽出来，笑骂道："滚。"

涂亮亮后知后觉地回过味来，问："你和邓清怎么就聊得不好了？"

林州行慢慢地说："我也不知道。"

"你别逗我啊，你会不知道？那么多女生追你，那蔡璇天天在校队转悠，我看着都头疼！"

"我没有追过人。"林州行平淡地说了一句涂亮亮完全意料之外的话，"也没有谈过恋爱。"

这一方面是因为林州行以前的兴趣都在篮球和机车上，另一方面是因为外公的严格管教，一个上下学都有司机和保镖跟着的人，很难有什么隐私，虽然林州行有绕过他们的办法，但是他并没有遇到一个让他愿意花这些时间和精力的人。

现在遇到了，他却总是迷茫。

试图靠近他的人不少，有真心也有假意，在些装作会调情，实际很陌生。

从爱情当中路过，林州行此前并不肯表明自己其实毫无经验，但现状如此，他不得不认下他是在自恃聪明。

涂亮亮来劲了，他之前不敢作声，是想着林州行一定情史丰富，他不好班门弄斧，原来大家都是白纸一张，那他必须分享理论心得。

涂亮亮详细畅想了一番他和柳唯从相识相知到恋爱结婚的完整图景，

最后苦口婆心地劝诫道:"州行,你的问题在哪你知道吗?听哥一句话,低头娶媳妇,你得会低头,明白吗?这是我爸讲给我的至理名言。"

林州行不说明白,也不说不明白,只说了一个字:"不。"

涂亮亮长叹一声。

期中考试结束后,趁着学生们心思又活泛起来,负责宣传的杨老师想出新招数,说要选学校形象代言人,提了一堆诸如有良好精神风貌、成绩优异之类的要求,但是落实下去就被执行得非常朴素——所有人都认为,这不就是在选校花嘛!

大家对于选校花这项传统活动当然有极高的热情,积极在论坛上提名。

干活的又是组织部,倒霉的还是邓清,她被迫做了一份好几十页的电子相册,其中还有自己的照片。

隋欣阳不服气地说:"怎么没有我?把我的也加上去!"

学生会的形象工程也要搞起来,外联部拉到摄影工作室的外拍赞助,挑了一批形象好的人拍宣传照。邓清被隋欣阳推出去,女生部自然是蔡璇,李晟磨了林州行好几天才把他劝动,他甚至答应了和蔡璇一起拍合照。

这是最关键的进展,林州行此前从来没有主动回应过,邓清听说后更觉得五味杂陈,她果然还是搞不明白他在想什么。

两个人之间的关系越发凝涩。

为了做好拍摄前的准备,林州行开车带着秦谦、邓清和蔡璇先去选衣服。和学校里的其他富二代比,林少算是低调的,开的不是跑车,而是家里的一辆旧奔驰。

蔡璇收到积极信号更加亲昵,自然地跳上副驾驶座。林州行未置可否,看起来只是在专心看路似的。邓清看着窗外,稍稍有些厌倦。

上次在 KTV 的收尾并不算愉快,她不想再去猜谁的心思,心念流转间,又是一句"算了"。

工作室的负责人出来和林州行打了个招呼,留给他一份下午茶。林州行就坐在那里喝咖啡、翻杂志,蔡璇每试一件就要来问好不好看,林州行偶尔抬头,"嗯"一声。

邓清神色恹恹,秦谦有意逗她开心,等待的间隙顺手拿了一个工作牌在手里,说:"变个魔术给你们看。"

带子凭空穿过他的手指,邓清惊讶地睁了睁眼睛,好奇地问:"怎么做到的?"

秦谦兴奋问道:"要不要再看一次?"

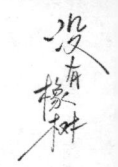

邓清眨眨眼，暂时没答话。

林州行放下杂志，心下了然，邓清并不是那种只会站在旁边鼓掌的女生，于是他忽然开口："这个不难。"

邓清果然注意力转移，转头问道："你也会？"

"角度问题，从我这个角度看一遍就可以。"

"你真会吗？别争意气。"

感觉不对劲，秦谦插话进来："小清，你想学啊？我教你。"

邓清的注意力已然不在这里，气鼓鼓地对着林州行发难："那你起来，我要在这个位置看。"

秦谦不甘示弱，继续说道："确实不难，我一步一步教你，一定能学会。"

邓清却说："让林州行试！"

林州行从座椅中起身，越过邓清，抬手找秦谦要那张工作牌，对着他的眼神堪称挑衅。秦谦咬了咬牙，正要发作，林州行转身表情一换，平淡而舒展，看着邓清，说道："你就坐这里，就这个角度，注意看。"

"看哪儿？"

"看我。"

她听话，盯着他的脸。

林州行说："手。"

他的手仍旧漂亮，骨节分明，指甲修剪得很整齐。邓清看着他细长的手指展平，彩色的丝带一圈一圈地绕上白净手指，突然拉断，直直穿过。

就这样而已，简单、干脆、利落。

蔡璇马上过来捧场："哇，怎么变的呀？"

果然是角度问题，邓清咬着下唇想了一会儿，从林州行手里抓过工作牌绕在手上比画了两下，眉眼展开，心满意足地说："啊，我懂了。"

"州行，你太聪明了，看一遍就会了！"蔡璇贴得紧紧的。

邓清在心里翻了个白眼：呵，这也叫聪明？我也看一遍就会了啊！

林州行任由蔡璇挨着，忽然略略弯腰，低声在蔡璇耳边说了句话，说完笑了笑。不知道说的什么，只见蔡璇也捂嘴笑起来。

觉得两个人神色动作都暧昧，邓清敛了神色，站起来就往里间走，说道："主席，我们去把赞助合同签了吧？"

秦谦马上应下："好啊。"

把那两个人扔在脑后，邓清定下心神和老板谈合同。合同签完，秦谦也不急着出去，而是拉住邓清，说："让他们俩单独相处一会儿，难得的机会。"

邓清淡淡道："事情办完了就走吧。"

秦谦把话题扯开："那个选校花的活动进展得怎么样？"

"反响很好，正在投票。"

"那个……"秦谦突然说，"其实我投了你。"

"是吗？"邓清推门出去，"那谢谢你。"

邓清和秦谦离开后，蔡璇立刻问林州行："你刚刚说要单独和我说，是什么话呀？"

"我是觉得，你可能有话要跟我说。"

"呀？"蔡璇娇俏一笑，"没有啊。"

"我们单独相处的时间不多。"林州行神色变动不大，好似一切都在意料之中。

"是啊，你总在躲我。"蔡璇把右侧的头发拨到耳后，仍是笑着，"其他人总是闹，你也觉得困扰吧？其实一开始说挺喜欢你的只是想认识你做个朋友的意思，现在也是，真的，我只是对你挺好奇的，再说追着你闹一闹也挺好玩的。"

蔡璇捂着嘴笑起来，继续说："你别怕啊。"

林州行柔软又温和地笑起来，回道："那还不至于。"

像无意之间，他说完后往洽谈室看了一眼。

突然，蔡璇又说："你好像蛮关注邓清的。"

"为什么这么说？"

"也不止你啦，关注邓清的人很多！"他不接她的话，她也不接他的话。

"秦谦喜欢她，你看得出来吗？我还知道一个李观彦。"蔡璇笑眯眯的，"州行，你要去争第一名吗？"

林州行回道："我不喜欢和人争。"

"果然，你可以选一个真正喜欢你的。"

林州行望她一眼，问："是你吗？"

"我又没说喜欢你，你好自恋啊。"蔡璇抿嘴一笑。

"你说得对，不好意思。"林州行点点头，"作为赔罪，请你吃饭吧，可以吗？"

"好啊。"

这时，邓清打开洽谈室的门冲了出来，身后跟着秦谦。

蔡璇春风得意地朝他们招手，说："出来得正好，主席来试试男生的

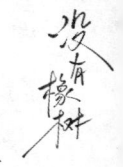

西装款式。"

还没等秦谦回复,她嗔怪地看了一眼林州行,很亲昵地说道:"他太懒了,不愿意试。"

林州行低下头,开始看手机。秦谦正要被拉走,忽然提议道:"邓清,你也试试吧?"

蔡璇回道:"女生的衣服我已经试好了。"

"你们俩身材不一样。"

蔡璇还要说话,邓清却站起来说"好"。

蔡璇不吭声了,半天才问:"你要试哪件?"

林州行抬头一看,插了一句:"就试你挑好的。"

蔡璇笑道:"好呀,邓清看看我的眼光怎么样,我很会挑的,喜欢的都是最好的。"

感觉这两个人倒是琴瑟和鸣起来了,邓清把西装外套搭在身上,面对镜子背对林州行,冷冰冰的小脸上一副傲然模样,决心一声不吭。

蔡璇的眼光没问题,衣服剪裁修身,又不会老气,细节很俏皮,很适合大学生。

"你要是穿这身衣服拍一张照片,也许现在就能得第一了。"林州行收起手机,突然出声,"可惜,还差十票就能第三。"

"那可能就是差你这票吧!"邓清抱着手臂转身,仍然面无表情,"你投了没有,没有的话帮我投。"

"你还在乎这个?"

"为什么不在乎?既然参加了,那我就要得第一。"她走近了两步,居高临下地瞪着林州行,"快投。"

"别催。"林州行重新掏出手机,仰头轻轻一笑,嘴里的虎牙突然露出来,显得有点无辜。

"行。"邓清盯着他投完,满意道,"现在只差九票了。"

紧绷的神色绽开,她甚至笑了一下,好像完全忘了自己一分钟之前的决心——明明想好不理他的!

林州行无奈地想:聪明漂亮就能理直气壮吗?和蔡璇相比,这家伙就是一个动不动就要生气却又特别好哄的笨蛋。

蔡璇和林州行预想的一样,高明圆滑,解决起来是个麻烦,他原本不想花那些心思,可是如今有人在意,就不得不对蔡璇采用一点卑劣手段,以求利落。

103

2

蔡璇的人生目标就像她的下颌线一样清晰。美貌是一种资源，那么就要在能够最大化利用的时候将它变现，大学是一个黄金时期，日后的精英和潜力股们现在也还有几分青涩，所以下手要直接，也要准确。

从成功率来讲，林州行并不应该是蔡璇的第一选项，他不是潜力股，他是百乐唯一的继承人，明面明牌的高位股票，没点本钱最好不要入场。但价格只是表面，一支股票是否值得全仓买入，值得详细地分析。

蔡璇也考虑过李观彦，但很快发现这人并无定性。她如果答应了李观彦，最多只有一两年恋爱可谈，就算恋爱期间他可能会很大方，也并不能打动蔡璇，她要的绝不是这个。

林州行和李观彦不同，和其他值得被纳入考虑的人也不同，他内向、安静、细致，因此很可能是温柔的；他朋友不多，对其他女生的兴趣也不大，很可能专一、偏执；他不软弱，大概率不会接受家里的联姻；他长得也不错，配上如此家世，一定是冷淡傲慢的，绝不可能放下身段追人。

而自己是漂亮的、热情的，看起来是全身心付出的，条件再好的男人也是男人，无非就是那么回事，如此一算，把握已有八成。

方法也很重要，直接表白是最愚蠢的，一个正式的表白并不是战争吹响的集结号，反而是揭开关系打破平衡的那只手，不到最后一击，不能贸然说出口，想要成功，就得沉住气。

以林州行的教养而言，不会给人当面的难堪，所以蔡璇就可以控好距离，营造出热热闹闹的声势，实际上却按兵不动，不过分打扰冒犯。只要足够耐心，等到他在其他人那里碰壁，免不了就会选择找个地方喘一口气，而她就等在那里。

爱情是一场博弈，有点心机又如何，这叫作战略。谋兵布阵，等待他态度松动的那一刻——蔡璇确信现在就是那个时刻，她已经有九成把握。

那个校花的票选活动发展得越来越奇幻了，有几个人的票型奇异突出，不可能是人工投出来的。十年后有个词叫作"内卷"，很好地解释了这种现象——当一个人率先开始，那么其他人也只好跟上。

投票变成了神仙打架的水军科技战，谁家还没有个程序员朋友呢？

林州行拿着手机去找涂亮亮，一米九的计算机系"专业人士"开始装高深，说："刷票的原理很低级很简单啊，使用Socket（网络通信的端点）提交HTTP（网络中应用最广泛的协议之一，定义了客户端和服务器端之间的数据传输格式）请求。这个投票平台太简单了，连IP限制都没有，最简单的Cookie（储存在用户本地终端上的数据）限制，挟持浏览器把记

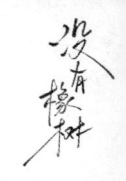

录删除就行了。"

他洋洋洒洒讲完，林州行只问："你能做吗？"

"有钱就能啊，钱够用的话，我能给你刷成总统！"涂亮亮又探头看了一眼，"是有病吗？钱多烧得慌，投这个？谁要做啊？"

林州行不说话，但是神秘地微笑起来。

哦……行的，涂亮亮明白了，可不就是这位吗？

喜欢的女孩子一定要是最漂亮的，天下第一，但不是要去喜欢最漂亮的那个，而是他喜欢的这个必须是最漂亮的，他说是就是。

"林州行，赞助点？"涂亮亮来了兴趣，搓搓手，"咱们也学以致用一下。"

"可以。"林州行想了想，谨慎地说，"先别做得太过。"

"明白，先抹平其他人的科技差距再说。"

林州行让蔡璇选餐厅，蔡璇几经考虑选了一家中高档的粤菜馆。她想，对于林州行这种人来说，能不能省钱并不在乎，不是加分项，但也不能一上来就猛宰一顿，这样会目的明确到让人心生厌烦，他们需要的是舒适和妥帖，以及总是被人优先纳入考虑。

因此蔡璇明知故问，一边看菜单，一边轻柔询问："州行，你不太能吃辣吧，是不是？"

林州行略略垂眼，一点头，"嗯"了一声。

涂亮亮来电，他离席去接。

对方哼哼唧唧地说："林少，能来接一下我吗？"

"你在哪儿？"林州行心一悬。

"江林体育场。"

那地方很偏，林州行问："这么晚跑去干什么？"

"我要模拟一下到时候我陪我老婆看演唱会的整体流程，我得设计好。我跟你说，这一路我的流程都非常完美，就是有一个问题，这里的公交车停运得也太早了，地铁站又远，还不好打车。快，来救一下你哥。"

"离演唱会还有半个月。"

"未雨绸缪懂吗？"

"神经病。"林州行不耐烦道，"我在吃饭。"

"不是，你来一下，开过来也就一个小时，来回不到……"涂亮亮没说完就发现电话被挂了，"唉，这倒霉孩子。"

林州行给他转了钱，然后备注：走回来。

菜点得很恰当，秋天喝山药白扁豆猪骨汤。蔡璇起身先给林州行盛上一碗，他话说得少没关系，她说得多就行。

结完账，林州行说要走一走。

已经入夜，与学校相反的方向，一盏一盏地亮起了街灯。

蔡璇跟在他身后，他突然说要去买包烟，蔡璇说："我这里有。"

"你也……"他是诧异的。

"我不抽呀！帮你带的。"蔡璇拿出一包崭新的 ESSE，"细烟，薄荷爆珠的，是不是这个牌子？"

林州行接了过来，拆开包装纸，淡淡道："你真的很细心。"

"因为我对你用心。"

他拆出烟盒，但是并没有抽，只是拿在手里。在街灯下，他眸色温柔，语调绵软地说："我知道。我之前也约过你，你没答应。"

"因为我那时候以为你喜欢邓清嘛。"蔡璇转了转眼珠，"那你约我出去能干什么？警告我？我不要。"她放轻声音，显得很可怜，"总不能让我连靠近你的权利都没有吧？"

"这么关注我，还说不是喜欢我？"林州行笑了起来。

蔡璇并不承认，好像害羞一样，把视线转向别的地方。

林州行又问："你喜欢我什么？"

"就单纯喜欢你的脸不行啊？"

"不行。"

于是蔡璇又说："好吧，被你看出来了。我觉得其他人很容易对你有误解，你真正的样子不是这样的，你很温柔，也很细致，很体贴别人。"

"说得真好。"林州行语调一变，"你说的这些特点，我全都没有。"

蔡璇一愣，顿住脚步。她原以为这句是走心绝杀，没想到对方毫不领情。她下意识抬头，发现林州行已经在用一种冷冰冰的眼神紧盯着她，姿态冷肃，像瞬间变了一个人似的。

他再次开口："从今天起，不要再来打扰我。"

蔡璇咬了咬牙，吞下一口恶气，强忍着笑了一下，委屈地小声说："我只是喜欢你而已。"

"收起你的表演欲，还要我说得多清楚？"林州行直接说道，"天天在学校还没演够？"

"你……"蔡璇没想到他会这么不留情面，咬牙半天说不出话来。

林州行冷笑道："自作聪明。"

她被耍了，从一开始就是，他明明知道，却冷眼旁观。

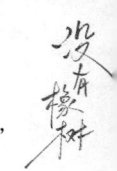

蔡璇气极，扬手要打人，被对方抓住手腕，她挣脱不开，骂道："浑蛋！"

"对，我是。"林州行说，"所以离我远一点。"

他甩开她。

蔡璇宣布自己识人不清，现在醒悟，某人是金玉其外败絮其中，幸好自己悬崖勒马。等到人家问她细节，她又故作神秘地摆摆手，对着某人指指点点，大家私下点头同意。

而且最近蔡璇很喜欢找机会和邓清聊天。

有一天开完会，蔡璇坐在她身边，突然跟她说："了解过后你就知道，他是冷心冷情的一个人，说翻脸就翻脸。"

邓清装听不懂，而且连"他"是谁也不问，只"哦"了一声。

蔡璇又说："你还是选李观彦吧，也帅，也有钱，不差什么。"

"嗯……"邓清想了一会儿，笑了笑，很真诚地望着蔡璇，"和你有什么关系呢？"

"真心为你好而已，不领情就算了，怪没意思的。"

"是吗？你专门等着来和我说这些话，我倒觉得挺有意思的。"

"你什么意思？"

"觉得你真心为我好的意思。"邓清把话绕回来，"太谢谢你了。"

蔡璇接不下去，只好说："不用谢。"

整段对话阴阳怪气的。斗完嘴，邓清自己也别扭，心情不是很好，正好出门又撞上林州行。冤有头债有主，邓清心想：不是你，我能受这个气吗？于是狠狠瞪他一眼。

林州行摇了摇手机，笑了笑，挑衅说："你已经在十名开外了。"

"那又怎么样？"

"不是想拿第一吗？又不争了？"

"争也看要拿什么手段争。"

"为什么？大家都这样。"

"别人怎么样我不关心，我有我的原则。我只是希望过程和结果都是正确的。"

"你不想赢？"

"我想要正确，如果要用这种方式赢，那我就不在乎赢不赢。"

林州行愣住一瞬，轻轻皱了皱眉，然后说："好。"

邓清觉得莫名其妙，他好什么啊？谁要他答应了？

算了，不管，她也没问，直接走了。

3

　　大一上学期的选修课很少，四个人总是一起行动，老大好不容易在食堂等到和邓清独处，偷偷摸摸地说："陈军约我见面了。"

　　邓清很高兴，正要站起来喊在打菜的二姐和刘薇，老大一把摁下捂住她的嘴，紧张地说："别和她们说！"

　　"好吧，怎么了？"邓清意识到老大还有话要说。

　　"你陪我去见陈军行吗？求你，小清，我不想一个人去，别和她俩说，薇薇什么都不懂，柳唯……柳唯太……我不想让她到处说。"

　　"二姐只是比较热心，她是真心把我们当朋友的。"

　　"我知道，但是……"

　　"好，没事，我答应你。"邓清安慰她，"我陪你就行。"

　　"先别告诉她们。"

　　"好。"

　　江大内部健身房不对外营业，林州行和涂亮亮刷校队发的储值卡进了门，发现李观彦也在里面。涂亮亮兴冲冲地去和李观彦打招呼，李观彦神色异样，像是不想理他们。

　　涂亮亮不明所以，有点郁闷。

　　林州行简短解释："揍过他一次。"

　　"哎呀……"涂亮亮像个老干部一样，"年轻人，打架不好，以和为贵，不要用拳头解决问题。"

　　林州行眯起眼睛，只问："今天打不打？"

　　"打呀，我去拿拳套。"涂亮亮嘿嘿一笑，"别以为哥不敢收拾你。"

　　陈军约在健身房，让老大去找他。老大在路上买了一瓶矿泉水和一瓶运动饮料，还有一条软和的毛巾，再加一小盒薄荷糖，然后紧张地问邓清还有什么能准备的。

　　邓清说："我想不到了。"

　　她还短暂地反思了几秒钟，然后坦然接受自己的确是不太细心。老大能想到的这些东西她都想不到，如果连老大都想不到，那她更想不到了。

　　陈军带着卡下来接她们，远远地招招手，笑了起来。他单眼皮，长得很白净，看不出是练体育的，但是露在外面的小腿和胳膊肌肉线条扎实，个子确实不高。

老大悄声说："男生比较不显个子，其实他有一米七五。"

"啊？真有吗？"邓清很耿直。

两个女孩正小声讨论，陈军跑了过来，冲着邓清一笑，说："第一次线下见面，还有点紧张。"

邓清赶紧摆手解释："不不不，我不是……"她推了老大一把，可是老大拧着衣角，什么都说不出来。

好在陈军很快反应过来，又笑了笑，对老大道："原来是你啊。"

"嗯。"老大平时也是走路带风的女子一枚，如今挤出的声音像蚊子叫。

她默不作声地把水递过去，陈军很大方地接了。

邓清又说："我是她室友，顺路过来看看。"

陈军点点头，说道："行的，我带你们进去。"

他大跨步向前，老大急忙跟上。邓清心想：还好二姐不在，二姐要是在的话，能急死。

"等会儿你们还是找个机会独处一下。"邓清在老大耳边说悄悄话，"别怕，我就在附近。"

老大紧紧拽着她，叮嘱道："你别走远了。"

"我当电灯泡你们也没法聊啊！"邓清无奈地笑了。

"我不知道聊什么！"

"那就不聊，没事的。"邓清笑眯眯的，"你看着就好，这个年纪的男孩子最喜欢表现了。"

果然，陈军找到器材马上就说："我是练中短跑的。"

邓清对老大耳语，老大抱着毛巾重复："那你平常都练什么项目？"

"有很多，不一定要用器材练。我们平时还跑楼梯呢，人家不知道的看见了还说，有电梯不坐跑楼梯，嘿，神经病嘛！"

老大捂着嘴娇羞一笑，说："难道你跑楼梯比人家坐电梯还快？"

"那怎么会！"陈军笑道，"我又不是博尔特。"

"那是谁？"

"你看过2008年北京奥运会没？"

"看过啊。"

"就是那个百米飞人……"

看他们总算渐入佳境，邓清想着功成身退。怎么找到理由跑掉才好？她视线一扫，发现另一侧的熟人，这不是巧了？她戳了戳老大，指了指，说道："我去找我朋友。"

陈军搭话问："谁啊？"

老大笑着说:"别去打扰人家。"

陈军长长"哦"了一声,了然地说:"我懂了!"

"没事,你们聊。"邓清放心离开,"噔噔噔"跑到另一头,回头望了一眼老大和陈军,笑了笑,然后轻轻拍了拍身旁人的肩膀,算是打招呼。

"好巧呀。"

"小清?!"

"你在这里练什么呀?"

李观彦惊喜极了,惊喜之余不忘谦虚地说:"我随便练练。"

"哦。"邓清说,"我陪室友过来玩。"

"你平时也练?"

"不不不。"邓清连声否定。她比较瘦,几乎没有肌肉,力气很小,又没有劲儿。

李观彦咧开嘴一笑,说:"看好了。"然后一鼓作气给固定器械又加了十千克。

"小清,帮我数着!"

"啊……怎么数?"她有点疑惑,很难投入。

"你就帮我数一下做了多少个。"李观彦有心大展身手。

"行。"邓清开始数,"一、二、三……"

数到十五之后,她有点发呆,嘴里还是念着,心思却飘远了。

不知道老大和陈军会不会约晚饭呢?

涂亮亮一记勾拳过去,林州行弯身躲开,突然侧身从拳台翻了出去,牙齿咬住拳套上的魔术贴撕开,把拳套迅速摘掉往旁边一扔,跑了出去。

涂亮亮一头雾水,但也跟着跳下拳台往外走,问道:"你干吗去?"

走了两步,涂亮亮看见邓清和李观彦正在外间大厅的器械区说说笑笑,这下明白了,赶紧冲着背影嘱咐:"别打架啊!"

林州行没理,但是脚步慢了下来。

李观彦一见人靠近,夸张叫道:"哎哟,林少?你在等这个?我加的有点沉,来试试?"

邓清侧头一看,怎么回事?怎么林州行也在这里?

林州行刚刚从拳台上下来,又跑了一段,微喘,摇了摇头。

邓清立刻说:"哦,你不行。"

还什么都没说,就又被撑了。

"我是不行。"等气息喘匀,林州行平淡地说,"你也不行。"

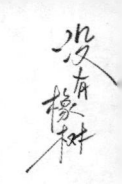

邓清回呛："我怎么不行？！"

"四体不勤。"

"谁四体不勤？"

林州行顺手指了指墙边的哑铃，问道："最小的那个，试试吗？"

"我凭什么试？"邓清这次不上钩，"你先试，试……试那个最大的！"

这两个人怎么吵起来了？李观彦感到头疼，试图劝阻。

林州行走到墙边稍稍握了一下，并没有提起来，很快就说："不行。"

"四体不勤。"邓清得意地笑起来。

涂亮亮远远看着，心里纳闷：这有什么拿不起来的？装的是哪一出？

"我来试试。"李观彦搓搓手，从器械上下来，装模作样地热身两下，轻松提起最大的那个哑铃，还做了好几个弯举。他正要回身炫耀，发现邓清已经揾着林州行坐在了刚刚的器械上，还围着林州行转，问道："那你能推动这个吗？"

"不推。"林州行拒绝，"好傻。"

"我要你……"邓清话说到一半又觉得自己太凶了，而且确实没什么立场，语气一软，眨眨眼，"我想看你试试嘛。"

林州行看她一眼，不说话。

邓清更加好奇了，总觉得他是装的，那要怎么揭穿？

"你要挑战下自己呀，州行。"其实邓清平时讲话的声音是有点沉的，不像长相那样甜美，但捏着嗓子也能捏出来，尾音还荡了两下。

林州行吓得心一颤，手扶上握把，耳尖已经有点热。

旁边的邓清语气更软了，说："试试嘛，说不定能做到。"

林州行轻轻"嗯"了一声，然后咬牙轻轻吸气。邓清站开了一点，看他动作标准地推开两三下，满意地拍了拍手，说道："可以。"

李观彦气极，心里大骂：心机男！哑铃都举不起来能做几十千克的坐姿推胸，活见鬼！

林州行做完，又看邓清一眼，问道："谁四体不勤？"

邓清轻哼一声，李观彦赶紧插话进去："林州行，你说你总和女孩较劲干什么？小清，过来，咱们不理他。"

邓清迟疑了一下，却没过去，反而摸了摸器械，又摸握把，问道："要是轻一点，最轻的那种，我能不能推动？"

林州行掌心蹭过她的手背，不着痕迹地推开她的手，摇头低声说："会受伤的。"

"哦。"

111

李观彦挤进来补充道:"新手要先热身。小清,你来,我带你做几个动作。"

林州行说:"划船机,玩过吗?"

"别听他的,咱们去跑步,我帮你配速。"

他们身后的涂亮亮想:这是在干吗?我好像看懂了,但是又没有看懂。

邓清想了想,迈步向李观彦那里走去,李观彦觉得自己胜了,露出一个大大的笑容来。

林州行没什么表情地看着他们,过了一会儿转身走了。涂亮亮在远处迎接兄弟,安慰地拍了拍他的肩。林州行却突然回头,又站了一会儿,果然等到了他想要的结果,嘴角微勾。

在健身房跑步其实挺无聊的,主要是邓清对于锻炼身体和提升自我都没什么耐心,李观彦在旁边不停地鼓励和加油也没有用。她累得有点喘,擦了擦额前的汗,眼睛亮晶晶的,突然问:"划船机是什么?"

"就是……"李观彦顿了一下,只好说,"我带你去试一试。"

"好!"

4

陈锦女士的电话打过来,旧话重提:"跟小李有没有聊一聊?"

"哪个小李?"

"我前天还和他妈妈遇到,一起跳了一会儿舞,聊得蛮好的,他妈妈也很喜欢你。"

毕竟是陈锦女士亲手养大的,装傻这一招是没用的,邓清只好试图用吐槽来转移话题:"妈,你这人脉也太广了,怎么还认识他妈妈?"

"我们有电话的呀,也见过……"

邓清心不在焉地听着,突然,陈锦女士态度一转,问道:"除了小李,有没有其他人追你啊?"

"也算……也算有吧。"

"女孩子矜持一点,但是也不要太拘束了,要大胆。"陈锦女士完全不觉得自己说的话前后矛盾。

一旁的老邓嘟囔:"哪有你这么当妈的,劝女儿谈恋爱,搞什么啊?这个年纪的小男生一肚子坏水!"

陈锦女士立刻转头骂老公:"我们谈朋友的时候不也是这么大?怎么啦?你占到便宜了就要把后生的路全堵死是吧?"

老邓碎碎念:"谈恋爱不要急,急什么,把书念好。"

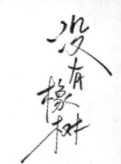

陈锦不耐烦道："你要说话自己给清清打电话去，现在是我在聊！"

"好了好了，少说两句。"离家远了，听他们这样吵架反而觉得亲切，邓清捂着嘴笑，"妈，我知道了，知道了。"

于是最后，陈锦女士照例以重点句结束对话："不管怎么说，哪家的男孩都好，只要最后你能保证把他带回林川就行。"

"这我怎么保证？"

"看你本事！"

邓清心想：我有这个本事吗？百乐的小公子会跟着我回林川吗？

胡思乱想！

邓清立刻唾弃自己乱想，谁说她未来的男朋友一定是林州行？

柳唯一直坚定地认为自己会打扰邓清和林州行的约会，因此反复表忠心，说："小清，你们可以把我当作空气，完全不用理我，把狗粮塞给我吧，我爱吃！"

邓清嗔她夸张，而且她内心深处是有些疑虑的——林州行从头到尾都没有确认过他会去，他只是把票给了她们。

二姐胸有成竹地说："怎么会不去呢？傲娇也要有个限度，他要真对你有意思就一定会去，蔡璇现在都不是问题了，他还等什么？还不主动？"

邓清笑了笑，说："不好说。"

当然不好说。

林州行心里在想什么，永远也没人知道。

但是邓清知道的是，林州行总能在人的意料之外。

"你们好，我是州行的朋友，是打篮球认识的，我叫涂亮亮，大二，大你们一届。"说话的男生皮肤是健康的小麦色，露出小白牙笑得很阳光，看来已经等了一阵子了，"他说你们五点就下课的。"

"不好意思。"邓清说，"我们辅导员后来进来安排了点事情，就拖堂了。"

"没事没事，我就是怕我记错了。"

二姐蒙了，而且蒙得火气很大，质问道："林州行怎么不来？"

"呃……因为我，我比较喜欢……他让给我。"

二姐皱眉问道："喜欢什么？"

涂亮亮赶紧转移话题，用深厚的筹备功底打败尴尬，开始很靠谱地安排行程，贴心地提出了一些吃饭地点的建议，还说演唱会结束之后已经很晚了,估计是不好打车的,他已经提前约了司机,到时候送她们到宿舍楼下。

"我篮球队的,绝对保护好你们。"涂亮亮拍拍胸脯,"你们等一会儿,我去买饮料,路上喝。"他走了两步又折回来,"你们女生是不是不爱喝太甜的?要减肥什么的吧?"

邓清说:"对的,茶和矿泉水都可以,不要碳酸饮料,谢谢。"

二姐没搭腔,持续着愤怒:"林州行怎么不来?"

邓清摊手,说:"我怎么知道?"

其实她心里想,林州行要是来了,等在这里喝饮料的就是三个人了。

二姐气愤一路,不过踏进内场发现位置很好之后又改口,夸了句林州行很不错,灯光一亮音乐一响更是把什么都扔到脑后了,只管跟着人群欢呼。

虽然听不懂韩文歌词,但气氛超好,舞台效果也是顶级的。邓清抽空拍了两张照片发出来炫耀,然后站起来挥舞荧光棒。

涂亮亮大惊,说:"啊?原来还能站起来看吗?"

那不然呢?

环顾四周,都是跳起来呐喊应援的女孩们,二姐差点要站在凳子上了。

这样一场下来也累人,二姐依靠着热爱神采奕奕,不断翻动着手机照片,但邓清整个人已经快要散架,涂亮亮跑到一边打了一会儿电话,回来后垂头丧气欲言又止的。

"那个……不好意思啊,我约的那个司机说这附近又堵又偏不愿意来,除非双倍价格。"

"那算了。"邓清赶紧说,"本来车费就够贵的,你别破费。"

二姐终于从手机中抬头,干脆地建议:"找林州行啊,他不是有车吗?"

邓清说:"你可真敢想。"

"你要是不好意思说……"二姐捅了涂亮亮一指头,"亮哥,你打个电话?"

涂亮亮抓了抓脸,想到上次林州行让他"走回来"的事,略带为难地尴尬一笑。

邓清咬了咬牙,心一横,说:"没事,我们走去地铁站。"

"不好意思。"涂亮亮叹了口气。

"你这什么话?"二姐反而笑了,"已经安排得很好了,突发状况,没办法的。"

这个晚上本来是很普通的,程岩还是在图书馆,刘可还是在打游戏,

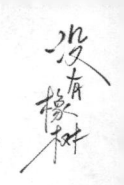

曾生光还是在门外打电话,一打就是两个小时。但是林州行一直坐在宿舍里犹豫,面前的屏幕光标闪烁,他已经许久没有打上一个字。

他做事时专注,不常分心,决定好后往往也干脆,纠结实属罕见,判断逻辑也简单——做不了的事不做,不愿意的事不做,想做的事就去做,有意义的事必须做。

但目前的情况是,他有一件想做但是不愿意做的事,而且他分不清到底有没有意义。

算了算时间,已经差不多了,林州行知道演唱会已经结束了,他在想如果他开车去接,会不会显得过于殷勤?

暧昧是一件"只缘身在此山中"的事情,无论上帝视角多么清晰,当事人都始终雾里看花,就像分别站在河的两岸,对方总是影影绰绰。

他们就分别站在河的两岸,等待着对方率先涉水而来。

林州行不是不能当先下水的那个人,他只是害怕看到邓清无动于衷。

曾生光终于打完热恋电话回来,通报了一下最新的天气情况:"外面下雨了。"

"啊?"刘可一把拉开窗帘,外面黑黢黢的,但窗上尚无水痕,"看不出来啊!"

"毛毛雨,不大。"

林州行想:下雨了,这是个很好的理由。

下一秒,他抓起车钥匙就出了门。

刘可把窗帘重新拉好,一扭头发现人没了,奇怪道:"林少这么晚了干吗去?"

曾生光作为"过来人",神秘一笑。

周明祎想:下雨了,这是个很好的理由。

他立刻给邓清打了电话,关心地问她带没带伞。

他连连点头:"嗯,我知道的,今天演唱会,你们在外面嘛,看见你发的照片了。"

邓清小声抱怨:"雨不大,就是得走去地铁站。"

"这么晚了还坐地铁?"

邓清轻笑着开玩笑,苦中作乐:"打不到车啊,难道飞回来?"

周明祎顺着她的话笑着说道:"我带你们飞吧,我刚好在附近办事,要回了,顺路。"

"不是我一个人……"邓清有点迟疑。

"几个？"周明祎问，"四个以内就行了，我这车还行，坐得下。"

邓清捂住听筒，好像在和周围人商量着什么。过了一会儿，她用抱歉的语气问："你过来远吗？"

"不远。"周明祎乐呵呵地说，"赶紧找个地方避雨吧，我马上就到。"

他当然能马上到，因为他是提前了半个小时开车出门。

涂亮亮带着两个女生进了一家水吧，点了热饮坐着等。

柳唯仍然对林州行耿耿于怀，冲着涂亮亮也很不客气地说："怎么连问一下都不行，林州行这么大牌？"

涂亮亮不敢正面反驳，赔笑道："小清，你开口的话，一定可以。"

邓清垂了下眼睛，摇头，回道："我不问。"

"你不敢，我来问嘛！"柳唯急了，伸手要手机。

"不。"邓清摁住柳唯的手，"二姐，我不是老大，我不是不敢。"

"那你……"

邓清淡淡重复一遍："我不问。"

柳唯明白了，收回手，似笑非笑地说："我说什么来着，都又傲又冷。"

涂亮亮听不懂，真诚发问："什么意思？"

柳唯看他这个呆样子就没好气地开口："你去问林州行什么意思！"

"问……问什么？"

"算了。"邓清一笑，"你别欺负学长了，人家今天跑前跑后，你这么凶干吗？"

柳唯一想，觉得也对，说："唉，主要是想到林州行我就生气，波及到你，不好意思啊。爱屋及乌的反义词是什么来着？"

涂亮亮接话："殃及池鱼。"

"很对。"柳唯"扑哧"一笑。

涂亮亮自得道："我也是有一点文化的。"

"你学什么的？"

"计算机。"涂亮亮决定先下手为强，"我知道你要说什么，对的，我可以修电脑。"

柳唯大笑起来。

"还能当网管。"

"那你怎么评价江大的网速？"

"嗯……"涂亮亮陷入思考。

柳唯含笑说："再用一个成语。"

"一塌糊涂！"

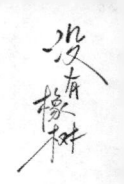

"行。"柳唯笑得弯腰,直拍手,"太厉害了!"

涂亮亮跟着"嘿嘿"笑了两声。

两个人话题扯开,又聊了几句,气氛融洽,仿佛旁边第三个人不存在似的。邓清一打眼就心知肚明,看柳唯浑然不觉,心想:有些事果然总是"当局者迷,旁观者邓清"——这里有个谐音梗,她被自己的想法逗了一下,偷偷摸摸地笑了起来。

涂亮亮正聊到渐入佳境,手机突然一声脆响。他掏出来扫了一眼,脸色一变,几乎是同时,他听见邓清轻笑着说:"周老板来了啊。"

他看见一辆可可爱爱的奥拓闪着灯慢腾腾地停下,车灯像大眼睛似的一眨一眨。

邓清先走了出去,涂亮亮心里突突跳,只好悄声跟柳唯说:"州行说,下雨了,他过来接我们。"

"那他晚了。"柳唯心平气和地一摊手,"这没办法,奔驰和奥拓都是四个轮子,谁能先到取决于谁先出发。"

"这个道理,你有空可以转告给林州行。"柳唯转念一想,又说,"算了,不用说,我不信他不懂。那就算他活该吧。"

5

车开出去将近一半,林州行才给涂亮亮发了一条信息,对方的回复他没有立刻打开来看,因为他已经看到了他们。

此时他在等红灯,雨刷未开,细雨在前窗笼上一层薄薄的雾,像一片塑料布似的,又像是密密麻麻的菌丝,细密地爬满玻璃。

林州行认识周明祎的车牌,他也看见了坐在副驾驶位的邓清。

宽阔的马路上,林州行和周明祎的车静静停在十字路口,林州行打开雨刮器,眼前模糊的水痕被推开,他清晰无比地看见他们在等红灯的间隙聊天说话的样子。这个距离其实看不清表情,但那也不重要了。

没有人看到他。

数字跳动,绿灯通行,身后的车提前两秒不耐烦地按起喇叭。周明祎的车灯碾过林州行的侧脸,他紧紧咬牙,打了转向灯,在下一个掉头处打死方向盘,油门一轰追了上去。

邓清在后视镜里看见了逐渐撑上来的奔驰,觉得有些莫名其妙的熟悉,但是她想不起来哪里见过。林州行的车她只坐过一两次,记不住车牌也认不出来。

涂亮亮看见了,如坐针毡。周明祎也认出来了,但是他不说。

每个人都是有自己的小心思的，隐秘的细线就像这雨丝一样撩拨在各人心上。

转过一个街角，奔驰没有继续跟上来，周明祎松了口气。

林州行放缓车速，最后停在路边。奥拓越来越远，他没有再追，重新发动车子，回了学校。

把两个女生送回宿舍后，涂亮亮立刻拨通林州行的电话，想要解释。

"是我没有提前说。"林州行不怪他。

"州行，是那个老板给小清打的电话，不是她主动找的，你也别太挂心。"涂亮亮想要安慰一下，但是林州行不需要安慰。

电话那头是很长的沉默，林州行什么也没说，然后挂断电话。

涂亮亮没有试图理解，也没有试图思考，他知道林州行是个心思细密的人，和自己不一样，也许有钱人家的孩子就是这样任性，何况这种事无论是谁遇到了都会不高兴的。

他觉得自己能体会。

他乐观地想：没什么的，睡一觉就好了。

这雨下得恼人，没完没了地纠缠。林州行听了很久的雨声，直到刘可磨牙的声音打断了他的沮丧，他才在黑暗中摸索出耳塞戴上。

这个人情算是欠下了，邓清还没想好要怎么还。

晚上熄灯后躺在床上，二姐却问道："周明祎和林州行，你选谁？"

邓清说："我好困，我脑子不转了，你怎么蹦完几个小时还有力气？"

刘薇机智地翻译并催促："小清，意思就是喜欢你的和你喜欢的，你选谁？"

"老大，老大先说。"

二姐一摆手，说："老大还用问吗？她选陈军！"

老大认真回答："我选我喜欢的，哪怕暂时没有回应，但那种感觉还是很幸福。"

邓清觉得老大很勇敢，她没有办法这么勇敢，甚至她都没有办法这么确定。

什么叫喜欢？她们曾经讨论过这个问题。邓清看起来很明白——真爱无坦途，莎士比亚早就说过，爱是两面的，快乐伴随着痛苦，切割不开。

那么明知道前面是锋刃，还要赤脚踩上去吗？

小美人鱼为了接近爱人，每一步都踏在刀尖上，最终化为泡沫，这是这个时代已经不被推崇的爱情故事。人们说不要为了爱情而活，人们说要

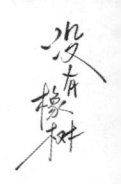

追寻快乐,而快乐又伴随着痛苦,那就不要吧,通通不要。

何况那个人站在对岸,身影入雾,却又聪明敏锐,总有一天,她会被他伤害的。

邓清说:"我选喜欢我的。"

二姐和老大异口同声地说:"果然。"

"什么果然?"

老大说:"我们宿舍最难被追到的果然是你。"

邓清反驳:"我觉得是二姐。"

"我很好追啊。"二姐笑嘻嘻地说,"我会把我喜欢的人变成喜欢我的人,然后问题就解决了。"

刘薇忍不住吐槽:"你也太自信了。"

"那反过来也一样。"二姐道,"把喜欢我的人变成我喜欢的人也行。"

这下连刘薇也没话说了,不过她说她都不选,因为根本不想谈恋爱。

"多麻烦多累啊。"小孩儿吐槽道。

"那你那个网恋对象呢?"

"我们只是打游戏。"

"真打算四年都不见面?"

"是啊。"刘薇满不在乎地说,"我觉得可以。"

"哦对了,小清,那个选校花,你要不要拿第一?"二姐又问,"亮哥学计算机的,给你黑进去。"

邓清无奈道:"二姐,我办的活动你让我监守自盗?"

"好吧,那我跟他说一声不用了。"

"你们什么时候加的好友?"

"就回来的时候嘛!"

"挺好的。"邓清笑着说,"涂学长看起来是很好的人。"

不仅很好,而且专业技术也很好。

在一个秋高气爽的午后,投票正式结束,二姐一觉醒来,忽然发现自己成了第一名。

"高票当选。"其他人站在她床前鼓掌。

刘薇谄媚地笑道:"校花,你醒啦?"

"什么东西?"二姐还以为自己在做梦。

柳唯小姐变成了女明星,走到哪里都有人议论。她不堪其扰,冲去找涂亮亮对质,涂亮亮拒不承认,邓清这才对林州行某一次语焉不详的"好"

有了后知后觉的理解。

在她一本正经地发表了"过程和结果"都要正确的言论之后，林州行说了"好"。原来他当时是那个意思，原来当时他帮的是她。

这个人好像总是这样，不做不说，做了也不说。

林州行消失了，邓清有将近两周都没有见过他。

曾经以为是很好遇到的，无论是学生会，去便利店买东西，经过园区门口宿舍楼下，又或者是上课、食堂，偶尔走在梧桐树下，不经意之间，他们总是遇到，然后可以说两句话，斗两句嘴，又或者只是远远打个招呼——原本他们总是遇到。

就好像某一种巧合和默契突然消失，他哪里都不在，不在学生会的活动里，也不在百乐的门店——即使邓清绕路去看，他也不在。

在金融系的男生宿舍楼下面，邓清只会遇到李观彦，有时候她点开对话框，然后又会关掉。

说不定林州行有事，不在江大，他可能很忙。邓清自欺欺人地这样想。

可是林州行就在江大，因为邓清收到了一张最新照片。

校花评选结束之后自然就开始选校草，隋欣阳把论坛里面提名的照片文件打包发了过来，邓清一张一张整理，发现有好几个人投了林州行。林州行的照片有几张是军训时期的，有几张是初秋还在穿衬衫的时候的，还有一张是最新的，是路人视角的随手拍。

现在已经是十月下旬，天气转冷，照片里的林州行穿着一件长大衣，下半张脸埋在很暖和的羊毛围巾里，和人说着话，眉眼柔和充满笑意。他站在教三楼下的法国梧桐树下面，站在邓清每天上课要经过的地方。

他就在江大。

站在他身旁的女孩子邓清也认识，其实也不能叫认识，只能说知道。邓清本来是个脸盲的人，却对一张照片记忆深刻，那张照片和这张照片里面的主角相同，都是站在林州行的身边——罗海意和木水弦。

鼠标移动，邓清没有选这张照片进相册。

柳唯小姐非常赞同校草评选活动的举行，因为这样大家就能忘掉校花了，她甚至愿意把票投给林州行，又或者说这也是一种报复心态。

老大当然提名陈军，刘薇投给了李晟，李晟五官浓艳，目前排在第一名。

隋欣阳很不满意，每天看到都要咒骂五分钟以上。

邓清就问："部长，他这么不好，你当初欣赏他什么啊？"

隋欣阳即刻答道："那当然是他的脸啊！"

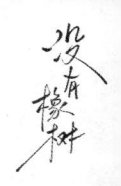

邓清抿嘴一笑。

"但人品也很重要好不好。"隋欣阳愤愤不平,"怎么能让他去招生呢?"

"什么招生?"

还是团委杨老师的想法,杨老师想找两个学生拍下一学年的招生宣传片,等这次选了校花校草,刚好用上。

有了这个理由,邓清点开对话框,发给林州行。

林州行过了很久才回复,但只回复了一个"?"。

这么久没讲话没联系,这就是他的第一句话?很气人。但幸而他还知道挽回,又发了一句:关我什么事?

邓清:就是告诉你一下。

林州行排名没进前三,大概是因为邓清选了一张匆忙又模糊的照片。他惯来喜欢隐藏,又怕麻烦,何况上一次,邓清也只是第六而已。

邓清努力主动了一次,对话还是很简短,每次头像闪动发来消息的都不是林州行。

邓清点开对话框,和主动抛话题的周明祎聊了几句。说到周明祎上一次开车送他们回宿舍,邓清主动提出:我请你吃饭吧?

周明祎:小清,你是真的很想和我把账算清互不相欠啊!

邓清沉默许久,回复:没有。

打字总是显得生硬,周明祎打了电话过去。

邓清还是谨慎地说着一些感谢的话,周明祎直接说:"是不是怕我和你表白?"

这话说出来就不是让人回答的,周明祎笑了笑,放缓了声音说:

"你别怕,就算我表白,就算你拒绝,我们也还是朋友,不需要有什么心理负担,我现在说我喜欢你,只是想告诉你而已。

"这只是……只是一种心情,可能还会让你觉得困扰,所以应该觉得抱歉的人是我,我非要在这个时候说出来是因为……

"别这样远离我,小清,做一个普通朋友也可以,你可以随便麻烦我,我是愿意的。"

邓清踟蹰道:"可是我,我不知道……"

"没关系,我可以等,你不用现在就回答。"周明祎温和地笑了起来,"就算等到最后仍然是拒绝也没关系。你现在不讨厌我吧?"

"当然不讨厌。"这个问题邓清可以回答,"你人很好。"

"那就很不错,也许你现在对我的好感只有一点点,但只要我们还是朋友，就可以慢慢来，一天多一点，时间一长，也许就会很多了。"

邓清想：到那个时候，也许我就可以去选择"喜欢我的"那个。

这是她的一贯做法，就像她曾经和二姐说的那样，她没有非做不可的事情、非要不可的东西、非爱不可的人。

只要善于选择，就能躲避困难、疑惑和痛苦。

对她来说，向来如此。

第七章
祝你生日快乐

1

投票结束，结果在大家的意料之外、邓清认为的情理之中——涂亮亮。

刘薇接受不了，她心中的第一是李晟，大叫道："这人谁啊？一个普通运动男，长得还不如林州行呢！"

这下涂亮亮之心全寝皆知，老大问二姐怎么想，一向心直口快的二姐沉默了一会儿，说："我要考虑一下。"

陈军又要约老大出去了，这次是去吃饭，邓清也经常出门，刘薇这才发觉以后搞不好只能自己一个人去食堂了，大惊失色道："不会吧，你们突然之间怎么全都要谈恋爱？"

"还早，还早，"三个人一起安抚小孩，"谈恋爱哪有那么容易？"

把话说开之后，邓清觉得和周明祎的相处反而变得更轻松，她不再需要小心翼翼地把控每一件小事的距离，聊天的范围也更宽泛了。有一次周明祎有急事要出门，临时问邓清能不能帮忙看店，几个小时就行。

她一口答应，刚好也算还了人情。

走之前，周明祎简单嘱咐："新客按价目表收费，熟客记账就行，记录本就在前台放着，不会有什么大事的。"他比了个打电话的手势放在耳边摇了摇，"任何情况，给我打电话。"

邓清在前台坐下，翻了翻桌面上放的桌游牌和一些道具，还没等开始无聊，就撞见林州行走了进来。

这两周怎么也见不到，偏偏就这么巧，在这里见到了，两个人都是一愣。

林州行最近心情也不是太好，少了一个蔡璇，罗海意带着 Gabi 又出现在他的生活里。罗海意满心以为自己在牵线，殷勤得很，但是林州行却知道 Gabi 现在已经不是对他感兴趣了，而是因为上次被拒绝，想找个机会给他难堪。

Gabi 把这件事当成了侦探游戏，兴致勃勃地想弄清楚那个被他说喜的女孩子是谁,所以这段时间,林州行没再主动去"偶遇"邓清。

林舒琴倒是蛮高兴他和 Gabi 的关系"不错",上次遇到木家夫人,人家也讲他"不错",开玩笑地说了一些做女婿的话。

电话里,林舒琴笑了笑,对林州行说:"能做朋友很好,不过妈妈知道你有……"

"那我入赘过去是不是更好?"林舒琴话说到一半就被儿子打断,很少反驳她的林州行语气冷冰冰的。

"小州?说的什么话!你……"

电话被挂断了。

在林家不接长辈电话是不可以的,直接挂断更是大忌,何况还讲什么招婿入赘这种话,直接踩中老头雷区,亲自打电话骂人。

木家再如何,也到不了要林家把唯一的继承人送过去,何况林舒琴只是让林州行维持关系,他却非要这样放大,这是故意耍脾气无疑。

林启远把拐杖一扔,骂道:"就把百乐给他当嫁妆,让他嫁到木家去。阿琴,你的好儿子全要送给人家,我地穷到冇米就去乞食(我们没饭吃就去讨饭)!胡说八道!佛都有火!"

林州行天生有种气人的本事,话不多,但是句句准,和外公吵得极凶。

林启远恨不得立刻坐飞机去江州敲他一拐杖,林舒琴千辛万苦地劝住了,转头又对儿子半哄半训。

林州行听母亲语气虽然严肃,但是鼻音略重,大概哭了一场。他心里后悔,低声道了歉,和外公服软,事情总算是过去了。

这事也就是前两天刚闹完,林州行没想到会在周明祎的店里遇见邓清,而且邓清坐在前台,俨然一副老板娘模样,很顺手地翻开记录本,找出一支笔递了过来。

林州行没接,直接问道:"你怎么在这里?"

见他不接,邓清就把笔收了回来,回道:"学长有事出去了,我帮他看一会儿店。"

"学长?"林州行重复一遍她的称呼,没掩饰语气里的刻薄,"马上要变成夫妻店了吧?"

"林州行!"邓清被激起怒火,厉声道,"我没惹你,别这么莫名其妙行吗?"

"我莫名其妙吗?"林州行说的是问句,语调却是向下的,"又接你回来又帮忙看店,你们的关系什么时候变得这么好了?"

"那天他刚好在附近。"

"别告诉我你真的信了。"

周明祎的刚好当然是蹊跷的，邓清意识到这个事实，有一瞬的心虚，但那一丝心虚很快被升腾的怒火顶掉，针锋相对道："你不找我还不准别人找我吗？"

"原来是这样。"林州行冷笑一声，眼神锐利。

什么意思？哪来的捉奸语气？邓清气得要命，质问道："你有什么立场指责我？你是谁啊？"

对啊，他是谁啊？林州行忽然冷静下来，锋利的姿态消失，变得漠然起来，说："是我自作多情了。"

"州行！你……"刘可从房间里探了半个脑袋出来，兴冲冲地刚招呼出半句话，猛然很有眼力见儿地住了嘴，但话又不能不说完，只好硬着头皮继续，"你来啊，我们这把已经……完……完事了。"

邓清也冷淡下来，指了指，说："你朋友在那边，我不和你吵。"

她再次把笔递过去，扬了扬下巴，眼睫一垂，再不想看他，没有情绪地说："签字。"

林州行这次接了过来，但是没签字，看她一眼，摔笔走了。

林州行进了房间再没出来，门一直死死关着。

邓清心烦意乱，发了消息问周明祎什么时候回来。

对方立刻打电话过来，轻声细语地解释自己那边事情的进度，又问道："怎么，是遇到什么麻烦了吗？"

"没事。"邓清心情稍定，轻轻吸了一口气，调整好情绪，展颜一笑，"我都能处理，你忙完了回来就行。"

"厉害。"周明祎笑着夸道，"我还以为美女坐前台揽客太多，忙不过来了呢。"

"没这种事。"邓清不太喜欢被这样开玩笑。

周明祎重新注意分寸，正色道："我一定尽快赶回来。"

周明祎如他所言，真的很快回来。

邓清赶紧帮他倒了杯水，周明祎一边喝一边翻看记录本。

邓清说："林州行来了，但是没签字，我帮他补了。"

周老板神色难辨，看了一会儿，随即笑道："我就说他的字怎么变这么清秀了。林州行还在吗？"

"我不知道。"邓清垂着眼睛，"反正没出来。"

"那我去打个招呼。"

"嗯，你去吧，我走了。"

"哎,小清?"周明祎喊住她,"辛苦这么久,一起吃个饭吧?"

"不了。"邓清摇摇头,又笑了笑,"我约了人。"

其实她谁也没约。

邓清心情糟糕地走回宿舍,一进门发现老大在哭,刘薇拿着一整包纸巾守在旁边不知所措。

邓清吓了一跳,赶忙问怎么回事。

原来是陈军把老大正式约出去,就是为了告诉她一句话——

"谢谢你,但是我不喜欢你,永远也不可能,我有喜欢的人,但不是你。"

这种事为什么非要把人叫出去当面说呢?

陈军说他觉得正式一点比较好,毕竟老大对他的关心他都感受得到,不想草率地辜负。可邓清听了这话只想冷笑,觉得男人可能是有些共性的,比如,都非常自以为是。

但是现在老大最想听的不是对陈军的攻击,邓清叹了口气,摸了摸她的头发,握着她的手安慰。

她们说了很多话都徒劳无功,最后邓清只好自我揭露说:"我和林州行吵架啦,我和你也差不多。"

老大的注意力终于被转移,抬起一双泪眼,哽咽着问:"怎么回事?"

"不知道怎么回事。"邓清垂下眼睛,又轻轻笑了笑,"我也不懂。"

"你没问问他吗?"

"有什么好问的?"邓清说,"他莫名其妙,倒要我跟着患得患失?我不要。老大,别管他们,陈军错过你是他的遗憾和损失,不是你的,勇敢是没有错的。喜欢一个人是很好的事情,我很羡慕你,佩服你,真的,这是很厉害的事,我是肯定做不到。你下次再遇见喜欢的人,也还是要往前冲!"

老大点点头。

刘薇趁机提出建议:"我们出去吃点好吃的吧,吃夜宵!"

"走嘛,擦擦脸。"邓清推了推老大,笑眯眯地说,"说不定还能遇见二姐和亮哥压马路呢!"

柳唯和涂亮亮果然被学校安排一起拍招生宣传片,还拍了很多合照,刘薇刷到之后很嫌弃地说:"以后我高中的学弟学妹要是问我,我都不好意思说这是我们学校的校草!"

邓清说:"哎呀,校花名副其实就可以,顾一头嘛!"

"运动系挺好的。"老大表示同意。

二姐坐在床上有点不高兴地说:"涂亮亮也还行吧,有鼻子有眼睛的,有那么夸张吗?"

她这话一出,其他三个人都不接话,只是笑着看着她。

柳唯摸了摸脸,疑惑地问:"怎么了?我脸上戴了两副眼镜?"

老大说:"确定了,我们宿舍第一个脱单的就是你!"

"恭喜你!"三个人一起鼓掌。

二姐清了清嗓子,小声说:"还没正式表白呢……"

"快啦。"邓清翻了翻日历,"我赌五毛钱,涂学长会在双十一表白的。"

刘薇附和道:"我赌一块。"

"我加十块。"老大也举手。

"不用抬价了。"二姐抿嘴一笑,"就是那天,他已经提前约我了。"

"哇!"女孩子们尖叫起来,全都跑到二姐床上闹。

二姐笑着答应:"好啦,好啦,让他请你们吃饭!"

在双十一成为狂欢购物节之前,它还有其他称呼,叫"光棍节"或者"脱单节",不过到底叫什么用什么噱头都不重要,因为情侣们能把任何节日都过成情人节。

学生会派人穿着玩偶服在食堂门口给人发巧克力,邓清带着刘薇也领了一颗,二姐被涂亮亮约走,老大因为身体不舒服,今天翘了课,一直在宿舍休息。

邓清和刘薇走到宿舍楼下,发现门口围了很多人,以某一个人为中心形成弧形。这种阵势不是第一次见,刘薇一看就很明白,蹦起来拉着邓清,激动地说:"快去看热闹,有人要表白!"

邓清被拽着挤进人群中,一不小心冲得太过头,冲到最前面,踢歪了人家摆好的心形蜡烛,赶紧弯腰帮人重新摆好,连连道歉,一抬头,却彻底愣住了。

那人等了她很久,握着一束火红玫瑰,眼眸极亮,大踏步向她走来,笑得俊朗阳光。

周围人也看出来邓清就是女主角,响起一阵轻笑着的议论声。

刘薇一声大叫:"哇,小清,是在等你啊!"

邓清只觉得脑子嗡嗡的,怎么是他?

她不知所措地站在原地,而李观彦正向她走来。

人群之中,她也看见了林州行,他的手插在大衣口袋里,沉静地凝望着她。

2

柳唯没想到的是,她点头答应涂亮亮表白后的第一件事是被拉去篮球队庆祝。一进饭店,到处都是拉花和彩条,不知道的还以为是订婚呢!

两个人一进来,队长带着队员"砰砰砰"放礼花,把柳唯吓了一跳,缩了一下,涂亮亮趁机把人搂住。

一群大一队员傻呵呵地一起叫道:"嫂子好!"

柳唯有点恍惚,感觉自己好像置身在电影里。

涂亮亮看了看她的表情,赶紧把手一挥,假意呵斥道:"去去去,都一边去。"然后小心翼翼地问她,"你不喜欢?"

"那倒没有。"柳唯只是感慨,"你怎么准备了这么多?"

表白现场的气球、玫瑰和礼物已经很齐全了,她完全没想到还有个庆祝现场。

涂亮亮摸摸后脑勺,"嘿嘿"一笑,说:"我不打无准备之仗。"

"那万一我今晚不答应呢?"

"那也吃也喝,就借酒消愁呗。但是我不会放弃,我第一眼见你就喜欢你了,这是怎么都不会改变的。"

一米九的傻大个握着柳唯的手,快乐地说:"唯唯,我觉得我现在是全世界最幸福的人!"

柳唯一笑,却端起姿态说:"做我男朋友,要求可是很高的哦!"

涂亮亮一拍胸脯,回道:"我不怕!"

林州行来得很晚,踏进饭店的时候,全场都被新嫂子喝趴下了,少数几个清醒的也直往后躲。

"唯唯,你也太能喝了。"涂亮亮对自己的女朋友有了新的认识。

"是吗?"柳唯气定神闲,"我也就刚开了个头。"

她发现了新目标,立刻提着酒瓶迎了上去,说:"林州行!怎么这么晚?自罚三杯没问题吧?"

"我可以喝一杯。"林州行对柳唯还是很客气,"我喝酒不行。"

涂亮亮补充道:"唯唯答应做我女朋友了!"

"恭喜。"林州行笑了笑。

"你好没意思,当我第一天上酒桌?这样,你三杯我陪一杯,行吧?"

"州行是真的不能喝,几杯就醉。"涂亮亮拦了一下,"别欺负他了。"

柳唯傲然道:"那他也别欺负我们家小清了,不上不下的,到底是什么意思,不如早点明说。"

128

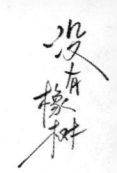

林州行脸色一变，冷冷道："邓清接了李观彦的花，那要不要先问问她是什么意思？"

柳唯一愣，问："你看见了？"

林州行没有回答。

他看见了，亲眼见证，心形的烛火摇曳中，邓清轻笑着接过玫瑰，坦然大方地接受着欢呼声和祝福，他和她的目光甚至越过人群对视，他十分确定她看见他了。

林州行转身走了。口袋里有一个小小的丝绒盒子，上面扎着黄色绸带，他把盒子拽出来，直接扔进了垃圾桶。

他原本是想要道歉的，那天在店里是他情绪糟糕，何况认识了这么久，也没送过礼物，节日是一个很好的时机。

他挑了一条细项链，因为邓清常常戴这个牌子的耳坠。

天鹅般的长颈配上细链，应该会非常好看，可惜已经不再有机会。

捧着花等到人群散去，邓清让刘薇先回去，脸色很平静地要求李观彦陪她走一走。

李观彦点点头，心里有些不安。他刚刚只是在众目睽睽之下送了花，但是并没有正式表白，因为邓清脸上的表情他认识且熟悉，他知道自己如果开口，一定是自找难堪。

满腔自信被浇灭，本以为在健身房她的态度积极是良好的信号，没想到到头来还是他会错了意。

我本将心向明月，奈何明月照沟渠！

李观彦确信，邓清有着极其理性的一面。

邓清的随和与好相处常常是一种礼貌，她实际上并不真正在乎，李观彦抱着试试的心态，结果碰壁，不免有些恼羞成怒。

他干脆直说道："邓清，你就算拒绝我，也千万不要和林州行在一起。"

"干吗？"邓清笑了一下，"和他有什么关系？"

"现在说这些，就当是朋友吧，反正情侣是做不成了，我不会和不喜欢我的人在一起，没什么意思。林州行这个人心机太深，你应付不来的，我是为了你好。"

李观彦神色诚恳，邓清一时无言，她抱着怀里的玫瑰花，闻到上面淡淡的香味。

玫瑰本身是没什么浓烈香气的，芬芳只是因为花店刻意喷上了香水，可人们仍然总是一厢情愿地认为玫瑰应该是有香味的，因为玫瑰那么美，就应该有香味。人很难逃脱自己的期许，即使事实并非如此。

邓清抱着花默默走着，她感觉到自己逐渐在某个地方下沉，像站在缓慢下陷的沙地当中似的，她发现自己正在想林州行。

在李观彦提及之前，她就在想林州行，想他们在店里的争吵，他终于露出的锐利样子；想他刚刚转身就走，临走前眼神失落柔软，好像被伤害了一样；想他们之间明明什么都没有发生，却又好像发生过什么一样。

"小清不会答应李观彦的。"柳唯肯定地说，"只是公开场合，她不想让李观彦下不来台而已。"

林州行冷淡地说："你又知道了。"

"我们天天睡在一起，我当然知道她在想什么啦。"柳唯眼珠一转，态度捏得刚刚好，那笑声像一串银铃响，"林州行，你想不想知道？"

林州行还是没有说话，但是依承诺喝了一杯酒。

"三杯，我也不欺负你，你三杯我三杯，行不行？"柳唯乘胜追击。

涂亮亮想要伸手，被柳唯一掌拍开。她目光灼灼地盯着林州行，心想：有句话叫酒后吐真言，姐就不信撬不开。

她又加了一句："我可是小清最好的朋友。"

林州行终于接过酒杯。

涂亮亮像个老妈子似的在旁边劝道："哎，州行，慢点喝。"

开了个头就容易了，柳唯嫌啤酒太慢，直接换了白酒。两杯灌下去效果就出来了，白酒喝急了入口就辣，林州行捂着嘴咳嗽两声，说："柳唯，你自己喝。"

"这么生分？"柳唯笑吟吟地问，"要是你真成了我妹夫，你得管我叫什么呀？"

这个问题很难，林州行扶着窗框慢慢坐下来，轻轻拧起眉头，好像陷入某种思考一样，仰着头愣了一会儿，缓慢地眨眼，忽然说："姐姐。"

柳唯跳起来，非常兴奋，对着涂亮亮直嚷："哇！这可是林州行啊！"

"是啊。"涂亮亮见怪不怪，"没骗你嘛，都说了不能喝。不过州行酒品不错，醉了以后还挺听话的。"

"那你怎么不问他的银行卡密码？"

"啊？"涂亮亮喝了口酒，"是变听话了，不是变傻。"

"是不是我问什么他答什么？"

"可能吧，你试试。"

"林州行。"柳唯像那种童话故事里的后妈一样，露出诡异又兴奋的

笑容，围着他循循善诱，"你好好想一想，说句真心话，你到底喜不喜欢小清？"

他有点晕，徒劳地睁了睁眼睛，问："谁？"

"邓清！"

"她没有选我。"林州行垂下眼睛。

柳唯服气了，都这样了嘴还这么严，没好气道："那你就等着小清被别人追走吧。"

这话说得好像他是什么也不做，只会等在原地的人，可是他也用心了，多数时候的结果都不太好。也许喜欢一个人就是这样无望，他确实积累了很多灰心，还有一点难以启齿的怨怼。

"我做的那些，好像都没有用。"林州行抬眼，轻声发问，语气绵软，"姐姐，怎么办？"

"哎哟，这么可怜啊。"柳唯有点心软了，脱口而出，"其实小清也……"她赶紧捂住嘴，差点替人表白了，马上换了个说法，"你去追嘛，保证能成功。"

视线一偏，林州行侧开头，话又绕了回来："她没有选我。"

"都说了小清会拒绝李观彦的，还有什么秦谦、周明祎，通通没可能，林州行，你懂不懂？"柳唯气得要翻白眼了。

"就算她拒绝所有人，她也不在乎我。"林州行低声呢喃，"她不在乎我。"

她看见他在人群里，却还是要当着他的面接下别人的花。

有一说一，从旁观者的角度来说，柳唯也觉得邓清有时太自我了一些。她捂着脸叹气，愁得自己又倒了一满杯。

"这两个人，能耗到天荒地老。"

涂亮亮满脸赞同，力挺女友，说："我早就看出来了。"

3

二姐真的成了宿舍第一个脱单的人，大家都很高兴，叽叽喳喳地讨论要去哪里吃饭。

二姐找到机会，拉着邓清说那天遇到林州行的事。她当然不能完全重复对话，只能含混地讲了一遍，最后说："你看，既然你喜欢他，他也喜欢你，所以……"

"谁说我喜欢他？"

"好，没有，"二姐只好改了说法，"你对他好奇，好奇，行了吧？"

"那谁说他喜欢我？"

"我……我看出来的，你放心。"

"我怎么放心？二姐，你能保证？"

"这我怎么保证！"

"就是啊，"邓清反而含笑，"不是你说的吗？我们不合适。"

"此一时彼一时啊！"二姐心急。

这周的专业实践课，老头把全班"发配"到市档案馆当开放日义务志愿者，迎接一批又一批的小萝卜丁来参观。小朋友们戴着学校统一发的黄色小帽子，又跳又叫，闹哄哄的。一群大学生没有带孩子的天赋，半天下来精疲力竭。

刘薇生无可恋地说："我非常确定，我不仅不谈恋爱，而且绝对不结婚生孩子！"

邓清灵机一动，摘下脖子上的工作牌，说："我给你们变个魔术吧。"

小黄帽们一下子全安静了，都凑过来，刘薇也伸长脖子。

邓清把绸带一圈一圈绕过白皙手指，笑眯眯地说："注意看。"

忽然，她用力一扯，那绸带穿过手指，惊起一阵欢呼。

"好神奇呀！"

"姐姐好厉害！"

刘薇像小朋友们一样眨着大眼睛，问："小清，你在哪学的呀！"

邓清笑着回答："是林……"顿了一下，笑意一收，她又改口，"是别人教我的。"

下课后，或者叫下班后，邓清去周明祎的店里打台球。周老板从朋友那里收了一张二手台球桌，放在店里，并且教会了邓清，邓清意外地发现自己对这项运动感兴趣且在行。

她自己分析了一下，觉得大概是因为它很精巧，同时尽在掌控。

一般其他运动带来刺激和成就感的往往是未知，而桌球偏偏相反，最爽的是球被击落入袋的那一刻——计算好的轨迹，恰到好处的力量，屏息静气，瞄准，然后击中，台面上所发生的一切，都在意料之中。

邓清俯身下去，半眯起眼睛，黑发如绸滑落肩头，专注认真的姿态十分引人注目。她耐心调整着角度，肌肉发力，利落地开球，首杆就有球落袋。

周明祎一边拍手，一边跨进店门，说："漂亮！"

邓清一边重摆母球位置，一边随口搭话："回来了啊。"

"是啊，有好几个定包场的，我去签合同。"周明祎又回到刚才的话

题上,"小清,你越来越厉害了,我都快教不了你了。"

邓清也不废话,撑着杆子笑道:"打一局?"

"来吧。"

果然只是恭维而已,周明祎赢得轻松,但还是说:"教你才几天,要是你就打过我了,我不用混了。"

原本是开玩笑的话,邓清却站在原地愣了愣,好像微风卷过心湖,静静泛起了涟漪。

她想起一个人,想起他教她花切纸牌时候的样子,还有那个魔术。

他好像从来不说想学吗?我厉害吗?我来教你。

那个可恶的人,总是插着兜走在前面,三言两语拨动她的情绪,勾起她的好奇心,再漫不经心地炫耀,然后懒洋洋地夸奖。

"嗯,就是这样。"

"嗯,就是这样,看一遍就会了。"

"看哪儿?"

"看我。"

于是她就看着他。他有很好看的一张脸,很漂亮的一双手,琉璃一样的浅褐色眼瞳,身姿挺拔,肤色很白,人很娇气,不喜欢人多,不喜欢太吵,不喜欢和反应慢的人讲话,不能喝酒,还不能吃辣。

有时候他会喷香水,不知道什么牌子,是清爽的海风味道。

他说话不多,笑得不多,但是笑的时候会冒出来一颗小虎牙。

他很敏锐,常常能猜透别人的想法,让事情按自己想要的方向发展。他成绩也好,金融是江大的王牌专业,分数线很高,不像她,是靠一些投机取巧的规划和选择。

都是很小的事情,都是很小的瞬间,一些小把戏,一点小聪明,也许他也没有什么了不起的,但是她愣住很长时间,久到周明祎不得不开口问:"小清,怎么了?"

"学长,"邓清突然开口,"我喜欢林州行。"

一颗球滚落入袋,发出清脆的撞击声,随即起了连锁反应,一颗挤着一颗滚动,最终尘埃落定。店内没有别的客人,因此寂静无声。周明祎反复调整呼吸,失落的情绪笼罩头顶,慢慢地渗透全身。他说:"我知道了。"

"对不起……"

"没关系,希望我们还是朋友。"

周明祎知道了,可是林州行还不知道,邓清想,也许林州行也不必知道。

高中时她看完了《一个陌生女人的来信》,不是小说,是一次剧场表演,据说这是一个"我爱你与你无关"的故事,但也有人激烈批判女主角为男主角奉献一生而不自知。抛去这些场外评论,其实邓清并没有完全看懂。

可能她那时还太年轻,现在也明白得仍然很有限,感觉仿佛是一个女人的独角戏,在台上燃烧着三个小时,女人快要破碎掉了,可是在某一刻,可能是最后的那一刻,她感受到了女人的心灵。

她也快要破碎掉了。

爱也许是一种自我完成,定义爱的权利从来不在别人,而在自己。

李观彦说她从来没有喜欢过他,那就让他那样去定义。而在她自己的定义里,其实她也曾自我怀疑和探索过许久,但是现在她终于能非常确定地确定那不是好奇。

邓清冷静地审视自己。她对林州行的好奇,明明是始于心动,第一次见面的时候,还来不及产生什么好奇,就已经开始喜欢了。

她喜欢林州行。

而林州行不必知道。

因为爱就是软肋,是刺向自己的匕首,是射穿胸膛的子弹——她不想把自己递进林州行的手里,让他亲手上膛。

林州行不是李观彦,不是周明祎,不是秦谦,不是她能理解和看透的任何一个人,她非常有自知之明,她并没有能掌控他的能力,也不想被他伤害。

从宿醉中醒来,林州行记忆模糊,有点想不起来柳唯昨天说了什么,又好像记得一点。他缓慢地揉着眼睛,接到了林舒琴的电话。

他哑着嗓子,低声喊道:"妈。"

"下周就生日了,想要什么礼物?妈妈飞来江州陪你好不好?"

"只是来陪我吗?"他问得直接。

林舒琴沉默片刻才说:"我和木夫人约好一起来江州看你们。"

果然……林州行发出一声冷笑。

林舒琴叹了口气,说:"你不愿意,那就只能妈妈多做一点,不然怎么办?子公司拆解 IPO(Initial Public Offering,首次公开募股),你爸爸也在忙这件事,能和木家走得近是好事,哪怕做个样子。"

他应该是听话的,所以他很少反驳,这是他生来所伴随的义务,所以他只是说:"我知道了。"

不经意间,林舒琴又说:"阿东最近在国外参赛,获了一个什么奖,小州,你也了解一下,看看下一届什么时候报名。"

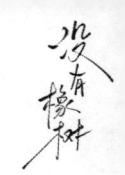

这就是让他也去参加的意思,而且必须拿奖,至少要和陆鸣东齐平。林州行很明白,继续答应:"我知道了。"

林舒琴在儿子生日当天来了江州,林州行开车去接。

一见面,林舒琴就取出亲手织的围巾。儿子比她要高,她只好微微踮脚,围好之后满意地瞧了瞧,揉了揉他的头发,问道:"喜欢吗?"

"喜欢。"

"蛮好,你爸爸也喜欢这个颜色,我给他也织了一条。"

就知道是这样,林州行有点失落,但仍然顺从地弯下腰,听话地让母亲搂住他。

"生日快乐。"

他想要直起身子,母亲却不放手,再次用力地环住他的脖子,轻声呢喃道:"小州,开心点好吗?"

"嗯。"

林州行也是有一些讨人喜欢的本事的。他换了车,载着Gabi和林舒琴一起去接木夫人,帮忙拎包陪着聊天,还能坐下来打两圈麻将。他喂牌喂得很聪明,木夫人一直夸。

"谁要听你们客套,我回去写作业了。"Gabi因为前男友的事情还在和家里置气,觉得很别扭,早早就要走。

木夫人对林舒琴说道:"这是嫌弃我们无聊了!"

林舒琴柔声说:"也大了嘛,是有自己的事情和圈子的。"

说着,她递给林州行一个眼神。

林州行站起来,走到门口时,木夫人笑着说:"有司机,别让州行再跑一趟。"

林舒琴浅笑道:"不妨事,男孩子就该做这些。"

"留下来吧,再陪阿姨打两圈。"木夫人道,"专门来看你们,急得那个样子,椅子烫屁股一样,一秒都坐不住。"

林州行的手已经拧开门锁,现在又落了下来。Gabi凑过来,阴阳怪气地小声说:"哎哟,我妈爱死你了,你走不了了。"

林州行淡淡回道:"我刚好想到一句话,说了你也走不了。"

Gabi马上开门,戳了戳林州行的胸,眨眼做了个鄙视鬼脸,说:"林州行,你这么爱装,那就留在这里陪老阿姨吧!今天是你生日是不是?不能和喜欢的人一起过了好可惜哦,气死你!"

见林州行作势要扭头说话,Gabi一边狂跑下楼,一边指着他威胁道:

"你敢！"

林州行面无表情地关上门。

也没什么可惜的。

邓清根本就不知道。

她不会留心这些的。

4

林舒琴养生不晚睡，林州行把母亲送回酒店时还很早，也就八点钟刚出头。林舒琴大方地把儿子放走，让他去和朋友玩。

涂亮亮早就准备好了，要给林州行过生日，他不仅叫了篮球队的队员，还邀请了林州行的室友和外联部的朋友，很热闹。

林州行跟着闹了一会儿，又付钱续了包场时间，还切了蛋糕。

涂亮亮很讲义气地说："没事，今天哥帮你喝。"

林州行笑了起来，伸手和亮哥碰了个杯，说道："谢了。"

讲义气也是要付出代价的。

十点钟，涂亮亮一边抹眼泪呜呜直哭，一边给柳唯打电话："唯唯，你以后一定要当我老婆啊！"

"嗯嗯嗯，"柳唯敷衍道，"你喝多了？"

队长王志鹏把电话接过来，问："你要不要来看看他？"

"我看他干什么？"柳唯惊讶道，"王队长，你们那边大小伙子人高马大的，你让我一个弱女子大半夜去看一个一米九的男的？"

"都不行啦！"旁边好几个人吵吵嚷嚷的，"嫂子！来一下吧！我们整不了啊！他谁的话也不听，谁搬得动亮哥？"

柳唯皱眉，问道："今天是什么日子啊，都喝这么多？"

"林州行生日。"

"他喝了没有？"

"喝了一点吧，不多。"

"哦，那我来，等着！"柳唯立刻起身。

邓清洗漱完正要换衣服，被柳唯一把抓住。

"别睡，小清，走走走，喝酒去，我们去玩林州行！"

这话听起来非常诡异和恐怖，一屋子人都惊呆了。

邓清瞪大眼睛，问道："二姐，你要不要听听你在说什么？"

"他们在聚会，喊我们去。"柳唯快乐地说，"林州行酒量很差的，

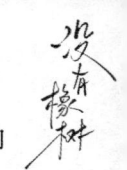

但是酒品还不错，喝醉了很乖。快走，等他醒了就又是那副样子了，我们拍视频录下来！"

这么一解释就太有趣了，刘薇跃跃欲试，说："我也想去。"

"小孩喝不了酒，不能坐大人那桌。"柳唯哄她，"听话，等我们俩回来给你讲。"

老大担忧地提醒："十一点关宿舍大门，你们别回不来了。"

"算了，怪怪的。"邓清有点迟疑。

"小清，"柳唯好像很随意提起似的，"今天是他生日。"

邓清立刻放下睡衣。

"啊……"刘薇对着日历一看，感叹道，"原来林州行是天蝎座的。"

临近关寝，很多人都走了，只剩篮球队的几个人东倒西歪地互相扶持着。一见柳唯，他们喜笑颜开，随即哭诉："嫂子，你总算来了！"

一群人里面，林州行看起来还挺清醒的。他虽然是主角，却坐在角落玩打火机，略抬眼，看见了来人，眼底飞速闪过异样的神情。

邓清坐到了他旁边。

林州行从兜里拿出一颗薄荷糖剥开塞进嘴里，有种疏离气场，冷淡地看邓清一眼，问道："你陪柳唯来的吗？"

"嗯。"邓清说，"这么晚了，二姐一个人出来。"

他不说话，邓清只好试着笑了笑，问道："今天是你生日呀？"

他没回应，邓清又说："祝你……祝你生日快乐。"

林州行的反应很奇特，冷笑了一下，像是懒得大声说话一样，侧身凑近了很多，用审视的目光看人，然后说："你原本不知道。"

这话带着质问，很不友好，邓清下意识回撑："你又没告诉我。"

"所以你就不知道？"林州行把薄荷糖顶在舌尖，慢条斯理地说，"你不用心。"

邓清讨厌他这个态度，也讨厌他这么说，硬邦邦地回道："你不说我怎么知道？难道我的生日你知道？"

"十二月，平安夜那天。"

"那……"邓清噎住了，心跳忽然加快，默默地开始心虚，气势瞬间垮掉，赌气拿了一个空杯倒满酒，"好，你赢了。那我喝掉，行吗？"

林州行轻描淡写地点点头，看着她喝完，似笑非笑，又问："那我有礼物吗？"

"我没准备。"

"我有准备。"

邓清摸了摸脸,说:"我再喝一杯。"

"哎?什么意思啊,仗着生日就欺负我们小清是吧?光她喝啊?你呢?"柳唯搞定男朋友,风风火火冲过来,一把提起邓清,"去帮他们开下房间吧,别回学校了,一群人喝得脑子都泡发了,我来对付他。"

"我没带身份证呀!"

"我有。"林州行递来钱夹。

邓清老老实实起身让位,二姐的酒量她很清楚,心想:林州行大概是完蛋了。

邓清带着人一走,柳唯立刻笑靥如花跟白雪公主的后妈一样,不紧不慢地问:"林州行,你知道周明祎和小清表白了吗?"

"你不是告诉我,她拒绝了吗?"

"是呀,那他们具体说了些什么你知道吗?周明祎怎么问的,小清怎么答的,我都知道。哦,还有李观彦,那天他们怎么聊的来着?小清都讲给我咯!"柳唯笑嘻嘻的。

林州行沉默下来,冷冷瞪着柳唯。柳唯耐心地保持微笑,最终,他警惕而简短地说:"只喝啤酒。"

上次掺了白酒,喝得他近乎失忆,根本不记得自己说了什么,他接受不了。

柳唯欣然同意:"那就喝啤酒,没问题。"

安顿好其他人,邓清回来了。

柳唯把她拉过来展示自己的成果,邀功说:"看,拿下。"

"什么拿下?"

"他啊。"柳唯手一指。

林州行坐在那里,又蒙又安静,轻轻眨了眨眼睛,又揉了起来,眼尾已经被揉红了,眸子雾蒙蒙的。

邓清从来没有见过他这种表情,觉得新奇,一直盯着他看。

他也看着她,直勾勾地回望着,不似平常,毫无遮掩,但是神色很柔和,又呆,看起来很不聪明。

邓清有些入神。

柳唯走了过来,说:"让说什么说什么,给你表演一下。"

她对林州行说:"林州行,我长得好看吗?"

林州行缓慢地眨眼,不说话。

柳唯不满意,推了推他的肩膀,他说:"好看。"

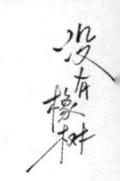

"那我性格怎么样?"柳唯又摇了他一下。

"很好。"

此时的林州行很像那种肚子里藏硬币的小猪存钱罐,抖一抖就能抖出一句话来。他尾音很轻,又黏,让柳唯心里得到极大满足。她得意地接过邓清手里的钱夹,说:"小清,给你玩,我去把剩下的账结了。"

邓清虽然掌握了使用方法,但是还是觉得有点怪怪的。她挪动椅子,靠近了一点,又轻轻咳嗽一声。

林州行的眼神一直落在她身上,眼睛润润的,额前碎发被揉过,带着一层细汗,有点湿,也有点乱。

邓清心念一动,谨慎又飞快地伸手,鬼鬼祟祟地帮他整理了一下,然后立刻环顾四周,幸好二姐还没有回来。

"那天我看见你了。"邓清开口,声音很小,"我没有答应李观彦,也没有把他的花拿回去,我还给他了,因为……当时那么多人,大家都看着,当面拒绝太难看了,不太好。我觉得是这样,你……你说呢?"

"什么?"林州行像是完全没有理解,也没有听懂,徒劳地睁大眼睛。

邓清"扑哧"一声笑了,柔声说道:"算了,机会难得,你说句好听的吧。"

"什么?"

"什么都行。"

林州行脸上显现出费解的表情,第一次把思考的过程摆在表面,长久地沉默,像是在选择和寻找一个定义——好听的话,什么叫好听的话?

"有那么难吗?你不呛我就不会说话啊?"邓清有点不满,还有点着急,推了推他的肩膀,"说啊。"

林州行终于开口:"我……"

"我什么?"

他很小声,邓清弯腰去听,他的声音还带着些低低的沙哑。

他说:"我喜欢你。"

这句话说得很快,很轻,邓清疑心自己听错了。她又摇了摇他的肩膀,颤声道:"林州行,你……你再说一遍。"

"这算好听的话吗?我……我喜欢你。"

朦胧而模糊的世界,只有她的身影格外清晰,她热切的情意燃烧着,眸子亮得惊人。

他们贴得很近,有点太近了,邓清拉住林州行的胳膊,凑近他的脸,努力地去听,心怦怦直跳,几乎要喊出来了:他刚刚说的什么,我听错了吗？他……

林州行突然托住邓清的后脑勺，反手握住她的手腕轻轻施力，把人顺理成章地带进怀里。

在那个瞬间，邓清感受到一个又凉又轻的吻，挨着唇角贴了一下，一触即分。

"林州行！"所有血液涌到脑子里炸开，邓清的第一反应是把人猛然推开。

可是等她反应过来刚刚发生了什么，但是还没反应过来自己正在干什么的时候，她竟然抓着林州行的衣领重新吻了上去，把他压在墙上。

这一次是个真正的吻，也要绵长得多，不仅有酒精的麦芽香气，还有薄荷糖凉丝丝的味道，是柔软的，也是甜腻的。

邓清晕晕乎乎的，牙齿直打战，哆哆嗦嗦地想：我是不是疯了啊？

气息交缠杂乱，可是这一次是林州行推开了她，表情痛苦地起身，捂着嘴匆匆跑了出去。

邓清脑子发蒙，愣在原地。

柳唯匆匆赶来，大惊失色："小清，你怎么把林州行弄吐了？"

"我……我没有！"邓清结结巴巴地辩解，"是他，他……他刚刚先亲了……"

柳唯立刻火了，大声问道："他占你便宜啊？"

"不是！"邓清否定完了继续愣住，然后使劲喘了口气稳定情绪，终于冷静了一点，"可能就是喝多了吧，我去……我去看看他。"

5

洗手间的门紧紧关着，里面还另外有隔间，邓清在门外站了一会儿也听不见里面具体什么情况，只好试着敲了敲门，问道："林州行……你没事吧？"

林州行出来的时候满脸都是水，看起来已经清醒大半，脸色苍白，黑发冷瞳十分分明，发梢湿了，往下滴着水珠，眼睛不看人，只说了两个字："没事。"

"那……"林州行的脸色和神情让邓清什么都问不出口，她噎住了。

"房卡给我，你们回去休息。"

"我们送你去酒店。"邓清尽量用善解人意的语气提出建议，"你不是不舒服吗？"

"不用，来不及。"这人毫不领情，而且补充了一句，"不要堵在男

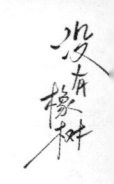

厕所门口。"

邓清的耳尖一下热起来,她又羞又气,不自觉地捏紧了拳头。

刚刚亲过就这样翻脸不认了是吗?不对,也许他现在还没有完全清醒,别急……

邓清镇定下来,把房卡塞进林州行手里,小声说:"行,那我们先回去了,明天再说。"

他好像真的没太清醒,只是装得正常,此刻有些疑惑,终于把视线对过来,问道:"说什么?"

"明天再说!"邓清扭头,狠狠瞪他一眼。

林州行站在原地,好像无意识一般,指节擦过自己的嘴唇。

胃里酒意翻腾,他不得不再次捂住嘴,狠狈地重新冲回隔间。

太丢脸了。他在心里骂遍各种恶毒脏话。

邓清一晚上没有睡好。

换成谁也睡不好,人之常情,发生这么突然又莫名其妙的事,她在脑中演练了一百零八种可能性。

最后得出结论,最可能的一种可能,就是林州行根本不承认。

那她是要和他大吵一架,还是横眉冷对,还是潇洒一点,也装作忘记了或者不在意?亲个嘴儿……而已嘛,没什么……大不了的!

又或者撒娇取闹,逼他负责,非要当他女朋友不可?

最后一条可能性划掉,邓清知道自己做不到,就算死掉也做不到。

而且也没必要,能当他女朋友是什么很了不起的事情吗?

但是最终发生的那个可能性根本不在那一百零八种里面,邓清怎么也想不到,林州行居然生病了。

"他发烧了。"二姐接完涂亮亮的电话之后说,"太娇贵了吧?真是少爷身子少爷命。"

"估计是淋了冷水又吹过冷风。"邓清想了想,"我去……我去看看他吧,昨天不该灌他的,太折腾人了,我也有责任。"

"找那么多理由干吗呀?你心疼就去嘛。"二姐直接戳穿,"去照顾一下。"

"但是……"邓清收拾东西的手停在半空,迷茫而真诚地发问,"怎么照顾人?"

"我的天……"二姐扶着额头吐槽,无语极了,"小清,你也真是……小姐和少爷,你们俩真是天生一对!"

141

谁在家还不是个小公主呢？而且在以往的感情关系当中，邓清也是被照顾的居多，她又粗心，有些迟钝，没什么经验。

邓清敲了敲房门，默念了一遍老大和二姐教的要点——发烧的话，要吃药，静养，多喝热水，没什么胃口，所以得吃清淡点。

她买了药，还买了粥，应该没什么问题。

涂亮亮来开了门，见到她，轻声说："醒了。"然后心领神会地立马跑了。

邓清小心翼翼关上房门，结果手上一滑，反而关出特别大一声。

她缩回手，半眯起眼睛，绷住身体不动，感觉自己从进门就在搞砸事情，紧张极了。

但无事发生，这是个套间，林州行大概躺在里面，还没起床。

昨天开房间的时候她都要的标间，大概是林州行自己到了酒店之后升级了房型，林少真是丝毫不委屈自己。

邓清看见乱甩一地的衣服，一路顺手叠起来收好，把早餐放在桌上，往里面张望了一下。

人在里面睡着，缩在一大卷被子里面，很高的个子显出来不大的一团，发顶毛茸茸的，不时传来两声咳嗽，肩膀抖动，然后又睡过去。

邓清想了想，昨天确实抱着一些刻意折腾他的恶劣心思，现在开始很有正义感地反思自己，继而有点愧疚。

但愧疚归愧疚，就算她折腾他，他也不能翻脸不认人啊。

邓清踩在绒毛地毯上，走路没有发出一点声音。

林州行烧得半梦半醒，猛然见人，半天瞳孔才聚焦，看清是谁后心脏狂跳。

邓清拖了张凳子在床边坐下，问道："你吃药了吗？"

"没有。"林州行嗓子沙哑。

他的确是病了，不是装的，苍白的脸色因为高热蒸腾出粉红，领口露出的皮肤也泛红一片，额前一层细汗，没什么力气地半垂着眼，手指攥紧被子。

见他这样可怜，邓清反而不好开口，但林州行自己开口了："我昨天亲了你，是喝多了乱来。"他抬眼看她，低声说，"非常抱歉。"

他只提了自己，没提她后面那个晕头转向的回应。

邓清抿了抿唇，问道："那你说了什么，你还……记得吗？"

他非常干脆地说："不记得。"

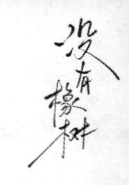

"嗯……"

果然。

"如果是很冒犯的话，对不起，别放在心上。"

邓清不知道怎么接话，准备拿来倒水的空杯子捏在手上，翻来覆去地转了好几个圈，声音闷闷的："也还好吧，没说什么很要紧的。"

林州行把被子往上提了一点，悄悄叹了口气。

他不是不敢认不想认，他是真的做不到。

他不记得吗？他当然记得！他不仅讲出自己的心声，而且还吐了，怎么会这样？一想到昨天那个场景就想死，想到一次想死一次，想到十次就想立刻跳楼。

如果现在手里有地球毁灭的核爆按钮，他一定毫不迟疑地按下去，但显然不行，所以他只能希望所有知道这件事的人赶紧消失，就算这个人是邓清！

可惜这个人是邓清，她没有消失，也不能消失，所以林州行只能假装不记得。

时机合适的时候，可以再补上一个认真的告白，但是现在……

打死都不认。

消化了两分钟，邓清缓过劲儿来了，本来也想到会是这样，不如就按自己原本的计划洒脱点好了。她调整了一下情绪，昂扬起来，试图开个玩笑："没事，亲就……亲了，大家都是好朋友嘛，闹着玩而已，对吧？幸好不是初吻，不然我可非要你负责不可，哈哈！"

林州行紧攥拳心，脸色骤然一沉。

闹着玩而已？

笑话起了反效果，林州行眸色渐深，阴沉沉地问："那你的初吻对象是谁？"

刺探的语气让人很不舒服，邓清笑意顿收，立刻回击："隐私问题没必要这么问吧？我这样问你你会答吗？你的初吻对象是谁？"

林州行定定地盯着她，吐出一个字："你。"

什么？邓清吓得手一松，杯子掉到了地上，地毯起到了很好的缓冲作用，因此只是一声闷响，并没有碎。邓清赶忙去捡，手足无措地解释："不是我先主动的。"

"是我。"林州行再次道歉，"对不起。"

"我去烧水，你快点吃药吧！"说完，邓清就急忙撤走。

真是完蛋，原本林州行先越界，自己是立于不败之地的，但人家只是轻轻碰了一下，她却摁着别人亲个没完，现在反而理亏，怎么会这样？

反正他不认，那她也不认吧，也许人年轻时难免如此，面子大过天。

邓清彻底接受现状，甚至有些庆幸。

幸好他不认！

不然自己的回应实在热情过了头，怎么看都像是蓄谋已久。

邓清倒了满杯水给林州行吃药，林州行接过来迷迷糊糊地喝了一口，差点没被烫死。

"开水？！"

"忘记兑凉水了，不好意思。"

邓清跳起来马上去弥补错误，林州行哀怨地把自己裹进被子里。

人在生病难受的时候本来就容易脆弱，何况林州行从来都很娇气和矫情，所以他现在觉得自己快要死掉了，更是悲从中来。

想到邓清刚刚开玩笑说"幸好不是初吻"的神情，他就心酸到发疯。是谁？是李观彦，还是其他人？

他想知道，又不想知道。

邓清重新回到里间，提着东西，依照回忆里爸妈照顾她生病的一些嘱咐有样学样，说："空腹吃药好像很刺激胃，你先喝点粥吧，毕竟你……"

这么娇气。

这话她吞下去了，没说出来，人家在生病，她总是阴阳怪气的，不好。

林州行低声应了，正想让她把粥放在床边的矮柜上，就发现她坐在了床边，动作笨拙但是小心地端着碗舀起一勺，吹了吹，声音柔柔地说："吃吧。"

他有些迟疑，僵住了。

邓清的细嫩手指握着瓷白勺子凑到他唇边，她半垂着长睫看着他，眼瞳透亮分明，白皙的脸上是那种半羞半怯的神情，又因为格外认真严肃显得非常可爱——她正在努力做好一件并不擅长的事情。

林州行本来就发烧，浑身发热，现在更觉得自己像一台过载运行的发动机一样滚烫，脑子里一阵一阵眩晕。

他握住她的手喝了一口，随即哑声道："我自己来。"他用尽所有的意志才能发出声音，妄想用说话声盖过自己剧烈的心跳声。

炽热的掌心覆盖上来的时候，邓清轻轻颤了一下。因为手里端着碗，她没有躲，他说完话之后，她也没有照做。

因此林州行又说了一遍："放在旁边。"

"哦。"

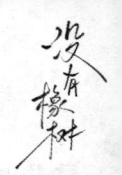

怎么回事？她又做错了吗？这不是在照顾人吗？电视剧里面不都是这么演的吗？皇帝生病了不也是这么照顾的？

努力之后没有得到积极的反馈，邓清有些愤懑和沮丧。她放好粥，又摆好药兑好温水，语调平直地询问："还需要什么吗？"

"不用。"

"那你好好休息。"

邓清起身要走，手腕却被拉住了。

林州行抬眼看人，轻声祈求："陪我一会儿。"

她重新坐下。

第八章
殊途同归

1

他们之间，一旦休战，就有些沉默，好像不剑拔弩张，不针锋相对，不总是想着要压倒对方，就不会说话了一样。

虽然沉默，却并不难熬，邓清就这样安安静静坐着，好像这也是一种相处。

她看着林州行喝了小半碗粥，又吃了药，忽然开口问道："为什么不可以？"

"什么……什么为什么？"因为生病，林州行的思维也变慢了，竟然没有听懂。

邓清很喜欢看他这个样子，不免微笑起来，解释："就是那天在百乐便利店，店长为什么同意送水，然后我问你在其他店可不可以这样做，你说不可以，还说只有我们两个人的时候，你会告诉我的。"

"现在……就……只有我们两个人。"她眼睛亮亮的，可太好奇了，"告诉我吧。"

只有两个人，她却想到要问这种问题，林州行弯了弯嘴角。

"怎么记了这么久？"

"想不明白的事情我就会一直记得。"

"好，我告诉你。"林州行哑声开口，嗓音略沙哑，尾音拖沓，温和又柔软，像在讲一个故事，娓娓道来，"最初我确定店长会送我们雪糕，是因为我们表现得很麻烦，店长肯定只想让我们快点走，送几支雪糕不算什么。后来店长答应我们，还是因为认出了我，所以在其他店不可以，只有在百乐可以。我还是在用自己的身份买单，只是不想用程岩说的那种方法而已，那太蠢了。"

为求保密和保护，除了姚文宪，百乐的高层和员工认识林州行的很少，但不认识不代表猜不出，一个普通学生能准确选品并报出进价，多半是内部人士。

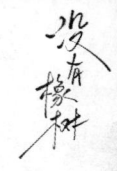

　　林州行来江大念书,其他门店的店长不知道也算正常,但江大的店长不至于这么没有眼色。

　　邓清马上明白,抿嘴一笑,说:"林州行,你作弊。"

　　"对。"

　　"还以为你有多厉害。"

　　林州行轻轻一笑,回道:"不厉害。"

　　"对了,你带牌了吗?"邓清突然想到什么。

　　这一次林州行很快明白,说:"在外套里,你去找找看。"

　　邓清马上起身,又很快跑回来,拆出纸牌拿在手里,小声说:"你看。"

　　弹钢琴的手指灵活又柔韧,纸牌在她手中变幻出蝴蝶展翅的形状,又收拢回掌心——是他只教了一个开头的 Sybil cut。

　　邓清应该是后来自己又去找了全部教程,甚至买了专用的纸牌练习,才有现在的成果。

　　很可爱的一个节目,虽有凝涩但是完整。林州行看得认真,眸色温柔,笑了笑,说:"你也学会了,很厉害。"

　　"我练了很久,"邓清咬住下唇,"不厉害。"

　　"这个节目不会就是我的生日礼物吧?"

　　"不是啊。"邓清愣了一下,"那也太寒酸了,再说,你生日都过了。"

　　林州行顺着话题,诚恳地抬眼问道:"不可以补吗?"

　　"喂,哪有理直气壮朝人要礼物的?"

　　"你不是下个月生日吗?我已经准备好了一个礼物,如果你补给我,我就送给你。"林州行舔了舔虎牙尖,循循善诱。

　　"难道我不补,你就不送?"邓清不太理解。

　　"不送。"

　　"真小气!"

　　"这叫作交换。"

　　邓清略略一想,也就接受了,挑眉笑道:"好像很公平。你想要什么?"

　　"我想……"林州行虽然说得很慢,但这个答案明显没有任何思考过程,他早就想好了,"我想要你来看比赛。"

　　"啊,我知道。"

　　邓清听二姐讲过,一年一度的九校联合新生篮球赛,第一场正式对外的开幕赛就在江大举行,东道主当然要上场的,每支队伍允许上一个大二队员,其余都必须是新生,时间在下周。

涂亮亮就是要上场的那一个大二队员，因为新生里面没有他这么高的中锋。

"那天我满课。"邓清先说了这句，以捉弄的心思欣赏了一下林州行垂眼的失落之后，又勾起嘴角说了下一句，"但是我下课之后赶去，时间刚好。"

林州行把脸侧了过去，压在枕头上，语气没什么起伏："嗯，那就说好了。"

邓清心想：真小气，好不容易得意，也不多给人爽一下，藏什么啊？让我看看怎么了？

他明明就在偷笑。

下午有课，邓清把林州行留在酒店休息，自己先回了学校。

邓清路过食堂给室友带了饭，又接到二姐的消息，要邓清好人做到底，帮她收一下楼顶的衣服。

江大的宿舍虽然是有阳台的，但是光照条件不是很好，天气好的时候，很多人都会把衣服拿到楼顶天台晒一晒。

邓清去上面走了一圈，回屋的时候仰头跟躺在床上的二姐说："没有啊，你是不是自己收了忘记了？"

"没啊。"二姐即刻回答，"我哪有这么勤快！"

"就是一件白色的连衣裙吗？我见你穿过。"

"对啊。"

"那真的没有。"

"丢了？"老大插话，"最近总有人丢衣服，我也丢了一件。"

二姐翻身坐起来，有些惊讶地问："怎么没听你说？"

"因为我想可能是有人收错了吧……"

"那不找？"

"楼里这么多人怎么找？算了吧。"

"啊，我也少了一条裤子。"刘薇恍然大悟，"我还以为是我自己塞哪里了找不到了！"

"怕不是真有人偷吧？"二姐跳下来。

邓清拉着二姐上楼，说："我们再上去找找，先别这样讲。"

"走。"

确实没有找到，二姐愤恨极了："神经病吧，衣服有什么好偷的！"

她说着骂起人来，邓清安抚道："我们先和宿管老师反映一下。"

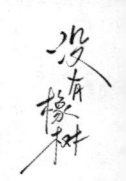

一些传言逐渐在楼里蔓延开来。有人说把男朋友送的银戒指摘下来放在台面上，只是洗手的工夫，回来就不见了；又有人说新买的耳环少了一只，不知道是不是掉在走廊里了……人人都在讨论这件事，宿管说了会调查，但是要求所有人不要声张。

"我就不明白了，怎么不能声张了？到底是偷东西的是贼还是丢东西的是贼啊？"二姐对这个决定很愤然。

邓清说："很可能就是楼里的学生，学校不想闹大。"

老大点头表示赞同："人文关怀吧。"

"我关怀贼，谁关怀我啊？"二姐依旧不满。

邓清想了想，说道："金额不大，不好查。再观察一阵子，我们来想想办法。"

林州行在酒店住了好几天，也没去上课，病好了才回到宿舍。

刘可酸溜溜地跟他说："变了天啦！程岩现在成人气王了，人家现在不去图书馆了，每天在宿舍接待贵客，日理万机哩！"

自从程岩拒绝给刘可提供复习资料之后，刘可就一直是这个态度，而且这次的期中考试，程岩综合成绩排名是全系第一，刘可是第二。

被人压了一头，他很不爽。

曾生光是很随和的脾气，劝刘可说："你天天打游戏能得第二，已经很厉害了，可见你是很聪明的。"

刘可很深沉地说："打游戏根本不影响，关键是不能谈恋爱，单身是我的盔甲，女人影响我拔剑的速度！"他指着林州行，"你看看林少，反面例子，成绩下滑得多么厉害！"

林州行懒洋洋地回应："我尽力了。"

"州行那个出勤率，能前十也不错了。"曾生光这边也夸上一句，不偏不倚，自嘲安抚，"我经济法差点不及格，我说什么了吗？"

说话间，程岩推门进来，身后还跟了两个人，一脸崇敬地膜拜学霸，殷勤地请教问题。程岩虽然冷脸，但是挺耐心。

刘可听得很闹心，跑过来和林州行说："咱们干点啥去吗？"

林州行回道："你问曾生光，我要去训练。"

"哎呀，老曾又要去煲电话粥，手机都要着火了。"刘可热情地帮林州行提东西，"走走走，我陪你去。"

新生篮球赛当天，邓清她们的专业课确实很满，上午两节大学英语连着信息化概论，下午是文献遗产保护，最后一节是数字档案技术，是机房课。

二姐本来就不喜欢上电脑课，干脆翘掉。数字档案技术的老师很严格，又看重出勤分数，邓清胆战心惊地帮二姐开机签到，幸好无事发生。

下课后再赶过去也不是来不及，就是要跑快点。邓清一直看表，最后五分钟倒计时时，老大悄声说："小清，你从后门走吧，我们掩护你。"

"嗯对，我们帮你关电脑。"刘薇也偷偷点头。

"谢谢！"

邓清刚刚一动，就被老师死死盯住，质问道："跑什么呀！这么想下课？那现在就出去呗？"

三个人猛摇头，异口同声："老师，我们不走！"

老师严厉地看她们一眼，说："等会儿留下来打扫机房卫生。"

三个人猛点头，又是异口同声："好的，老师！"

下课铃声一响，邓清手脚麻利热火朝天地干活，等老师终于点头，扫把一扔就直接冲下楼，一边跑，一边发消息问二姐：开始了吗？

二姐：开始了啊，人都上场了。林州行老是盯着我看，烦死了！我又不是你妈妈，我怎么知道你哪儿去了！

邓清：我马上……

一个"到"字还没打完，邓清脚下一空，从最后一级楼梯摔倒在地，一个标准的"扑街"姿势。她疼得咬牙，紧捏着手机，差点眼泪都要出来了。她深深吸了一口气，感觉脚腕像是一节藕似的被折了一下，随即烫烫的，应该是肿了。

旁边有人经过，热心询问："同学你没事吧？"

邓清狼狈而匆忙地爬起来，赶紧摇头说："没事。"

拍了拍衣服上的灰，擦了擦眼角，邓清深吸一口气，调整好情绪。是自己不小心，没什么大不了的，但如今跑是跑不成了，只能一瘸一拐地朝体育馆走去。

2

邓清慢慢挪动到球场时，第三小节的比赛已经接近结束。二姐已经有了家属位，非常大方地坐在教练席后面。

邓清调整了下姿势，把身体的重量落在没受伤的右脚上，尽量不让自己看起来像个可悲的瘸子，还笑出标准八颗牙。

"跑过来累了吧，喝口水。"二姐没有察觉，只觉得她有点灰扑扑的。

邓清接过水，眼睛看着场上，问道："能赢吗？"

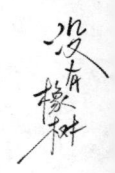

比分现在是理工领先。

"赢？"二姐很爽快地说，"我刚刚听教练说，过去六年，从有这个比赛开始，江大就没有赢过理工。"

"好吧，那重在参与。"

"是啊，你多看两眼林州行，他投中三个三分，你又不在，他一直阴森森地瞪我！"

说话间，一声哨响，第三小节结束。

二姐脸色一变，捏出一个甜蜜的笑容，捧着毛巾和水壶去找涂亮亮了。

场边的后勤人员也开始上前，体育部搬来矿泉水，女生部负责送毛巾。蔡璇一看见邓清，刻意冲着林州行走过去。

林州行没接毛巾，掀起球衣擦了擦脸。他腰腹纤瘦，但是有腹肌，腰线收得很漂亮，还有几道浅浅沟壑。他往场边看了两眼，总算看见了邓清。

比赛都过了四分之三了，她才来。

见他往场边走去，蔡璇猛翻一个白眼，把毛巾往他身上一扔，走了。

邓清远远看着林州行一边走一边默默扎好上衣，心想：什么意思啊？蔡璇看得我看不得？小气鬼！

汗滴下来，林州行还是拿住毛巾擦了擦，心里埋怨怎么会有人来看球什么也不带，好歹还有瓶水。他正要伸手去接，邓清当着他的面拧开瓶盖，自己喝了一口，眨眨大眼睛，问道："累不累？"

这女人不会觉得自己很贴心吧？迟到，又什么也不带！还问这种没有意义的问题！

林州行咬牙舔了一口虎牙尖，毫不客气地把邓清手里的水瓶抓了过来。

"这瓶我……我喝过了，你还要……"邓清来不及拒绝。

对着同一个瓶口，林州行喝了一口水，斜看她一眼，原话奉还："我喝过了，你还要吗？"

"不用……"邓清一愣，随即很大方地说，"给你！"

她头发有点乱，裤子上一团灰，手肘处也有。林州行略一联想，猜到什么，开口："你……"

他吐出一个字，哨声就响了。

第三节和第四节之间的休息只有五分钟，邓清推他上场，催促道："快去，等会儿再聊。"还抓紧时间朝他笑了笑，"加油！"

如此明媚的少女，白皙的脸上闪烁着动人的神情，眼尾弯着，嘴角笑着，场馆里的灯光落在她眸中，璀璨得惊人。他只要看着她，就会忍不住笑起来。

试试吧，为她赢一场。

"我也想赢啊,我老婆还看着呢。"涂亮亮侧过脸用手肘擦了擦汗,小声说,"队伍硬实力不行,又不是火影忍者,关键时刻爆发查克拉。"

"所以只能……"林州行在跑动中低声说,"靠罚球。"

"哎呀,开幕比赛搞这种战术不好吧?再说也没有人会,我们……"涂亮亮很实在。

"我不管。"林州行轻笑一声,脸色平静,"我要赢。"

涂亮亮咬咬牙,说:"行。"然后给其他人打手势。

眼神一对,大家都有些疑惑,跑动错身之间,涂亮亮传达信息:"都听州行的。"

罚球的确是一种战术运用,基于规则范围之内,但是要通过诱导性的战术犯规让对手陷入罚球陷阱,掌控比赛的控制权。在血气方刚的大学生看来,这是一种有点"阴暗"有点"脏"的战术,不屑使用,针对新生的训练中教练也不会教,当然更重要的一点是,就算想用,也没人会。

使用罚球战术需要在很短的时间内完成场上情况的复杂分析和与对方的心理博弈,理清楚规则和球权,而心理博弈更是其中最关键的一环。对方如果不被诱导犯规,罚球战术也就无从说起,而且要分清罚球时间停止和罚球后拥有球权的区别,并在场上比分变化的瞬间及时调整。

涂亮亮心中忐忑,他们真的能成功吗?

在那之前,他们要先将比分差追小,涂亮亮充分发挥身高优势,狠狠抢下几个篮板,爆发突破传球给早已等待在对方篮下的队友,瞬间打进,完成了好几个漂亮的四分卫长传。

计分板唰唰唰闪动几下,二姐兴奋地蹦起来大喊:"牛!"

毕竟是江大的主场,馆内看台的气氛逐渐也火热躁动起来。邓清坐在椅子上跟着拍手,她不是不想蹦,而是蹦不起来。

在一片欢腾的背景下,她显得格外冷静。

还有三分钟,还差十分,理工的队员们已经开始松懈,甚至提前构思起庆祝活动——他们已经赢了六年,显然还会赢下第七年。

突然,林州行起跑发力,侧手接球,从背后绕了一个假动作,突破了对方两人贴紧的严密防守,眼看对方篮下的防守队员就要扑上来断球,林州行脚尖一点,跃起抛投,弧线并不好看,临时出手,大概不会中。果然,球弹到篮筐。对方神经一松,但仍然象征性地起跳,涂亮亮比他更快,却不是抢板,而是第一时间将球补扣入框!

原来是这样!

可这样也赢不下来,两秒钟之后,传球被理工队抢断,直接扣篮得分,

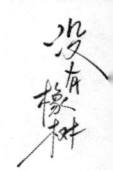

再次拉开分差。但是此时理工的心态已经不同了，笃定的自信出现了一丝动摇。

林州行要的就是这种动摇。

拿到球权之后，他刻意将节奏慢了下来，在身体的碰撞之间、在鞋底和地板摩擦出的咯吱声之间，他淡笑着低声说："赢了六年，要是还输在我们手里的话多难看。"

"别搞笑。"对方不屑一顾。

林州行眼神一凛，猛然前冲，切入内线。他位置绝佳，但对方篮下人墙密集，毫无角度，他只能硬生生起跳。对方防守扎实，密不透风，他咬咬牙，激烈碰撞之下人和球一起摔在地上。

一声巨响，全场哗然，同时响起的还有哨声。

"犯规！"

邓清心里一紧，猛地从椅子上站起来，脚腕钻心一痛，她只好又坐下，但急切地伸长脖子查看场上的情况。

"州行！"涂亮亮和其他队员立刻聚拢上前，把人扶起来。

"没事。"林州行一站起来就看向裁判。

裁判示意理工作为防守方身体冲撞犯规，江大作为进攻方刚刚一球已进，可以加罚一球，这就是所谓的"2+1"。林州行揉了揉发痛的手肘，站在罚球线上，随意点地两下，手腕一松。

很好，中了。

理工还是领先，时间还有一分半钟，但他们的神色已经完全变了。六年来从无败绩，无论如何是不能输的，只要拖延时间到比赛结束，他们就赢了。可偏偏这时江大的教练吹响了暂停，表示要换人。

理工的队员忍不住骂道："他们在拖！"

"规则如此。"林州行一边下场，一边说，"忍着。"

他又笑一下。

理工有人想朝他竖中指，毕竟在球场，还是忍住了，但气得要命。

教练心知肚明，已经猜到林州行想干什么，因此颇为默契地换他下场。主要还是为了吹暂停拖延时间，一秒钟不比完，理工那边就多煎熬一秒钟，分差咬得很紧，而他们从没输过。

赛场上，心理压力最大的从来就不是想赢的那一方，而是怕输的那一方。

趁着暂停，理工的教练安抚自家的小伙子冷静。队长却最先沉不住气，控诉道："那个13号太阴险了，刚刚明明是他引诱我们犯规！"

13号，就是林州行的球衣号码。

"他已经换下场了，"教练说，"不要管对方，我们要专注自己，最后一分半钟，熬住就赢了，听到了没？不能输，我不能接受理工输给江大！而且还是在江大的场子！"

李观彦替换林州行上场。击掌之间，林州行使力一拉，拖着李观彦在耳边说了什么。李观彦先是疑惑，看了教练一眼，随即点点头。

林州行瞬间爆发力强，速度快，力度准，但李观彦身体素质更好，通俗来讲就是更耐撞。反正比分落后，光脚的不怕穿鞋的，在其他队员的掩护下，刚上场的李观彦成为绝对主力，断球冲撞都发了狠。双方各有犯规罚球，每一次哨声暂停，都是在折磨理工队员的神经，这一场比赛好像要没完没了了，有那么一瞬间，他们有点想吐。

明明只有最后十秒了，却被无限延长，有种最后就算赢了也很恶心的感觉。

可是比分还差最后两分，只要倒数十秒，这一切就结束了，十……九……八……尖锐哨声刺破耳膜拉扯住神经，像尖利的指甲滑过黑板一样令人难以忍受。

江大又叫了换人暂停，最后八秒钟！

"冷静！"理工的教练高举双拳咆哮。

"太恶心了！"队员愤怒的情绪也到了顶峰。

"这是对方的战术！"教练严肃地纠正他们，"玩脑子玩不过别人就别嚷嚷，还有最后八秒钟，一人盯一个，防住，防死我们就赢了，我们要守住自己的硬实力优势，听到没？"

"听到！"

而另一边，林州行偏头朝他们笑了笑，慢慢走上场。他换下的队员不是李观彦，而是另一个后卫。

理工的队长低声向队员布置战术："把这家伙给我防死，他现在换上场就是等着进最后一球当英雄的，绝对不能让他如意！"

"没问题！"

哨声重响，十个人在场上针锋相对地跑动起来，那大屏幕上的数字闪动在每个人的心上。六……五……林州行动了！他接住了难度极大的传球，运球冲进对方的内线，理工有条不紊地盯防住他，同时极度小心自己的动作，避免犯规……四……三……二……

林州行不投篮吗？他的篮球脱手，切着刁钻的空隙传给了李观彦，李观彦甚至还在林州行的身后！

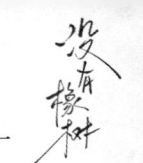

可是几乎所有人都在防守林州行，李观彦身边无人，他立刻跳投，一个极远三分，最后一秒钟！60比61，赢了！

比分和计时器同时落下，短暂的一秒钟沉默后，体育馆内爆发狂热的欢呼声。二姐快叫哑了嗓子，又蹦又跳，理工的队员们郁闷地愣在了原地。

李观彦成为MVP（最有价值球员），绕场狂跑一圈，队员们和教练激动地呐喊着跟他拥抱庆祝，他是所有人的视线焦点，而林州行默默地走到了一旁。

以兴奋的人群为背景，邓清很奇异地很安静，一动不动地坐在位置上，可是她的视线却没有看向全场都在看的地方。

他们在喧闹的庆祝声中眼神一触，林州行轻轻笑了笑。

不知道他看不看得清，邓清也弯起眼睛笑了笑。

赢了啊，真厉害。

3

终于结束，场上人群快散尽后林州行却不见了，看台上的观众也纷纷退场。涂亮亮过来找女朋友，还沉浸在赢球的兴奋当中，语调快快乐乐的，和他说出来的话很不相称："小清，你留一下。"

这语气一听就是林州行的原话，不带什么感情色彩，和老师留堂一样。

邓清问道："干吗？"

"我也不知道。"涂亮亮说，"你等会儿他吧。"

人几乎都走光了，邓清孤零零地坐在位置上，心想：林州行是要找个没人的时机兴师问罪吗？拷问一下我为什么来得这么晚？

她又讽刺地想：林少还算贴心呢，知道等人少的时候。

林州行已经换下篮球服，穿着一件黑外套，单肩斜背着双肩包向她走来，手里还拿着什么东西。

邓清坐着没动，她不想在他面前展现自己一瘸一拐的样子，也觉得自己没那么矫情，更不想让他知道原因，不想让他太得意，也不想让自己太狼狈。

他要是兴师问罪，她决定就诚恳道歉，不说别的。

但林州行走到面前什么也没说，直接蹲了下来，挽起邓清长裤的裤脚。

一个冰凉刺骨的东西猝不及防贴上脚踝，邓清一声大叫，条件反射动了一下，差点踢到他。

不愧是打篮球的，反应够快，林州行躲开了，马上又抓着她的鞋跟，把冰袋贴上去，皱着眉查看，问道："怎么弄的，肿成这样？"

"摔的，跑急了点。"

"穿高跟鞋还跑？"听起来他有点生气，又可能是忽然明白了什么，放缓了声音，"明知道要跑，还穿这么高的跟。"

"这是粗跟的，很稳。"

"那还不是摔了？"

邓清并不服气地顶嘴："好看。"

"好看就不痛吗？"

"还不是怪你！"

"为了我吗？"林州行手扶着冰袋半蹲着，仰头看她，眼里含着笑意，"如果是这样，那我就原谅你迟到。"

谁要他原谅啊！这人果然开始得意。

邓清咬住下唇，从他的手里抢过冰袋，自己按着。

林州行腾出手来，从包里拿出药水，把她的裤脚慢慢往上卷，同时注意着不要直接碰到她的腿。看见她膝盖上果然有擦伤，他轻轻叹了一口气。

林州行慢悠悠地说："虽然是我的生日礼物，倒也不用这么大礼，你这是扑倒在哪里了？等会儿带我去看看现场。"他动作很细致，但讲出来的话很烦人。

"和你没关系。"

"和我没关系你跑什么？"

邓清嘴硬说："我来支持亮哥。"

"你想好，邓清。"林州行跟她分析语言逻辑，"你要是想怪我，就得是为了我，如果不是为了我，就别说怪我，我还好心帮你……"他一边笑着，一边上药，说到一半抬眼，笑意立刻消失掉，顿住了。

邓清眼睛红了一圈，眼泪汪汪地看着他。

林州行不敢跟她对视，垂下眼睛，小心翼翼地想了半天才轻声说："对不起。"

邓清一句话都不讲，他后悔极了，心跳得很快。

邓清其实不是委屈，纯粹是疼出了泪水。她没打算要哭，但是看林州行仿佛突然被按了暂停键一样闭了嘴，她马上挤了挤眼睛呜呜两声，还用手揉了揉，并不讲话。

林州行只好又说："对不起。"

"怪不怪你？"邓清声音软软的，带着点哽咽。

"怪我。"

很好，邓清极其满足。

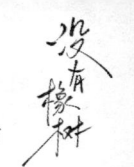

林州行查看完情况之后说:"还是去队医那里看一下,不知道里面有没有撕裂伤。"

"你也去吗?你刚才那下好像摔得很厉害。"

为了给邓清擦药,林州行挽起了一截袖子,他小臂上有一块很深的瘀青,应该是比赛的时候撞的,身上可能也还有。

林州行点点头,说:"也可以顺便看一看。"

"如果有其他擦伤等下也让医生一起处理。"林州行说着收好东西,背上包。

邓清试着站起来,谨慎地挪动两步,忽然脚下一空。她吓了一跳,本能地搂住林州行的脖子——他把她横抱了起来。

邓清脸颊一热,低声叫道:"会有人看到!"

"不会。"针对她的关注重点,林州行一边走,一边解释,"已经没人了,我们走后台通道,看不到的。"

"哦。"邓清把脸埋进他的肩窝,只想藏起来,顺便把没干的眼泪擦在他身上。

经过医生处理又强制冰敷了半个小时之后,疼痛缓解了很多。

邓清坚持要自己走回宿舍,慢慢挪动,两只脚受力不均,走得摇摇晃晃。

林州行跟在她身后半步扶着,一开始很有耐心和同情心,后来又忍不住说:"你看没看过南极企鹅的纪录片?"

"你要说什么就直说。"

"企鹅排成一队在冰面上摇摇摆摆,走着走着,忽然有一只掉进洞里。你看过那个吗?"

"看过。"邓清冷笑一声,"我还看过两只企鹅走在一起,一只把另一只一巴掌拍进洞里。"

"哦⋯⋯"林州行舔了一口虎牙尖,眨眨眼,笑了起来,"那你看得比我多。"

莫名奇妙的,他笑了好一会儿,邓清恼火至极。

翻了翻课表,很少逃课的出勤女王邓清同学打算翘课一天,幸好明天是周五,接着就是周末,休息三天应该能好得差不多。

二姐在第二天突然被陌生人加了好友,通过后发现是林州行,林州行很礼貌地给她发了一段话,最后用"谢谢"结尾。但二姐还是很生气,对邓清说:"他让我们帮你换成热敷,搞笑,难道我们自己不会照顾,轮得到他来教吗?"

二姐把热毛巾塞进邓清的手里，叉着腰问道："小清，用不用我亲自帮你？"

"不用，不用。"邓清赶紧说，"我自己来。"

二姐笑眯眯的，阴阳怪气地说："这可是林少的安排。"

"哎呀，不用理他！"

老大推门进来，报告最新消息："在楼下碰到隔壁宿舍的，说又丢了一条围巾。大家以后别再去天台晒东西了。"

"烦死了。"二姐说，"这种感觉真别扭，总觉得身边有个阴森森的人。"

刘薇比喻道："像柯南里面的小黑。"

"我想到一个办法。"邓清说，"刚好明天我不上课，我来查一下。"

"加油。"刘薇满脸期待。

二姐也说："加油，瘸腿侦探。"

邓清气得拿橡皮筋丢她们。

邓清原本的想法是先统计一遍失物清单，从中找一找规律和线索，但第一步就碰了壁，因为隐私原因，宿管老师不会将搜集到的资料私自提供给学生。邓清也能认同宿管的担心和说法——她无法自证。

那就换个办法。

通过二姐，邓清找到了涂亮亮帮忙，请他制作了一个有登记功能的小网页，需要QQ后台授权登录，然后放在了校内的论坛上，在帖子标题上高亮标出宿舍楼栋号，以及"失窃事件"的超大感叹号标题。邓清发挥专业特长，写了一篇声情并茂的小作文。

这个有登记功能的小网页表面看上去只有一个功能，就是以匿名提交的方式公开失窃情况，实时滚动更新。

大家对失窃之事都痛恨已久，帖子很快就被顶到很高的地方，虽然是江大内部的论坛，但是就连江北校区的人也参与进来讨论。

二姐翻着网页和邓清讨论："这能看出来什么吗？"

邓清想了想，说："能。首先，失窃的无论是衣物还是其他首饰、物品，都是白色或者白色系居多，比如丢失的戒指是银色的，耳环是白色的，还有白衣服白裙子白裤子，甚至白围巾，这个人显而易见有白色的偏好。这是一种强迫症吗？还是一种癖好？

"其次，失窃的衣物首饰的单价都不高，也有人跟帖反映名牌和地摊货挂在一起反而地摊货丢失，这个人不为了求财，那她偷东西是为了什么呢？

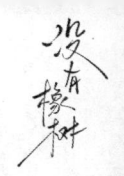

"最后，衣物失窃的时间较为密集，这栋楼是大一新生的宿舍楼，整个院的女生刚好住下，大一上学期的选修课很少，所有人的上课时间虽然不是完全一致，但的确存在大致规律，这个人选择多数人出去上课的时间行窃，是不是说明她就是学生之一？"

二姐听完了之后，说："小清，你这都是问句啊，你分析出来什么啦？再说论坛里面的信息收集也不一定准，好多人恶作剧呢，往里面填些乱七八糟的。"

"对啊。"邓清笑了笑，"所以这些全都是幌子。"

这些都是幌子，因为无从验证，所以分析不出有意义的结果，而邓清真正的目的是后台——她让亮哥帮忙做了QQ授权后台登录的功能，为的就是在后台查看每个账号浏览该网页的次数，而查看最频繁的，除了邓清自己，一定就是……

二姐叫道："一定就是那个贼！"

邓清点点头。

"那是不是能抓到她了？"

邓清摇摇头，回道："是小号。"

显然对方也很小心，没有傻到用大号登录，但即使用大号登录她们也查不出来，因为并不能将账号和楼里的女生一一对应。

二姐的兴奋劲儿又落下去，与之相反，邓清很有信心。

"起码我们已经有了一个扎实的线索。"

4

也许是一个巧合，也许不仅是一个巧合，此时，金融系的男生宿舍发生了一件数额巨大的丢失案件——

林州行翻遍自己的抽屉，把所有地方都找了一遍之后，有些难以置信地问道："我的表呢？"

"这这这……林州行，我忘了。"刘可放下可乐，赶紧从自己包里掏出一块表。前天新生老乡会，他借走去撑脸面，忘了还。

"不是这块。"林州行皱着眉摇头。

"啊？那是哪块？"

"黑色的。"

林父送的那块表不见了，林州行通常都戴，但是上周生病，他扔在抽屉几天没戴，今天突然想起来，居然找不到了。

林州行冷静了些，问："你们见过吗？最后一次是什么时候？在哪个地方？"

临近熄灯，其余三个人都在宿舍。

程岩反应剧烈，立刻回道："你的意思是我们偷的？"

"没有啊没有啊，我要找你借就是了，何必偷啊！"刘可吓得摆手。

林州行皱眉道："我没有这个意思。"

曾生光预感到这两个人要吵架，赶紧从床上下来，一人劝一句："别急别急，州行，平时你那些东西都不怎么收，你的位置又靠门，我们天天看着看着，也不知道哪天就没看到了，一时半会儿我有点想不起来，等会儿我再仔细想想。"他又对程岩道，"东西不见了着急也正常，别那么敏感，都是室友，你帮帮忙，也想一想。"

程岩一声冷笑，说："他那是找人帮忙的态度吗？怎么不打开门往走廊喊一喊，他的表丢了，都别睡了，起来找啊！"

程岩这话说得刻薄，因为被平白无故地质问，索性把平日积累的怨气一起甩出来，解了一口气。但他万万没想到，平时懒洋洋事不挂心的人忽然神色一变，眼神阴戾骇人，默不作声地扑了上来。

刘可还愣着，反应不过来，光知道叫。

老曾人高马大反应也快，主要是早有准备，立刻拦在两人之中顺手推了程岩一把，嘴里劝道："算了算了，州行，他嘴贱。"

程岩被推了一下，栽在地上，狼狈地爬起来，不算服气，但不敢再说重话。见林州行阴森森地垂眼看着他，他嘟囔道："反正我没看到。"

林州行安静下来，神色恢复，走了过来，反而换上了一种很礼貌很客气的语气："程岩，请你帮我一个忙，明天我可能会问你一些问题，你按你记得的情况回答我，可以吗？"

"……可以。"

不知道为什么，程岩反而觉得林州行现在这个冷淡平静的样子，更让人忐忑。

他捏紧拳头，一股怨气又冲上心头：但是我什么也没做，林州行凭什么审我？

即使是小号，也难免有本人的使用痕迹，资料页面的信息基本都是空白或者乱填的，邓清在搜索栏中输入了这个账号，几条留言跳了出来。

看来这个人用小号求过资源，留下了自己的邮箱，最早的时间线是几年前，按年龄推算，还在初中。

最早的一条果然是发在初中学校贴吧里面的，邓清记下了学校名字，

开始查找当地的重点高中——能考进全国前五的江大，成绩不会差。

当然不排除对方初中高中异地的情况，但邓清决定先按最常规的概率走下去，如果出现问题，再返回来查看错误的节点。

这人留邮箱的资源帖子无一例外都是大热过的韩剧，最近的一条就在去年。邓清有理由推测，今年的热播韩剧对方一定在看，这一次的演唱会，那人也一定想去。

想到这里，邓清翻出了所有在江大平台上发过抢票相关消息的人，这个平台当年的特色就是"校友"，因此很多人在上面标注了自己的初中高中甚至小学的校名。

符合条件的人有五个，邓清一个一个点进去看，根据她们发布的动态猜测对应楼栋号，完全符合的人，只有一个。

邓清想：一定就是她吗？不，还不能下定论。

花了半天时间，林州行基本锁定了嫌疑人。他没有和任何人知会，去了对方宿舍。那人也是金融（3）班的大一学生，和程岩比较熟，是总喜欢到宿舍找程岩请教的人之一。

那人不在，林州行留了言约了时间地址，落款是早就找刘可借好的签名。

如果他猜得没错的话，即使找到这个人，也无法立刻拿回自己的表。

任何事都有动机，这个人的动机只有三种可能：

第一种，自己戴。这个可能性排除，这么显眼的东西，那人是绝对不敢戴的，就算不戴，长期放在宿舍，也迟早会被发现。

第二种，卖钱。但是也很难，因为林州行这块不是柜台货，是林平舟专门为他挑选的特殊编号，要出一定得走拍卖行。何况只有表没有证书，二级市场没人敢收，如果走黑市渠道，恐怕不是一个学生能接触的，这条可能性不大。

那么剩下的就只有一个可能性了——送人。

会送给谁？

林州行很快想到最为情理之中的那个选择。

"小清，不用查了。"刘薇跑上来冲进宿舍喊人，"抓到了！"

"是谁？"

"一楼的。走，下去看，二姐她们都在，围了好多人。"刘薇形容得绘声绘色，用双臂画了一个大圈，"那么多偷来的衣服全找出来了，她怎么塞下的啊，想不通！"

邓清急忙跳下来，抱着笔记本，往桌上一扔就要去。刘薇眼尖，看见笔记本屏幕里的相册照片，指了指，说道："就是她！"

被发现的方式也直接而简单，不用分析，不用推理——女生被室友发现举报，柜子里的衣服全被辅导员拖了出来，几乎堆成一座小山。

刘薇带着邓清跑来时，里里外外已经围了三四层，大家窃窃私语指指点点。

宿管老师维持着现场纪律："都别喊别挤，找一找有没有自己的。"

老大心里别扭，说："找到了我也不想要了。"

邓清钻到二姐身边，也往人群的中间看。

二姐很迷茫地呢喃："为什么呀，她家条件还很好呢。"

邓清问："你认识？"

二姐摇摇头，回道："也不能叫认识，我们都加了江州粉丝会，上次演唱会我去看了，在群里发了图，她主动来加我好友，我们聊得可好了，还约了几次饭。"

刘薇插嘴："那她是图什么？"

二姐再次摇摇头。

过了一会儿，二姐说："她跟我说，她爸妈一直以来就吵架，她几乎是在院子里的别人家长大的。家里越来越有钱，但她爸妈还是吵，一直吵到离婚，然后谁也不管她，只每个月给钱，她一个人住院子里的老房子里。"

"囤积癖吗？为了安全感？"刘薇想了想。

"不知道。"二姐说，"我不想探究贼的内心动机。"

比起周遭的议论纷纷，风暴中心的正主却很是坦然，不紧不慢地把地上的衣服挑出一些来，镇定自若地说："老师，这是我自己的。"

"那你拿走！"辅导员看着她，一脸糟心。

她回屋收好衣服，再次出来时拿着一个盒子，往辅导员面前一扔，里面的首饰哐哐当当地响。她若无其事地说："都在这儿了哈，是我拿的就是我的，不是我拿的别冤枉我，什么戒指不戒指的，找找看有没有啊。"

她这个态度引起了众怒，有心直口快的同学直接出声："偷东西的反倒神气起来了！"

"我都还了！"她嚷起来，"又没穿，又没扔，都还你们了！"

"要不要脸啊！"

人多嘴杂，很快就吵了起来，激动之余还差点推搡起来，辅导员和宿管一起维持秩序。

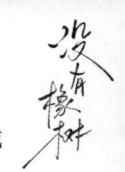

刘薇和老大突然发现邓清没和她们站在一起了，四处张望着找人，喊道："小清？"

邓清向前走了两步，从盒子里拿起一块表，仔细看后确认了，攥在手里。

那女生尖叫一声，向她扑去，大喊："还我！"

这一声把人群都吼静了，不明白这人一直无动于衷，为什么突然又这么大反应。

邓清猛退两步躲开了，神色平静地说："这不是你的东西。"

"这是我的……我男朋友送我的……"那女生说着说着脸色一变，抹着眼泪哭起来，声音凄厉，"你还我，你还我！"

"不可能。"邓清摇头。

宿管老师转向邓清，问道："同学，怎么回事？"

"如果这是你男朋友送给你的，那也是他偷的。"邓清说，"这是林州行的表。"

她见林州行戴过许多次，更关键的证据是这块表的编码正好代表林州行的出生年月——他生日刚过去没几天，邓清再粗心也不会记错。

"我不管，这是我男朋友送我的！"那女生哭道，"他对我好，这是他送我的……"

也算作当事人之一，邓清在校长办公室遇见了林州行，还有那一对，以及程岩。

程岩是作为关键证人被拽进这间办公室的，实际上，他也算得上是线索提供人。在认真仔细地回想了之后，他几乎立刻猜到是谁，并且很坦率地告诉了林州行。

为了向程岩请教问题，有一阵子那个男生往他们宿舍跑得很勤，那几天林州行不在，男生坐在林州行的凳子上顺手拉开抽屉看了看，感叹道："嘿！表就这么放着？该不会是假的吧？"

程岩一向都不想正眼看林州行，因此不耐烦答道："不知道。"

那男生便笑道："肯定是 A 货。"

"我以为是假的，而且他那么多表，我以为不会发现。"那男生吓得要死，一直道歉，和老师表白心迹，几乎是痛哭流涕，他刚刚才知道那块表的真实价格。

5

学校的态度很克制，也很客气，说失物已经找回，也会给予盗窃者相应处分,希望林州行不要报警。

毕竟金额较大,很可能会定性为极度恶性。

同时,学校也是希望林家不要施压,能友好沟通的意思。

林州行对待校长和老师是很恭敬的,但是他一直没有明确表态,只是听到关键处应付式地点点头。最后,他主动站起来,微微欠身,说:"王校长,周老师,我希望能考虑一下。"

"当然,当然。"校长表示理解,"你要和你妈妈打电话商量一下的话,旁边有一间休息室,很隔音。"

如果邓清没有看错的话,林州行的眼底应该是闪过了一丝细微的不耐烦。

无论是校长还是老师,都更在意林家的态度,而非林州行本人,自然也认为林州行会向母亲寻求决策帮助。

林州行不置可否,程岩突然说:"林州行,我能不能和你谈一下?"

"现在?"

"现在。"

林州行看了一眼校长,得到对方的肯定后,点点头,说:"那就去休息室。"

把门关好后,在程岩开口前,林州行直接道:"说理由。"

程岩准备好的腹稿被打乱,升起一股习以为常的恼火。他最讨厌的就是林州行这个样子,高高在上,自恃聪明,总以为能冷静地看透别人,又什么都不在乎。

对!林州行当然可以什么都不在乎,因为他出生就在罗马,他根本不理解别人要花掉多少时间和努力才能和他站在同一起跑线,所以他可以无辜又傲慢。

程岩心里很清楚,非常清楚,林州行没有做错什么,对于自己一贯的挖苦,甚至算得上包容。不,不对,不能叫包容,但程岩暂时找不到一个合适的形容词,只能暂时形容为漠然的兼容,而且是差距太大的向下兼容。

程岩记起自己的目的,控制和调整了一下情绪,说道:"我要告诉你的是,不管你相不相信,陈健确实以为你的表是A货,是仿品,他不知道那是真的,也完全没有概念。他女朋友条件比他好太多,他只是想讨她高兴……他连A货都买不起!你明白吧?陈健做错了,肯定做错了,但这个案件压在他身上,他一辈子就完了,他们家也完了。林州行,这对你来说只是个消遣的玩意儿,你要为了这东西彻底毁掉一个人吗?"

消遣的玩意儿?林州行听到了这个词。

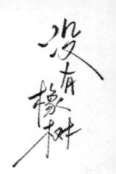

"你的意思是，"林州行语气平淡，"因为买不起，所以要偷？"

程岩何其敏感自负，立刻反应过来林州行的刻薄不是对着陈健的，而是对着他，索性撕破脸讲出自己内心的真正想法，低吼道："买不起？要怎么才能买得起？你觉得一个普通的家庭要怎么才能买得起这种表？靠努力吗？靠分数吗？笑话！你轻而易举就有，能在这里等着别人求你，不过是投了个好胎！"

"程岩。"林州行的身体摇动了一下，说话的语调变快变急了，"我是自己考上江大的，我妈没有捐楼也没有盖房，我也努力学了三年，高考没有任何额外加分，同样的录取指标，你、陈健和我是一样的。"

"你说一样就一样吗？我和你一样努力优秀，甚至更努力更优秀，我和你一样吗？"

"这个社会的确不公平，但你选择了把这种宏观的不公平投射在一个具体的人身上，并且把这种负面情绪代入到了这个事件里，我做错了什么？"林州行的音调也逐渐提高，情绪激昂，"如果你真的想替他求情，想要解决问题，就不会用这种态度来和我沟通。你只是想站在旁观者的道德高地上，你只是终于能找到机会骂我一顿！"

林州行说得没错，程岩攥紧拳心，回道："对，你没有错，是我错了！行吗？我也觉得我忌妒、幼稚，为什么非要把我和你安排在一起？难道我光是努力和刻苦还不够，还非要有一个对照组每天摆在我面前嘲讽我吗？前两月我根本不敢待在宿舍，我不想看见你！"

"我……"林州行咬牙喘了口气，看着眉头紧皱的程岩，忽然意识到他们从未试图互相了解，程岩的自尊是一种带着自卑的攻击性防御。

"不用那么在意外界的评价和看法。"林州行慢慢冷静下来，"我出身如此，不是我的原罪，对你来说也是一样。"

程岩短暂愣住，但以他的悟性，很快就明白了林州行的意思。他知道自己并不自信，因此虚张声势，直到这次期中考出第一受到众人追捧，他才开心起来，甚至飘飘然。

宿舍里总是有人进进出出，陈健也是因此起了一念之差，程岩不是没有愧疚，所以很积极地提供线索，但这些话他绝不可能向林州行承认一分。

"你很优秀，也有正义感有同理心，不用把我当成假想敌。"林州行继续说道，"我们的人生是可以互不打扰的。"

程岩回望过去，突然问道："我们不可能成为朋友，是吗？"

林州行淡淡"嗯"了一声。

他说完这句，自然以为谈话结束，正要开门，程岩又把他叫住："你最终的决定是什么？你会不会报警？"

"不会。"

"林州行，"不同于刚刚的问句，程岩最后说了一句陈述句，"我们永远不可能成为朋友。"

林州行略回头看了他一眼，神色平淡地点点头，说："好。"

天色略晚，程岩送邓清回了宿舍，然后去大三的宿舍楼下打了电话。

"哎呀，我没看见你的消息，所以没回。"罗海意匆匆忙忙地跑下来，装作很惊讶的样子。

林州行没理她，越过客套直接说道："不要告诉我妈，也不要告诉我外公，我已经处理过了。"

"那告诉我干吗？我是你的秘书吗？"罗海意翻了个白眼，"是林阿姨喜欢主动找我问好不好，我还嫌烦呢！"

"可以，我会和我妈说不要再打扰你。"

"哎呀别嘛，怎么好和长辈说这种话？太没礼貌！"

为了林州行，罗海意才能和林家的长辈保持紧密联系，尤其是林启远——连罗家掌舵的二姐上门拜访都见不到他。

罗海意立刻换了副表情，嘴角勾出笑来，语调轻松地说："这样说来，你是打算和解了。真是没想到，你这个冷冰冰的性子还能和解，很有爱心啊！要我说，偷了就是偷了，该怎么样就怎么样，我告诉你，他们那些人最会卖惨哭穷，搞得好像自己是受害者一样。怎么，我们的钱就是大风刮来的吗？又不是从他们家克扣来的！阿 Liam，你说是不是？"

"万一我妈听到些什么问起来，还请学姐帮我圆过去。"林州行没回答这个问题。

"没问题啊，可你要怎么谢我呢？"

"怎么谢都可以。"

"好，可别反悔。"

林州行笑了笑，说："不会。"

背过身，他瞬间收起笑意。

邓清回到宿舍和室友讲了学校的处理结果。

男生停学一年，林州行没有报警，也没有继续追究。

女生因为涉案金额不足，未达立案标准，经过批评教育后，本学期所

有成绩作废，明年一定是会留级的了。

大家听到这个结果之后都没有什么兴致过多评价，但无论如何事情解决，也算告一段落。

邓清心情有点复杂，到走廊上晃了两圈，想透透气。

夜色深沉，天彻底黑透了，路上的行人越来越少，林州行漫无目的地走着，在学校里绕了一个大圈，最后鬼使神差地在一条路灯坏了一半的偏僻小路上来回打转。他不知道自己在想什么，又或者什么也没想。

他当然不同意罗海意的观点，但程岩说的话对他而言也不是毫无影响，有一些问题想过许久也没有答案，也许Gabi说的那句才是最准确的——在哪里都混不下去，也没人受得了。

他有明确的目标、明确的命运，能判断什么是有价值有意义的，但唯独不能明确地判断自己。

突然接到邓清的电话。

她笑着说："别一个人兜圈子啦，为什么不找我聊聊天呢？"

"你怎么知道？"因为有点冷，所以思维被冻得有些迟钝，林州行问了笨问题。

邓清说："你抬头呀。"

林州行仰起头，手里还握着手机，这才发现原来路边的建筑就是女生宿舍楼。

邓清擦掉窗上模糊的水雾，动作幅度很大地挥舞手臂。

他凝望着她，声音很轻："你能下来吗？"

"等等我。"

那身影瞬间消失不见。

平时就算只是出门上课，邓清也不肯穿鼓鼓囊囊的羽绒服，但是现在为了快点下楼，她只在睡衣外面直接套了一件淡黄色的羽绒服。

远远的，林州行看见一只圆滚滚的"小面包"跑了过来，围着红围巾，扎着丸子头，散落的碎发毛茸茸的，喘息间吐出一口白雾，鼻尖有一点红，十分可爱。

林州行看着她，眉头一蹙，欲言又止。

邓清不知道他在为难什么，眨眨眼睛。

忍了两秒钟，他还是忍不住把她的围巾全部扯下来，重新绕了两圈打好一个结。原本的围法非常草率，另一端几乎要拖到地上了，再走两步，邓清恐怕要被自己的围巾绊倒。

动作之间,一股冷杉的凛冽淡香传来,林州行可能换了香水。
邓清很有礼貌地说:"谢谢。"
林州行也很有礼貌,说:"不用谢。"

第九章
我是你的镜子

1

他们俩之间气氛尴尬和奇怪也不是一次两次了,邓清很快适应,神经再粗也看得出林州行现在不太开心,所以她决定开个玩笑缓和气氛和开启话题。

"林州行,你人缘不太好啊,怎么人人都要和我说你的坏话?"

林州行靠向道旁的栏杆,问道:"嗯,程岩说了什么?"

"其实不是坏话,我刚刚是开玩笑的。"邓清很公正地说,"他只是跟我说,你不是看起来的那个样子,让我小心一点,还说我们不是一类人。"

"所以……你怎么想?"

邓清还真的偏头认真想了想,然后回道:"我没有什么想法,我又不了解你。"

"那他们就了解吗?"林州行的语调很平淡,他很经常把一些问句说成陈述句,"但是他们依然下了判断。"

"那是他们的判断。"邓清不为所动,"我不了解你,是因为你不告诉我,如果你一定要问我怎么看你,那你就告诉我,我来判断。"

她的神情如此平和安宁,就像一个公正的第三方,一个真正的审判者。

林州行突然有了一种期待,他开始期待把自己的灵魂放上邓清心内天平的那一刻,去掉所有标签身份,会得到什么样的审判结果。

她认识他的时候,并不知道他是谁,当知道了他是谁之后,也没有那么在乎似的,反而一直认真执着地想要探究他的内里。

可是他的内里是尖锐的碎片,是锋利的薄刃,是敏感又糟糕的人格,是不断内耗、噬咬自身、脆弱又坚硬的矛盾体。

十八年里,林家费尽心力培养出他的教养、表面的温和以及尊重人的能力,傲慢也被掩盖得不错,他要撕开给她看吗?

也许他想,他也试了,但是做不到。

林州行垂了下眼睛，静静看向别处，说："我不知道该怎么说。"

"那我问你一个问题吧。"

"嗯。"

"那块表对你是不是有什么特殊含义？"

忽然，林州行拉回视线，紧紧盯着邓清。邓清的神情坦然，好像这件事的重点天然就该是如此似的，这就是她最关心的问题。

可这是一个除了她，没有任何人关心的问题。

"不是……"林州行先是否认，然后又忍不住解释一句，"是我爸送我的。"

"难怪你常常戴。"邓清笑着说，"编号是你的生日呢，你爸爸对你真好。"

"其实……"林州行开了个头，随即略微怔了一下。

邓清等了一会儿没听到下文，轻轻呼了一口气，揉了揉鼻尖，催促道："说呀。"

"你要坐着听吗？"林州行指了指，"那边有长椅。"

"好。"

林州行看着邓清步伐轻快的背影，依然诧异于方才的瞬间，他意识到他的倾诉欲居然如此自然地发生，而且没有即将被剖开的恐惧和痛苦。

他想告诉她很多事，他想把自己讲给她听。

其实不是这样的，邓清。

不是这样的。

他们最关心的人，不是我。

"我坐好了，林州行，讲呀！"

林州行也走了过来，但是没有坐，依然靠在一旁的栏杆上，开口："其实我有一个舅舅，但是我从来没有见过他。"

"为什么？"

"在我出生前，他就去世了。"

很早的时候，林启远就发现自己的一双儿女性格不同，大儿子精明，小女儿温和，他为他们划分了不同的道路，精心规划了未来。

儿子林舒华尚在美国念书时就空降百乐，五年内完成港股 IPO，成功上市，而女儿林舒琴则负责维护人脉和打理资产，管理家族办公室，守护家族财富。他们一个开疆拓土，一个守业增值。

然而天有不测风云，林舒华正值壮年，猝然离世，林启远悲痛之余，不得不再次出山，重新执掌集团。

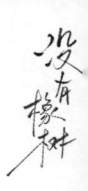

也就是那一年，本名李泽平的林平舟作为一名普通的百乐中层，在某次庆典的晚宴上，第一次见到了陪同父亲出席的千金小姐林舒琴。

"我爸爸来自北方的一个小城，他到沿海求学和工作，是因为那里的经济更发达，医疗技术水平也更高，他想要挣很多钱，治好他弟弟的病。"

虽然命运给了李泽平意想不到的境遇，让他娶到了林舒琴，入赘了林家，并且一路高升成为百乐集团 CEO，但是没有给他足够的好运，弟弟即使被送到了国外治疗，病情依然没有起色。

林州行两岁时，林平舟去国外待了半年，陪伴弟弟走完最后一程，同时带回来一个女人和一个孩子——弟媳汪兰和侄子李享之。

"堂弟在我家养到十岁……十二岁吧，从初中开始就送到国外去了，婶婶也去陪他，还有……"林州行说，"我爸爸。"

林平舟毫不掩饰自己对侄子的用心和偏爱，他似乎将对病逝的弟弟的思念都寄托在了侄子身上，陪伴侄子的时间更长。而林州行从小得到的就只是每年生日的一次礼物——那礼物往往都显得十分用心。

仿佛林平舟对儿子不是不在乎，而是太忙了。

由此，父亲得缺席他的演讲、家长会、毕业典礼、所有球赛和离开家的那一天。

与此同时，李享之的每一个关键时刻都有大伯陪在身边。

林平舟对此也有解释，有一次，他对林州行说："小州，你有那么多人关心，你弟弟怎么办？享之只有我这个大伯，爸爸工作也忙，偶尔不能来，你不会怪爸爸吧？"

林州行摇头，说："不会。"

他成长于一个父亲存在但缺席的家庭里，一个责任大于血缘的环境中。

外公就算气极骂他都不是最严重的，最严重的是林启远拄着拐杖点地，一字一句地说"林家没有你这样的继承人"的时候。

那个时候，就连母亲看他的眼神都是极尽失望的。

如果舅舅还活着，父亲也不会被要求入赘，外公不用一把年纪还要劳心劳力，林家是不是也就不会把所有的希望全都放在他一个人身上？

邓清尽力想象，但仍旧发现很难体会。老邓和陈锦对她是随和且宽容的，家庭能力允许范围以外的不惯着，家庭能力允许范围以内的也不拘着。

父母的感情也好，家里的气氛轻松，而且也没有"皇位"要继承。

有时陈锦一来气就骂："一个破厂子，气都喘不过来还得意起来了！"

老邓就逆来顺受地说："哎呀，还不是有你的一份吗？"

老邓技术骨干出身，国企改制后下海做生意，但一直没忘老同事，老同事还在国企的就时常约喝酒,不在的就拉来一起做生意。陈锦早期也是跟着老邓做的,后来生意跑顺了,就退了出来只管财务和人事,和老邓也算是同甘共苦,共同创业。

老邓看着脾气好,其实很絮叨,原则性也强,所以邓清从小就知道什么能做什么不能做,做事要承担对应的后果,但是在能够承担的范围内的,她从来是想要怎么样就怎么样。

所以她不太理解林州行说的"他们在乎我,也不太在乎我"到底是什么意思。

他说他戴着那块表是自我说服被在乎,又清楚地知道不被在乎,鄙视自己仍有期待的时候,她也不懂。

但是她能够理解另一件事,也许是一种敏锐,也许是一种聪明,她看得出来,林州行在构建一个引诱的陷阱。

对林州行来说,任何事情都有目的,如果做了都要有意义,他如此向她敞开,当然要换得一些什么。

"你是想要我说,我会在乎你,是吗?你想要我这样安慰你。"邓清声音不大,但话如千斤巨石重重地砸进林州行心里。

林州行猛然抬眼,手指攥紧栏杆。

邓清说:"我不会那样说的。首先我虽然听完了,但是我没有办法感同身受,其次就算我说了,也只是一句空洞的话而已,所以……"

"林州行,虽然我说不了你想听的那句话,但是我可以……"她顿了顿,轻轻吸了口气,重新理清思路,"如果能做点什么让你心情好点,我会做的,只要我能做到。"

林州行问:"什么都可以?"

邓清想了想,回道:"嗯……都可以吧。"

她想不到林州行能提出什么过分的要求来,即使她很清楚地知道他心思细腻深沉,可是却没来由地笃定他安全无害、温和温柔,只是不爱表达,经历了刚刚的剖白后,至多是有点敏感和娇气。

林州行要疯了。

她知不知道她在说什么?如果真的什么都可以……

林州行略略闭眼,仅仅一瞬,再睁眼时,目光将她清丽的轮廓全部描摹一遍。

而她望着他,好似无知无觉。

如果真的什么都可以。

那么……

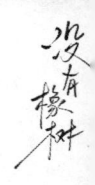

爱我，邓清。

只爱我，把你的一切和全部都掏出来爱我。

狂热又阴郁的想法褪去后，林州行迅速意识到直白而强硬的索求是得不到真正的所求的，人心善变，时而柔软时而坚硬，可以被拨动，但无法被扭转。

我要你爱我。

这不是一句咒语，并不能说出来就生效，现在还不是时候。

他垂下眼睛，沉默地考虑了一会儿。

在林州行想事情的时候，邓清无所事事地观察着他的浓密睫毛在眼下打出的阴影，路灯在他头顶投下光团，描上了一层绒边，显得他亲近可人且脆弱。

邓清心想：他会哭吗？我还没有见过男生哭呢。我讲得这么感人，他万一真的哭了怎么办？

但当林州行重新抬眼时，邓清看见的是他温和但冷静的眼神。温和是暖黄色灯光施加上的滤镜吗？不一定是他本人的。邓清分不清。

他问："那你能陪我参加比赛吗？"

这个要求如她意料之中一般克制又合理，她毫不迟疑地点点头。

点头之后，她才想起来问："什么比赛？"

"ICDMC 国际大学生数据建模大赛。"

"哦。"想了两秒钟，她又问，"那是什么？"

2

ICDMC 国际大学生数据建模大赛是世界范围内影响力极大的国际学生竞赛，每年国内外的高等学府都会有多个学生小组参加。

ICDMC 属于课题导向的竞赛，需要学生参与课题项目，且产出高含金量的研究文章。赛况和战果每年都会有专题报道刊登在学术杂志上，传统媒体也会关注比赛并且进行跟踪报道。

之前陆鸣东拿奖的消息就上了报纸、电台和电视台，陆父高兴得把照片用邮件群发。林舒琴看见了，又转发给林州行。

"等等，等等……"邓清举手叫停，"数据建模大赛……林州行，你不是学金融的吗？"然后她又指了指自己，"我是档案系的，你应该记得吧？没弄错吧？"

"嗯。"林州行解释说，"ICDMC 是一个交叉学科的比赛，以数据建模为主轴，要求三人组队，来自不同的学科背景和学科结构。我们都可以参加。"

ICDMC的课题实际上涉及计算机编程、商科、传媒、艺术设计等各方面，整体团队需要以研究课题为核心，建立有效的数学模型，完成课题解答，以社会调研、网站设计、英文演讲和海报展示等形式来完成全部的比赛，因此需要多学科背景。

所以邓清差不多明白了，林州行打算自己做课题调研和数据建模的部分，而她可以做方案策划、网站设计和海报，但即便如此，还少一个核心的……邓清看了一眼林州行，看那人嘴角轻轻一勾，瞬间就明白了——她早该想到的，涂亮亮嘛，计算机系的大神。

"什么大神？就是一个工具人。"二姐为男友打抱不平，"课题方向是林州行定的，结构搭建是林州行做的，全部思路都是他的，小清，那你猜实际干活的是谁？"

邓清刚张嘴，二姐捂住她的嘴不让她回答，非要自己抢答："涂亮亮。"不仅自己抢答，而且要自己进行总结，有些恨铁不成钢，"他还乐呵呵的，真是天生给林老板打工的命。"

邓清终于挣脱开，严肃地纠正："二姐，你别这么说，这是团队竞赛，奖项也是团队奖项，参与的人只是分工不同，没有区别。"

二姐看她一眼，轻描淡写地说："那是，你是老板娘，你当然大方。"

"胡扯！"邓清又羞又气。

"哎呀，乱讲的，别气别气。"二姐摸着她的头顶顺毛，赶紧用别的事转移话题，"听说林州行找了一个特牛的导师？"

"对。"一提这件事，邓清痛苦的神色就浮现出来，"国际竞赛，给的全是英文参考资料，我对着翻译器都看不懂。"

"我也是没想到你们的暧昧进度会变成这样子。"二姐想起很多场景，欲言又止，最终还是吐槽道，"怎么开始摁着头给你上课了？林州行真是有病。"

邓清哀怨地抬眼，愤怒地控诉："别胡说！"

为了准备即将到来的第一次课题指导会，邓清除了上课写作业吃饭睡觉就是在啃文献看资料，桌上摆了厚厚一摞词典，老大和二姐都很着急进度，经常旁敲侧击地询问。

邓清宽慰她们说："别着急，不用担心我，我现在速度越来越快了，已经看完一大半了。"

老大无奈地说:"小清,我们着急的不是这个进度。"

"那是什么?"

"你们不见面聊聊吗?互相帮助,互相学习嘛。"

"林州行和我的分工不一样,他那边的参考书单比我还长。"邓清认真地回答,"我得尽快刷完历年优秀案例,找到他们的呈现方式和设计亮点才行。"

"唉,榆木脑袋,说不通。"二姐一拍手,破罐子破摔地放弃了,"算了,走吧,先去吃饭!"

"姐夫呢?怎么回事?"刘薇跳下床,笑嘻嘻地乱叫开玩笑,"你怎么又有空跟我们吃饭啦?不吃情侣餐啦?"

"涂亮亮忙着呢,还不是因为她家那位……"二姐"哼"了一声,在背后偷偷指了指邓清。

邓清浑然不觉地合上书拿起外套,说:"走吧。"

三个人对视一眼,笑成一团。

"走咯。"

因为太过于专注和紧张,在杨教授叫到 Gabi 的名字的时候,邓清才意识到,原来木水弦也在这间教室,而且就坐在他们后面。

既然是超牛导师,自然也被别的学生小组找上门来,杨教授的精力和时间只够带两个组,一组是林州行邓清涂亮亮这组,另一组就是 Gabi 所在的小组。

Gabi 找的其余两个成员都是大三的学神,她自己也不差,在高中时就参加过好几个学科实验和暑期背景提升项目,还去过美国,起码文献阅读和英语能力不成问题。

同一个导师,也算是某种程度的同学了,和这样的人做同学,邓清心里压力肯定是有的。

林州行发现邓清有点走神,拉回她的注意力,轻声说:"我们做好自己的事。"

谁知道邓清却问:"你们很熟吗?"

"谁?"

"Gabi 啊。"

"没有。"

"可是人家一直在看你呢。"

林州行沉默下来。如果是几个月以前,他怎么也忍不住要说些话来逗邓清，但人总得长记性，他已经发现邓清有个糟糕的毛病和他自己一样，那就是越有人来靠近，越是要拉开距离，冷眼旁观。

所以他说："不用理她。"

"你们俩说悄悄话没完了是吧？"涂亮亮在旁边出声提醒，"拜托啊，这儿还有个活人在吭气！"

邓清红了脸，林州行却很镇定，只问："什么事？"

"杨教授喊你。"涂亮亮指了指，"让每个队派个人跟他去办公室领下一阶段的资料，快去，人家那个组两个人都去了。全是英文，我封面都看不懂。"

林州行走后，涂亮亮立刻往外跑，说："小清，你等着他，我去接你二姐下课了，有什么任务让他用手机发给我，拜拜了啊！"

邓清刚举起手，还没等挥一挥，涂亮亮人就不见了。

而涂亮亮一走，教室里只剩下两个人。

木水弦站到了邓清面前，手插在大衣口袋里，非常有气势，打量了一会儿，开口笑道："要认识一下吗？我就是Gabi。你叫什么？"

"邓清。"

木水弦说的是"我就是Gabi"，而不是"我叫Gabi"，显然很有自信邓清一定是知道她认识她的，而邓清的反应也果然如此。

Gabi偏着头又看邓清两眼，说："你知道刚刚我一直在看你，对吧？你也一直在看我，我在想什么我可以告诉你，我在想，原来是你。"

咳嗽和喜欢都难以被隐藏，即便是林州行这样冷淡漠然的人也不例外，他是可以有很温柔细腻的神情的，在看着邓清的时候，不自觉地从眼神中流露出来。

Gabi不觉得忌妒，她只是觉得不甘心，因为在她看着他的时候，他却看向别处。她可以选他，也可以不选他，但他不能先拒绝。

"所以邓清，你看我的时候，你在想什么？"

"没想什么。"

"没说实话。"Gabi笑了下，"你看我，是因为你以为我在看林州行。"

邓清马上明白，Gabi和林州行是一类人，敏锐、聪明、不留情面，原本她没有多少对付这种人的经验，但是多亏了林州行。

邓清很平淡地说："你说得非常对。"

破除他们的操控感，是拉扯主动权的有力招数。

果然，没能挑起对方更为刺激有所波动的反应，Gabi觉得有点无趣和失望。她很快有了新办法，轻轻打了一个响指，说道："既然你不放心，

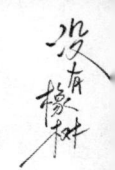

那不如我们来做光明正大的情敌吧！你有信心赢过我吗？"Gabi 略带得意地笑起来，"就从这次竞赛开始怎么样？"

"不怎么样。"邓清说，"你要想得到他，就直接去找他，不用向我下战书。"

"不，比起林州行，我对你更感兴趣，或者说，我现在对于观察你们两个感到很有趣。"Gabi 的身体姿态放松了一点，背向桌面靠在边缘，"既然你不愿意接招，那我给你一个关键词吧，浅灰色的 Thom Browne 衬衫，你去问问林州行，为什么再也不穿了。"

说完，她利落地起身离开了。

像一枚石子投入湖心，如林州行惯常做的那样，Gabi 成功用一个关键词挑起了邓清难以自抑的好奇心。

林州行回到教室的时候，正好两个女生谈话结束，Gabi 没和他打招呼，径直走出门外。林州行把手里的资料放在桌面上整理，他没有问她们刚刚说了什么，因为他知道邓清是会开口的。

"浅灰色的 Thom Browne 衬衫代表什么？"

林州行神色略有波动，但很快消失，回道："不代表什么。"

"Gabi 刚刚让我问你。"

林州行停下动作，抬头看人，神色认真地说："我和她之间没有关系。"

下了一点越界的决心，邓清咬了咬下唇，说："我想知道。"

"我讲过了，邓清，什么都不代表。"

"我不是质问你。"邓清解释，"我只是想知道。"

"知道什么？"林州行有点不耐烦，眉眼轻压，尖锐的一面隐隐露出一个影子，"这是我的私事。"

算是被人羞辱，与他而言是难堪，林州行不想和人分享，尤其是和邓清。

邓清怔了一下，"嗯"了一声。

"不用理她，以后她说什么都和你我没有关系。"林州行语气缓和了些，堪称温柔，"你可以相信我。"

邓清把碎发掖到耳后，把手放在桌面，安静地回复道："我知道了。"看不出是否真的相信了。

3

十一月的江州白日湿冷，自习室的空调不够强劲，林州行带着涂亮亮抱着笔记本电脑刷卡进了公寓。

涂亮亮看着洁白如新的墙面和崭新的家具，淳朴地问道："州行，这钟点房多少钱一个小时啊?"

"不要钱。"林州行把钥匙随手扔进玄关的茶盘,"我妈买的。"

林州行上次发烧,到底还是让林舒琴知道了,听说他在酒店住了三四天,林舒琴深吸一口凉气,根本接受不了,因此林州行再怎么拒绝她也不听,给儿子在学校旁边买了一套公寓。不过林州行虽然拿了钥匙,但一直没有来住。

"我怎么觉得不太好?"涂亮亮站在门口探头探脑,"你的新房子我第一个来合适吗?"

林州行没好气道:"怎么不合适?"

"这话说的,州行,你哥不是不懂事的人。"涂亮亮本来也是假客气逗个闷子,长腿一跨就进了门。

林州行想了想,轻轻一笑,说:"以后是可以过来开组会。"

涂亮亮坐下摆弄电脑,抓了抓头发,又调整椅子,嘴里不停吐槽:"唉,大好时光不能约会,非得跟你待一块儿,我老婆怎么办?我的人生幸福怎么办?"

林州行也是第一次来,在屋里随意转了转,打开衣柜看了看妈妈给配了些什么,又看了下保险柜的位置,语调轻快地跟人斗嘴:"男人先立业再成家。"

"我就纳闷了,到底是谁教你用参加竞赛来泡妞的?"

涂亮亮这话一出,林州行笑意一收,忽然问道:"你觉得我选邓清是因为我想追她?"

涂亮亮一愣,疑惑道:"难道不是?"

"邓清哪里不合适?"林州行反问道,"她学的是档案,又进了组织部,校园形象代言人的活动从策划到执行到呈现几乎都是她一个人做的,隋欣阳早就甩手不管了,和外联部的对接也是她一个人来,沟通和落地能力都很强,外形气质条件也很好,做 presentation(成果发表)的时候第一印象是很重要的。而且,最重要的是,邓清好奇心强,学习能力强,做事认真肯研究,有一股不服输的劲儿。所以,哪里不合适?"

他很少说这么大段的长句叙述,涂亮亮欲言又止地呆了一会儿,实在不知道怎么回复,只好说:"啊……合适。"

林州行满意地"嗯"了一声。

琢磨了一会儿,涂亮亮琢磨过劲儿来了,说:"哦,那你的意思是,如果别人更合适,那就选别人不选邓清呗?"

果然被林州行瞪了,对方拒绝回答。

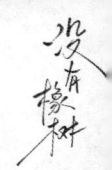

涂亮亮心满意足地"嘿嘿"一笑，打开工具箱开始配置环境。

林州行把这次的课题定位为面向精确营销的用户行为模型及实证研究，当时用户对于营销推广的概念还比较局限，基本停留在各类广告上，而线上营销的形式也基本是线下模式的一种照搬——网站广告、Banner（横幅广告）、优惠券，以及会员折扣。

但不该仅仅是这样，只有线上才能达成对海量数据的收集、整理和数据分析，同时执行运用到营销策略当中，这是模型、算力和算法与人工和经验的较量，线上应当拥有全新的精确营销模式，而这一切，还要从用户的实际行为中得出结论。

因此最初的工作是十分枯燥和无趣的，在林州行定好数据规则后，涂亮亮要做的第一件事就是把比赛官方提供的几十个 G 大小的数据包下载下来，然后全部跑一遍，打上标签，进行分类，最后交给邓清用更通俗的语言去描述这些分类。

如果用一个比喻来形容，就相当于他们要共同合作，把几千万个数据放进仓库，每个货架的大小和规格，以及货品的分类和定义，由林州行说了算，涂亮亮负责塞进去，而邓清是最后给每个货架贴上描述标签的那个人。所以大部分时间，涂亮亮都只能十分无聊地盯着屏幕，看着程序像老黄牛一样兢兢业业，数据像流水一样滑过屏幕——但也会有卡住的时候，尝试去找 bug 修 bug 的时候，是最烦躁的。

人一烦，就看什么都不顺眼，涂亮亮嫌弃林州行，说："能不能别无所事事地坐在那里跟个老板似的。"

林州行刚刚从冰箱里拿出来一瓶苏打水，咬着吸管吸得吱吱响，非常无辜地说："我怎么了？"

"我心里不平衡！你怎么不干活！"

"数据没跑完我怎么建模？"林州行语调平缓，"亮亮，你情绪要稳定一点。"

涂亮亮猛地站起来，一米九，压迫感很强，脸色黑沉沉地走过去。

"干吗？"林州行依旧喝着苏打水。

涂亮亮脸色一变，说："求求你了，别在这里影响我，快走快走，爱上哪儿玩上哪儿玩。"

"我好心陪你。"

"不用你陪！像个监工似的坐在这里，让人看着就冒火！"

"行。"林州行慷慨地答应，"走的时候把门锁好，钥匙还给我。"

邓清没想到会在选修课后遇到秦谦，分不出来对方是刚好路过还是专门找来的，总之，在邓清还在收拾桌子没来得及站起来的时候，秦谦就坐到了她身边，问道："小清，跟你讲一个好玩的事。"

这间教室之后没课，陆续进来了一些打算自习的人。

邓清问："什么事？"

"后天有狮子座流星雨，市区看不到，我有个朋友租了车还带了望远镜，我们去露营吧？还能在野外烧烤，很好玩的，你去吗？"

流星雨啊！邓清内心蠢蠢欲动。

只是……

她问道："就你和你的朋友吗？"

"不是不是，天文爱好者组的团，很多人的，十几个，男生女生都有，你部长也去。"秦谦笑了笑，想让她放心，"晚上会回来的，不过夜。"

"哦……"邓清心里挣扎许久。流星雨，她很感兴趣，还想起了小时候超级流行的那首歌。

只是如果她答应秦谦的邀请，又确实不太合适。

最后的最后，邓清想到了什么，眼睛一亮，问道："我想去，可以再带个朋友一起吗？"

"是男生还是女生？"

"嗯……男生。"

"……可以的。"秦谦有点失望，他几乎已经知道了答案，勉强笑了笑，"那集合地点我发消息给你。"

"好。"

在话音刚落的时候，邓清想要邀请的那个人由远及近，走了过来。

林州行刚刚发消息问她在哪儿，她回了教室号，秦谦耽误的一点时间刚好够他上楼，他听到了一些对话的碎片。

比如"一起去""发消息给你"，然后邓清说"好"。

"秦主席找邓清有什么事吗？"林州行先开口，语气平淡，但是态度尖锐，"要是不方便听，我可以回避一下。"

"没什么不方便的。"秦谦回道，"已经聊完了。"

他坐着不动，见林州行一直不讲话，反而问道："怎么，你也找小清？你要说的事，是不是不方便让我听？"

"对。"林州行毫不客气。

"行啊，那我走了。"秦谦起了身，和邓清强调，"约好了，别忘记。"

他笑了笑，是对着林州行的。

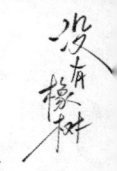

邓清又说:"好。"

其实她觉得林州行有点幼稚,而且只准州官放火不许百姓点灯,反正他都能有什么乱七八糟的衬衫小故事,秦谦和她多说两句话怎么了?

所以当林州行问"他是不是约你出去"的时候,邓清没有说是还是不是,也没有解释,而是说:"你问这个干什么?"

"不能告诉我吗?"林州行眉头微蹙。

"不太能。"邓清摇摇头,一字一句地说,"这是我的私事。"

林州行马上明白,这女人睚眦必报,但凡受了一点气都要应到他身上来。林州行神色冷了下来,邓清却火上浇油,把他说的每一句都精确地还回来,又说:"不用理秦谦啊,以后他说什么都和你我没有关系,你可以相信我。"

林州行应该是生气了,邓清非常肯定——他喉结滚动,压着眉眼不发一语,屏息控制着情绪。

他生气的样子也不太外露,看起来很克制,但是神情很冷,每一个音都磨得很平。

"有意思吗?邓清。"

"太有意思了。"

林州行转身就走。

邓清心里有一点后悔,但是不太多,是他先这么做,她只是学他而已。

就差那么一点,邓清就要起身,盘算着跑快一点的话还能再追上他,但她刚动了一下,立刻又坐下了,假装镇定地端着姿态。

林州行去而复返,冲回来,双手撑在桌面上,无奈,咬牙切齿地问:"别故意气我行吗?"

"是你先这样的。"邓清小声嘟囔,"我是你的镜子。"

林州行阴沉沉冷冰冰地说:"你不是我的镜子,你是我的克星。"

"哦……"邓清捧着脸,露出一个天真又可恶的甜甜笑容。

林州行叹了口气,说:"关于那件衬衫……Gabi 生日那天,罗海意找了很多人作陪,我也去了,惹到她了,她就把我的衬衫涂花了泄愤,就这样而已。"

"用什么?"

"口红。"

"听起来不太像就这样而已。"邓清心里还是不大痛快,夹着几分酸劲儿。她想起那张照片,林州行的衬衫右肩的确有口红痕迹,可他那天明明穿了外套。

所以，Gabi 是怎样做的？邓清突然站起来，伸手一拽，林州行的外套拉链滑了下来，连带着外套滑落右肩。

他倒是没什么反应，邓清的手指戳在肩膀上，模拟着笔画的痕迹。

邓清低声问道："像这样吗？"

"嗯。"林州行神色平静坦然。

"写了什么？"

"WUSS（懦夫）。"

邓清指尖滑过林州行的肩膀，隔着一层薄薄的布料，能感受到他的体温。邓清后知后觉地开始害羞，觉得自己像调戏民男的女流氓一样，脸上红云一片。意识到教室里还有很多人，她赶紧丢开手。

"哦……我知道了。"邓清气势一松，坐了下去。

而林州行始终静静看着她，眸色深沉。

"问完了？"

"问完了。"

那么轮到我了。

4

林州行不紧不慢地整理好衣服，双手撑着桌面，身体前倾。这姿势攻击性十足，他专注地盯住她不放，不紧不慢地问："所以邓清，你呢？秦谦说了什么？"

邓清是很讲公平的，所以很老实地回答："秦谦约我后天去露营，看流星雨，他说有很多人一起，而且可以烧烤，很好玩，但是我答应了是因为……"她抬头，"我想约你。"

有一些时刻的感受让人无法用语言形容，是一种说不出的感觉，如果非要形容，就只能使用糟糕的比喻，比如一座冰山撞上了另一座冰山。

林州行心想，他会是先碎掉的那一座，从内部裂开一条痕迹，越来越深，逐渐延展，慢慢地解体。

他维持不住强势的姿态，在邓清的直接面前败下阵来，又轻轻叹了一口气，很温柔地说："我很想去，但是我后天有事。你去吧，机会难得。"

"你看过流星雨吗？"

"没有。"

"我也没有，所以……"邓清还想再争取一下，说到一半又放弃掉了。

林州行说："抱歉。"

"是很重要的事吗？"

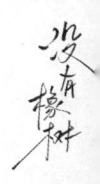

"不好说。"

"反正又是你的私事。"邓清闷闷不乐,不轻不重地噎了他一句。

林州行想了想,尝试说明:"周叔叔和我们家的关系有点复杂,几句话说不清,而且……"

他止住了,但邓清还是不懂。

而且就算能说清,他也不会说清,他姓林,他有一部分是属于林家的,让他没有办法和她交代自己所有的生活和想法。

这不是愿不愿意的问题,而是能不能。

所以邓清决定不在这个部分纠结,而是像一个普通的、正在闹别扭的小女生一样,嗔怪着要他保证:"你拒绝了我的约会,总不会是为了和其他女生出去吧?"

"不会。"林州行笑了起来,"周叔叔已经快五十了。"

与其说周家和林家的关系很复杂,不如说很难定义,因为一直在变化。

早在林启远最初在广州创立启远日用百货有限公司时,周武的父亲周谌就是第一批投资人之一,随着业务逐步扩展,公司正式更名为广东百乐集团。之后林舒华引入国外的先进理念和现代的企业管理思维重塑百乐,成功港股上市,并以卓越的战略眼光将总部迁至深圳,至此,周家在百乐获得了超过八倍的投资回报。

百乐没有合伙人,周家也不直接参与业务,周谌当年是广府极有影响力的银行家和慈善家,因此林启远亲自登门拜访,求得资金入股。

周武的投资眼光比不上父亲,到了他这一代,周家有价值和前景的资产仅剩百乐。周武虽没有多少投资天分,为人却十分圆滑,长袖善舞,在百乐数次融资结构重组中站队成功,为林家收拢散股,集中股权,个人持股比例仅次于林老爷子。

周家重股在手,却对林家没有多少牵制力,但到底是大股东,尊重与和气是少不了的。林州行作为林家的继承人,未来接手百乐也免不了和周家合作斡旋。

因此林州行心里很清楚,接近木家只是交际,锦上添花的事情罢了,他可以有脾气有性格,可以假意赔笑,也可以根本不在乎,可周家不同。

现在的周武看起来只是长辈,只是周叔叔,但总有一天,这些叔叔伯伯会与他同坐桌面,暗中角力,再无慈爱可言,如若他压不住场子,百乐就会被瓜分殆尽。因此他的姿态不能太高,也不能太低。

周武说是路过江州,顺便来看看林州行,他大概能猜到,所谓路过,应当是一个借口。

他十八岁了,首次正式离开深圳离开家,离开林启远的掌控和庇护。对众多股东来说,这是一个典型信号——百乐的未来是否就在此处?

周家与林家既然是世交,那么由周武以长辈身份先做试探,是最为温和的一种方式。

此事母亲和外公都知晓,但大概是得了外公嘱咐,事事要替儿子着想的林舒琴这次只有寥寥数语,也知道林家不能扶着他一辈子,他迟早是要站上舞台的。

林州行问过周武的航班,关心过冷暖,因为是以继承人身份见面,他不能亲自开车给人当司机。他约了晚餐,正装等周武到场。

周武果然也穿西装,一丝不苟,虽然刚下飞机,但是神采奕奕。

气氛看似严肃,实际上还是说着些不相干的话,周武也不过是问林州行生活习不习惯,有没有谈女朋友之类的,偶有几句机锋,林州行也轻松混了过去。

他礼貌、周全,原本是要安稳结束的,却来了"不速之客"。

门外忽然冲进来一个人,欢欢喜喜地搂着林州行的脖子,笑道:"州行哥哥,我也来找你玩,惊喜吗?"

少女的语调甜蜜娇俏,林州行只觉得头疼:周琦怎么跑过来了?

看周武笑呵呵的模样,他明白了,周武送女儿过来才是核心目的。

林州行僵硬地笑了笑,不着痕迹地把周琦的胳膊拉下来,说:"惊喜。"

"看不出来啊,你好冷淡。"周琦噘起嘴,"我本来要度假的都没去,专门来看你。"

林州行淡淡回道:"太突然了。"

周家就得这么一个女儿,养得极为骄纵,比林州行小半岁。他俩也算是一起长大,周琦从小就喜欢缠着林州行。

林州行调整了下表情,挂起一副笑脸,向周武问道:"琦琦不是申请到了新西兰吗?"

周武说:"原本是要去的,她不肯,非要玩一年再去。"

"Gap year(间隔年、空闲年。学生毕业与继续升学之间休的一年假期)!"周琦叫道,随即不满,"我早就和你说了好多次了,你怎么一点都不放在心上?"

"现在知道了。"

"这几天有没有空?陪你妹妹玩一玩吧,我行程紧,抽不开身啊。"周武说,"琦琦还没有来过江州。"

"肯定有空的,有课就逃了呗。"周琦不由分说地定下了,"我要你陪我。"

周武盯着林州行不放,林州行只好说道:"周叔叔放心。"

林州行算是耐心,问了问周琦对哪些地方感兴趣。

周琦一概不理,直接就要去逛街,说自己来得匆忙,行李没带多少,又嫌他的车寒酸不肯坐。

林州行顺着她,去车行租了一辆迈巴赫。

周琦还嚷嚷着要去林州行的学校看一看,但林州行没理,他实在不想带着周琦回学校,因为确实怕邓清知道。

这份怕不是出于心虚,而是难以解释,因此觉得麻烦。他从来没有与人和盘托出的习惯,即便对母亲和外公也是如此,要让他做事之前先和人报告,完全是天方夜谭。

何况周琦会突然跳出来,他事先并不知情。

买了东西,周琦又要去喝酒,林州行还穿着西装,就先载着周琦去公寓换衣服。

银色的迈巴赫停在楼下极为打眼,罗海意和Gabi晚上约了一起出去,正巧在附近,看见了不免打趣:"谁啊,开这么显眼的车,我怎么不认识?"

"暴发户品位。"Gabi不屑一顾。

说话间,一男一女一前一后推开公寓大厅的玻璃门走了出来,等到看清了是谁,两个人都睁大眼睛。

居然是林州行。

Gabi兴奋起来,马上拿出手机拍下来,问道:"旁边是谁?"

"琦琦啊,周琦。"罗海意只看一眼就知道。

"原来是周琦,追到江州来了。"Gabi对上号了,"我在边海都听说她一直在追林州行,事迹不少。"

"本来是小时候闹着玩的,只有周琦当了真。"罗海意笑道,"林州行小时候脾气软软的,和林阿姨像一个模子里刻出来的,小女孩喜欢他,也欺负他,只不过越大越爱装,早就没意思了。"

"周琦能嫁进去对周家也是好事。"

"那就是周家在做梦了,要是让林阿公挑,怎么也挑不到周琦,除非林州行自己喜欢。但凡林州行有半点喜欢,又怎么会拖到现在?"罗海意笑着说,"Gabi,你不用担心的。"

Gabi眼睛一亮,提议:"咱们跟上去看看。"

"怎么，你要抓……"意识到不妥，罗海意没有把话讲完。

Gabi 却说："不，我要看场好戏。"

虽然她未必能看得到现场，但能够给林州行惹上麻烦，她十分高兴。

报了这一次仇，她以后也就懒得再盯着他了。

其实根本不用跟踪，罗海意说周琦那个脑子好猜得很，不是吃就是玩，这个时间一定是去泡吧了，直接去江州平均消费最高的那间酒吧就可以了，周琦绝对在里面。

果然如此，她们没怎么费力就找到人了。

罗海意叫了几排 shot（一小杯的烈酒），Gabi 举着手机等着角度，在周琦兴高采烈地从舞池中穿过人群拉住林州行时，拍下一张非常"合适"的照片。

周琦打扮精致，红唇娇艳，而甘心陪着小公主的林州行矜贵地端着酒杯，被人扯住手臂，很绅士地替她隔开人群。

他没有太多表情，周身冷肃，反而和周琦脸上的甜笑形成了奇异的和谐感。

Gabi 把这张照片和在公寓前拍的那张一起发了出去。

Gabi：我都觉得好配啊。邓清，你怎么想？

隐隐一声惊雷从天边滚了过来，雷声虽沉，但是水滴未落，一场暴雨蓄势待发。林州行心念一动：这样的天气，还能看见流星雨吗？

他暂时离开人群、周琦和旋转的灯球，吸了一口冰冷透彻的空气入肺，拨通了电话。

5

"在营地玩得开心吗？"

"那应该没有你开心。"比起林州行的和缓温柔，邓清的语气听起来很紧绷，而且很阴阳怪气。

林州行察觉到什么，说："你要是想问我，就不要用这种语气。"

"那我该用什么语气？"

"是谁告诉你的？"林州行皱眉。

"那重要吗？重要的是你现在在哪儿，身边是谁。"邓清尽力把语气放平，但仍然感到伤心，"林州行，你现在在哪儿？"

"周琦是周叔叔的女儿，我事先不知道她会来。"林州行简单解释，又问道，"你还好吗？马上要下暴雨了。"

"周琦又是谁？"邓清干巴巴地念着收到的信息，"是门当户对，也

是青梅竹马，从小一起长大，据说林夫人和周夫人同年怀孕，都住在香港圣玛丽医院，两人约定，孩子出生后……"

林州行打断道："谁给你发的这些乱七八糟的东西？"

"Gabi 发的。"

"不用理她。"

"但是……"

"我说过了，不要理她。"

"但是照片是真的，是不是？你在陪周琦？"

"不是你想的这样。"

"我想的哪样？"

"你相信我。"

"你要我怎么相信？你和我是怎么说的？原来真有这么年轻漂亮的五十岁叔叔！"邓清刻意把"叔叔"两个字咬得极重，声音抖了起来。

见她情绪激动，林州行语气放缓："之后我会详细一点讲给你听的，今天……"

这时，周琦跑了出来，毫无顾忌地凑上来听，发现电话那头是个女生，立刻很不高兴地问："谁啊，哪个女的？"

林州行无暇顾及周琦，伸手挥开，皱眉朝着安静无声的听筒确认："邓清，你在没在听？"

无人回复。

周琦揽上来，还在叽叽喳喳地抱怨。

林州行抽出手臂，很冷地说："闭嘴！周家没教给你起码的礼貌吗？"

听见林州行这个语气，周琦立刻噤声。从小一起长大，她知道他什么时候是真的生气。

"……对不起。"

林州行冷脸重新看向手机，电话挂断了。

再打过去就是无人接听，接着就是关机。

邓清不仅关机，而且还把手机塞进了枕头下面。

不听，不想，不看，她只想冷静一下。

看到照片的第一时间，她的确觉得被骗了，因此生气。因为没有邀请到林州行，邓清左思右想，还是觉得不合适，根本就没有去看流星雨。林州行那么介意秦谦，她不想让他不高兴。

结果……结果就是这样的结果。

她考虑了林州行的感受，可是林州行考虑她了吗？

接到电话的时候,邓清只想听到他的道歉,但是没有听到,更大的愤怒膨胀起来,就要吞没她的理智,在她几乎想大喊大叫着要一个解释的时候,忽然冷静下来,掐掉了电话。

为了避免他再次打来或者她自己忍不住想接,她干脆关机。

差一点,只差一点……

邓清回想一遍,觉得庆幸。

只差一点,她就要为一个男人忌妒,心酸又可怜地只为讨要一个解释,被他牵动自己的情绪,甚至还要因为对方的态度反思自己是不是做错了。

她做错了吗?

没有。

林州行也没有做错,他有权利拒绝她,也有权利安排自己的行程,他可以和任何女生在一起,喝酒,聊天,干什么都可以。

他们之间并没有什么牢固的契约关系,也无须互相报备,她相信他说的话,相信他不是故意拒绝她又去陪着另一个女孩,但是仍然无法自控地伤心不已,抛不开,也放不下。

所以,邓清突然觉得警惕,并且警告自己不要为了一个男人把自己变成另外一个人。

她试着找点事情做。

洗了一大盆衣服,又看了两集电视剧,终于心情平复时,这才打开手机。

未接来电提醒的短信争先恐后地涌了进来,全部来自林州行,最后他发了一条信息。

林州行:回电话。

摁下回拨键时,邓清轻轻吸了一口气。

电话几乎是瞬间就接通了,她听见电话那边吵闹的音乐声,林州行还在那里。听起来应该是他起身找了一个安静的地方,那些轰轰隆隆的声音变小变远了。

邓清问道:"有什么事吗?"

"谁教你话没讲完就挂电话的,而且还马上关机?"林州行严厉地说,"邓清,你太任性太自我了。"

"对。"邓清平静地承认,"但是我再任性再自我,也不用你来教训,你是谁?"

"我是谁?"林州行气极反笑,"那当然是一个因为担心你所以打了十几个电话的陌生人!"

"我有什么好担心的?"

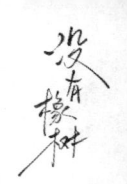

"雨很大,你们有返程的安排吗?有车吗?什么时候回来?"

"有或者没有,有什么关系呢?"邓清冷淡地说,"难道你要扔下那位关系很复杂、几句话说不清、事先并不知道她在所以也没办法解释的周小姐来接我吗?"

林州行克制着怒意,用尽最后的耐心问道:"你到底在哪里?回学校了没有?"

"回不回关你什么事?好好陪你的周小姐吧!"

说完这句,邓清再次挂断电话。

面对急促的忙音,林州行短暂地愣怔数秒,随即怒气更盛,踹了一脚门框泄愤。

门外瓢泼大雨滚滚而落,雨声如潮声阵阵不停,彩色的店面招牌在雨幕中像扭曲的赛博夜景,闪动着错位的视觉奇景,和混乱的、毫无章法的音乐声搅在一起,直让人心烦意乱,烦透了。

他打电话给秦谦,对方也是未接。如果他们是通过郊区公交车去的营地,那很可能现在就被暴雨困在那里,营地离公交车站还有将近两公里的距离。

但是不仅邓清和秦谦在那里,还有十几个人也在那里,总会有办法的,轮得到他来担心吗?就像邓清自己说的……

林州行心想:你是谁?关你什么事?

可他还是做了决定,抬手拉紧大衣,找前台借了把伞,冲进雨中。

大雨如注,像高压水枪似的冲洗着车窗,林州行驾车在雨中艰难地穿行,在看清一个巨大深坑后将刹车踩到了底,随即重新启动猛打方向盘擦边绕了过去。

车灯劈开黑夜,他已经开了两个小时,因为路线不熟,中间进错省道,但好在最终还是到了。

停在营地门口,林州行拨通电话。

"好大的雨啊。"二姐重新关好窗户,推了推确认,又拉上窗帘,对邓清笑道,"幸好你没去看什么流星雨,不然流星看不到,还淋成落汤鸡。"

邓清心情很差,心不在焉地点头同意。今晚的一架吵得很不愉快,她重新开机,又翻出照片来看,还在想林州行的事。

铃声忽然响了,她吓了一跳。

看见是林州行,邓清披上外套跑到了走廊里。

走廊无声,偶有几句说话声极为细碎,电话那边却有很大的风。

雨打在车窗上，雨刮器的轨迹枯燥而单调，林州行的声音听起来有些遥远。

"我到了，里面好像没有路灯，看不清，我不进去了，你出来吧，有伞吗？没有的话，我进去找你。"

"你去接我了？！"邓清几乎无法呼吸，感觉自己的声音都变了调。

"嗯。"察觉到异样，林州行问道，"你到底在哪儿？"

"我……"邓清说不出口，狠狠吸了一口气才小声说，"我没有去，我就在宿舍。"

说完了，她咬牙等着。

她必须做好准备，也许林州行发现自己被耍了会气疯，所以他再也不会理她，因为她的任性，他们之间彻底完蛋了，连朋友也做不成了。

但是也没办法，事情已经做了就得负责任，她什么都准备好了，却听见林州行说："没在外面就好，雨太大了。"

心脏被人揪紧，然后猛地放松，眼泪滚落下来。邓清都不明白自己为什么要哭，她用手背抹掉眼泪，问道："那你怎么回来？"

林州行反倒笑了笑，说："怎么来的不就怎么回去？"

"对不起。"

"不怪你。"

"我去等你。"

"不用，宿舍要关门了。"

可是她要去，必须去，在宿舍门即将关闭之前，邓清冲了出去。

夜色已深，校园里静悄悄的，没有一个人，冷风吹得人直发抖，邓清握着伞柄的手已经不稳，伞面歪斜，寒雨拍到脸上又流进脖子里。脸上的热泪已干，她用冰凉的掌心擦了擦脸，忽然发现自己一时情急，头脑发热，竟无处可去。

已经关宿舍门了，林州行不会回宿舍，她想等林州行回来，可是去哪里等呢？

幸好带了手机，只剩最后10%的电量，她先打了一个电话，林州行没有接，大概是在开车。

她想起那张照片。对，那张照片。

邓清点开相册，林州行和周琦背后的那栋高档公寓就在学校附近，他们正从里面出来。或租或买，他一定有套公寓。

在门口站了半个小时之后脚踝酸痛，邓清实在受不住，蹲坐下来。走廊的地板光洁如新，即便是深夜也通透明亮。在灯光照射下，邓清觉得自

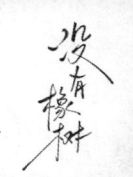

己像一只可笑的小鸭子，被装在纸箱里遗弃在别人门口。她有点接受不了这个感觉，自尊让她紧缩成一团。她把脸埋进膝盖，像一只鸵鸟把脑袋扎进沙子里，太糟糕了，太糟糕了，怎么会把自己搞成这个样子？

此前人生的十八年，从来没有类似的事情发生，她没有失控过、忌妒过，没有说过这么任性的话，也没有感受过这样复杂又纠缠的情绪，这是一种很陌生的感觉，让人恐慌，也让人警惕。

是怎么变成这样的？不知道，她已经分不清，没有理性，只有情绪，她已经分不清谁对谁错，也对自己失去解释，为什么在电话里面听到他的声音就会哭？为什么？

她是喜欢林州行的。没错，本来是很喜欢的，有条不紊，按部就班，每一次接触都是开心的、酸涩的、甜蜜的，至多是小小的失落，而不是现在这样。

她想清楚了，她应该道歉，然后对他说，她不想要现在这样。

这样不对，也不好。

想清楚之后，邓清渐渐平静下来，整个晚上蔓延的不安终于褪去了，她开始觉得安宁。

可是当电梯门缓缓打开，像一束光投射进来一样，她的心池波动，刚刚想好的所有言辞都差点被抛在脑后。林州行出现在电梯门口，看起来很疲惫，但是仍然俊秀挺拔，浅褐色的瞳仁一转，凉而浅地扫了过来。

邓清担心了许久，悬着的心终于放下了，她很想直接扑进他的怀里，但是……

她坐着没动，竭尽全力止住了自己这个恐怖的念头。

第十章
请你爱我

1

有了去时的经验,加上雨小了很多,后来又停了,回来时的车程缩短了一些,不到两个小时,但算起来还是连续开了四个小时的车,林州行累得要命,回到公寓的时候,已经将近夜里两点。

从电梯里一出来,他发现邓清蹲在门口,两只水汪汪的眼睛像探照灯一样直射过来。

"你怎么在这里?"他吹了风,又开了很久的车,声音有点沙哑,显得很温柔。

邓清鼻子一酸,差点又想哭,但是忍住了,答非所问:"我问了亮哥。"

她看起来好可怜,一定是哭过,眼尾红红的,嘴角很倔强地抿着,蹲在门口,柔软的、小小的一团,仰着一张白皙漂亮又清丽的脸,看着他。

林州行心中酸软一片,已经完全忘了今晚所有的前因后果,只想把人抱在怀里。但实际上,他只是伸出手,低声说:"外面太冷,先进去吧。"

邓清手撑墙面站了起来,没有握住林州行的手。

"对不起。"她说,"我知道你是在担心我,我不该故意说那样的话,激你去接我。"

"不怪你。"他再次重复,"先进去吧。"

邓清站起来,再微微仰头,视线就能和林州行齐平了。像是下了很大的决心,邓清摇摇头,用很坚定的语气说:"我不进去了,我等你,是为了跟你说一句话。"

"你说。"

"林州行。"邓清先是叫了一遍他的名字,然后竭力控制住声音中的轻颤,轻轻换气,以便能够以很郑重的态度说完这句话,"我决定不喜欢你了。"然后她就走向电梯。

生平第一次,林州行觉得自己有理解障碍,他竟然听不懂一句这么短

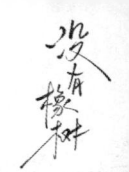

的话，完全蒙了。

大脑一片空白，完全不再运转，他愣住了，愣住很久，站在原地不动。直到邓清几乎要走到电梯口按下按钮时，他才如梦初醒，上前两步猛地把人拉进怀里，紧紧地抱住。

他还是蒙的，不知道自己在做什么，说的话错乱颠倒，心里慌张、不安且疑惑。

"为什么？邓清，为什么……"他轻声问着，急促又茫然，越抱越紧，"为什么不要我了？你那天吻了我不是吗？你是喜欢我的对不对？我们可以在一起，清清，为什么放弃？"

邓清轻轻挣扎，他依旧不肯放手，低声求道：

"别走。告诉我。告诉我好吗？"

林州行抱得越紧，邓清就越想流泪，这是一种陌生的、令人恐惧的、她完全不能理解的感觉，爱意如此甜蜜，可是也很痛苦，她感到心脏被掏离身体，跳动着、颤抖着被放在别人手上。

"因为我害怕。"邓清终于还是哭了起来，在他怀里。她整个人轻轻颤抖着，像一只冻僵的小鸟在手心抖着翅膀。

温热的眼泪融化了紧绷的身体，林州行渐渐松开她。

她哭着说了下去："我害怕，林州行，你说的每句话我都要想好几遍，做的每件事我都记在心里，看到你身边有其他女孩子我也受不了，我害怕你不喜欢我，也害怕即使你喜欢我，也没有我喜欢你那么多，我害怕你伤害我，我也害怕我会伤害你……"

"不会的。"林州行轻声打断，半垂着眼睛，用微热的手指擦去她湿润的泪痕，"你不会的。"

"会的，因为我很自我，又很任性。"邓清很诚恳地说，声音哽咽，"我知道。"

"是我不好，我不该那样说，我道歉。"林州行低声说，"不要被我困扰，你就做你自己。"

邓清止住眼泪，看着他的眼睛，睫毛像雨后沾湿的蝶翅般轻颤着。

邓清拿着一把软刀率先剖开自己的心脏，如此真诚直白，不给人任何余地，逼迫他只能坦白，别无他法。

林州行开口说道：

"清清，我和你的感受是一样的。

"我也忌妒、忐忑、患得患失，引诱你靠近，又什么也不说，不是你的问题，是我的问题，是我不解释。我害怕解释，如果解释就显得很在乎，可是我怕你不在乎。

"我觉得你不在乎,但是如果被验证,我也受不了。所以我没办法……说出口。"

如果要把心意坦白,就会像烈日下翻倒在礁石上的蚌,晒到死掉,一定要对方迈出第一步,他才可以走完剩下的九十九步。

最终还是对方迈出了第一步。

他觉得自己是很糟糕的人,可是很糟糕的人也能感受到被爱的喜悦。

林州行再次抱住邓清,整个人俯身弯腰。

邓清愣愣地环抱住他,还在理解他刚刚说的话,但是没什么头绪,脑袋里一团糨糊。

于是林州行用更直接明了的方式又说了一遍:"我喜欢你,想让你做我女朋友,可以吗?"

"我怕……我怕我做不好。"邓清的声音轻轻的、细细的,带着一点胆怯,像一只小蜗牛,慢慢地、悄悄地伸出触角。

"你已经做得很好了,是我不够好。"林州行轻声笑了,揉了揉她的头发,"我们还有很多时间相处,我们可以慢慢来。"

"好。"她把手指插进他的黑发,也试着揉了揉他的头发。

"进去吧。"

进了门,灯光一亮,好像把思维也打亮了。林州行拆开一条干净的毛巾,打湿了拧干帮邓清擦脸。

邓清忽然说:"所以生日那天的事你都记得?"

他动作一顿,如今也只能承认:"记得。"

"所以初吻也是真的?"

"真的。"

"怎么可能?"邓清惊讶道,"你不是和罗海意谈过吗?"

"没有。"林州行认真解释,"那是放出去的谣言,只是为了帮她气一下她当时的暧昧对象而已。"

"所以……"

"不仅初吻,而且初恋。"林州行笑了笑,把毛巾顺手搭在椅背上,"怎么,打算负责吗?"

"行的。"邓清也笑了笑,踮脚在他嘴角亲了一下,"还你。"

林州行愣了一下,随即调整表情,问:"就这样?"

"还可以有。"邓清像是很有经验地说,"你过来一点。"

林州行听话地靠过去。

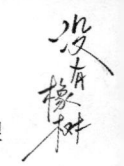

他们双唇贴了贴，舌尖一卷，轻轻接了个吻，分开的时候双眼还凝望着对方。

林州行轻轻笑了笑，还是问："就这样？"

"那你还想怎么样？就是这么亲的呀。"

"是吗？清清，闭一下眼。"

"嗯……"

邓清被他轻轻压着肩膀向后，后背贴上了墙面。

林州行俯身压下来，右手垫在邓清脑后把人圈在怀里吻上去。

最开始的吻是柔软的、清甜的、温和的。

她闻到他身上淋过雨被湿气浸透的气味，凉丝丝的，然后偷偷踮起一点脚尖，吻得更深一点。

接着就开始不同，他的力道继续前压，邓清被彻底圈在怀抱和墙面之间，是一种猝不及防密不透风的攫取，是压迫性的、掠夺性的侵占。她想喘都被压了回去，喉间吞下细小的颤音，气息渐重。

邓清双眼紧闭，手指下意识攥住林州行的衣领，拉着他更贴近自己。

分不清耳畔杂乱的呼吸声是他的还是自己的，太多的血液涌进脑子，邓清整个人都晕掉了，再没有什么思维过程，只想贴近，然后更近一些……

再不分开就要缺氧了，邓清喘了一大口气，随即小口小口地吸气，下意识推了一下，却被抓住手腕——她的手被林州行抓住了，贴在心口，掌心清晰地感受到快速而有力的心跳震动。

"啊……"邓清轻轻感叹道，"跳这么快？"

"嗯。"林州行很长的睫毛垂下来，半遮住浅褐色的瞳孔。他在紧张，所以不敢看人。

"因为喜欢你。"

呼吸越贴越近，声音就响在她的耳边。去掉了那种欠兮兮的语调，再压低一点，他的声线就有了淡淡的沙哑和浅浅的性感。

处在男孩和男人之间的年纪时说出的简单表白不显得敷衍，而是真诚。

邓清爱意澎湃，双眸勾人，用气音软绵绵地问道："再来一次吗？"

林州行恶劣的本性冒头，不逗人浑身难受，笑着问："有瘾？"

"那你别再亲我。"

"不好。"他讨好地去捉她的肩膀，轻轻地压住。

邓清本来也就是假装发脾气，很快被哄好。

亲起来就没完，怎么都不够。

林州行心想：完了，好像真的有瘾。

不是她，是他自己。

再这样下去会失控，他不想做一个刚刚和人表白就急不可耐的人，何况也实在太晚了。

林州行松手把邓清从怀里放出来，说："去睡吧。"

"好。"邓清很自然地接话，"一起吗？"

林州行被口水呛得咳嗽一声，耳尖全红，顺势把手放上来掩饰，说话都结巴了："分开……吧，你睡……客房。"

看他这个紧张慌乱的样子，邓清才猛然意识到自己说了什么惹人误会，脸上也烧了起来，赶紧解释："我的意思是你也该休息了，和我一起……不是一起，就是单纯的睡觉……不对，也不是房间……"大喘气之后她终于想到自己到底要说什么，"我是说时间！"

"我知道。"林州行很匆忙地跑了，"晚安。"

原来只要别人更尴尬，自己就不尴尬。房门一关，邓清反而笑了起来，对着那紧闭的房门轻声说："晚安，男朋友。"

2

男朋友该履行的职责之一，就是送女朋友回宿舍。

他们牵着手理直气壮地走在校园里，像所有情侣那样。林州行扣着邓清的十指塞进自己的大衣口袋，男生的体温通常要比女生高一些，但林州行不是，他的手有点凉，好像是被浸泡在山泉中的那种触感，柔和软滑，握久了，才慢慢温热起来。

在楼下分别时，邓清轻轻地抱了他一下。

她仍然不太明确什么是真正的喜欢，但喜欢是不是先从喜悦开始的？

邓清"咚咚咚"跑上楼，透过每一层的窗户，看见林州行一直站在楼下抬头望着。

邓清轻轻喘着气拍了拍门，走廊的阳光洒在脚面，格外温暖明亮。

柳唯一边搓着护手霜，一边开了门，奇怪地看了她一眼就笑了，问道："林州行跟你表白啦？"

"你怎么知道？"邓清吓了一跳。

"嘴都咧到耳后根了。"

"啊……"邓清揉了揉自己的脸，她还以为自己很镇定呢。

基于涂亮亮开创的良好传统，林州行也请邓清的室友们吃了一次饭，地方是二姐选的，毫不留情选了学府路最贵的自助餐厅。以此为条件，林州行拒绝喝酒，并且屏蔽了一切八卦趣味问答，都以"这是我们的私事"

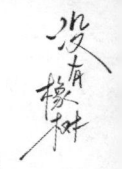

挡了回去。

于是二姐和老大吐槽林少无趣又无聊:"可惜了我们小清,唉,整整一桌麻将里面还是选了这位!"

老大柔和地劝解道:"爱情嘛,从来都是没道理的。"

邓清装作没听见,林州行装作不在乎,只有刘薇是真的不在乎,她吃了整整三盘烤肉。

平安夜的前一周,江州下了今年的第一场雪,积雪不深,落在地上薄薄一层,常绿乔木像挂了一层糖霜,校园变得格外洁白美丽。

平安夜,是邓清的生日。

因为在这个特殊的日子出生,小的时候邓清常常幻想自己是童话里的公主,对着镜子念叨和许愿,希望有一天自己能长出一头金发,提着长长的裙摆走在城堡的红地毯上,然后遇见一位王子。

这种梦想以如今的价值观看来当然像软弱的菟丝花,值得被时代抛弃,但当时她只有五六岁。

有一次老邓把她拉到雪地里,语重心长地讲了一遍"不劳而获不可取,勤劳的双手能致富"的道理。

小女孩听得半懂不懂,眨着大眼睛看着爸爸。

不过这个思想烙印实在是根深蒂固,之后"天下没有免费的午餐""一切得到都是有付出的等价交换"的道理也被牢牢刻在脑子里,结合出生年月日,她果然长成了非常务实的摩羯座。

小学时,星座非常流行,星座书上面说摩羯座象征着寒冬的开始,温润踏实,徘徊在理想与现实之间,主观意识很强,对未来缺乏信心,会止步不前。而天蝎座的人往往拥有坚定的目标,保护欲和占有欲都很强,心思细腻,能够察觉到别人微小的情绪变化,同样生于寒风,有着冬日的凛冽和沉静,他们极有默契,也相互吸引,但是缺点是……

"两个理性而冷静的星座,寡言且坚强,稍有分歧就会出现冷战到极限的情况,坦诚沟通能够很好地解决问题,但对两个人来说都是不可能跨出的一步。"二姐对着手机念完,激动地一拍手,"准,太准了!"

二姐问道:"小清,林州行是几点出生的?"

"我没问过。"邓清有点无奈,"你别总是算我,你多算算你和亮哥。"

"那有什么意思?当然还是算别人有意思。薇薇,你带了吗?"

"带了。"刘薇不知道从哪掏出来一个盒子,兴致勃勃地搓搓手,"来,我给你们算算。"

邓清试图抗拒，指着二姐说："先算她！"

"算过了算过了，快，到你了。"

老大在旁边有点好奇地问："能算桃花运吗？"

"能算。"刘薇说，"等我算完小清就给你算。"

邓清好奇地问："二姐和亮哥算出什么来啦？"

"细水长流的爱。"

"挺好的。"

二姐笑眯眯地说："是的，我很满意。"

过两天就是邓清生日，平安夜二姐一定是要出去约会的，所以四个人提前庆祝，还买了冰激凌蛋糕。在上菜之前，刘薇抓紧时间让邓清抽牌，摆出一个恋人三角牌阵，然后拧着一张小圆脸，陷入了深深的思索。

"很难解。"

"怎么讲？"

"我也不知道，这几张牌我不知道怎么解。"刘薇掏出手机，"我问问我老师。"

"你哪来的老师？"

"网上认的。"

老大哈哈大笑，说："原来你还没出师。"

"算啦，不用问了。"邓清本人好像不太在意的样子，"收起来吧，要吃饭了。"

"难解是什么意思？坎坷吗？"吃饭的时候，二姐旧话重提，"林州行能有什么坎坷？他顺得不能再顺了好吧。"

"是啊。"老大接话，"有钱人的烦恼到底是什么，我想象不出来。"

邓清想了想，她好像能明白一点，但是她没有说。

"老师回我了。"刘薇掏出手机，"啊"了一声，"她说很凶险！这是很危险的关系，建议你们立即分手。"

到底是什么恋爱能谈出凶险两个字来？

三个人都愣住了，夹菜的手停住了。

然后二姐最先反应过来，果断说："胡扯。"

"对。"老大也附和，"网上找的老师肯定不准。"

刘薇不是很高兴，但是她也不好反驳，只说："小清，你别放在心上。"

"没关系。"邓清说，"事在人为。"

因为平安夜后就是圣诞节，是在一起之后的第一个节日，所以邓清认为自己也应该送一份礼物。

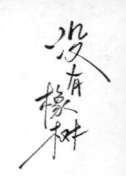

"你的礼物会有多贵？先告诉我一个价位，让我有个心理准备。"

"怎么了？"

"我可受不了太贵的表，会睡不着觉的。"

"那还不至于。"林州行半眯起眼睛轻笑，"想得美。"

林州行沉默了很长时间，说："那能买什么？"

"你自己想吧，会有很多的。"邓清不理他。

说是这么说，但邓清其实蛮好奇的，既好奇他原来准备的是什么，也好奇后来又换成了什么。

毕竟从生病那次起，林州行就说了好几次他早就准备好了礼物，但是直到平安夜前的下午，邓清坐上他的副驾的时候，他还是没有告诉她礼物到底是什么。

林州行约她去露营，倒是很符合这人记仇的性格——在哪里吃亏，就要在哪里纠正。

邓清想起上一次的遗憾，说："可惜天气不好，就算去了也看不到流星雨。"

林州行俯身靠过来替她拉上安全带，柔声安慰道："每年都会有的。"

"如果看见流星雨，你会许什么愿望？"

林州行说："我很少许愿。"

"包括生日？"

"嗯。"

"为什么？"

"许愿有什么用？想做到的事情就去做。"

"那总有求而不得的事吧？"

"强求。"

"怎么可能什么事都能强求？"邓清表示不解。

停在第一个路口的红灯前，林州行忽然看了她一眼，问道："你是说你吗？"

邓清微微一愣，喃喃道："如果我就是不喜欢你……"

林州行轻笑了一下，低声说："那也没什么办法，许愿又有什么用？"

又是两个小时的车程，他们停在湖边的营地，阳光被云雾遮挡，整个天空都变得灰蒙蒙的，冷风吹过湖面，凉意格外明显。因为是平安夜，来露营的人并不少，有很多带着小孩子的家庭，扎好的帐篷像小蘑菇一样排列起来，人类幼崽像小动物一样互相追逐尖叫、大声笑着，无忧无虑。

林州行把东西从车上拿下来，挽起袖子，打好地钉后先固定帐杆一头的两个锚点，然后是另外一边。因为腾不出手，他就把瑞士军刀咬在嘴里。邓清在旁边看着，无从下手，深感自己四体不勤，一点忙都帮不上，于是干脆跑走，四处查看情况。

　　过了一会儿，她又跑回来，激动地说："州行，有人在钓鱼！我看到已经钓起来一条呢！"

　　"你想钓鱼吗？"林州行问，"后备厢里有钓竿。"

　　"我没有自己上手钓过。"

　　"我陪你去。"

　　虽然有钓竿，但其实原本没有计划，林州行没带齐东西，饵料是邓清找刚刚钓上鲫鱼的那位大哥借的。大哥一看就知道这俩小年轻是来闹着玩的，于是也不介意两杆挨着，反倒凑过来热情聊天。

　　林州行在间隙时陪着说了两句，主要的注意力还是在邓清身上，握住她的手，低声道："看着前面，清清，甩出去。"

　　邓清扭头问："然后呢？"

　　林州行在欧式钓椅上懒洋洋地半躺下来，说："然后就等着。"

　　"就这样吗？那钓鱼也太无聊了。"邓清鼓起嘴。

　　"小姑娘，那可不是这么说，很有意思的！"大哥耐不住了，"你要学会看漂，什么时候有鱼，什么时候是假动作，什么时候提竿，那都是有讲究的……"

　　正说着，远处一个虎头虎脑的小男孩一脚踢翻水桶，大哥刚刚钓起来的一条小鱼"扑通"一声跳进湖里。

　　这小男孩大概是大哥的儿子，大哥拔腿跑过去，喊道："小兔崽子！"

3

　　邓清等了一会儿，不见漂动，耐心耗尽，也在林州行身边坐下来。两张椅子挨着，她把头靠在他肩上，问道："你猜我的礼物是什么？"

　　通常这是一句撒娇，又或者调情，而不是一句真的问句，更不是让对方给出答案，但是林州行非要回答。

　　"钱夹。"

　　"为什么？"邓清声线一紧。

　　"因为这是网络搜索送男友礼物第一名，很难猜吗？你的用心程度也就仅限于此。"

　　"别一副胸有成竹的样子，那你猜牌子。"

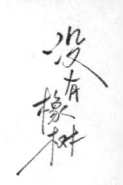

"P……"林州行还没说完,就被邓清捂住嘴,"你怎么知道?"

林州行握住她的手腕拿开她的手,轻笑一声,说:"因为我现在用的就是这个牌子,你肯定注意到了。"

邓清震惊地盯着他,他回望过去,耀武扬威地舔了舔虎牙尖。可是邓清的表情却从错愕渐渐转变为得意,最后大笑起来。

"哼,你猜错了!虽然很接近答案了。"她看似安慰,实则炫耀,"你说的是我的第一个想法,但是已经被我舍弃掉了。"

林州行接受不了判断错误,从半躺的懒洋洋姿态坐直,问:"为什么?"

"你的钱夹很旧了,但是一直不换,你肯定不是没钱买呀,所以我想……可能对你很重要吧。"邓清轻声说,"没必要换新的。"

他握住她的手,静静沉默一会儿,低声说:"我妈妈送我的。其实她给我买过很多东西,但总是先给我爸配一套,然后再考虑我。这只钱夹我也忘记是我妈什么时候给我的了,好像很随便的一个场合,可是我爸没有,只有我有。"

"那说明他们感情很好啊。"

林州行却说:"她太爱他了。"

"你怎么还和你爸爸争这个?"邓清不理解。

林州行又重新躺了回去,视线慢慢放远,看着灰黑色的、一望无际的天空,慢慢地说:"我是一定要和他争的。外公养我长大,就是养来和他争的。"

邓清放缓了声音,半懂不懂地哄道:"你们是一家人呀。"

一家人……林州行在心里重复这个词。

有谁能毫不动心?又有谁能不为自己谋划?无论父亲在这场婚姻中得到了多少,都不可能甘心在老丈人离世后将百乐拱手让给儿子。

人心的欲望永无止境,所以林州行必然要争,也必须要争。

他无权因既定的命运为自己悲愤,更没有哀叹失去自由的权利,实际上,自由对他来说是唾手可得的,只要放弃一切。

若要所谓的自由,外公会毫不犹豫地放弃他,最多像养一只宠物一样每个月给上一点。家族基金会有持续的分红,林家的孩子不会饿死在街头,但是那样的话,他再也不可能在百乐拥有任何位置。

所以很小的时候,林州行就已经放弃幻想,清醒地做出过选择。而林启远如今这个年纪,已经无力再物色和培养适合执掌集团的职业经理人,林州行既然已经被选择,就不能再回头。

这是他的权利、他的命运、他的义务,也是他的枷锁和责任。

这份责任大于他本人，他认同，也接受。

只是有的时候，还是忍不住痴望，能不能有一个人，纯粹地只是来爱他。

看见林州行神情略显黯然，邓清捏了捏他的指尖，拿出礼物塞给他。

林州行用手剥掉礼物外层的包装纸，不着痕迹地拉回话题："到底是什么？"

"打火机。"邓清笑嘻嘻地说，"网络搜索送男友礼物第二名。"

"哦。"

银色的都彭，金属层是竖面细纹，很漂亮。

邓清紧张地问："喜欢吗？"

"喜欢。"

"别说什么我送的你都喜欢，我不要听这种话。已经充气进去了，你试试嘛。"

林州行单手打燃，他们看见小小的蓝色火焰。

"喜欢。"林州行又说了一遍，笑了笑，揉了揉她的头顶，揽过来亲了一会儿。

邓清于是很满意，觉得自己是天下第一的女朋友。

"那你呢，你送我的礼物是什么？"

"嘘……"林州行竖起一根食指抵着唇，神情很严肃，"别说话，就能感受到。"

"嗯。"邓清听话得很。

他们面对面安静下来。

尖锐的啸音后是"砰"的一声巨响，邓清吓了一跳，像受惊的兔子一样差点弹起来，慌张地看向天空。天空中炸开一支爆竹，拖着一道烟尾一头栽下来。邓清目瞪口呆，问林州行："这是什么？"

"二踢脚。"

"我知道！我是问你是什么意思！"

"不觉得很像流星吗？又快又亮。"林州行说，"许个愿吧。"

如果用十年后的说法，这个就叫作平替。

邓清反应过来，笑骂道："神经病。"但是又马上说，"挺有意思。"

"你就这么接受了？"这下轮到林州行震惊不已。

"不然呢？"邓清眨眨眼。

又是一段短暂的安静。

接着又是一声尖锐的啸音，但这次的响声没有那么刺耳，湖对岸升起一簇簇烟火，拖着长长的尾巴像闪烁的星星一样落下，把头顶的天空都映

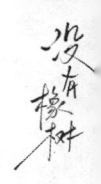

得明亮。

林州行对邓清说:"这次时间足够,许个愿吧。"

邓清双手交握闭上眼睛,重新睁开时烟火未完,仍在夜空中璀璨着,不断盛放如同花朵。她的笑容和烟火一样美丽,恍然大悟说:"原来是烟花啊。"

林州行点点头,说:"刚好五千块。"

"全放掉了?"

"还有这个。"林州行笑着说,"五块。"

他从口袋里掏出一个漂漂亮亮的红苹果,中国人的谐音梗,平安夜吃苹果,希望你平平安安。

等到烟花燃尽,邓清捧着苹果,听到一句很温柔的"生日快乐"。她还没来得及回应些什么,余光一瞥,说:"鱼漂是不是动了?"

这话一出,林州行也看了一眼,变了脸色。鱼漂一上一下,这是鱼在吃饵,林州行立刻起身,说:"清清,去抓竿!"

邓清匆忙握住鱼竿,瞬间感到一阵拉力,鱼线绷紧,鱼漂全部被拖入水中。这是条大鱼,黑漂意味着鱼已经咬钩进入了较深的水位,处理不当的话很容易跑掉。林州行说道:"收一点线,别着急提,可能会拉不起来,先耗着它。"

"好。"邓清紧紧握住鱼竿。

就好像拔河一样,邓清感到细细的鱼线那端仿佛是一个壮汉,拖着她直往下坠,但她屏息凝神,试着用巧劲调整方向和位置,带着这条鱼溜了几个大圈,同时让它吞钩越来越深,再慢慢地一点一点收线。

在一个微妙的力道时机,她感受到那一端力量的抖动,不等林州行出声提醒,猛地一提,一条漂亮的银色鲫鱼跟着被拉出水面,摆动着尾鳍挣扎着。

邓清兴奋地大喊:"好大一条!"

起竿了,大哥也被吸引过来,羡慕得不得了,笑呵呵地夸奖:"新手就是运气好啊!"

林州行也笑了笑,纠正道:"我女朋友比较厉害。"

邓清得意死了,心想:是呢,我就是天下第一的女朋友!

拎着战利品走回营地,邓清兴奋劲儿没过,不停地问:"是要烤鱼还是煮汤?"

林州行提出建议:"不如送给大哥。"

"为什么?"邓清不是很舍得,"这可是我第一次钓上来的鱼呢。"

林州行理直气壮地说:"太腥的东西我不碰。"

"懂啦,意思就是你不会杀鱼。"邓清说,"算了,我来!"

为什么邓清会杀鱼?因为她会做饭,在这方面,老邓和陈锦的遗传因素可能要占到一些,两个人都会做菜,也都做得很好吃,平时他俩是轮着来做菜的,但不要以为这样就不会吵架,同一道菜的做法他们能从邓清八岁吵到十八岁,主打一个谁都不服谁。

但老邓和陈锦有一个共识,那就是两个人都认为会炒菜不叫会做饭,能买菜能备菜才叫会做饭,因此邓清不仅被教会了杀鱼,还会剪虾线、给螃蟹打十字花以及剁鸡块。

"很简单嘛,这样……"邓清一刀狠拍下去,鱼就不再跳动,"鱼就晕掉了。"

然后她开始刮鳞,切开鱼肚,去除苦胆,用手掏出内脏,再用营地的流动水冲洗干净。

林州行在旁边看着只觉得触目惊心,活像凶案现场。

他走开了,调了两杯柠檬水,一杯自己坐在旁边慢慢喝,一杯放在旁边,准备等会儿给邓清。路过的人看见的就是这种画面——林州行坐在椅子上喝饮料,邓清在旁边杀鱼。

大哥背着手在旁边看,忍不住夸:"你女朋友确实厉害。"

林州行慢慢喝柠檬水,舔了一口虎牙尖,笑了笑,说:"是啊。"

邓清热情邀请:"等下一起来喝鱼汤呀。"

大哥很高兴地答应:"我带老婆小孩一起来,给你们尝尝内蒙古烤肉!"

多亏了大哥,带了配菜、佐料和烧烤架,大家一起吃了极为丰富的一餐。

小朋友童言无忌,气他爹说:"爸爸,这可比你钓的那条大多啦!"

大哥吹胡子瞪眼,说:"要不是为了追着揍你,你爸也能钓上来这么大的!"

"你就吹牛吧!"媳妇轻轻嗔他一眼。

邓清赶紧捧场说:"肯定的。"

大哥满意地说:"你看!"

"别哄他玩啦,尾巴翘得老高。"大哥的媳妇笑眯眯地问,"妹妹,你们是学生吗?"

"嗯。"邓清点头,"我们是江大的。"

"小情侣就是黏,吃饭都要把手牵着。"

被人一说,邓清抽回手,有点不好意思。林州行默默钩住她的尾指,又抓回手里。

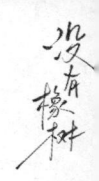

"真好啊,看见你们两个就高兴。"大哥的媳妇摸了摸儿子的肉脸蛋,望了望老公,想起一些往事,笑着感叹,"真配。"

邓清脸红了。

林州行轻轻一笑,说:"谢谢您。"

4

回到帐篷,邓清才后知后觉地发现一个显而易见的事实——并没有第二个帐篷,他们晚上要睡在一起。

出来旅行,如果只定一间房,入住的时候就能体会到昭然若揭的心思,但如果是露营,扎两个帐篷就显得很矫情,睡在一起这件事就顺理成章了。

邓清的心情很复杂,紧张又轻蔑,又有几分欣喜和得意,想着:男人,不过如此。

她没有详细地想象过自己的第一次,但如果要去想象,那么当然希望是温柔的。

不过同时邓清也很警惕,如果林州行不顾她的意愿乱来,那就把他踹出帐篷,然后原地分手。

但是当她看见林州行拖出来两个睡袋,放的位置相隔很远,又马上反思:草率了,还是错怪林少了。

"营地有洗漱的地方。"他为她指了位置,想了一下又说,"我陪你去。"

女孩子花的时间久,林州行在外面等得心猿意马,希望夜风能更凉一点,可惜虽然寒夜露重,掌心却依旧滚烫。

邓清出来了,来牵他的手,身体也贴了上来,凉丝丝的,像一条蛇。

林州行是想和她亲近的,但又希望她能离他远点。他其实没有做什么准备,怕万一被她误会,也不想过早冒犯,对方的意愿应当是主导,他可以等。

虽然他想,但是他不能,那样也太急了,脑子长在上面,人不能只靠下半身思考。

但有什么办法,下半身非要坚持自己思考。

他逃回帐篷,钻进自己的睡袋里,背过身去。

邓清不知道在干什么,有细小声音,没有其余声响,明明很安静,可林州行就是没有睡意。

他慢慢地吸气,调整着呼吸节奏。邓清就在背后,他觉得自己在发抖,但其实没有,只是紧张造成的一种错觉。

时间的流逝好像变慢了,又或者是停止了,据说欲望的折磨就像赤脚在炭火上行走,是一刻不停的灼烧,被攫住和俘虏时什么也没办法想,只感觉热意从皮肤中蒸腾出来,身上薄薄一层汗水。

林州行努力闭上眼睛,想着:睡着吧,睡着就好了……

"你在干什么?"邓清的声音突兀地传来,像一声炸雷。

我没有!

林州行吓了一跳,差点真的喊出声。心脏剧烈跳动,背上的热汗瞬间全变成冷汗。他本来要喘,但幸好咬住了牙关,他克制自己的自然反应已成习惯,因此脸上没有太多表情,只是压下眉眼。

所以,看在邓清眼里,这是一个阴森森的、威胁的眼神。

她有点怕,更多的是有点莫名,不太明白林州行为什么脸色这么差。她愣了五秒钟才小声说:"这个睡袋我打不开。"

虚惊一场。

林州行喘不上气,头晕眼花地去帮她弄好睡袋,嘴角很平,垂着眼睛,看见邓清柔软的身体躺进睡袋,像一块丝缎似的滑了进去,也像一条蛇……

他想甩掉某些想法,但是很难。邓清眼神清亮,爱意纯粹,盯着他望了一会儿,他渐渐冷静下来。

好像又没有那么难。

她如此纯真,不曾引诱任何人,盘踞在伊甸园的苹果树上,也只是贪图果实的鲜嫩罢了,不该有人把欲望加之于如此纯净的灵魂。

"太晚了,你早点睡。"林州行的嗓音很低,带着点沙哑。

这句关心对一个浸泡在浪漫气氛中的女孩子来说还是太生硬了,邓清有点不满地问:"就不能聊聊天吗?"

林州行毫不留情地拒绝:"我明天还要开车。"

"好吧。"邓清只好听话,但是有点气闷地翻身面向另一侧。

林州行心念动摇,讨好地去捉她的肩膀把人翻过来,轻声问道:"想聊什么?"

冬日无虫鸣,蛙叫声也消失不见,四周静悄悄的,叫人不自觉把说话的声音也放轻放低,像湖底的一串气泡,咕嘟咕嘟浮动着。

取暖器嗡嗡地响,邓清钻出睡袋半躺在林州行怀里,因此一点都不觉得冷。他的额发随着姿态都半垂下来,像湖边的一弯红柳似的,很耐心地等着她回答。

她仰着头看他,把自己浸在这目光里头。

真是很有欺骗性的一张脸,冷心冷情的一个人,却像是比谁都温柔,爱上这样的人是否意味着此生都将陷在谜题里?又或者说,他这样的人所

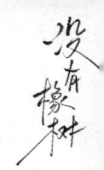

能给出的所有，也就是如此？

她经常分不清他的沉默是傲慢还是胆怯，又或者两者兼有——不能接受被拒绝，因此干脆就不要开口。

不过邓清想了想，自己也是半斤八两，也许正是因为这样，他们才不合适得如此合适。

她伸手摸了摸他的脸，说："我想知道你原本想送我什么。"

"原本？"

"就是你生日那天你就说过你给我准备了礼物，别装忘记。"

"嗯……"林州行想了很长时间，仿佛在回忆，最后终于说，"原本打算和你表白。毕竟这天是你的生日，万一你心情不错，也许就答应我了。"

林州行的字典里很少有"也许"两个字。

对于从来就什么都不缺，什么都做得到的人来说，这就是唯一一件强求不可得，不得不"许愿"的事情了。

"这么不确定吗？"

"不确定。"

人心犹疑，因爱生怖，越在乎，就越害怕，都是如此。

"那你说，你是什么时候开始喜欢我的？"

少女私心，总想比一比谁先动心。

"最开始。"

"有多开始？"邓清心想，我也是最开始啊。

林州行看出她的意图，直接说："一定比你要早。"

"你怎么知道？"

"我确定。"

"……为什么？"

她实在好奇，他却绝不会再说。

于是邓清换了问题："如果重来一次，如果最开始你就清楚地知道我喜欢你，你会更直接一些吗？"

林州行停顿几秒，认真思考，然后说："不会。这个假设对我来说不存在。即使你告诉我，我也没办法确认，我还是要观察很久。"

没有见过真正的爱的人，总会陷入无尽的拷问里，他的信任一定要经过他自己的判断，即便是最亲密的人也是如此。

可爱是一种感受，而非判断。

相对而言，感受是一种客观，而判断是一种主观，所以，爱是一种客观存在，否则这个世界上为什么有那么多人会爱上根本不合适的人呢？

林州行的回答其实不在邓清的意料之外，试探过久的益处也许就在于此——已经很明白对方是什么样子的人。
　　了解之后，却还是要在一起。
　　"这需要确认吗？"邓清突然说，"你亲我一下。"
　　"为什么？"林州行感到疑惑。
　　"什么为什么？"
　　"怎么突然……"
　　"没有为什么。"邓清打断林州行，"为什么所有事都得有为什么？"
　　"因为……"
　　因为所有事都得有一个意义，因为他必须去做有目的有结果的事情，没有价值的人和事都不值得浪费时间，因为他就是这样长大的，因为这就是他脑中的计算器和天平，因为这就是他一定要去往的未来，有明确的目标和缘由。
　　"你就告诉我你想不想。"邓清轻轻地用尾音勾住他，像一条有柔滑的鳞片和微凉的身体的蛇一样起身，攀着他的胳膊伏在他肩头，"州行，你想不想？"
　　昏暗的灯火中，她的唇近在咫尺。

5

　　他们都太年轻了，在欲望面前一点抵抗克制的想法都没有，理性是他们装作大人时振振有词的那件外套，一张装模作样的演讲稿，很快就被扔到了一边。林州行几乎没有犹豫，上前噙住邓清的双唇，脑子里再没有其他东西了，只有冷和渴。
　　因为冷，所以他越抱越紧，因为渴，所以他越吻越深。
　　刚刚他们是在聊什么呢？没有人记得，就好像一路捡拾着糖果，离开大道往树林深处去的小孩子，受不住诱惑，最后完全迷失掉了。
　　自诩理性和冷静的人，跌落起来那么快。
　　邓清也觉得自己已经淹没在海浪之中，潮水涌到胸口，然后是头顶。
　　一直以来，林州行总是和一些凉丝丝的意象联系在一起，比如细烟、薄荷糖、海风或冷杉气味的香水、苍白的皮肤、平静的语调、沉静的眼神，还有略低的体温。
　　一向如此，他一向如此，所以她更喜欢他现在的样子——仓皇的、退却的，努力之后还是难以自控，炽热的怀抱和滚动的喉结，喘息起伏的胸膛和手臂浮动着的浅青色血管，暗眸中涌动着强烈的情绪。

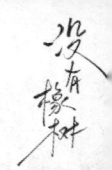

寡言者用行动代表自己的内心，他渴求她，毫无疑问。

掌控的满足感袭来，尽数转化为爱意，邓清感受到一种前所未有的澎湃而汹涌的心潮，心脏几乎要从喉咙里面跳出来。她用左手揉了揉林州行的黑发，很快乐地说："我爱你。"

其实这不太像表白，反倒像一种感叹，但林州行缓过来了，决心引诱她说出更多。

"会爱多久？"

没想过这个超纲的问题，邓清含混地说："就一直吧。"

"哪有这种回答？"

"那你呢？"

林州行缓缓说："只要你肯爱我，哪怕只有一点，不，就算一点也没有，只要肯陪着我看着我，我就会爱你的。"

"什么期限？"

"永远。"

"胡扯。"邓清笑着说，"男人在夜里的话不能信。"

"那明天白天我再和你说一遍。"林州行轻声说，"只要你愿意听。"

"那你还是要我……要我先……"

"对，可以吗？"他好像在撒娇，又好像在威胁，"听到没？"

现在承诺也太早了，邓清想要跑掉，就说："我去洗个手。"

林州行没再坚持，放她离开。

邓清回到帐篷的时候，林州行已经穿好衣服，站在外面抽烟，见到她懒洋洋地张开双臂，两个人轻轻抱了一下。

邓清缠着他，问道："现在可以一起睡了吗？"

"不行。"

他还不到二十岁，抱着睡一整晚完全是一种纯粹的折磨。

邓清极不高兴，林州行只好放软了语气哄她："我接着陪你聊天，等你睡着了我再睡，这样行吗？"

邓清马上被哄好，说："行。"

第十一章
海盐柠檬水

1

身份有时候是一种权利。

林州行当然透彻了解这一点，他做了十几年的林家继承人，得到过的特权数不胜数，但他现在更喜欢的是"邓清男朋友"这个身份，有了这个身份，他就可以名正言顺地做很多事。

随时随地，只要想她了就可以打电话，可以拥抱，可以亲吻，可以什么也不做，只是待在一起，也可以理直气壮地让人陪。

最重要的是，可以在邓清和秦谦坦白，并且说出"我已经有男朋友"的时候，站在背后，双手插在大衣口袋里，神秘地微笑起来。

只是林州行这个人藏惯了，这么傻的事情当然不能表露在脸上，他装模作样地整理围巾，把勾起的嘴角埋进去。但是邓清非要剥开来，像撕开洋葱似的，让林州行露出完整的一整张脸，气呼呼地追问："那你那个周小姐呢？怎么说？"

"我是很愿意告诉周琦的，你想让我怎么说都可以。但是那样我妈就知道了。"

"那会怎么样？"

"也不会怎么样。"林州行语气温和，"如果你不觉得困扰，我就让我妈知道。"

"那有什么关系？我早就跟我妈说啦。我什么事都和家里讲的。"

"那……你妈妈是怎么说的？有什么要求吗？"林州行紧张起来。

"这个嘛……夸你长得好。"邓清迟疑了一下，笼统地说，"就说希望你保持住。"

半懂不懂，林州行依然点点头，回道："好。"

其实陈锦女士说了很长一串，在女儿发完男朋友的照片以后，作为自觉非常开明的母亲，她先是说"你喜欢就好"，然后马上恢复本色，开始

讲道:"男人长得太帅是靠不住的!你们小女孩哦,没一点经验,就喜欢谈帅的,那都是虚的,过眼云烟!不说别人,就说那个金叔叔,天天拉你爸喝酒那个,年轻的时候多齐整,帅得很,过了几十年塌眉耷眼,肚子也起来了,讲话油腻腻的,还帅吗?"

老邓的朋友里面,邓清最不喜欢金叔叔,讲话腔调做派十足,好为人师,又爱吹牛,但今天听陈女士这么一说,她确实回忆起他眉眼不错,身形匀称,年轻时应该相当潇洒。

"花瓶摆在外面就会旧,放久了也就看腻了,所以要看内涵!"

邓清无语道:"谁想那么远的事啊?"

"我就这么一说,你就这么一听,年纪不到,听不懂也正常。"陈锦女士说,"但这都是经验之谈。"

林家那边就简单很多。林州行只说了邓清的名字,然后在林舒琴开口之前就说:"你不用过来看,也不要准备礼物,还早。悄悄的也不可以。让Wilson(威尔逊)替你来也不行。"林州行语气放缓了一点,"妈,别吓到她。"

"小州,妈妈只是好奇呀。"林舒琴觉得很委屈。

林州行认真地说:"不可以。我会生气。"

一个晚上,两人正在路上走着,邓清又想起陈锦女士的"经验之谈",突然和林州行讲:"你以后不要变成老男人啊!"

"老了不变成老男人变成什么?"

"我不是说年纪。"

"嗯?"

"不可以。"邓清摇他的肩膀,"不可以!"

林州行说:"好。"

在一起以后才越加发现,林州行有一种逆来顺受照单全收的本事,平稳到很多时候让邓清怀疑他是否真的听懂了,她说什么他几乎都会说好,但是不止是答应而已,而是会做到,所以他其实是听懂了的,哪怕是她偶尔的一句玩笑话。

比如有一次吃饭的时候,邓清突发奇想,让林州行讲粤语给她听,林州行摇头说:"不会。"

"怎么可能?"她惊讶极了。

"舅舅把总部从广州搬到深圳以后,我在深圳出生,学校用普通话教学,我爸是北方人,家里也是讲普通话的。"林州行解释说,"粤语我听得懂，但不会说。"

"好吧。"邓清有些失望，"还想体验一下呢！"

"体验什么？"

"活在 TVB 电视剧里是什么感觉！"

林州行垂下眼睛想了一会儿，说："好。"

一周后，他俩约在江边的旋转餐厅，包下整个高层露台，有星星灯，有玫瑰，有红毯，有现场乐队，所有人都穿着黑色礼服。

有人在吹萨克斯，悠扬的爵士乐中，侍者端来一杯红酒。

林州行坐在窗边的位置等，穿了一身看着就很贵的行头，放在桌上的手腕上戴着他那块金贵的表。

他的手里拿着一个盒子，打开来给人看，黑丝绒的衬布上，一条沉甸甸的钻石项链熠熠闪光，邓清从来没见过这么大的钻石。

"哇。"她激动地感叹，伸出手摸了摸，"好土。"

对于这种指控，林州行不太受伤，仿佛和他无关，淡淡地说："你自己要的，电视剧里都是这样演的。"

夜间包场、潇洒的阔少、烛光晚餐和昂贵的珠宝，确实要素齐全。

"不要送我超过五千块的东西，我说过的，睡不着觉。"

"这么大的钻石和切工，原版要八百多万。"林州行说，"我疯了吗？"

"那这条多少钱？"

"八十块，这就不是钻石。"

"太好了，我喜欢！"邓清立刻一把抓起来，"快点，我要戴上。"

林州行虚握着邓清的长发，扣好搭扣。

她转过身来，眼波流转，嘴角轻轻一勾，问道："好看吗？"

"好看。"

"场景是其次，剧情才重要。"邓清扑上去，搂着林州行的脖子冲他喊，"给我表白，林州行！"

"不是嫌土吗？"

"我就喜欢土的。"

林州行笑了笑，说："那就唱首歌给你听。"

为了学这首粤语歌，林州行打电话问了林舒琴，纠正了一下发音，忍受了两天外公的冷嘲热讽。

"叫他往东非要往西，自细就界佢学，唔肯学，为咗追女仔就肯，不如生嚿叉烧（从小就让他学，不肯学，为了追女孩子就肯，养他不如养块叉烧）！"

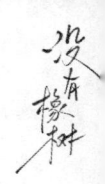

林州行抱着吉他,在低吟的弦音中,唱完了整首歌。

吉他也是临时学的,和弦简单又生涩,这种要展示自己并不擅长的东西的时刻,他会有一种安静的坦然感,可以被任意评判似的,也并不期待评价。

但是邓清喜欢,当然喜欢,她靠了过来。

"说到粤语啊,我也会一句。"邓清趴在林州行的肩头,蹩脚地咬着舌头,气音吹得人痒痒的,小声说,"哪,阿Liam,我好中意你。"

林州行放下吉他,空出怀抱搂着人,让所有人离开,让所有灯熄灭,只有烛光闪动,而他怀抱着月亮。

好像一株缠绕的藤,明明是他抱着她,邓清却觉得林州行好似在小心翼翼地攀附,把上身的重心一点一点转移到她身上。他下巴抵在她肩窝,好像很需要肯定和反馈似的,带着依恋的口吻问道:"还满意吗?主角小姐。"

"满意!"

"嗯。"林州行很轻地笑了一声,像小动物一样蹭了蹭。

邓清捧着他的脸吻了下去。

当新鲜感几近过去的第一个学期结束前,大学生们还有一道天劫要渡,那就是期末考试周。

如果说理工生要学高数,社科生要背书,那么档案这种文理兼收的神奇专业,就是又要学高数,又要背书。

图书馆人满为患,自习室根本抢不到座位,四个人只好在宿舍挑灯夜读,组成了学习互助小组。

邓清教大家高数,二姐负责整理专业课知识点,刘薇买饭,老大帮助大家背书。

高中毕业后还会在半夜打着手电学习?

邓清有时候想起高中班主任关于自由大学的"谎言",都想感叹人生果然不是没有过不去的坎儿,因为总有一个坎儿接着下一个坎儿。

按理说金融系的课表更满且专业课更多,但林州行还是抽出了很多时间来找邓清,只是邓清往往拒绝,改成打电话。

林州行说:"邓小姐,你最近真的很难约。"

邓清老实讲了考试的事情,考期临近,其他三个人都很怕高数挂科,而她自己粗心大意,不擅长背书,也要下很多苦功。

林州行想了想,说:"我可以帮你。"

"帮我教她们？"

"嗯。"

"好，我问问她们愿不愿意。"

打完电话，邓清推门进了宿舍，老大很惊讶地问："就回来啦？"

"不然呢？"

"你们俩真是我见过的聊电话最短的情侣。"

邓清哈哈笑道："那一般人多久？"

老大指了指整晚空荡的二号床位。

邓清说："林州行讲话比较短。"

林州行很少会说完全没意义的话，通常定义下的"甜言蜜语"更是很少很少。

情侣之间讲电话会聊什么？都已经每天分享生活了，都已经时常见面了，为什么还能说那么久呢？

有好几次，邓清听到二姐偷偷摸摸压低音量说"我也超级超级超级想你"。

她想象不到林州行说"我超级超级想你"的样子，硬要他讲的话，他也一定会讲，大概就还是那种冷冷淡淡的捧读语气，想到就想笑出声。

邓清认真地想，要林州行发自肺腑地去讲这种甜腻的废话，大概只有他死掉之前或者自己死掉之前。

还好，她没有非要把这话作为遗愿不可的强烈意愿。

临近关寝熄灯时，二姐终于回来了。邓清说了一下林州行的提议，意外地得到了十分积极的响应。

刘薇心直口快地问："林州行教学应该脾气好点了吧？"

邓清说："怎么，我脾气很差吗？"

三个人一时无言，面面相觑，最后二姐勇敢地说："是的。"

邓清噎了一下，皱皱鼻子。她知道自己耐心不好，但有点不甘心，说："讲过三遍还要讲第四遍，脾气能好吗？"

"对对对，"老大急忙说，"我们的问题。"

"是啦，"二姐笑眯眯地来哄人，"怎么会是我们小清的问题！"

邓清心想：林州行脾气就好吗？做梦。他只是恶劣得没那么明显。

2

林州行把公寓的钥匙给了邓清，教学辅导看起来开展得很顺利。他准备了习题课例，讲题的时候语速和缓，很有耐心，但是莫名其妙的，他不

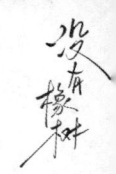

知道从哪里抽出来一把钢尺,"啪"的一声,猛抽在桌面空处,极其炸耳。

所有人都吓了一跳,差点弹起来,刘薇更是抖得整包虾条都洒在地上。

她像只仓鼠,抽屉里堆了很多零食,随时嘎吱嘎吱,打游戏的间隙嘎吱嘎吱,学习学着学着也要嘎吱嘎吱。她的学习准备也是最花哨的,要漂亮的笔,要好看的本子,要有零食,有解压玩具,还有一杯可乐。

邓清也被声响震了一下,抬头道:"你干什么?"

林州行手持钢尺,一言不发地站在旁边,刘薇颤声道:"你要揍我?"

"不会。"林州行说,"别做小动作,专心一点。"

"小清,救命!"刘薇抱着本子跳起来贴着邓清,"我不学,他是不是要把我灭了啊?"

"不会!"邓清无奈极了。

所有小零食都被没收放到一边,刘薇老老实实地重新坐下。

林州行让邓清给她放了一个闹钟,每四十五分钟可以休息一次。

"林州行!"柳唯敲着桌子,"过来一下!"

老大原本也要开口,见柳唯先出声,反而拘谨一笑,说:"那我等会儿吧。"

林州行却对柳唯说:"你等一下。"

老大勤奋认真,但理解得比较慢,高中的时候她的数学就不行,主要靠综合分和英语拉的成绩。

林州行讲完,很耐心地说:"不要紧,你问。"

"嗯……不好意思,我还是不懂,怎么确定要展开到第几阶?"

"这个没有固定的规则,需要几阶就展开到第几阶,再计算的时候后面的高阶无穷小趋于零,不影响计算结果就可以,比如这题。"手指点过,他慢慢说,"分母看上去比较好展开,就先展开分母来确定展开阶数……"

柳唯又在旁边敲桌子,意见很大地说:"怎么还搞区别对待?林州行!你对我怎么就不是这个态度?"

林州行看她一眼,走了过来,不紧不慢地说:"别用那种鄙视的眼神搞激将法,我不吃这套。刚刚留给你的题做完了吗?"

"做完了。"柳唯骄傲地把笔一甩。

林州行一眼不看,说:"无用功。"

柳唯气得要死,就要吵架,可想到邓清在,硬生生忍下了。

林州行翻了两页,拿来参考答案核对,冷冰冰地点了点,说道:"还是错的,这道,这道,这道,都是同类题,你错了三次,还都是错在最低级的计算错误上。"

柳唯凝神一看，草草验算一遍，还真是，但是嘴硬道："起码公式我用对了，原理我也懂了，只要注意细节，下次就不会错。"

"第四次，你做对了，我就换个眼神。"

"行！你等着！"

涂亮亮来送水果，给每人都带了一份鲜切，轻声细语地哄老婆："州行很会教的，我的六级就是他帮我补的，你猜怎么着？嘿，压分飘过，完美！"

不是会不会教的问题，柳唯秀眉紧拧，咬牙切齿地说："这是屈辱！"

当男朋友又回到身边，邓清拉了拉林州行的袖子，不服气地小声说道："我讲得也不差呀，感觉和你差不多。"

"你比我讲得还细致。"林州行在她身边坐下来，低声笑了笑，"只是你太纵容。"

老大理解力弱，二姐反应快但粗心，刘薇容易分神，这些问题邓清不是看不出来，只是不想干涉，脾气急其实是一种无可奈何，她做不到泰然自若地去"操控"或者"管控"别人。但林州行不同，他定好一个目标，就要达成。

邓清突然想到什么，问道："那我呢？如果你要教我，你打算怎么对付我？"

林州行视线一偏，往旁边躲，就是不说。好奇心一起，邓清缠着他要听，最后，他终于说："没办法，拿你没办法。"

"怎么没办法？你明明就很会勾引我。"

这词不太对，邓清一讲完就赶紧改口："我的意思是，引诱。"好像也不太对，但是稍微好了一点，她又换了个词，"推动。"

"那也要你自己感兴趣才行。"林州行说，"你不感兴趣的事，我做什么也改变不了。"

邓清抿嘴笑道："怎么听出点哀怨劲儿？"

"是啊。"林州行清清淡淡地说，"心真硬。"

"那还不是因为你……"邓清不说了，吞下后面的词句，虽然对于指控有点委屈，但也不想反过来指责他，只抿着唇，轻轻捶了一下他。

林州行反过来抓着她的拳头，推平展开握住，说："好，怪我。"

暖意烧红脸颊，邓清甩开手把人一推，没好气地说："别坐这儿，你别坐这么近，影响我学习。"

"你也影响我学习。"

"那行，快走，你坐……坐远点，坐老大后面去，背对我，快点，我

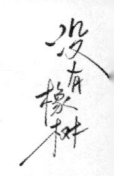

们井水不犯河水。"

林州行轻哼一声起身，拿着他的专业书和电脑挪走了。金融系科目也多，而且这段时间ICDMC的竞赛准备也还在继续，数据标签已经全部打完，他正在找建模思路。他想事情的时候往往沉默安静，坐在那里半天不动。

风水轮流转，这下轮到涂亮亮吸着苏打水吱吱响了，声响非常恼人，说话也气人。

"哎呀，万事开头难啊，关键是第一步，第一步歪了后面都是白费。"

林州行面无表情地开口："涂亮亮，你不觉得自己格格不入吗？"

"觉得啊。"涂亮亮快乐地一笑，"你看你们这个学习氛围，多浓厚，小自习室似的，唉，可惜啊，哥只差两门开卷就考完了，你说气人吗？"

林州行刚一抬眼，涂亮亮又说："别赶我出去！别这么没良心，我给你们保障后勤还不行吗？吃不吃白灼虾？我去做。"

"我不吃冻虾。"

"哎哟，我知道，我一只一只挑的，有活力得不得了，个个能蹦三米高！"

闹铃一响，到了刘薇的休息时间，她立刻蹦起来去拿了两包薯片，一边撕开包装袋，一边打开笔记本登录游戏领每日奖励。

涂亮亮背着手路过，余光一瞥，惊讶地问："你一个小女孩也玩这个？"

刘薇回头攀谈："你什么段位？"

"我跟你差不多，州行段位高点。"

"林老师也玩？"

"他玩啊，"邓清接话，"还带我建了一个号。"

"你给他打辅助吗？"

邓清回道："不啊，他打野我中路。"

"怎么没见你在宿舍玩？"

因为邓清的兴趣有限，基本只是陪林州行出去开黑。

二姐插嘴说："都跟你似的有网瘾才好。"

涂亮亮"嘿嘿"一笑，说："我玩辅助，没想到吧？"

"那刚好啊！我是上路！"刘薇兴奋一拍手，"快快快，加好友。"

邓清的昵称叫"懒得起名字"。

刘薇伸头喊："林老师呢？"

林州行报了一串数字ID，刘薇在自己的已有好友栏里看到了熟悉的昵称，大吃一惊，喊道："啊，你就是LL！"

"怎么了？"

林州行嫌麻烦，大部分网络昵称都直接用的英文名，或者是缩写，LL等于Liam Lim。刘薇那句话喊得他很莫名，想了几秒猜到什么，但其他人这次都比他反应更快，因为她们都知道刘薇有个一起打游戏的网恋对象，且就在江大，因此都惊呆了。

邓清厉声喊道："林州行！"

柳唯反应极快，马上组织出话术质问："没道理线上撩一个，线下又撩一个，两边都得给个说法吧？你最好能在五分钟之内说清楚！真有你的，怎么就逮着同一个宿舍祸害？"

涂亮亮试图缓和气氛，说："是不是有误会？"

老大喃喃道："这也太巧了……"

"不是不是，不是他！"刘薇知道她们理解错了，急忙解释，"那个人叫'昵称不可显示'！"

"那是我室友。"林州行很无语。

二姐立马改口："你看我就说有说法，这不就解释清楚了。"

邓清的表情僵在脸上，半天恢复不过来。

林州行凉丝丝地看她一眼，她才"哎呀"一声跑过去，勾勾小指，哄道："误会嘛。"

"林老师是'昵称不可显示'叫来带我的，所以有好友。"刘薇继续说，"不过后来林老师嫌我们太菜，早就不陪我们玩了。"

"你好过分。"邓清笑着戳林州行。

林州行解释："菜的是刘可，不是她。"

"所以真名是叫刘可，薇薇，叫刘可！"柳唯抓到重点。

没想到刘薇竟然眨眨眼，说："我知道呀。"

她其实知道，他们在网上聊过了很多很多，几乎无话不谈，但就是没人提出要见面，也没有交换过照片。她知道对方叫刘可，金融系，但确实没想到刘可是林州行的室友，这也太巧了。

有八卦，大家都很兴奋。

二姐最激动，问道："林州行，你室友长什么样？帅吗？"

可惜林州行最擅长一句话冷气氛，直接说："好奇就自己去看。"

柳唯被泼一头凉水，也失了兴致，问刘薇："真的不想见个面吗？"

刘薇鼓起嘴想了想，之前就算知道姓名和专业，也总有一种虚拟感，落不到实处，所以没有见面的心思，现在突然有了一层现实的联系，好像一切都微妙起来，心中的天平渐渐发生了一丝丝倾斜。

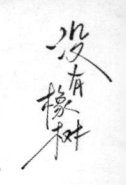

半分钟之后,刘薇谨慎地小声嘟囔:"见一下也……行吧。"

这边一松口,邓清就猛摇林州行的胳膊,催促道:"快问问你室友。"

林州行把手机放在桌上,他刚刚听见的时候就已经发消息过去了,现在已经收到了刘可的回复。

"他说见。"

"哦!"一屋子人都暧昧地微笑起来。

不过刘可的回复其实不是汉字,而是五十个感叹号。

宿舍里的曾生光正躺在床上玩手机,就听见刘可在桌前像神农架猿人一样发出长啸,不由得纳闷道:"你有病啊?返祖了?"

"老曾!"刘可语无伦次地大喊,"这也太巧了!"

3

半夜,林州行被人推醒,他起身一枕头狠拍在对方脸上。刘可差点被他砸下床梯,倒吸一口凉气。程岩和曾生光都睡得熟,刘可不敢喊,用气音控诉:"差点被你打死!"

林州行冷冷道:"活该。"

"我睡不着。"刘可扭扭捏捏地说,"州行,出去一下。"

刘可这么说一般就是有心事要聊。

林州行起身套了件衣服,动作很轻地拿上烟盒和打火机,是邓清送的那个漂亮的银色都彭打火机。

走廊的声控灯也熄掉了,尽头的窗边只有月光和林州行点起来的一颗火星。刘可一向话多,但是欲言又止了半天,最后憋出来一句:"我好像有病。"

林州行回他:"确实。"

大晚上不睡觉,还把他闹起来,神经病。

刘可压根不在意这个,自顾自说了下去:"我跟她见面了,吃了个饭。她长得好可爱,性格也活泼,可是我们之间没有话说,太尴尬了,我感觉我喜欢她,又好像不是。"

"嗯。"林州行说,"说完。"

"按道理说,这就是不喜欢,是吧?但是我们分开了,我一个人坐在宿舍,我又想,特别想,猫抓心那种感觉,我就给她发消息,我们俩在网上就又聊起来了,聊得特别好,一点都不尴尬。"刘可十分迷茫,"这是为什么?我是不是有病?"

林州行想了想,问:"你想她的时候,脑子里的画面是什么?"

刘可闭上眼冥想几秒钟，然后睁眼，果断地说："剑姬。"

剑姬是刘薇常常玩的一个上路游戏角色，人设是一名落魄贵族女剑客。

刘可继续补充："我还梦到过她！我梦见我们在一个特别大的全息投影屏幕前面……"

林州行打断道："梦见谁？剑姬还是刘薇？"

"刘薇。"

"你梦到过别的没有？关于她的。"

"什么别的？你是说别的剧情？"刘可开始思索，"好像还真有，是电影院还是什么来着，反正也有个屏幕。"

林州行简短否认道："不是那种。"

他微微偏头半眯着眼睛看向刘可，刘可跟他对视了两秒钟之后明白了。

"我没有那么变态！"刘可惊恐地叫道。

林州行收回视线，淡笑道："刘可，你应该知道一句成语，叫作叶公好龙。"然后他就转身走了，临走前说，"睡觉。"

"啥意思？"刘可望着林州行的背影，"难道你梦见过？"

刘薇面对宿舍其余三人望眼欲穿的询问——"什么感觉"，很无辜地回答："没有感觉。"

"你不喜欢？"

"也不能这么说。"刘薇觉得很难形容，"我也没有不喜欢，就是没有什么感觉。"

邓清问道："那你还想继续和他见面吗？"

"随便吧。"电脑消息气泡咕嘟一声响，刘薇看了一眼，"啊，刘可喊我上线了！"

"你们还在打游戏？"

刘薇一边摁键盘，一边说："为什么不打？见面和打游戏又不冲突。"

"这很难评。"二姐说，"反正我是理解不了。"

老大赞同："我也是。"

邓清想了想，她好像能理解一点，不过也只是一点。

爱情是一件很神秘的事情，有时候会很残忍地降临在各种并不合适的时刻和人群之间，而也有另外一些时候，天时地利人和都有，可偏偏就是什么都没有发生，谁也没有办法。

高数出分那天，邓清宿舍全员敲锣打鼓，决定晚上出去吃火锅庆祝。

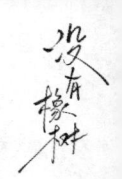

二姐考了八十多分,决定和林州行冰释前嫌,刘薇和老大也认为应该感谢一下林老师。邓清打了好几个电话,他都没接,过了很久才回了一条消息说不来。

原本没有什么大事,但是类似的事昨天和前天也都发生过一次,邓清心里稍微有点不舒服。

最近考试,大家都很忙,一周没见过这人,已经三天没接电话了,晚上的时候电话终于能打通了,但也很简短,邓清问他在哪儿,林州行说在公寓,草草两句,电话就挂掉了。

于是邓清就赶到公寓去,她从来是个一口气都不肯咽下去的人。

她气势汹汹地推开门,却像是一拳打在棉花上。屋子里静悄悄的,好像没人似的,只是客厅的落地灯开着,打出融融的暖光。林州行在沙发上和衣而睡,半开的笔记本扔在地上,屏幕还在闪。

邓清轻手轻脚地关上门,很小声地放好钥匙。

她去拿了一条毯子,小心翼翼地准备给林州行盖上。也许是林州行睡得浅,也许是才睡着没多久,邓清刚刚靠近,他就睁开了眼睛。

他看起来疲惫倦怠,眼下有浅浅青黑,声线微哑,尾音虚虚地往上飘:"你怎么来了?"

邓清眼珠一转,抿嘴浅笑道:"这几天总是联系不到,来看看你。"

"关心我?"

邓清想,这样说也是可以的,于是说:"对。"

林州行镇定地反驳:"胡说八道。"

"不信算了。"邓清一把将毯子扔在他身上,气鼓鼓地在他身旁坐下。

"不是故意不理你的,手机静音了。"

"我没有在生气啊!"

林州行懒洋洋地笑了笑,在沙发上翻了个身,展开毯子,轻轻拉了拉邓清的手腕,说:"陪我躺一会儿。"

邓清挪了过去,半靠着坐在沙发角落,林州行枕在她腿上合上眼睛。

邓清将手指穿过他的黑色短发,揉了揉,问道:"你昨天晚上没睡?"

"嗯。"

"今天呢?"

"还没。"

"遇到什么问题了?"

"我想验证模型。"林州行浅浅睁开眼,"从三个不同维度建模,不知道哪个是最优解,如果都跑一遍,需要花半个月的时间,那样进度就来不及了,所以我在考虑对数据进行抽样,但是抽样方式也会影响最终结果。"

"不能用外部数据吗?"

"可以,如果我想,完全可以导入百乐的客户数据做验证,但是那样就相当于作弊。"林州行抬眼看了看邓清,不知道动了什么心思,诱导式提问,"要这样吗?"

邓清果断拒绝:"不要。"

林州行轻笑一声,想起了那句"过程和结果都要正确"。

两个人沉默片刻。

邓清的小指搅动着林州行的发尾,痒痒的,他又有些困了,刚要闭上眼睛,邓清突然说:"如果我们自己做社会调查拿到数据,然后来验证模型,就是在规则范围之内的,对不对?社会调查属于前置工作的一部分,可以被描述。"

"我也想过,但是没有想到合适的切入。"

要短期内高并发量,而且需要良好的分享性,这样就可以尽量少投入推广费用,这意味着这个调查本身需要利他。

"我想到了。"邓清得意地笑起来,"抢票。"

临近期末,大部分人都需要抢票回家。这时线上铁路系统刚刚上线,各种抢票的软件工具尚未被广泛推广,所以一个附带抢票功能的调查工具,一定能在短时间内收集到足量数据。

林州行一下子清醒,睡意全无,眼睛亮起来,立刻要起身去拿电脑。

邓清拽着他的后衣领把人拉回来,拦着腰锁住,用威胁的语气说:"先睡觉。"

林州行眨眨眼,软绵绵地说:"我女朋友有个天才的想法,我只是想快点实现。"

邓清不为所动,脸色冷峻地说:"可是我不希望我男朋友猝死掉。"

林州行委屈道:"你咒我?"

"我求求你呀!"

"那你陪我吧。"

邓清看了看时间,其实赶回学校还来得及,还没有关寝,但林州行语气柔软,她难免动摇。只是还有一些别的担心,邓清斟酌着问:"就纯粹地……睡觉?"

她谨慎的模样十分可爱,林州行忍住笑意,点头答应:"当然。"

邓清搬了一张椅子在床边坐下,自觉十分贴心且负责任,谁和她谈恋爱简直无比幸福。

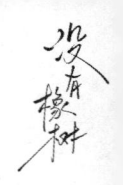

林州行躺下后气息和缓，很快变得安静，他的确累极了。

邓清等了一会儿，伸出五指在他眼前无声晃了晃。

是睡着了，没什么反应。

她捂住嘴，也打了一个小小的哈欠，起身要去洗漱，然后到客房休息。

房门轻轻一响，落下彻底的黑暗，林州行睁开眼，听外间的响动消失，便手握把手悄悄扭开。

邓清抱着手臂站在门口，阴森森地问："去哪儿？林州行。"

林州行很缓慢地眨了眨眼，迅速说道："晚安。"然后关上房门。

"哼，跟我斗。"邓清叉起腰来。

想法是邓清提的，框架设计是林州行做的，具体完成软件代码编写的人，当然还是涂亮亮。柳唯就揶揄说："人家小情侣一起做竞赛，你这个一米九的电灯泡总在中间，尴尬不尴尬，难受不难受？"

"没有这回事！"涂亮亮说，"这两个人像已经在一起干活干了几百年似的，严肃得不得了，手都不摸一下的，真是两个狠人。"

说着说着，涂亮亮嘿嘿一笑，不忘哄女朋友："唯唯，要是你跟我一起参加，我肯定每天看着你就开心，一点都没心思做任务了。"

柳唯被哄得很受用，心里甜腻，指挥道："你们那个抢票的软件，做好了也给我用用。"

涂亮亮马上说："那当然！免费给你用！"

柳唯奇怪道："还要收钱？"

"嗯，州行做的设计，试用是免费，几次之后就要收费了，好像是个什么曲线表吧，还内嵌了一个广告功能，有点复杂，不过我应该可以，唯唯，你放心！"

"谁担心这个。"柳唯听完，半夸半损地感叹，"姓林的真是天生的资本家。"

4

类似的话题，柳唯后来又说了一次，还是当着当事人的面。

看着自家男友高高兴兴地从林州行手中接过粉红的钞票，她凉飕飕地说："我仿佛已经看见了未来涂亮亮给林老板打工的后半辈子。"

邓清一本正经地纠正解释："他们这是合作。"

他们只是把制作好的抢票软件放上本地论坛，几天之内就达到了一万以上的数据采集量，之后使用软件的用户指数级增长，去掉租用服务器等硬性消耗成本后，赚了好几千块钱。

林州行给涂亮亮分了一半，剩下的一半，他分给了自己和邓清。

这是涂亮亮真正意义上赚到的第一桶金，他激动万分，喜笑颜开地说："唯唯，我们拿这些钱出去玩吧！都给你花！"

柳唯也蛮高兴的，马上应道："好呀！"

"去哪儿？"林州行突然出声，非常没有眼力见地插到人家情侣对话当中，甚至主动提议，"我家在南海有一个小岛，就在琼海市离岸海域，要不要去？"

他们四个人约在一个没课的小教室，林州行姿态放松地坐在桌子上，长腿一撑支在地上，嘴角淡含笑意，好像仅仅只是一个热心的朋友似的。

涂亮亮虽然摸不着头脑，但还是很开心地说："好。"

柳唯觉得事出反常必有妖，沉默了几分钟没表态，就听见林州行话头一转，很温柔地对着邓清问："清清，我们也一起去，好不好？"

邓清说："二姐去我就去。"

于是林州行很和气地、提示性地喊了一声："柳唯。"

柳唯翻了个白眼，心想：林州行要是个单纯的热心肠，那太阳会从西边升起来。邓清早就买好了回林川的票，要是突然推迟，免不了要和家里讲一声，若是单独和刚刚谈了一两个月的男朋友旅游，家人难免会担心，但是有其他同学一起，可能就不一样了。

想明白这一层，柳唯含沙射影地说："林少安排得蛮好，不知道出场费能不能结一下。"

林州行心知肚明，回道："除了路费，其他的我来负责。"

柳唯立刻笑靥如花地说："谢谢老板！"

他们约好正式放假那天就一起从学校出发，先把其余行李寄回家里去。考试已经全部结束，校园里洋溢着轻松快活的气息，涂亮亮每天泡在健身房紧急拉练，对着镜子欣赏肌肉。邓清和二姐约好，一起去买新泳衣。

林家的海岛离岸大约8海里，他们先到了琼海市，然后再坐船。和大家预想之中的不同，岛上设施齐全，游人如织，商业化程度很高。

"这样多热闹。"涂亮亮觉得蛮好。

"这边玩的项目比较多。"林州行解释，顺手一指，"晚上住那边会安静一些。"

岛的另一侧拦了围墙和栅栏，警示牌上写着"私宅勿入，谢谢合作"。

同样的一片海，却这样被人为地切割开来，自己一直也是栅栏外的人。不知道为什么，邓清觉得有点唏嘘，但这种情绪一闪而过，很快被冲淡了。

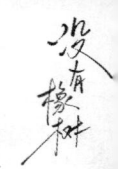

海风迎着日头掀起阵阵浪涛，即便是深冬，北回归线以南的这座小岛也是烈日炎炎，细沙轻软，是个度假的好地方。终于可以脱掉厚重的大衣和羽绒服，人人都争先恐后地享受着日光，大方地展露着自己，游客熙熙攘攘的，热闹极了。

柳唯揶揄道："看来你们家生意不错。"

林州行说："过奖。"

岸边风浪不大，可以玩香蕉船、拖伞，还有皮划艇和摩托艇，还可以带上简单装备坐快艇在浅水区浮潜。林州行给了他们每个人一张通行卡，可以无限次使用，柳唯拉着邓清要全部都玩一圈，涂亮亮赶紧跟上。

回来的时候，三个人身上都湿透了，水珠在皮肤上跃动，弹性布料紧紧裹着年轻的身体，曲线饱满优美，吸睛极了，收获了不少目光。柳唯蛮大方的，有人举起相机示意并喊了声"美女"，她还摆了个姿势。

涂亮亮脸色黑如锅底，一声不吭地拿来了一条超大浴巾。

邓清拧了拧长发，把湿透的额发往后拨，露出五官分明的脸来。她唇红齿白，水珠折射出奇异的闪光，挂在下睫上自动给人涂上亮晶晶的卧蚕，阳光晒久了，白皙脸颊上浮起两抹淡粉色红云。她明明是素颜，却像是上了妆似的，加上身形修长匀称，健康又好看，漂亮得很夺目。

她赤脚踩上被太阳晒得温热的沙滩，跑去找林州行要水喝。

在来来往往的泳衣之间，唯独林州行裹得很多，白衬衫虽然松垮地只扣着两颗扣子，下摆散开，但基本上一丝不露，下身是卡其色长裤，只露着一截脚踝，就连脸上也是一副大墨镜，遮住大半张脸。他懒洋洋地躺在遮阳伞下面哪儿也不去，很像一只从海里捞上岸且无所事事摊平四肢的海星。

因为刚刚才玩了一个刺激项目，邓清心跳未平，胸膛轻轻起伏，从林州行手中接过海盐柠檬水，咕咚一下灌下去半杯。

有人朝这边吹口哨，她没理，林州行也没什么反应，起码看起来是这样。

其实他心里在想，什么时候把这些人的眼睛挖出来。

但他的眼神遮在墨镜后面，所以仿佛还是面无表情。

邓清问："你不玩？"

林州行简短回答："晒。"

邓清轻哼一声："娇气。"

涂亮亮把大浴巾披在女朋友身上，嘴上说着："唯唯，你盖一会儿，擦擦汗。"

柳唯一点面子不给，扭头就和邓清吐槽："大男子主义是不是？"

涂亮亮委屈地说:"我怕你冷。"

柳唯偏要说:"大方一点让人家看我,我才好看别人,你放心,看两眼不掉肉,那边的清凉美女,你也看呗,别挡着我看帅哥强壮的胸肌。"

涂亮亮不满道:"什么嘛,我也有,你摸我的!"他一咬牙,做了个姿势挺起胸膛。

柳唯一张五指就揉了上去,满意道:"挺软的!"

好姐妹要懂得分享,柳唯叫道:"小清,你也来摸一下!"

邓清只是站在原地捂着嘴笑。

涂亮亮感到身后一道死亡射线,赶紧抱住自己,说:"别闹,别闹,只能我老婆摸,男女授受不亲,小清,你摸你自己家的去!"

"穿太厚了,海边包这么多干吗?"邓清就势调戏人,伸出湿漉漉的手去拽林州行的领子。

正巧赶上林州行不知道为什么心情不好,冷飕飕地说:"大白天的别扒我衣服。"

可是邓清其实知道,不仅知道,而且还贴着人坐下来,挤着坐进一张沙滩椅,差点就坐在林州行腿上,钩着他的脖子故意说道:"我还买了一款比基尼,蛮好看的,我明天要穿,怎么样?"

林州行把墨镜往下拉,悬在鼻梁上,露出浅褐的瞳色来,冷淡道:"你穿什么关我什么事。"

"喊,什么态度啊?不理你了。"邓清笑嘻嘻地把人抛下起身,"我要再去玩。"

反正这人经常莫名其妙发这种脾气,她已经习惯了,没什么所谓。有时候她觉得他像河豚,鼓起来之后只要摆在旁边,自己就变得扁扁的,虽然喜怒无常,但是调节能力很强。

他们都在逐渐更了解对方。

人真是一个复杂的命题,一个矛盾的集合体,远观时看不清,距离近了也未必能读透,邓清觉得林州行有时候心机深沉,有时候又十分幼稚。

而林州行仍然认为邓清心如磐石,既然如此,那么就由他来做那蒲苇。

他们会找到一个最好的方式相处,只要被对方吸引,就总能磨合出一个办法。

夜幕降临,他们在海景餐厅吃龙虾和三文鱼刺身,主食是金枪鱼三明治和意面,配白葡萄酒。

领班前来交代晚上的住宿安排,弯腰十分礼貌恭敬地打了声招呼。柳

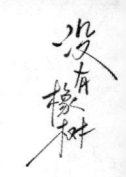

柳唯"扑哧"一声笑，林州行抬起眼皮看她一眼。

领班是懂眼色的，马上和颜悦色地改称"林先生"。

柳唯不管那些，还是笑，说："第一次听见真有人这么叫，太逗了。"

邓清看林州行的脸色，不好跟着笑，抿了抿唇转移话题："来了南海要不要看日出？"

柳唯说："不看，起不来。"

于是邓清也就作罢。

饭后他们穿过栅栏来到了围墙的另一面，这一侧是私人海滩和联排的海景别墅，中间的建筑物是核心功能区。靠近门口时，林州行突然快走两步，弯腰开门做绅士礼，做了一个引导手势让柳唯先进。

柳唯没什么防备，一踩上地毯就被两侧排山倒海的"柳小姐好"给吓了一跳。两侧迎宾侍者都穿着黑色礼服戴白手套，齐刷刷地鞠躬，又是一声："柳小姐好！"

这么大礼，怪吓人的，柳唯不敢再往里面走，回身瞪人。

林州行问："逗吗？"

柳唯恼怒道："你怎么这么小气啊！"

林州行冷笑一声，问："那你急什么？"

"一点玩笑开不得。"

"你也是。"

涂亮亮无奈叹气。

邓清说："别吵架！"

晚上有人送餐，酸枣茶和几块小点心，配应季的热带鲜切水果。两个女生睡一个房间，洗了澡一边吹头发一边说着话。柳唯向后一仰，完全陷在软绵绵的床垫里，侧头看着窗外近在咫尺的海滩景色，感叹道："有钱真好。"

邓清没回话，有些愣愣地坐在床上，对着手机想事情。

柳唯便问："小清，怎么了？"

"林州行约我早上五点钟去找他。"

"去干什么？"

"他不说。"

"啧……"柳唯说，"狐狸尾巴还是露出来了。"

邓清怀里像揣着一只小兔子似的，心突突直跳。

柳唯跳下床，去行李箱里翻了一阵，摸出一盒东西，拆出来一个塞进邓清手里,郑重地嘱咐:"一定要带上。"

邓清强装镇定地"嗯"了一声。

定好闹钟,她很快进入梦乡,睡得很沉。

临近五点钟时闹钟响起,邓清揉着眼睛起床,稀里糊涂地开了灯,才发现隔壁床上空无一人。

尚未清醒的脑子迟钝地想了半分钟,邓清恍然大悟。

她穿好衣服,摸到昨天柳唯塞进手里的东西,顺手放进了兜里。

算了,懒得拿出来,可万一……

5

海边的清晨也是冷的,打开门后,邓清拉紧了肩膀上的薄衫,发现林州行已经等在外面。

天色未亮,但是已经有了一层朦胧的浅色,让夜空处于重墨和深蓝的微妙界限之间。邓清想到兜里的东西,声线紧绷,挤出来四个字:"你进来吧。"

林州行一愣,问道:"进来干什么?"

邓清猛眨眼两下,又挤出四个字:"二姐不在。"

林州行以为她是担心,因此解释道:"我知道她不在,亮亮也不在,这两个人不知道干什么去了,不用管。"他来牵她的手,笑了笑,"我们去看日出。"

他轻轻拉着邓清向前走,回头一笑,眼神清亮,有神气而得意的少年气。

邓清反思是自己脑子里的废料太多!

甩掉那些乱七八糟的想法,她脚步轻快地跟上。到了近海的海滩前脱掉鞋子,两个人赤脚走在湿软的沙滩上,海浪声声,卷过礁石和陷在沙地中的脚踝,海风扬起长发发尾,邓清出神地望着一望无际的海平面尽头。

天海均是墨色,但海面明亮,且是流动的、生机勃勃的,天空则更沉静,不发一言地笼罩住整个海面。

邓清说:"我喜欢海。"

林州行自然地问:"为什么?"

"因为我喜欢水,林川每年有大潮,从小看到大,平时的江边也总有人坐在那里看水,你知道他们在看什么吗?"

"不知道。"

"什么都没看。"邓清弯着眼睛笑了笑,"因为什么都没有。"

什么都不必有,水面浮动,心潮就会渐渐平静下来,人需要一些时刻

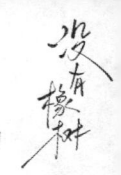

来整理自己，这是个被动的过程，而你要做的就只是等待，在高速进行的时代中，像按下暂停键的机器一般停掉轰鸣声，静静地慢下来。

邓清看着海面，而林州行看着她。他们都变得更安静，许久没有说话。

"问你一个问题。"邓清突然说，"为什么不把这个岛全部都开发呢？"

林州行沉默了一会儿才开口："这个岛，是我妈妈的结婚礼物。这是国内开放的第一批私人产权岛屿，外公在我妈妈结婚的时候买了下来送给她，她也是在这里度的蜜月。"

"我爸接手以后，把这里的经营权开放，外包出去开发，但是在我妈妈的要求下，保留了他们蜜月时住的别墅。"他用手比了一个手势，表情不多，语气淡淡的，"就这样，切开了。"

海风揉起黑发，他的脸在夜空下晦暗不明，一些敏感心思没有必要被言明被懂得，有时候他也不知道自己在讲什么，但是邓清上前抱住了他，而且是钩住他的脖子要把他摁进怀里的那种姿势。

林州行很莫名，他不认为自己在伤心，却还是弯下身子，听话地被她抱住。

"州行，"邓清轻声说，"开心点好吗？"

她居然说了和母亲一模一样的话，好像一种映照一样，他的生命中出现了如此重要的人，温暖的心脏贴在一起跳动。但这一次林州行没有说好，只是更深更依恋地抱紧了她。

就像藤蔓抓住树干，他缠绕在她身上长出枝条，什么都不用再说。

他永远也不可能真正开心起来，但他可以向她靠近，只要靠近，只要不分开，就会获得安宁。

爱人就是他此生凝望的海面。

五点半，日出尚未到来，还需要等上一会儿，林州行带着邓清爬上一块平整的礁石。礁石切面很大，容得下两个成年人平躺。

"我小时候陪父母度假时，常常躺在这里听海浪声等日出。"

"你一个人？"

"嗯。"

"为什么？"

"睡不着。"

"不会很孤独吗？"

"不会。"林州行笑了一下，"有海浪。"

比起日出，他好像更喜欢看海天交接一团混沌的样子，因为知道太阳将会升起，所以那种期待很激动人心。从前他一直一个人坐在这里，等待海风吹透身体，从心中的空洞穿过，但现在邓清对他说："虽然现在什么都看不到，但是天亮后就会很美了。"

"什么？"

"那个电影。"邓清兴奋地坐起来，支起一只手臂，"你也看过的吧？周星驰！"

"看过。"

她继续模仿台词："不上班怎么办，你养我啊？"

林州行点点头，"嗯"了一声。

"哦，你要养我啊？"邓清笑着说，"那确实养得起。"

"是啊。"林州行顺着她的话往下说，"花一半扔一半也养得起。"

邓清意味不明地抿嘴一笑，突然侧过身贴着他的脸颊亲了亲。

柔软的唇一触即离，在那个瞬间，林州行难以自控地为之心动，忍不住去勾画一个想象中的未来，但他同时清晰且清醒地知道那个未来是不会到来的，这是一个陷阱，又或者说是一种妄想。

"可是你不需要，是不是？"他其实说的是个肯定句，没有疑问意味。

"主要是不适合。"邓清说，"老邓的厂子做起来之后，我妈妈就不怎么工作了，也算是回归家庭吧。我们家还是挺幸福的，但是我……"她掰着手指，认真地分析，"但是我的天赋不在家庭这块，我发现了，我不细心，也不会照顾人，我比较喜欢去完成一件事情，学生会的工作我就挺有兴趣的，虽然部长总是压榨我。"

"确实是这样。"林州行深以为然，"给人倒水能把人烫死。"

"我没注意嘛。"

"是不用心。"

"怎么啦？"邓清不高兴起来，"那你用心，你适合家庭，我养你好了吧？"

林州行望着她笑了一下，轻声答应："好啊。"

"别闹。"邓清推他，"我可养不起。"

"你可以努力。"林州行语气平平淡淡地噎人。

邓清气得一口气顺不上来，回嘴道："那就这么说定了，我努力上班，以后你在家带孩子！"

林州行顿了两秒钟，没反应，也没回答。邓清差点就要得意起来，然后听见林州行的嗓音低了下来，人也俯压过来，在邓清前上方形成一个墨蓝色的影子。

"你想和我生孩子？"

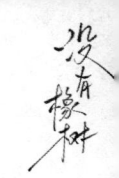

"你……"邓清猛然起身,推开他。

他又补了一句:"几个?"

"不聊了!"见林州行还要开口,嘴角似笑非笑地勾着,邓清更加情急,先发制人瞪着他,"说了不聊了,从现在开始,谁先说话谁输!"

"你……"

"别说话!"邓清捂住自己的嘴,另一只手指着人。

林州行并不想参与这个幼稚的游戏,但是他竟然真的不再说话,把视线放远,看着海面,邓清重新躺了下来。

海风在他们周围沉默地涌动,海水像一阵一阵的雨声。林州行把外套脱给邓清,邓清闻到上面也带着一股海风的凉意,老老实实地裹住了。

恪守着游戏规则,邓清坚定地一声不吭,因此无聊起来,于是就看着林州行,看着他线条柔和流畅的侧影,衣角翻飞,像翅膀。

她继续看着他,看着他在逐渐亮起的晨曦中被风吹起的额发,看着他的眸子渐渐获得光源,从深黑色转为深褐色,然后是她熟悉的琥珀色。

林州行伸手拍了拍她的脑袋,喊道:"清清,太阳出来了。"

"你输了哦。"邓清一下子坐起来,笑意盈盈,钻进他怀里。

林州行也笑了,从背后搂着她,他们一起看向海平面。

林州行闻到少女身上的柔软微凉的淡淡香气,在她后颈处短暂地印上一个轻吻,低声承认:"嗯,我输了。"

邓清小幅度地动了动,调整了一下姿势。

他怀里像是抱着一只鸽子。

太阳真的出来了,先是把海面染上一层层鲜红,再逐渐爬上云层。天空如此开阔辽远,但依然被无所不至的日光映透。是那么有生命力无从抗拒的日光,从小小的一个点开始,将目之所及的一切都铺满。海面上闪烁着波光粼粼的碎金,人的身上也开始有了暖意,虽然邓清从来也不觉得冷——有人从身后抱着,一点也不冷。

日晕一圈一圈地荡漾开来,天空和云层被涂满奇异的暖色,海风也变暖了,变温柔了。

邓清听见耳畔有人轻声说:"我爱你。"

她略带震惊地回头,从没想过会在此时听见,来不及想透彻喜欢和爱之间是否有所区别,就被林州行吻住。她仰头承受这个吻,心潮如海浪般起伏,最终通通击碎在礁石之上。

想那么多干吗呢?

人生如逆旅,谁不是孤身走四季?若有相爱的缘分,一定要紧紧抓住。

心绪呢喃，她在心底回应：我也是爱你的。

当整片天空都变为玫瑰色，海面也逐渐脱掉了一层黑灰色外套，显现出原本的碧蓝来，拍打上岸的浪花卷起雪色，整片海滩只有他们两个人。远远看去，黑礁石上有两抹小小的影子，而日光、海面、天空，都是那么的远阔。

人类无力跨过时间，是渺小的存在，只能告诉自己珍惜当下，所以就抱紧彼此吧，想象着此刻就是永恒。

或许吗？

我们可以永远永远不要分开。

海边依偎的情侣，漂亮的少男少女，原本是绝好的气氛、绝好的景色，如果不是林州行揽住邓清的腰时不小心摸到了她口袋里面的东西的话。

不知道别人遇到这种事会怎么处理，会不会替女朋友遮掩，装作无事发生，或者觉得这种尴尬的小心思很可爱，但林州行绝不会，他两指一夹就把东西抽出来，还没等拿稳就被邓清劈手夺了回去。

她也知道他向来恶劣，所以先下手为强，满脸通红却还是装出恶狠狠的语气："你敢说话我现在就把你踹下去。"

可惜这吓不到林州行，他非要偏头笑道："你对我有非分之想？"

邓清果然踹上去，脚踝被人稳稳捉住，再一拖，又进了林州行怀里。林州行果然起了促狭心思，小臂撑在两侧，压着人，问："现在吗？"

一味退让不是制敌之策，邓清咬牙，反手扯开他的衬衫扣子，露出胸膛一片，毫无顾忌地揉了上去，问："你敢吗？"

手感挺软的，又带着点弹性。

林州行被邓清的主动吓到怔住，力气一松，邓清马上换了姿势，赤脚向下踩去。

林州行匆忙放手，拉住自己大开的衬衫领口，慌乱地扣上扣子求饶："不敢，清清，别闹了。"

"是吧。"邓清见好就收，立刻跳下礁石，"快回去。"

第十二章
限时体验卡

1

短暂的旅行过后,就是第一次分离,但即将过年的气氛还是很好地冲淡了分离的焦虑,邓清每天被妈妈安排采买年货或者在家帮忙。

人和人之间的相处是需要距离的,子女和父母也是一样。

邓清刚刚回家时,陈锦女士差点热泪盈眶,一周之后就开始日常看每个人不顺眼,不仅邓清要被骂,连老邓的生存环境都更加水深火热了一些。

这时候邓清就有点怀念起大学之前的假期了,起码有作业可以做,可以用这个正当理由抵御陈锦女士,可以光明正大地关上门说要学习了,还能获得定期投喂的水果和蜂蜜水……多么美好的永不再来的时光。

老邓还在厂里的时候,邓清记得临近过年工会在少年宫组织游园会,里面有一个又一个的小摊位,可以玩打气球、夹玻璃珠、填涂色卡和其他各种趣味小游戏,赢娃娃之类的小东西,所有的小朋友都会被打扮得很漂亮,邓清一直最期待在那一天穿上新裙子。

人的本性是喜欢炫耀的,漂亮很重要,但是被人夸漂亮更重要。

其实游园会每年都还有,但是邓清已经不会再去,陈锦女士说她长大了,她也明白。

长大了,人的期待就越来越少,但是越来越膨胀,很难被满足。

买完花生、瓜子、大白兔奶糖,还有葡萄干和各类炒货,再备上一大块上好茶砖,为着是好请客。

每年这个时候老邓是很忙的,局很多,不仅自己出去喝,还要把人请到家里来,一般这种饭陈锦女士是不做的,讲明白了不伺候,老邓自己下厨,陈锦把女儿拽去上香。

溪山寺的梅花最好,开得早谢得迟,来上香的人和来赏梅的人都很多,说不好谁是主谁是次。

见红梅开得坚韧明艳,陈锦感叹:"下场雪就好了,傲雪红梅更好看。

来，清清，给妈妈拍张照片。"

邓清嘴里应着，实际上把卡片式相机对焦在花瓣上，她喜欢这种自然的、真实的、生机勃勃的东西。陈锦又催，她才匆忙照了一张。

陈锦不满意，邓清就再拍，连拍了五六张，她俩才再次拾级而上，踩着青石板随着密密麻麻的人群一路向上。

寺门口每人可以领三炷香，邓清没有领。

"不信这个。"

"信则有，不信则无，来都来了。"陈锦把香塞进女儿手里，安排得明明白白，"一炷求姻缘，一炷求事业，一炷求健康求平安，心诚则灵。"

邓清讨价还价："那还不如都求平安，我和你和爸爸，一人一炷。"

"我们自己会管好自己呀！你也管好你自己就行！不用操心我们！"

邓清撇撇嘴，不和陈锦争。

陈锦觉得自己的话题开启得很丝滑，满意地问了下去："想好没有，以后考研还是回来找工作？考不考公务员？林川的公务员难考呀，要早做准备！"

"没想好，我才大一。"

"男朋友谈得怎么样？家里什么条件？人品怎么样？对你好不好？"

"刚开始谈，都不知道。"

"邓清！"陈锦果然怒了，开始喊她大名，"怎么一点规划也没有？"

"车到山前必有路，船到桥头自然直。"邓清拈着香指了指石壁上的佛语，"妈'你看，一个缘分的缘字。"

"缘个啥。"

"真的没有想好！"邓清黏上来和母亲撒娇，"想好了一定第一个告诉你，好不好？"

陈锦点了点女儿的额头，无奈地说："你呀，看着清楚，其实糊涂。"

自己养大的女儿自己知道，她还有半句没说——看着糊涂，其实比谁都犟，主意正，而且往往藏在心里不说。

邓清看着活泼外向，其实并不喜欢与人交心，甚至包括父母。陈锦很清楚邓清这样性格的养成来源，邓有为刚刚买断工龄离职创办友达的头十年，是夫妻共同打拼的十年，也是女儿成长的关键十年，邓清被轮流放在奶奶家和外婆家，等再大一点就是一个人在家，小女孩自己开火做饭，自己坐车上学，自己安排自己，由此锻炼出独立的能力和不依赖的性格，以及遇事不参考任何人的意见并闷头就做的风格。

当友达的经营终于平稳，女儿已经长大，成长无法倒回，错过了就是

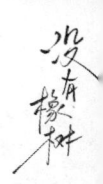

错过了。陈锦试图把生活的重心放回家庭,却发现家庭已经无须过多经营。但也不是一切都晚了,起码邓清人生的几件大事她还是可以参与的,而且要严格把关。人生的关键节点就那么几个,陈锦觉得自己是过来人,可以指导自己的孩子。

请好三炷香,还可以挂平安符锁同心锁。邓清嘴上说着不信,但是看着满树红绸垂下,字字句句都写着不同人的心心念念,还是在心里升起很难以言说的情思,无可避免地想到一个人。

陈锦把皮包塞过来,大大咧咧地说:"看好,我去上个厕所。"

"好。"

等母亲的背影一消失,邓清马上偷偷摸摸跑去买了一张平安符。

负责写符的小师傅眉清目秀,不紧不慢地问:"请问所佑之人贵姓?"

邓清欲盖弥彰地张望一番,小声说:"姓林。"

红绸被挂在了树枝上,邓清感觉心里被沉甸甸的东西占满,默念了一句"平安喜乐"。

陈锦抱着手臂从身后靠近,笑了笑,心知肚明地问道:"傻丫头,干什么呢?"

"没干什么,等你呀。"邓清急忙回身,"走吧,妈,回家了。"

每年春节前,林启远都会派人提前打扫好祖屋,全家人去广州过年。无论多少年过去,这里的陈设和结构都没有变——花砖、趟栊门、旧屏风、青砖木梁,高高的天井留出一个小口,下层几乎不见阳光。

这是昔日广府最寻常的百姓人家罢了。

林启远并不是家境殷实的西关大少,十几岁就离家下南洋,如今基业都是奋力拼搏所得,林家的祖屋也不过是巷间狭小的竹筒楼,每年住一住。

林启远讲,这是饮水思源。

虽有大厦千万间,夜眠不过七尺,因此要不忘初心,时刻居安思危。他原本给外孙拟好的名字也是"舟行",逆水行舟,不进则退,但女婿李泽平正式改名入赘时,不知道为什么也偏偏要较劲这个"舟"字,父子同名应有所避让,林启远就让外孙改了名字,但仍然同音,隐隐有冲撞的意思,是有意为之。

广府年俗自成一派,和长江流域不同——年二十三祭灶,二十四开油锅,炸蛋散、油角,煎堆碌碌,金银满屋,二十五花街开市。

这天林州行被母亲拉着上街。

林舒琴总是讲,行花街唔(不)算过年,挑挑拣拣,搬回来两盆高大剑兰，再加一盆金橘、一盆发财，林启远瞧着很喜欢，说寓意好。

二十七贴春联，楼梯上贴"上下平安"，门楣上贴"招财进宝"，大门两扇是财神，林州行贴完就搬了条凳子坐，默默摸出手机，被外公看到，又是不顺眼。

这么多年了，林启远训人还是那一套，拐杖一敲就骂道："过咗年就大个仔，唔好再学懒（过了年又大一岁，不要再偷懒）。"

林州行说："知道了。"然后就躲起来打电话。

当距离遥远，所有的关心好像都会显得乏力许多，林州行能做的也就是每天关注天气预报，提醒邓清一些小事。邓清这个人照顾别人的能力不行，照顾自己的水平也欠缺，按说人家回了家，自然有家人在旁边，不需要他多事，但他还是有些担心。

果然，邓清失联了两天，其间只留言了一句语焉不详的"有事"，电话也打不通，终于在第三天的时候主动打来电话解释，说手机掉水里了。

"都怪你。人家说溪山寺的水池里面有一只一百多年的王八，平时一动不动，硬币一丢就会开始游泳，我为了拍给你看，手机没拿稳掉进池子里了。"

"这也怪我？"

"不能怪你？"

"好。换新手机？多少钱，我报销。"

"不用，我从压岁钱里面支出了一点。"

"够吗？"

"当然够。难道你们那边不给红包吗？"

"这边叫利是，面值不大，讨个意头讨个彩头。"

"哈哈哈，我们这边的红包很厚。"邓清得意笑道，"我从小到大的压岁钱攒起来可是有五位数哦，羡慕吗？"

"嗯。"林州行笑了笑，"羡慕。"

"哎……我的手机抵得上多少硬币？那只王八能不能好好对待一下我的心愿？"

"去上香了？之前不是听你说已经去过一次吗？"

"下雪了，我妈非要再去一次，去看梅花。"邓清顺势问道，"广州下过雪吗？"

"我没见过。"

"哦。"邓清不知道想到什么，声音忽然小了起来，"州行，林川下雪了。"

安静了一会儿，邓清听见林州行轻轻吸了一口气。

"要见面吗？"

"啊……"邓清口是心非地说，"怎么了呀，你没见过雪？"

停顿一下，她听见砂轮轻擦的声音，毫无征兆地，他说："我很想你。"

邓清头脑嗡嗡发热，一时上头，热情大声地回应："我超级超级超级想你。"

反应过来之后她立刻挂了电话。

2

这天是腊月二十八，林州行买了下午最早的一班飞机飞过来，晚上的时候才到林川。他什么行李也没拿，好像也没什么特别的话要说，只是来见邓清一面。倒是邓清心绪澎湃，拉着人亲了好几分钟。

林州行评价道："没想到林川的朋友这么热情，很是尽了地主之谊。"

邓清拽住他的大衣领子，轻轻踮脚，让自己的视线与他平齐，盯着淡色瞳仁里面自己小小的影子，用眼神勾引人，似笑非笑地问道："还能更热情，要不要体验一下？"

"可以。"林州行声线冷静，手却把人搂紧了。

邓清眨眨眼，说："那你把我带走吧。"下一句是，"不过我妈正在楼上看着。"

她明显感到眼前人背脊一僵，于是诡秘得逗地哈哈大笑起来。不过林州行没空跟她斗法，他真的抬头，也真的看见楼上一扇大开的窗帘旁边有个身影一动，往一旁隐藏起来。

一时间，他有点不知所措，不知道是不是该把邓清推开，又或者做个其他什么表现才好。

要上去打个招呼吗？

可是他什么礼物都没准备，也不知道邓清约的这个地址就是她家楼下。

"好了，不闹了。"邓清把人抱住，"你住在哪里？什么时候走？"

"现在。"

"啊？"

"一个小时后，下一班飞机。"

"怎么这么急？"

"明天要祭祖，不在会被打断腿吧。"林州行轻描淡写地说着。

邓清知道林州行从来不会开这种自嘲的玩笑，所以很大概率是真的。她吓了一跳，急忙说："那你快回去。"

林州行抖落雪花，为女朋友扎紧围巾。仍有一枚雪花落在邓清的睫毛上，尚未融化时被他吻化，然后唇角贴了贴算作告别，凉丝丝的一个吻。

他的动作拘谨了很多，因为始终觉得有一道目光来自楼上。

邓清并不在意，不肯放手，紧紧抱着他，埋在人怀里，说："见到你之后，好像更想你了。"

"嗯。"林州行拍了拍她的头，"我也是。"

林氏也算岭南大姓，在西关有一处宗祠，另有先祖香火供奉在堂屋正中，林氏大族人丁兴旺，每年腊月二十九都会请祖上大供。林启远就这一个外孙，林州行不在，老头是一定会发火的。

原本林州行去林川是要和家里说一声的，但他仅仅提了一句就让外公驳了回来，林舒琴也好声好气地哄儿子说忙完年关再去见。但按往年来说，这一忙往往就忙个没完，广州亲戚旧友极多，作为后辈，他不能不陪着登门。

让他缓一缓，只怕一缓就要缓到元宵。

林启远见林州行一言不发，以为此事就揭过去了，谁知道前脚还在家里吃了饭后脚人就消失了，查了他的机票之后老头气得倒仰，骂道："扑街仔、顶心杉，说回就回说走就走，当家里是宾馆吗？"

林州行半夜才回来，自己去跪太祖，上了三炷香，一个小时一声不吭一动不动。林启远只是站在门口看了两眼，什么也没说。

林舒琴有心给儿子求情，亲自煮了桃胶给父亲喝，细声细气地劝，林启远长叹一声："阿琴，你是管不住他了，我也不行，以后没人管得了他。"

"爸爸别说这种话呀，小州都知道错了，他听话的。"

"他表面听话，性子极端，做事只讲目的不考虑他人感受，你我已经是他最亲的人了，一件小事尚且劝不住，日后定是隐患，你明不明白？"

林舒琴何尝不明白，只是仍旧笑了笑，说："爸爸，不用怕的，小州是个好孩子，本性是好的，其余的慢慢调，也会好的。"

"难啊。"林启远把龙头拐杖杵在地板上。

林州行没有回头看，跪得笔直，低声喊道："阿公。"

"月满盈亏，过刚易折，慧极必伤。"林启远道，"小州，做事不能太绝太遂心，凡事要留余地才可回转，你明白这个道理吗？"

"我明白。"

"你现在还不明白，只是嘴上明白。"林启远用拐杖轻轻敲了敲他的背，咳嗽两声，叹了口气，"顺其自然，尽力而为，强求不可得，日后行事别一意孤行，多和人商量。"

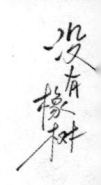

"嗯。"

"行了,起来吧。"

林州行听话地站起来,揉了揉发痛的膝盖,心里却想着:强求亦可得。他想做的事情,当然就要去做到,也一定能做到。

邓清送走林州行,心花怒放地跑上楼。

陈锦正握着遥控器看电视,电视里播着过年必听的那几首喜气洋洋的歌曲。

邓清扑进她怀里炫耀地问:"妈,怎么样?看清了吗?帅不帅?"

"帅的,但是配我女儿啊,也就一般。"陈锦怪矜持的,抓了一把瓜子磕,端起架子足足的,嘴角含笑,"我们清清谁都配得起。"

邓清美滋滋地说:"那当然。"

"幸好你爸不在。"陈锦把手里的瓜子皮清掉,蹭了蹭掌心,"不然就要提着刀下去了。大街上亲来亲去的啃嘴唇子,也不害羞。"

"喊。"邓清一声轻哼,"二十一世纪了好不好。"

陈锦一捅胳膊肘,"啧"了一句,音量放低:"那什么没有?"

"……哪什么?"

"就那什么,傻丫头,非要你妈讲出来是不是?"

邓清支支吾吾道:"没有。"

"哦,万一有,一定要做好保护措施。"陈锦皱了皱眉,严肃地说,"绝对不许吃药,闹出事来伤身体,听到没有?"

邓清不好意思应话,就点点头。

陈锦又说:"不过别告诉你爸。说起来,那个小子叫什么来着?姓林是不是?家里条件怎么样?和咱们家比呢?"

邓清一想,不知道怎么说,就含混道:"挺悬殊的。"

"悬殊不要紧,是潜力股也可以,关键还是人品。"陈锦颇有远虑地谋划起来,"你看看啊,咱们家这个条件比上不足比下有余,也不是不能扶一把,还是得看他这个人是不是踏实、努力。等毕业了你们一起回林川,站稳点,先把日子过好了,工作安顿好……他们家就一个?"

"嗯,一个。"邓清不想回答,实在无语,又不能不回答,她知道陈锦理解反了。

"哦,独生子。"陈锦琢磨着,"他自己要是有本事,能把房子买了,再商量商量把他家父母接过来也不是不行。清清,你也想想哦!"

"我想什么啊?太早了!这才谈几个月,又不结婚!"

"没有逼你结婚,你多了解了解情况嘛,两个人未来思想不同步,那还不是要分手的呀,不然就靠一张脸?"

"不是这样的。"邓清突然觉得很烦,索性不说了,起身回了房间。

"光谈恋爱的啊?"陈锦对着已经关上的房门数落起来,"现在的小年轻不负责任!"

3

等到元宵过完重回学校,ICDMC 的竞赛课题推进也到了最关键的时刻,经历了涂亮亮主导的编程阶段和林州行主导的建模阶段,现在的结果讨论和产出阶段由邓清主导。

和方案进行时的顺畅合作不同,在讨论结论时,林州行和邓清的观点可谓是南辕北辙,从来想不到一起,句句针锋相对、毫不相让。涂亮亮在其中调停,愁得白头发都长出来两根。

"他们两个都有点问题。"涂亮亮私下里和柳唯吐槽的时候都用这句话开场,以示自己毫无偏颇。

柳唯不管,只问道:"谁的问题大一点?"

"说不好。"

"硬说!"

"那就州行。"涂亮亮心想顺着柳唯就行。

但柳唯不是那么好糊弄的,继续说:"细讲。"

细讲的话,就是邓清不让步,而林州行不松口。

这两个人都让涂亮亮想不明白,一个课题而已,何必那么激烈吵到刀光剑影,这不是说他认为认真和投入是不好的,而是就算认真和投入,也要斟酌下措辞吧!

林州行的"好脾气"是个假象,这点涂亮亮倒是早就很清楚,建立在林州行说话少和不爱理人的基础上,如果真的在意,就言辞锋利不避人,刻薄起来简直是要命的。

但涂亮亮没想到的是,邓清也丝毫不落下风,完全做到了"以其人之道还治其人之身"。

两个人各占一边,就都目光灼灼地看着涂亮亮让他表态。

往往这个时候,涂亮亮就镇定地说:"我要去趟厕所。"

他去厕所也要带上书包——三十六计,走为上计。

涂亮亮走了,两个人仍然就刚刚的话题继续吵了下去。林州行用笔轻叩桌面,慢慢说道:"数据和建模都只是工具,营销是一种服务行为,趋

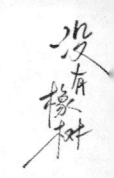

势是什么,我们就迎合什么。"

"不如我翻译一下。"邓清也摆出一副冷硬态度,"什么方式能赚钱,那就用什么方式。"

"对。"林州行说,"不然我们做这个课题的应用逻辑在哪里?"

他用了讽刺的语气举例:"做出一堆漂亮的图表、分类,然后呢?做心理测试?写新闻稿吗?女人的消费能力大于男人,男人的消费能力不如狗,这种结论公布出来有什么用?猎奇而已。"

"可是如果你要转化结论……我们都知道人性的弱点更容易击中客户,林州行,你在利用他们。"

"我只是选了一种通路最短、成本最低的方式。"

"那就会越来越没有下限,越来越低俗,没有底线的迎合算什么?企业不需要有起码的社会责任感吗?"

"你的社会责任感过高了。"林州行平静地说,"而且用户不会接受,他们只是想看到能打动自己的广告,然后买到想要的东西,不是来上课的。"

"你在偷换概念。"邓清把几个词挑了出来,"被打动不代表适合,想要不代表需要。"

"谁来帮用户判断适合和需要?你吗?"林州行冷淡地抬眼,"邓清,别这样居高临下。"

"你……"邓清气得站了起来,但是面对林州行的面无表情,她紧攥拳心,调整呼吸,终于把自己的声线也放平,"讨论问题就讨论问题,别人身攻击,既然我们没办法取得一致,那就先各做各的发表,一周之后再见吧。"说完,她拿走外套和包,头也不回地走了。

林州行没追。

"但是小清有的时候也有点意识不到自己说话……"涂亮亮谨慎地想提出一些建议,但是柳唯不耐烦的一记眼刀飞过来,他闭了嘴。

何必为了别人的老婆得罪自己的老婆?!

"就事论事,小清又不是在骂他没良心没底线没有社会责任感,他急什么?"柳唯抱着手臂数落,"一个男人,心眼针尖大。"

"州行心思是比较细、比较敏感,性格是这样的,有弊也有利嘛。"涂亮亮试图说点好话。

"难怪小清这两天一下课就对着个电脑做PPT,饭也不吃。"柳唯若有所思,"都是林州行气的!"

"收到。"涂亮亮接到任务,声音洪亮,"我这就转达给州行!"

通常人们都说兴趣是最好的驱动力，其实愤怒也是。自从把林州行拉黑，邓清觉得自己的材料写起来文思泉涌，各种图表详略得当，成果清晰又突出，虽然有几个建模思路表述得不太清楚又不肯问林州行，但仍然不妨碍她觉得自己是个天才。

老大和刘薇一起从外面回来，给她带了一份外卖，包装挺精美的，一个方方正正的牛皮纸盒子，很大，打开来是大盒子套着两个小盒子，整整齐齐地码放着，抱在怀里沉甸甸的。

邓清笑着问："你们这是给我带的什么？切了一头牛进去？"

"啊……这个嘛。"刘薇摸了摸鼻尖，和老大对视一眼，"你打开看就知道了，新店，从来没买过。"

"是吗？那……"邓清说着掀开其中一个盒子，忽然噤声，"啪"又盖上了，质问道，"什么新店，胡扯，谁给你们的？"

刘薇笑嘻嘻地说："反正是别人给的。"

这个别人，不说也知道是谁。盒子里是一整盒黄玫瑰，有人说黄玫瑰的花语是歉意，柔软的花瓣触感像丝绸一样，娇弱地托举着一张卡片，上面写着：如有任何疑问，请拨打被你拉黑的那个号码，谢谢。

这气人的语气，这熟悉的笔迹和细而锐利的笔锋，完全不署名的习惯，无疑是林州行。邓清掏出另一个盒子里的炸鸡和可乐，气鼓鼓地狠狠咬了一口。

神经病！

不过吃完炸鸡，她心情好了一点，把那人从黑名单当中解除，电话打过去，不给人说话的机会，单刀直入地说："把你的建模思路写成三页内的材料，明天发给我。"

这样还不解气，邓清咬牙切齿地加了两个字："谢谢！"

"写不清楚。"林州行不紧不慢地说，"当面说才说得清楚。"

"哦。"邓清说，"那你定个时间。"

"现在可以吗？"林州行轻轻笑了笑，"现在可以下楼吗？"

邓清打开窗户一望，那个长着一张讨厌的脸的人，果然就站在下面。

邓清跑下楼，心想自己并没有消气，只是因为现在是春天了，而他恰好穿着一件她觉得很好看的白衬衫而已。

对，就是这样。

每个少年都应当有一件白衬衫，站在香樟树下，等着心爱的女孩，让微风吹动衣角，像海风鼓动着的白帆。

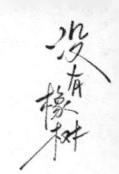

皮相还是重要的，很大程度上消解了最后一点不忿，邓清很大方地说："原谅你了。"

"嗯。"林州行微微点头，"很显然是我错了。"

"对……你，你知道就好。"

基于公平原则，邓清又说："我的态度和措辞也有应该改进的地方，但是我当时只是想说服你，不是想攻击你，真的。"

"我知道。"

也算是各让一步互相给了台阶，最终的成果做了一些适当的融合，之后就是做网站做海报设计。国际大赛注重交流和展示，五月份他们各自向学院提交了请假申请，用了一周时间去边海参加决赛发表。

除了他们的小组，Gabi 所在的小组也入围了决赛。ICDMC 的评奖方式并不是绝对意义上的分出一二三名，而是通过多维度打分将所有决赛入围组分为金银铜三组，金奖组只有三个名额。

目前除了尚未进行的成果发表环节，他们组的总体分数排名恰好第三，而 Gabi 是第四，分差不大。

为此，负责做成果发表环节的邓清紧张了很久。

不过她有一个优点，或者叫作特点，虽然紧张，但是时间越临近，反而越是镇静，有一种"来都来了"的心态，管他呢，都练习了那么多次了。

涂亮亮也不紧张，都能入围决赛了还紧张什么，最差也是个铜奖呢，嘿嘿！

林州行好像也不紧张，他做什么都是那副寡淡样子，陪着邓清做练习，标注出节奏点，按细节给出调整建议，然后带她去买衣服。

大陆赛区和其他赛区一样，在决赛前有一个例行的晚宴环节，邓清还从来没有参加过这种晚宴，拿着邀请函给出的着装要求有点无从下手，于是就拉着林州行一起。

边海其实是姚叔的业务范围，去年刚刚合区，姚文宪负责整个华南大区大零售业务，包括高端百货，但林州行并没有去找他师父"拜码头"，也没有用自己的那张百乐黑卡，结账时用的是普通信用卡。

边海是木家的大本营，林州行懒得多生事端，不想再和 Gabi 有什么交集，这次出门并没有告知母亲和外公。

涂亮亮同学拥有了人生第一套西装，无限感慨地说："我还以为我得等到结婚才穿得上！"

林州行靠在旁边说："我的第一套西装就是我爸送的。"

男生在这种伦理哏上面的反应速度是最快的，涂亮亮马上骂道："滚蛋！没大没小！"

　　林州行慢悠悠地说："有点素质。"他指了指更衣间关上的门，"还有别人在。"

　　"赶人是不是？"涂亮亮一听就笑了，"看在你付钱的分上，哥懂事一点，自己出去逛。"

　　林州行理直气壮地点点头。

　　"哎，等会儿。"涂亮亮走了两步又回头，把手机塞进林州行手里，"忘记拍照片了，我要发给我老婆看。"

4

　　邓清手臂上挎着两条礼服裙走出来，没看见涂亮亮也不意外，对着镜子转了转娉婷的身姿，视线和镜中人的一交汇，林州行就垂下眼睛看向别处。邓清大方转身说道："要看就看，为什么偷偷摸摸的？"

　　"习惯。"林州行笑了笑。

　　"哪条好看？"

　　"你自己选。"

　　邓清心里果然是有主意的，直接说道："那就这条红色的。"

　　大红色的绑带礼服裙，衬上白皙的皮肤，像是把云层映出晚霞似的，染出一层极有生命力的饱满气色，擦去了邓清一贯的清淡气质，把热情和明艳提上了表面。

　　林州行盯着她，目不转睛地看了一会儿，突然起身，站在她身后捏了捏空落的耳垂，浅笑一声，说道："好像还差点什么。"

　　说话间，导购小姐端来一个托盘，林州行在里面挑出一对浅金色耳饰——小小的夜莺衔着玫瑰，玫瑰花是红宝石做的。

　　搭配耳饰的还有一条环在脖子上的金色细链，邓清感到林州行微凉的指尖擦过后颈，搭扣轻轻一响。

　　"喜欢吗？"他扶着她的双肩，面向镜子。

　　邓清看见自己的颈间和耳侧闪烁着的金色的细小光芒，说："喜欢。但是……"

　　但是脑中有一句话实在是挥之不去，说了不合时宜，不说又要憋死。斟酌几秒，邓清谨慎地说："我有一句话想说，但是你不能生气。"

　　"嗯。"

　　看见林州行认真的等待表情，邓清已经忍不住提前露出笑容。

　　"端木带我去了美特斯邦威。"

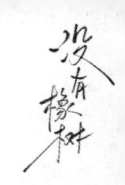

林州行先是疑惑地轻轻皱眉，反应过来之后停顿许久，咬牙切齿地说："邓清，如果要分出一个如何煞风景的组别，你一定是当之无愧的金奖。"

邓清眨眨眼，哈哈大笑道："说好了不生气的。"

是不生气，但方才略显旖旎的调情气氛是回不来了，林州行送开手，走到一旁去签单结账，手里把玩着信用卡，突然问道："想试试吗？"

"什么？"

林州行挑眉道："端木带我去了美特斯邦威。"

"什么意思？"邓清还是没懂。

"等一会儿。"林州行看了看表，"给他们十五分钟的时间准备。"

邓清吓了一跳，连忙说："你别真的花钱。"

"想得美。"林州行把卡收在掌心，"这张是我妈的副卡，有消费限额，根本不够。"

"那就好。"

"清清，你真的很奇怪，你可以找我要东西，经济条件本身也是我能提供给你的一部分，我相信这并不涉及你的自尊心，但是你也并不是……"他停顿了一下，"并不是真的想要，你只是……"

"觉得这样很好玩。"

这句话叠在一起从不同人的嘴中说出，最终形成了奇妙的回声。

林州行轻轻眯了下眼睛，几不可察地勾了下嘴角。

果然，没有人能掩耳盗铃，将物质差距视而不见，有钱从来就不是一件坏事，他们迟早要来处理这个问题。

邓清的方式是用游乐的心态去解构，稍稍带了一点逃避意味，但这也代表着他们不必度过漫长的磨合期，不必去捏合他们之间的"悬殊"——邓清在陈锦讨论这个问题的时候紧闭房门，也是出于同一种心态。

他们还在上学，这本身就是某一种真空的土壤，百乐的继承人和来自林川的女孩可以非常合理地相遇和相爱，开启一段恋爱关系，然后享受就好。在事件没开始时逃避开始，在事件未结束时逃避结束，行为不同，动机相同，林州行尊重她的决定和空间。

他对他们之间的关系有更长远和严肃的思考与担忧，但目前为止并没有结论和方案。老实说，他对此经验不足，因此暂时也不打算和邓清分享。

在现在，在当下，他只想如她所愿，分享和营造一些"好玩"的事情。

林州行又看了一眼腕表，说："十五分钟了。"

电梯缓缓上升，在十楼稳稳停下，店员们穿着整齐的制服，挂上热情的营业式微笑，在电梯打开的瞬间，就像偶像剧里面通常会有的桥段，林州行单手插兜,神色冷傲,示意邓清挽上他的另一条手臂。

随着电梯门"叮"的一声开启,他们迈步向前。四周落地窗高大透亮,阳光毫无顾忌地投射进来,光洁的地板足以倒映出人们清晰的影子,极尽奢华的装修风格让邓清想起"金碧辉煌"这四个字。

店员们推来货架,依次展示着令人眼花缭乱又琳琅满目的商品,随着高跟鞋的节奏,极其有序地穿插进起此彼伏的介绍声——

"邓小姐,这是最新一季的彩妆,我已经在手上为您试色,您可以看看。"

"邓小姐,不知道您对这一季的成衣线有什么要求吗?我可以为您挑选几套推荐……"

"我已经挑选好了,Mandy,去推那个货架。"

"好的。"店员又拉来另外一个滑动展示台,灯光下皮革散发出高冷又明艳的精致气息,"邓小姐,所有的包款都可以随意挑选。"

"邓小姐……"

"邓小姐……"

"邓小姐……"

好像一幅快速展开的画卷一样,邓清被林州行带着往前走。林州行一边走着,一边顺手拎起托盘中的香槟,递给邓清。对方却无暇顾及,好奇而兴奋的眼神四处流连。

他只好自己喝了一口。

邓清兴奋劲儿没过,说话声音大了一点:"你平时不会就是这样买东西的吧?"

"哪有这么浮夸?"林州行走到了尽头的休息区坐下,"这都是百乐旗下产业,有这份多余时间,不如多服务一个客户,何必来自己的公司摆派头。"

所以,是刻意安排了这么多人陪她演戏玩。

邓清激动地朝人鞠躬,说:"谢谢你们!"

"我从小就梦想着能说这句话。"她点了一遍,转了半个圈,提高声调,"这个,这个,这个,这个,除了这几件,全都给我包起来!"

不过她赶紧解释:"我就是过过瘾,不是真的要买的意思。"

领班经理训练有素,见怪不怪地微笑起来:"好的,邓小姐。"

这里是百乐百货为常年储值及消费的 VIP 客户设计的独立购物厅,免费提供 COVA(意大利的甜品名店)的三层下午茶套餐,另外配有 SPA 馆和淋浴室,不过这里最出名的,还是当初花了三千万打造的星空顶棚。

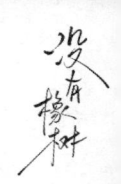

轻轻一个响指，光影变幻，四周的玻璃窗变为雾面，百叶窗尽数合上，挡住了阳光，室内暗了下来，数千顶灯像夜空中繁星点点，组成一条银河光带。

邓清仰头感叹："好漂亮。"

比起邓清的新奇和兴奋，林州行显得很淡定，光影从他脸上似流水般滑过，水纹一般波光粼粼，神色难辨。

邓清忍不住问："你在想什么？"

"没什么。"林州行笑了笑，"有意思吗？"

"有意思。"邓清语调轻松地开玩笑，"知道有钱有意思，没想到还能这么有意思。"

其实林州行只是在想，这里是提供给年消费过千万的红宝石客户的，单独包场的每小时费用超过六位数。林启远白手起家，最痛恨后生仔的奢侈做派，林州行一时兴起哄人高兴，作弄完了开始有点后怕。特别是他入场前还叫人清场，几个正在购物的黑卡VIP被礼貌地请了出去，万一其中有贵客，不小心得罪了大客户，外公能用拐杖敲到他吐血。

这账要怎么记？记在谁头上才能免于被打？林州行面无表情地陷入焦虑的沉思。

"小林总，还有一分钟左右。"领班接到耳麦中的通知，轻扶耳侧弯身下来轻声汇报。

林州行看了看腕表，问："到哪里了？"

"电梯。"

"这还有时间限制吗？"邓清觉得奇怪。

"对。"

"限时多久？"

电梯门上金色灯光的提示条亮起，"叮"的一声，邓清看见电梯里走出一个很有派头的中年人，穿一身规矩的西装三件套，口袋里插着方巾，大跨步走来，气势汹汹的，身后还跟着保镖。

林州行镇定地说："就是现在，快跑。"

"啊？"邓清被林州行拽走，留下一声浅浅的惊呼。

他们两个从消防通道跑掉，邓清平时疏于锻炼，跑得气喘吁吁，越来越疑惑："那是谁啊？"

"专门来抓我的，那是……"林州行笑着拧开厚重的消防门，笑容忽然僵在脸上，"……我师父。"

"小林总。"姚文宪带着保镖好整以暇地等在门后，脸色深沉地打招呼，

"好久不见。"

林州行乖巧说道："师父，你又这样叫我，外公要生气的。"

"你还知道啊？"姚文宪冷笑道，"可千万别师父来师父去的，我当不起。"

林州行马上改口："姚总，我来正常消费，你何必堵人？"

"正常消费要把整个十楼清空闹得鸡飞狗跳吗？"姚文宪感觉自己太阳穴突突地跳，"太不像话了！"

林州行油盐不进，像个混不吝小开似的，双手插兜，笑道："给姚总添麻烦了。"

姚文宪深深无奈，脸色缓和，叹口气，说道："小州，你听话一点，我帮你平账，不告诉林董。"

"我已经很听话了。"林州行无辜极了。

"报告还不交？拖了快半年！"姚文宪板着脸，"每月一次的通气会，林董让你线上旁听你也不听，财报一眼不看，几个月没进店了？你自己算算，一进店就挂下来几十万的账，我是真藏不下去了！谈恋爱把脑子谈掉了？"

在林州行身后老实站着的邓清猝不及防，感觉自己被点名，但是又想，跟我有什么关系啊？

确实是混不过去了，林州行自己理亏，因此不说话了。姚文宪忽然越过林州行，目光往他身后严厉地扫了一眼，邓清自然察觉，吞下一些不舒服的感觉，竖起一些防御姿态，腹诽：真不是我让他翘掉的，看我干吗？

林州行开口："师父，是我的问题，和清清没关系，报告我尽快给你，别告诉阿公我来边海了，行吗？"

姚文宪只道："你这样，林董恐怕会觉得失望。"

林州行垂了下眼睛，说："我知道。"

姚文宪劝道："木会长和妻女感情极好，你不来边海还好，来了却不登门，不合适。"

感觉这语气极其像林舒琴，林州行不耐烦地回道："我和木家的女儿有过节。"

"那有什么影响？又没叫你和她家女儿谈恋爱！木夫人喜欢你欣赏你，还专门去江大看过你，话难听，但是我不得不说，小州，我们不能给脸不要脸。"

林州行把视线侧开，神色骤冷："姚总不是管业务的吗，怎么还管别人的家事？"

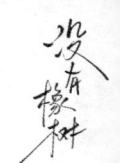

姚文宪面色不改，但是屏息停顿许久，调整情绪，回道："是，我只是个打工的，小林总，抱歉。"

"师父，我……"林州行猛然后悔，但姚文宪已经干脆利落地带人转身离开了。他怔了片刻，慢慢地在消防通道的楼梯上坐下来，揉了揉头发。

5

邓清觉得自己好像该说点什么，可又不知道说什么，便在林州行身边坐下，把下巴压在膝盖上，叹了口气。

林州行拍了拍她的头顶，问道："这么不高兴？我还没叹气呢。"

邓清郁闷地说："怎么搞得我好像那种红颜祸水一样。"

林州行被她逗笑一声，安慰道："不怪你。"

"我觉得你给我的道歉方式蛮好的。"邓清偏着头看他，"要不要给你师父也用用？"

林州行又笑了一声，问道："你让我也送他一盒玫瑰吗？"

"什么啊？我的意思是，不用改变你自己，但是也可以不要伤害到关心你的人。"

林州行笑意渐收，问道："你觉得我没错吗？"

邓清干脆地说："没有。"

"有些事情你可能没有那么清楚。"

"其实我根本不清楚。"邓清看着他，笑了起来，"但是不需要任何前置条件，我就是会站在你这边。"

林州行没再接话，但是握住了她的手，久久未放，眼睫垂下去，遮住眼底情绪。

邓清由着他握着手，也没再说话了，她知道这是他的"习惯"。

三个人在酒店的房间是挨着的，一人一间。

晚上十点多钟，邓清顶着半干的头发敲开林州行的房门，说："我房间里的吹风机不好用，风好小。"

林州行也刚刚洗完澡，身上不是香水味，而是带着温热的沐浴露气味。他宽肩窄腰，瘦但是不弱，开门匆忙，睡袍里面没穿上衣，胸膛半敞，皮肉细腻，瓷白手指不紧不慢地在腰间系上带子，似笑非笑道："好借口。"

邓清不甘示弱，回嘴："你这个样子看着就像正等着勾引我。"

她又解释："等前台送上来一个新的多麻烦，我想反正你就在隔壁。"

林州行点点头，评价道："详尽的心理活动让这个借口显得更加真实可信了。"

邓清轻哼一声，说："爱信不信。"然后径直就进了洗漱间。

"我帮你吹。"林州行跟着她进去。

吹风机嗡嗡作响，邓清坐在凳子上，乖顺地一动不动。林州行的动作柔和有耐心，手指在长发之间穿梭，轻轻抓住发根的小小拉扯感让她飘荡的思绪落了回来，她满意地指示道："好了。"

林州行略显诧异地问："真的只是来借吹风机的？"

"对啊。"邓清就要起身。

林州行长臂一展圈住邓清，垂眸，冷瞳锋利，说："没这个道理。"

是得留下一点什么，邓清半跪在软凳上钩住他的脖子，把软唇送上去给人咬住，轻易就松开了齿关，闭上眼睛，喉间滑出几声低喘，一边吻一边把字节模糊地浸透在细碎水声里。

"好了没。"

"你说呢？"

林州行带着暖意的掌心像一株藤蔓似的慢慢爬上来，卡住邓清的腰，另一只手握住她的腿根轻轻一抬，邓清就坐在了大理石台面上。他把手指插进她干燥温暖的发间轻揉，压着柔软的身体向前索取，她的背渐渐靠向镜子，弯成一个美好的弧度，仿佛任人予取予求一般。

既然如此，那就更多，更多。

当林州行睁眼和镜子里的自己略略对视，就能在邓清并无察觉的情况下毫无顾忌地露出狂热，又在她望向他的时候隐去几分。

他的一双冷眼被水雾泡软了一般，朦胧混沌地含着痴恋，很认真地回望她，望得她心口发热心尖发颤，难免沉迷沦陷。

天光大亮时，邓清比林州行醒得早一点，因为她睡得更早。后面她困得不行，是被林州行抱进浴缸的。林州行给她套上了一件自己的干净短袖，又从满地凌乱狼藉中摸出房卡，去隔壁找到换洗衣裤，整理好房间，叫来客房服务换过床单，凌晨才重新睡着。

现在是风水轮流转了，邓清精神抖擞地爬起来，林州行却困得要死，叫都叫不醒。

越是这样，邓清越是觉得有趣，趴在枕头旁边戳他的脸，问道："还不起床？"

林州行闭着眼睛勉强"哼"了一声。

"你很困啊？"

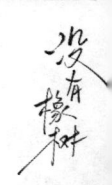

"嗯。"

"林州行,是笨蛋。"

"嗯。"

邓清想:是不是我问什么他都会答应呢?

"你会把银行卡密码告诉我吗?"

林州行突然睁开眼,说:"睡好了就去吃早饭。"

"不要。"邓清钻进他怀里,把他的胳膊举起来环住自己,"再抱一会儿。"

"那你别动了,让我睡会儿。"

邓清满口答应,乖乖不动,林州行重新合眼,低低"嗯"了一声。

"嗯什么啊?"

"你的学号。"

第十三章
我们的未来

1

有一就有二，有二就有一而再再而三，涂亮亮穿着 NBA 球星联名款套头卫衣打着哈欠拧开门锁，正撞上林州行从隔壁邓清的房间里面出来。

他赶紧退回门内，心想：也太不讲究了，不替我考虑一下吗？这要是真的开口打招呼，我得多尴尬！

等了几分钟，涂亮亮重新出来去敲林州行的房门，喊道："走啊，吃早饭。"

林州行开门换了套衣服，拔下房卡抬脚就要走。

涂亮亮演得辛苦，明知故问道："不叫小清吗？"

"不用。"林州行说，"帮她带上来。"

吃饭的时候，林州行和涂亮亮说："后天你自己回去。"

今天是成果发表，明天是集中论坛，后天他们就该启程返回江州。

涂亮亮立刻说："不行，你们两个怎么能这么狠心扔下我一个人坐飞机？我被人欺负了怎么办？都没有人帮把手！"

林州行无语道："谁敢欺负你？"

涂亮亮严肃地说："老实交代，你要把小清拐哪儿去？"

"打算陪邓清回一趟林川。"

林川和边海相隔不远，基本上是两个小时以内的车程，虽然五一假期刚刚回过家，但既然"来都来了"，邓清自然是动了心思的。

"这就要见家长了？"涂亮亮大惊。

"也不算。"林州行想了想，"只是见一面，没有其他含义。"

"怎么可能没有？"涂亮亮搂住林州行的肩膀拍了拍，"兄弟，祝你好运。"

邓清确实也没太把这件事放在心上，从她的角度看来，主要是顺便回一趟家吃顿饭，林州行只是陪她，但实际上在陈锦的眼里，女儿才是那个

顺带的。

陈锦一听说邓清要去边海参赛,就旁敲侧击地问还有谁,果然是和那个姓林的小子一起。

她当然要求邓清带林州行回来看看,她了解女儿,话说得很柔和隐晦,完全不讲"我们帮你把把关"之类的,只说"见见面,来家里吃顿饭,没有什么的"。

邓清想,确实没有什么,还早呢。

Gabi 在台上意气风发地做完了发表,下台后得意地望了一眼邓清,邓清只是笑了笑,又重新确认了一遍手里的号牌。

涂亮亮去抽的签,手气惊人,三十组里面抽到了个垫底,邓清早早进场,报告又是全英文的,听完将近十组,她已经开始困了,哪有多余心情去管什么 Gabi。

涂亮亮更直接,坐着就睡了,他的主要工作都在前中期,对他来说,这一趟就是来旅游的,而且他的目标就是有奖就行,心态良好,发表会听不听,没什么所谓。

邓清转头找林州行,发现林州行的座位不知道什么时候空了,她耐着性子又听了一组,跑出去找人。

五月已是初夏,林州行靠着窗边,好像在发呆,看见邓清靠近。

邓清问:"你躲出来干吗?"

"没有。"

"别装啦。"邓清把林州行一直塞在兜里的右手抽出来,果然指节捏紧,掌心一层细汗。她想握住,林州行却把手抽走,开窗。

暖风温柔而至,拂动发丝,邓清笑道:"原来你紧张呀,我还以为你不在乎。"

"有句话你听说过吗?"林州行说,"Fake it till you make it(久演成真)。"

"嗯……没有,不过今天听说了。"

"有传言说,这句话刻在哈佛商学院的门牌上,也有人说这是硅谷创业者之间心照不宣的秘密,但是就和这句话本身一样,实际上并非如此。就算没有人知道真正的出处,也不妨碍金融界把这句话奉为圣经,因为金融经营的是期望,是未来没有发生的事情,你要表演得足够坚定,才能够让对方相信。"

"通俗一点来讲,狭义一点来讲,就是要会"装"。"

林州行早就习惯如此,林启远也说过多次——永远不要暴露自己的真实情绪,因为那就是你的底牌。

"你担心我们拿不到金奖?"

"我担心很多事。"林州行轻声说,"我也担心这一次陪你回去要见到你父母。"

还担心姚叔告状,母亲又要叹气,外公又要发火,也会暗自较劲陆鸣东拿了金奖,而自己不能。

更难受的一种结果是,不仅没拿到金奖,还让 Gabi 超了过去。

他从来没有输过,也不想输。

他不想把这种压力加给邓清,因此只字未提,但只要坐在现场,他就没有办法停止焦虑,因此躲了出来。

林州行扯了一下领口,又拧开一颗扣子,把窗子推开更多。

邓清说:"我好像就不太会紧张,我只会慌张。"

不会做各种假设各种规划,不会为了未发生或将要发生的事情紧张,只是在事情突然而至的时候慌张片刻,然后冷静下来,凭借着惯常"来都来了"的心态尝试着去解决。

林州行平静地说:"因为你想得太少了。"

邓清笑道:"有没有一种可能,州行,是你想得太多了?"

她没有用反驳或者怼人时的强硬语气,也没有因为林州行刚刚那句不留情面的评断而生气,她只是在给出自己的回答。

"我相信车到山前必有路。"

这话在现代人嘴里还有后半句——有路必有拦路虎。

但是,那又怎么样?

"你担心我的父母干什么?你是和我谈恋爱,又不是和我的父母谈,只是见一面而已,没有其他含义。"

林州行望着楼下的花园,灌木被修剪为一小丛一小丛规整可爱的球形——显然它们不是天生长成这样的。

他说:"不可能没有其他含义。"

"我可以让它没有其他含义。"邓清坚定地说,"这是由我决定的,这是我的恋爱关系,我的男朋友。"

有些话荡在喉间又被吞了回去,林州行眨动着冷褐色的眼瞳,静静看了她一眼。如果是别人这样说,会被他评价为"盲目自信",如果是更为亲近的人,他可以不那么刻薄,换成"太过乐观",但这是邓清说的……

他不予评价,但也仅此而已。

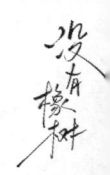

爱情对一个人的征服并没有那么彻底，他们各自分开成长十八年，在一起不过半年，又都是自我且执着的人，不会那么轻易被对方推翻，或者一句话就变了性格，但心绪震动是有的。

林州行说："清清，我希望我们可以很长久。"

所以他不得不考虑更多。

"我知道，但是当下就是当下。"邓清眨眨眼，"别紧张，有我在，什么都没问题。"

这一次，他任由她握住他的手。

邓清站在台上时，看向评委会，看向台下的其他人，也看向林州行。他们短暂对视一眼，然后她移开目光略略侧身面向屏幕。

林州行看着舞台的灯光洒在她神采飞扬的饱满脸庞上，也落在她肩头和细白的手臂上，眉梢眼角扬起的自然笑意是那么有亲和力，她身上仿佛有着天然让他依恋和渴求的东西，有时候他自己也说不清那是什么。

邓清在台上谈到了他们的分歧，笑着说这是他们组内的"小规模战争"，并且骄傲地宣称："最终，我说服他们进行了49%的让步，而我占51%，略胜一筹。为了获得更为全面的用户画像，我们从多个维度建模，并且在应用到大赛数据之前先做了一个小范围的验证，也就是社会调查。"

屏幕上展示出抢票小程序的设计原理和最终数据，涂亮亮得意地挺直了腰板。

"最终，我们设计选用的模型以 R 近度（Receny）、F 频度（Frequency）、M 额度（Monetary）三个衡量指标为基础，议定客户价值和客户创利能力，将计算结果划分为价值客户、保持客户、发展客户和挽留客户四个大区，再配合另一个细分模型，就能实现完全不同于传统营销手段的、不同类别客户的精确营销策略。"

现在屏幕上展示的是漂亮流畅的图表和曲线，以及条理清晰的数据，呈现出林州行过去几个月的工作成果，而每一条细分用户类型后邓清都为其设计了对应的营销策略，并做了阐述说明。

课题已经被完成，且呈现得很完整，但是邓清做了一个手势，关闭屏幕，轻吸一口气，眼神清亮，面向评委席说道："任何一个策略的探索和呈现都会有其隐忧，随着互联网技术的发展，也许未来有一天，所有的交易都可以通过线上完成。堆满的数据标签会取代一个又一个真实的人类，无限扩大化的精准营销会成为个人隐私贪婪的吞噬者，抓住人性的弱点将手伸进用户的钱包。有一个人跟我说，对商家做相应的道德约束是不现实的，其实我同意他的观点,但我仍然认为……"

轻吸一口气,她继续说了下去:"我们应该期许和呼吁技术使用的道德边界,如果在技术讨论阶段就要如此悲观地接受人性的底线,那我们只能一步一步地走向深渊。我不想否认现实的力量,但我想引用一句话作为最终的结束。

"All over the place was six pence,but he looked up at the moon(满地都是六便士,他却抬头看见了月亮)。"

掌声雷动中,邓清偏头微笑,浅浅鞠了一躬。

直到这时,林州行才忽然意识到,原来他们之间没有分歧。他在等待她纠正他,就像花园里的灌木等待被修剪一样。

他愿意让邓清占51%,成为他们之中的 big shareholder(大股东),因为她比他要坚定,她会做出正确的选择,她会获得好的结果。

有人捡起地上的六便士,有人仰望月亮。

她就是月亮。

最终评审结果要十月底才能公布,或许这也是一种严谨。邓清参加完就把此事彻底抛在脑后,转而开始畅想在林川的路程规划。她天马行空的,一会儿说要去高中学校,一会儿说要再去看吃掉她手机的那只王八,兴奋得有些异常。

她不知道怎么回事,生出一种"荣归故里"的感觉来,可能是因为从拿得出手来的角度讲,林州行无可指摘。

富贵不还乡,如锦衣夜行。

比起邓清的按捺不住,林州行则安静很多。他买了水果和简单的礼品,手写了一张卡片,在落款写下正楷的姓名,笔势凌厉,收得很干脆。

邓清极有心情地开玩笑说:"林州行原来会写自己的名字啊?我以为你写什么都从来不落款。"

林州行什么也没回答,只是看了邓清一眼,很轻地叹了口气。

2

邓清心态轻松,陈锦却紧张得不得了,一大早拉起老公就开始备菜,纠结道:"老邓,你说是做粤菜口味,还是做本帮菜,还是说一半一半?按说是人家过来,是客,得顾忌口味,迁就着些,但好不容易来一趟,肯定还是要吃些特色,这才算招待,是吧?愁死我了,你说怎么办?"

老邓搬了条小凳子坐在电视机前择青菜,心不在焉地回应:"啊,都

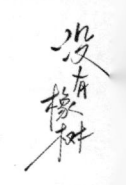

行嘛。"

陈锦握着锅铲冲了出来，作势威胁道："把你这破球赛关了！"

"不就是来家里吃顿饭，你怎么这么操心？要我说就做清清爱吃的几个菜就行了，管那小子干什么？我都不懂你怎么就着急要见。"老邓抱怨道，"有什么好见的？"

"都像你似的没心没肺当然不操心！"陈锦一边走回厨房，一边说，"你女儿轿抬不动，一步路都不肯多走的，爬了两回溪山，一天不晓得几个电话，半夜还不睡觉，以前哪有过？"

老邓声音微弱地回嘴："天天你女儿你女儿的，我一个人养的？"

"呸，你也好意思呢。"陈锦又冲出来，"什么都不管不问，你养什么了？"

"你知道？"

"清清说家里差距蛮大的，但我觉得也不要紧哦，是吧？要是人品好性格好又肯跟着清清回林川，我觉得也是蛮好的。我当初跟你不也什么都没有，现在也还不错，日子还得看长远。"

老邓不满意地反驳："我当初是国企技术骨干，怎么什么都没有？一表人才哦！"

陈锦含笑道："是了，我眼光好。"

"再说吧。"老邓略一思忖，"有潜力的话，帮衬一下，也不是不可以。"

"是啊，你看，我就说先叫来看看。"

老邓竖起大拇指，敷衍地夸奖："对，你都对！陈女士高瞻远瞩！"

这顿饭吃得礼貌又和气，陈锦频频给人夹菜，老邓光陪着乐，什么话也不说。幸而林州行惯常有些讨人喜欢的本事，虽然话不多，但是不生涩不怯场，偶尔插一些话题浅笑几句，气氛并不至于尴尬。最自然自在的就是邓清了，她没有任何心理负担，但陈锦开始问话之后，她心里还是"咯噔"一下。

"清清的爸爸呢，做点小生意，有个小厂子，我们家条件是不错的，所以清清脾气娇纵了点，但是很讲道理，不会欺负你的。"陈锦很和气地问，"小林呀，你爸爸是做什么的？"

"嗯，差不多。"林州行谦虚地说，"我们家也是做生意的。"

"哦，什么生意啊？方不方便讲的呀？"

"就是开超市的。"

"规模怎么样啊？"

"还可以。"

"这样听起来是连锁了。"

"嗯,是。"

陈锦心生疑惑,听起来不差,那怎么就悬殊了?

老邓很开朗地插话:"蛮好的嘛,也可以来林川开一家!"

这对话让邓清头皮发麻,她实在听不下去了,直接说:"林川有的,还好几家。爸,是百乐。"

突然之间,老邓和陈锦脸上的笑容和空气一起凝固了。

林州行阻拦不及,沉默地舔了舔嘴唇。

终于解冻了之后,老邓坐直了些,感觉有点笑僵了,活动了一下脸部肌肉,小心翼翼地问:"小林啊,你爸爸……是百乐集团的CEO?董事长是你外公,是不是?"

见林州行乖巧点头,陈锦和老邓心里五味杂陈地对视一眼,邓清尴尬地摸了摸脸。

"蛮好,我也见过你爸爸的。"老邓倔强地找补,很客气地说,"招商会有过一面之缘,只是林总可能印象不深。"

两句之间,已经换了称呼。

林州行略略一想,浅笑道:"可能安排上太匆忙,我回去提醒一下。"

老邓拘谨地应道:"那麻烦你了。"

陈锦意味不明地冷笑一声。

一面之缘还是说得委婉了,实际的情况是林平舟是招商会开幕式的特邀嘉宾,来剪个彩发言,站了五分钟就走了,而老邓站在台下混在一群人头里面。

——是这样的"一面之缘"。

老邓是付钱参展的厂商之一,塞名片都递不进人家秘书手里,只能递给区域采购的业务员,现在女儿谈恋爱居然谈到了林总的公子,他一时间非常难消化。

"这……"林州行有点窘迫,微微欠身道,"伯父,您是长辈,不用对我这么客气。"

"对对对。"老邓回道,"你们还在上学,生意上的事不沾手,不谈这些,菜也吃得差不多了,喝点酒吗?小林,酒量怎么样?"

林州行迟疑一下,还是笑道:"肯定是不如您,试试吧。"

邓清出声阻拦:"爸,他酒量很差的,不能喝。"

"好!"老邓立刻说,"不喝酒好,好习惯。"他又转头找老婆救场,

"是吧？"

"对。"陈锦也赔笑道，"那就多吃菜，我再换一碗热汤上来。"

林州行先行起身，主动说："阿姨，我来吧。"

"不用！"陈锦急忙说，"你坐着。"

邓清发现老邓和陈锦不仅态度骤变，连口音都变了，规规矩矩说着标准的普通话。她心里有点不是滋味，渐渐察觉到一些很难言说的东西。

吃完饭，邓清马上拉着林州行出了门。

两个小家伙走了，陈锦面色凝重，老邓反而嘿嘿笑。其实他心情也挺复杂，但是看老婆吃瘪，他就高兴，话也多了："家里条件差点不要紧，只要人品好性格好，哎哟，我查查，百乐现在市值有几个零了？哎，你帮我数数？"

"烦死了，有点心肝没有，你还笑？"陈锦一挥手，"你女儿真会挑，挑了个家里真有皇位要继承的，以后还不晓得要吃多大亏！"

老邓回嘴道："也是你女儿好吧！"

琢磨了一下，他又问："他们家几个孩子？"

"一个。"

老邓感叹："你说有钱人怎么不多生几个？我要是有那条件……"他及时闭嘴，但是仍然拦不住老婆脸色一黑。

陈锦皮笑肉不笑地问道："邓有为，你这钱没赚到多少，就琢磨起别的事来了是不是？走走走，出去，出去！"

"说清清呢，你又来劲了，没影子的事。"

"你也知道，烦死了，添乱！"

"你现在这么能叨叨，刚刚怎么一声不吭？"

"那我能说什么？要是别的孩子，我还能跟他说你们俩好好谈好好处，跟小林我能说什么？难道要我问他以后要不要跟着清清回林川？你自己不觉得特别可笑吗？"

大眼瞪小眼，两个人都沉默下来。

无论怎么预想也没想过是这种情况，他们不想得罪林家，更不想女儿受欺负。两个人心里都很清楚，达成了一致，态度是客气的，同时也是反对的。

过了一会儿，老邓说道："等清清回来，你和她谈谈吧。"

邓清带林州行去了高中的学校，满足地吃了一盘校门口的鱼尾巴。说起来也就毕业不到一年,一切陈设都熟悉得要命,好像从来没有离开过。

此时还是上课期间,他们没有进去,而是爬上连通后门的一道矮丘,上面长着一层郁郁葱葱的矮草。围墙边又重新摆出了上一年优秀毕业生的"光荣榜",以此激励这一批即将高考的学生们。

林州行认真看了一会儿,突然笑着说:"有你的名字。"

"是啊。"邓清有点不好意思,"我们学校还非要把分数写上去,你看,我是录进江大里面分最低的那个。"

"没什么区别,达成目标了就好,很厉害。"林州行又笑一下,"当初是谁指导你报志愿的?"

"没谁,我自己。老邓平时非常忙,我妈是个风风火火很容易被人左右的人,所以我习惯了自己收集信息自己做决定。我的目标非常简单,考上一个各方面比较好的大学,四年的时间里尽量丰富自己的经验,好好享受大学生活,然后找一份自己感兴趣愿意投入也做得来的工作,独立养活自己。"

"什么是你感兴趣的工作?"

"现在还不知道。"邓清整理了一下裙子,毫无顾忌地在暖阳照耀下的草坪上坐下来,"等毕业再说吧,我希望我能保有所有的可能性。"

林州行没有陪着她坐下来,而是在围墙前转过身子。矮丘地势较高,他仰望着她,神色安静,偏浅的瞳孔在日光的沐浴下显得很温柔,呈现出一种琥珀色,很长的睫毛也被染成金色,一双眸子漂亮又脆弱。

他说:"清清,你的未来里面好像没有我。"

邓清愣了一下。

她很快反应过来,但是没想出什么话来哄人,诚实且诚恳地说:"因为你是一个意外,我不知道……我不知道我们以后会怎么样。"

林州行走了过来,蹲在她面前,仍旧抬眼看人,轻声说道:"可是我的未来里面有你。"

"你没有告诉过我。"

"是的,未经允许。"林州行轻轻笑了一下,略略起身,也在她身旁坐下,"抱歉。"

邓清突然问道:"你知道李晟学长和我们部长为什么分手吗?"

"听他说过一点。"

"他想带她过那种衣食无忧的生活,他也负担得起,听说李晟学长家里条件也不错,蛮有钱的。"她观察了一下林州行的不为所动,无语道,"算了,你没有感觉,反正都没有你家有钱。"

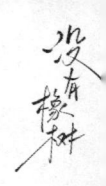

林州行坦然地"嗯"了一声。

"他不用努力，所以理解不了也接受不了部长逼他努力。其实我能理解部长……"邓清想了想，又自我纠正说，"一部分吧。"

李晟自认是大方体贴的，他不是不愿意考虑两个人的未来，只是隋欣阳要求的那种未来对他而言是没有必要的，他们毕业之后仍然可以在一起，想玩就多玩两年，想结婚也可以结婚，他不明白隋欣阳还有什么不满意。

但是邓清明白，隋欣阳在这种依附别人的"富足"当中无法获得安全感，也认为这样的生活没有意义。

当然，隋欣阳的原话更偏激更难听一点："那不就是两个'啃老'的废物吗？"

这是邓清能够理解的部分，她不能够理解的部分是……

林州行替她说出来了："换成是你，你根本就不会去逼李晟，不会试图改变他，你会一直谈恋爱，谈到分手的那天，然后直接走掉。"

"嗯……怎么听起来……我有点……"

林州行语气淡淡地说："铁石心肠。"

"我哪有？"邓清拒不承认。

但是不反驳就已经是默认，在林州行看来，邓清的柔软外表下面包裹住的，是如同海岸黑岩一般绝无动摇的内心。

——不试图改变他人，也绝不改变自己，如果无法相处融洽无法保持自我，那就毫不留恋地转身离开。

从在一起的第一天起，被抛下的恐惧就像是海面的乌云，在天际若隐若现地浮动，他迫切地把她纳入未来之中，不是为了束缚，恰恰是为了追逐。

林州行还想说些什么，却被骤然响起的手机铃声打断。

他匆忙扫了一眼，神色一变，起身走远了一些，接通电话。

3

林州行重新回到邓清身边时，脸上的神情变得很奇怪，像是难以开口，但是最终他还是说了："清清，我现在必须马上走，回边海。"

邓清吃了一惊，但想了想也就明白了，起身拍掉裙子上的草叶，回道："是谁叫你回去？是为了那个什么……木夫人？"

"嗯……"林州行垂了下眼睛，"是我妈。"

"不会是 Gabi 告的状吧？"

"不会，上次故意把周琦的消息发给你，在她看来已经是报复过了，她不会再在我们身上花精力。"

本就只能瞒过一时，林州行原本算的是等外公和母亲知道，他已经跑回江大，也就作罢，但陪邓清回林川耽误了一两天，林舒琴火速飞到边海，要亲自押着他上门。

木家当然不会有什么刻意的表示，也不至于小气至此，但关系的远近就是由一件又一件的细节堆积而成的。何况林家家教严格，重视长幼礼数，到了别人家门口却过而不入，林舒琴亲自带儿子上门致歉，也是理所应当。

"那你们去吧。"邓清尽量把语调修饰得轻松俏皮一点，"我明天自己回江州。"

林州行摸了摸她的头发，低声说："替我和你爸爸妈妈说一声抱歉。"

"好。"

"他们好像不太喜欢我。"

"怎么会？还要他们怎么捧你？"

这话说完，邓清马上意识到其中的尖刻，那种不舒服的感觉再次浮现。

林州行忽然向前抱住邓清，十分用力。邓清也回抱住林州行宽厚的肩背，有点无措地解释："我不是那个意思。"

"我知道。"林州行闭着眼睛，久久不愿放手，"在学校等我，好吗？"

邓清没有说好，只回道："我会等你。"

邓清独自回了家，晚饭一吃完，老邓就用抽烟的借口跑出屋，留陈锦给女儿宣布今天家庭会议的中心思想。

核心观点就是两个字——分手。

最好马上就分。当然，现在不愿意分也可以理解，可以酝酿缓冲一段时间，但最终还是要分手。

邓清听到这个结论的第一想法，居然是觉得林州行说得对，爸妈真的不是太喜欢他。

她不接受，因此问道："为什么？他哪里不好？"

"就是都太好了才出问题。"陈锦说，"好过头了，傻丫头，懂吗？"

"不懂。"

"他们林家这么大份家业，又只有一个独苗，还不得看得跟太子似的？你非要跟他在一起，以后一定会吃亏，要受欺负的！"

"什么年代了，还太子。"邓清不以为然，"我也不会让人家欺负我。"

"你以为的欺负是人家打你、骂你、给你脸色看？"陈锦严肃地说，"错了清清，是人家哄着你尊重你，处处好话处处笑脸，但是你哪儿都去不了，什么都做不成！自古讲门当户对，这是势，是势力的势，不是气势的势，

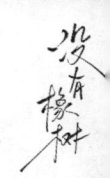

你这小胳膊还想拧过别人家的大腿？对了，小林哪儿去了，怎么没和你一起回来？"

邓清虽然不想回答，但还是说了实话："他妈妈叫他回一趟边海，有点事要处理。"

"走得这么急……"陈锦喃喃，"清清，你看到了没有，他连自己的自由都没有，又怎么保证你的？你这个性子，受得了吗？"

甚至都出乎了自己的意料，邓清心里升腾出一股无边无形的勇气，说道："不管怎么说，这是我们自己的事情，我们会一起面对的。"

陈锦怒道："你就是不撞南墙不死心是吧？"

"我相信车到山前必有路。"

"我看你是脑子发昏。"陈锦用手叩响桌面，一字一顿道，"你非要吃这个亏，那就去吃，反正人还年轻，总要走几年弯路，咱们骑驴看唱本……"

邓清接话过来，铿锵有力地说："走着瞧！"

谈话进行得很失败，陈锦叹了口气。看来古往今来的爱情故事都是一个模样，但凡出现一个拔下银簪划下银河的王母娘娘，男女主角反而更爱得难舍难分。

道理谁都懂，虽说堵不如疏，但是轮到了自家女儿，又有谁家的父母坐得住？老邓深思熟虑，劝陈锦多点耐性，再忍两年，不然以邓清的脾气，越反对越拧巴。现在新鲜劲儿没过，怎么分得开？等大四临近毕业的时候，人冷静下来，肯定会分的。

老邓又说林家一定也反对，只是没到时候，那就到时候让他们去做那个恶人嘛！

而且……邓清自己也说，说不定哪天就吵散了分手了，到时候一定向大家公布这个"喜讯"。

可惜陈锦眼巴巴地又等了半年，还是没等到喜讯传来。而且他们看起来不仅没有分手，反而更加黏腻了。

暑期假期很长，邓清每天都偷偷躲起来打电话。

"小林，过来卸货！"

有人在喊，林州行急匆匆地说了声"抱歉"就挂断电话。

邓清已经很习惯这种状态了，比起林州行，她的可自由支配时间无疑是更多的。

林州行每年的假期都会被要求去百乐门店轮岗，这次也不例外。

陈锦和老邓对女儿就没有什么要求，只是建议邓清去学车，邓清觉得太晒不想去，就自己找了个旅行社做兼职，一个假期下来，也能有几千块。

他们未来将要达成的生活无疑是不同的，邓清其实很清楚这点，但是当她收好手机走回屋里，遇到陈锦阴阳怪气的嘲讽时，还是叛逆心起，偏偏要撑回去。

"天天打电话，没完没了，就这么舍不得？长痛不如短痛，早点结束拉倒！妈妈什么时候害过你，偏偏就是不听话。"陈锦道，"说好的喜讯，没个影子！又敷衍我们是吧？"

邓清抱着手臂吐舌头："就不分，哼！"

大二开学时，邓清听说了一个令人震惊但细想之下又是意料之中的消息——李晟和蔡璇在一起了。

两个人都长得明艳，颜值极为登对，在学校论坛里掀起了一阵讨论。

邓清很担心隋欣阳的状态，但是她说都过去一年了，和她已经没有关系，何况已经大四了，学生会换了届，以后大家再也难得遇见，遇见也是路人而已。

邓清有点唏嘘，想起上学期期末学生会换届时聚餐的情景，后知后觉地愤然。

因为那个时候李晟的表现和神态，一度让邓清觉得他们是有可能复合的。

那天晚上团委杨老师走得很早，大家闹得很晚，还打了好几圈麻将。李晟手气和技术都不行，输得极惨，嚷着让林州行来报仇。

邓清笑着对林州行说："这是让你去当沙包呢。"

"是吗？"林州行说这话的语调有些奇怪，像是下了什么决心，"未必会输。"

他一坐下就胡了好几把，原来他会打麻将……邓清立刻挺直背脊，疑窦顿生，不管不顾地站在人身后捏住林州行的肩膀，秀眉拧着，喊了一声："林州行。"

旁边的人都觉得很奇怪，不知道邓清怎么突然生起气来了。

第一个相遇的夜晚，这个家伙说自己不会打麻将，哄她教他，骗人很好玩吗？

然而林州行很了然似的，不动声色地反握住她的手，仰着头望人，说："等一下告诉你。"

他笑了一下，很乖巧地露出那颗小虎牙，眨眨眼。

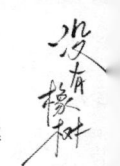

邓清为了他这表情决定暂时忍下,轻"哼"一声,说:"你最好能解释清楚。"

"一定。"

反正已经期末考完,大家都没什么顾忌,喝得很多,隋欣阳醉了之后变得多愁善感起来,抱着邓清的肩膀狂哭不止。邓清搂着她给她擦眼泪,听她眼泪汪汪地骂:"那个李晟死哪里去了!"

都分手那么久了,当然不好直接去叫人,邓清只能捂住隋欣阳的嘴,劝道:"别骂了别骂了。"

"我都这样了他都不管我吗?"隋欣阳一下子很清醒似的,但下一秒又开始哭,"我只是想要一个交代,我很过分吗?"

"不过分。"邓清拍了拍她的背,又叹口气,安慰地哄了好一会儿。

临近关寝时间,众人散场,邓清一个人架起隋欣阳有些吃力,林州行又不好帮忙,李晟在他们身后犹犹豫豫地问:"要不我来?"

邓清对于李晟出现得太晚很不满意,没好气道:"可以啊。"

李晟扶人扶得很不避嫌,基本是把人揽在怀里的。隋欣阳摇摇晃晃地推开他,双眼发红,语无伦次地说:"你凭什么,又为什么,我等了一年,为什么不能有个结果,有个交代?"

李晟厉声回道:"还要什么交代?是你自己说的分手!"

"那你除了点头,还说过什么?"隋欣阳情绪激动,又哭了起来,模样极为可怜。

邓清想要上前,被林州行拉住手腕。

见林州行摇摇头,邓清止住脚步。

"好了,别闹了。"李晟语气缓和,半哄半架地重新搂住人,"我送你回去,已经都结束了,欣阳,已经结束了。"

如果邓清当时注意的话,她就会发现和李晟一起拦下出租车回学校的,不止有他怀抱里的隋欣阳,而是还有一个人。

蔡璇。

所以,是结束了,早已结束。

用开车当借口,林州行一晚上一口酒都没喝。

邓清被灌了几杯,夜风一吹,酒意上涌,脑子有点发胀。

她望着前方,突然意味不明地问道:"我们哪天要是分手了,你会解释吗?"

林州行神色一凛,猛踩刹车,轮胎发出一声刺耳啸叫。他回答:"我们不会分手。"

265

"万一呢？"邓清含混地嘟囔，"我是说……假设。"

林州行握住邓清的手，十指交叉，柔滑细腻的手指相互摩擦，紧紧地扣在一起。

林州行慢慢地说："如果要假设的话，那一天，清清……你需要我做什么，我就会做什么。"

4

到了学校，邓清却不着急下车，林州行侧身帮她解开安全带，她扣住他的手腕，气鼓鼓地说："骗子。"

"还说会解释，林州行，我看你根本从来就不解释。"

他们停在露天的停车位，旁边是一棵高大梧桐，梧桐茂密枝叶投下的巨大阴影把整辆车都笼罩在了夜色里。

"现在可以说了吗？为什么骗我。"月光和灯光都不够亮，邓清脸上的光影明暗交错。

林州行抬手蹭了蹭邓清的侧脸，捻了捻她的细软发尾，轻声说："因为舍不得让你那么早睡，因为想和你多说几句话，因为我……"

他的眼睛润润的，潮湿的雾气笼住人，目光好像一个茧把邓清包裹起来。他停顿一下，声线微颤但是柔和，继续说了下去："因为我对你一见钟情，清清，我喜欢你，从很早很早的时候开始。"

"第一次见面的时候吗？"邓清心底无比清晰，因为她也深深记得那个晚上的所有细节，记得见到他的第一眼。

"不，是照片。"

"什么照片？"这在邓清的意想之外。

"涂亮亮拍的照片，发在论坛上面过，你也见过吧？你和柳唯在一起，学生会纳新那天。"林州行轻轻笑道，"看到照片就喜欢了，是不是很蠢？"

"涂亮亮只敢偷拍不敢搭讪，名字都不敢问。我去找秦谦拿了报名表才找到你，幸好你比较上镜，证件照拍得不错。

"因为你选进了组织部，我才进的外联部，没想到遇到李晟和隋欣阳分手，算错一步，不过也有好处，因为隋欣阳派你来对接，我们又能见面了。

"看器材那天，是大一所有干事第一次集体任务，我觉得你会去，就提前去等你，果然等到了，运气还不错。第一次带你玩狼人杀，是我提议让周明祎组的局，但他也因此认识了你。"

林州行顿了一下才继续说："我很后悔。演唱会那天，我看见你坐在他的车上。"

"等等！演唱会那天……"邓清出声打断，"什么时候？！"

"我出门去接你们，正好遇到周明祎的车。"

"我不知道。"邓清急忙说，"我真的不知道。"

"我的问题。"林州行把人拉过来揉了揉脑袋，"我什么都不说，我活该。"

从一见钟情的那一刻起，他做的所有事，都是为了掩藏他的一见钟情，他伪装成一个巧合和一串巧合，但其实没有那么多巧合。

而除了害羞和傲慢，更大的原因反而是害怕和恐惧。

他从一开始就能看清她的不可动摇，且无法接受和暴露自己的失控，试图用某种方式消解和忽视掉，但最终失败了。

但他们在一起了，从这个角度讲，又仿佛是成功了。

两个人莫名停顿几秒，都安于空白和享受着沉默。

邓清越过座椅半靠进林州行怀里，听着他的心跳声，轻声问道："那既然藏了这么久，为什么突然肯说了？"

"听说你要分手，我吓死了。"

很干涩很平常的一句玩笑，这是林州行惯常躲避用的那种冷淡语气。

邓清一听就知道，于是扑上去亲他，然后趁机咬他一口，没好气地说："胡扯，我刚刚只是随口提一句，你明显是蓄谋已久。"

林州行吃痛，轻"嘶"一声，说："恨我也不用咬出血吧！"

"说啊，说不说。"

林州行慢慢地说："过一段时间，又或者就在这一段时间，你可能会见到我妈。"

于是邓清明白了，结合林州行刚刚说的话就很容易明白，他习惯于隐藏心意，却又会留下钩子和信息，把实情半真半假地说出口，而她已经自信能读懂一些。

林州行没有骗她，他害怕分手，所以"吓死了"，急着剖白，只是想留住她。

他们恋爱将近一年，林舒琴说过许多次想见一见，都被林州行很轻易地拒绝，因为那只是林舒琴从母亲的角度好奇和想见，所以他可以用儿子的身份嗔怪和拒绝。

林舒琴是真正的大小姐，邓清天性敏感，他不想闹出不愉快来，不想让她们见面，只是怕麻烦。

除非邓清自己提出要见，就像那一次，他去林川。

但那一次的经历给林州行留下的判断导向并不好，所以更加谨慎。

可如果是外公推动着母亲,从林家的角度想见,他是没有办法拒绝的,因为他想认真。

一旦林家也认定他想要认真,他就无法拒绝,他必须让他们接触和接纳邓清。他不可能永远隐藏身上属于林家的那个部分,迟早要向邓清敞开,但林家能给出的自由太有限了,他焦灼不安,害怕失去她。

可实际上,邓清十分明白。

其实她直到现在也从来没有和林州行提过父母望眼欲穿等着他们分手的事情,一句也没有,她认定此事尚在自己能够解决的范畴,如果有一天她无法独自解决,那就他们一起。

她并非真的像林州行想的那般只顾当下,也对他们的关系有清晰的认知和长远的思考,但她认定的解决办法就是如此——我们各自解决各自的家庭和阻碍,如果自己解决不了,再拿出来一起讨论、面对和解决。

这才是邓清逻辑定义里的"车到山前必有路",这才是她的"乐观"和"那又怎么样"。有虎就斩虎,没路就开路,只是想和喜欢的人在一起罢了,没伤害任何人,天王老子来了也管不了。

"见到你妈妈会怎么样?"邓清笑了笑,"给我一张五百万的支票让我分手?"

林州行不像是开玩笑,语调平直地说:"我不止值这么多。"

"那有多少?"邓清不太严肃,开始瞎猜,"五千万?"

"不是这样算的。"林州行用一种很温和的口吻说了一段很奇异的话,"如果我真的爱你爱到发疯,那你能谈到的东西远不止五百万,或者五千万,但是如果不是,那就没有,没有五千万,也没有五百万。清清,你要先确定好你想要的东西,再去议定价格,支票和现金是最没有想象力的,林家能做到的事情还有很多。"

"你刚刚好像告诉我,你爱我,所以这就是我的筹码?"

"对。"林州行低声说,"我爱你。"

"这是在教我怎么一步上青云吗?"

"不感兴趣吗?"

"不感兴趣,感情不是筹码。"

"任何东西都有价格,人的感情也是,没有那么神秘,从来是价高者得。你刚刚不就主动提了一个报价吗?"林州行的语气很平静。

邓清脸上所有轻松和娇俏的神色都消失了,不再用玩笑和调情的态度应对这个话题。她变得非常严肃,从他的怀中起身,问道:"那你也给我报个价,林州行,你的感情值多少?给你多少钱,你会立刻跟我分手?"

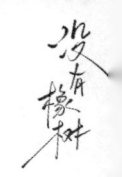

"我不会分手，我的出价永远会是最高的。"

"别那么自信，难道你是世界首富？"

"我会去赚，我会赚到，无论多少，会有人比我有钱，但不会有人比我出价更高。"

这不是一句疯话。

邓清看着林州行的眼睛，明确地知道这不是一种盲目的自信和狂妄，他会用所有的条件达成此事，会做到他想要做到的所有事。

"我相信你能做到，但是我不接受。"邓清也很平静地说，"感情就是感情，别用你擅长的事情走捷径。你想要交易，就拿感情来交易，而不是利益。我知道这世界上的规则通常如此，也有很多人会接受这种筹码，但我不是，我现在就说清楚，我不是。"

"如果有一天，我们要分手，你必须用你自己来留住我，如果你让我痛苦了，不开心了，我一定会报复你。"

"你这么有钱，又这么会赚钱，钱根本不算什么。"邓清重新靠近林州行，甚至搂住他，柔情万分，少女柔软得如同花茎一般的身体热腾腾地盛放着芬芳，把花瓣一样的唇贴得很近很近，轻声说，"我不要你出价，我会努力让你也痛苦。"

轻柔的话语听在耳中却像见血封喉的软刃，林州行沉默片刻才开口说道："好。"

她重新制定规则，他接受了她的规则，他们在摇动的树影中长吻。

爱情就是如此，它总是拥有寒光闪闪的一面，是会让人痛苦的，总是如此。

"所以，见到你妈妈到底会怎么样？真的会让我分手？"比起担忧，邓清反而多出了很多好奇，"用什么办法？"

"其实不会。"林州行垂下眼睫，用手指梳理着邓清的长发，看着丝缎般的黑纱从指缝间流过，慢慢地说，"不会要求分手，但也许还是会谈一个价格。"

"有价格就有交易，我没有什么能拿来交易的。"

林家又不缺钱，她也没有钱，所以林家想要交易的，一定是自己不可能放弃的，也许是自由，也许是未来。邓清的想象力有限，也没有正式接触过林家，很难换位思考做出什么有价值的预测，但是她懂得这个道理。

那是老邓从小就教她的——天下没有白吃的午餐。

"所以我很担心，我也不能完全确定外公和我妈的想法和打算。"

"但是你可以确定我。"邓清目光灼灼，神情柔和但坚定，"我不会动摇,相信我吧,州行。"

林州行喉结滚动,久久看着她的双眼,吞下所有情绪,再一次吻了上去。

5

二姐和邓清描述纪念日定在双十一的好处,那就是可以顺理成章地要求男友帮忙清空购物车。作为回赠,她用攒起来的零花钱给涂亮亮买了一双 AJ(球鞋品牌)。

这是"老婆给我买东西了"以及"买的还是我梦寐以求的 AJ"混合起来的双重幸福感,涂亮亮恨不得每天抱着鞋睡觉。

这也提醒了邓清,她和林州行的周年纪念就在不久之后,而她对于礼物完全没有头绪。

这只能怪林州行,谁让他什么也不缺,又什么都不感兴趣的样子,利用网络搜索寻找灵感的办法也被这家伙识破,那还能怎么办?

老大建议邓清做一点手工制品,并拿出自己的毛衣针。邓清虽然学会了,但是耐着性子刚刚织了两个晚上就说:"算了,我怕我会忍不住拿毛线勒死他。"

"游戏皮肤怎么样?"刘薇说,"林老师不是也玩吗?双十一活动出了好多新皮肤,还有这个随机礼盒。"她把屏幕转过来,"想抽到典藏款不知道得充多少钱!"

邓清看了一眼,说:"林州行已经拿齐了。"

刘薇一听非常悲愤地说:"我要得红眼病了。"

二姐一边往脸上拍爽肤水,一边插嘴:"那你就送他一句诚挚的祝福算了,女孩子嘛,享受就好,让男人去想。"

忌妒吞噬了理智,刘薇大声附和:"就是!"

等到纪念日真正来临的那一天,邓清拿出来的东西是一份报告。林州行拿在手里翻看,一时间有点惊讶,不自觉挑动眉毛。

"前段时间偷偷从你电脑里面拷出来的,我做了一点补充。"邓清解释说,"感觉你最近好像在为这件事头疼。"

百乐门店的大学生实习计划,从林州行五月提交了新的方案之后就先在部分地区做了试点,但是效果并不是很好,林启远让姚文宪把数据和报告打包过去给林州行自己解决。

林州行看了好几天也没有找到核心原因,邓清的补充提醒了他,虽然她的很多措辞堪称尖锐。

林州行看得认真,并不生气,笑道:"你倒是一点情面也不留。"

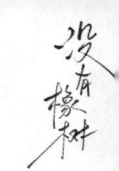

"我可是组织部的哦。"邓清自信说道,"这是我的专业领域。"

"所以核心问题是什么?"

"你太直接了,好像要把人吃得连渣都不剩似的,规划得太紧太密集,会让人喘不过气来的。"

林州行很冷酷地说:"来实习不就是想获得体验和经验吗?还不珍惜时间?"

"大学生嘛,最不缺的就是时间。"邓清说,"而且又不是每个人都能像你一样。"

林州行是那种能学习到很晚的人,有次邓清都睡醒一觉了,看见林州行在写高数作业,不免非常疑惑地问:"你到底睡没睡?"

"睡了。"

"我不信。"

"这有什么不信的。"林州行放下笔,"那我现在睡给你看?"

"也行。"邓清迷糊地揉揉眼睛,掀开被子,"来呀。"

林州行居然真的推开椅子起身,神情和姿态都非常不对劲,明显不是单纯来睡觉的。

邓清吓得清醒许多,哼哼唧唧地解释:"我说的睡觉是让你休息一下的意思!"

"我明白,"林州行咬着她的耳垂轻声说,"清清,我听得懂邀请。"

"我没有……"邓清觉得自己冤枉死了。

那次以后,邓清再也不问林州行睡没睡困不困这种问题了,爱睡不睡,不猝死就行。

这种计划性和目的性都极强的人,会制定出这么严整的方案也不稀奇,但林州行只扫过一眼,就知道邓清说的是对的,收下这份报告。

邓清说:"其实我前天就写好了,但是专门留到今天才给你,你知道为什么吗?"

"不知道。"

"一年前的今天下了暴雨,大暴雨,很大很大。"邓清一边说一边观察林州行的表情,试图提示,逐渐气上心头,"你不会忘了吧?"

"没有。"林州行的神色中闪过一丝错愕,很快消失。

"你就是忘了。"

"没有,我只是有点惊讶你还记得。"林州行揉了揉她的头顶,"一周年快乐。"

"就这样呀?"邓清有点失望。

搞了半天，反倒是林州行送给她一份诚挚的祝福，气死人了。

"你知道这是哪里吗？"林州行用一个问题转移邓清的注意力。

她闷闷回答："你宿舍楼下啊，还能是哪儿？"

"对，这里是出园区的必经之路。"林州行向上指了指，"清清，你知道吗？在我正式认识你之前，我经常站在这个窗户后面看你。"

"每次你踩上这块地砖，嗯，就是这里。"他好像是很随意似的往地上一指，随即抬起头，很温柔地说，"你就好像有种魔力似的，打开了整条街区的灯，'砰'一下，全亮了起来。"

非常蹊跷，林州行怎么突然这么肉麻？而且这几句话没头没尾，莫名其妙。什么地砖？什么街灯？什么"砰"地一下？神经病……

邓清看着那块地砖，踩了上去，突然"砰"的一声，是那种电流穿过灯管的声响，整条街区的灯真的全都亮了起来！

邓清惊讶极了，完全反应不过来，僵在了那里。

天啊！

这里的街灯并不是指园区内主干道的路灯，而是为了即将到来的平安夜提前布置和装饰在道旁灌木上的霓虹灯串。

此时正处在黄昏与夜色的过渡时段，天色暗灰，街灯未开，人影朦胧，突然亮起的灯带像银河一般长长延伸出去，漂亮极了。路上的行人显然也没想到这灯串突然被启动了，响起一阵惊讶的议论声。

邓清无意识间收回右脚，这个动作像一个开关似的，灯串忽然熄灭。

又是一阵窸窣的讨论声。

"是在测试吧？"

"嗯，应该。"

林州行一本正经地说："这是块很有纪念意义的地砖，你踩上了它，丘比特之箭就射中了我的心脏。"

不对，不对，哪里有问题。

邓清半信半疑地再次踩了上去，那灯串再次兴高采烈地亮了起来，等她移开脚，又垂头丧气地熄灭，再试两次都是这样，见鬼了。

林州行很有耐心地站在旁边等她验证，手插在衣兜里，似笑非笑的样子。他在逗她，绝对的，包括刚刚那几句肉麻的表白也是表演的一部分，就是为了扰乱她的思维。

邓清咬牙切齿地下定决心要找出真相，她对自己说，得冷静下来。

冷静下来，好好梳理一下，什么丘比特、什么心脏、什么有魔力的地砖，一定是扯的，林州行用了什么办法让地砖和灯串联系起来？

她仔细地看着那块平平无奇、朴实无华的地砖，秀眉微蹙，想得十分认真。林州行在旁边一直盯着她看，看得也很入神，眼中溢满柔和笑意。

邓清很快想明白，不可能真的和地砖有关系，如果要把整块地面掀起来埋线，不仅会有痕迹，而且一晚上绝对做不完，难免要在白天施工，而她天天上课吃饭从这条路走进走出，从来没有看见过。所以地砖只是一个障眼法，是魔术中的 Misdirection（误导），一种魔术技巧，让观众视点被外物引导而成功做出效果。林州行的肉麻台词，也是为了让她的注意力放在地砖上。所以开关在林州行那里，一定是这样。

他掌握对应时机摁下开关，就可以误导她。

想到这里，邓清说："你转过去。"

"嗯。"林州行不问为什么，只是照做。

邓清再次踩上地砖，灯串还是亮了，但是有延迟。邓清得意地笑了，这是一个验证。

林州行当然能猜到邓清让他背身过去是要验证，因此在看不见的情况下还是摁了开关，但他无法预测她什么时候会挪开，因此假装无辜，好像很莫名一样，微微侧头问道："清清，怎么了？"

余光扫到她，他熄灭灯串。

"开关就在你身上！"邓清扳着林州行的身子转过来，上下左右全摸了一遍，没找到，那就在手里！

林州行把手从兜里拿出来，坦然摊开。他的手很漂亮，手指修长白皙，但是掌心是空的。

他忍住笑意，慢慢说："你看，没有。"

邓清再次陷入思考，突然笑着对林州行说："你亲我一下。"

"路上这么多人。"他试图拒绝。

"那又怎么了？那么多在宿舍楼下亲嘴的！"邓清也有点反常，黏上去撒娇，"州行，亲我嘛。"

林州行便搂着她贴了贴嘴唇。

邓清压下眉眼，在他耳侧轻声说道："这样不可以。"

林州行露出头疼的表情。

"快点。"邓清不为所动，神色严肃，好像在做什么学术研究。

"好，你赢了，真聪明。"林州行笑了起来，从嘴里吐出一个东西，越笑越大声，笑得肩膀都在颤抖。

是一个做了防水处理的小开关，林州行捏在手里演示了一下。

邓清很震惊地问："你咬着这个东西怎么还能说话？"

"练习了两天。"

"林州行!"邓清咬牙切齿地想了半天,心里的感觉其实很复杂,最后轻轻"哼"了一声,"你真无聊。"

"是啊。"林州行眼睛亮亮的,"有意思吗?"

邓清忍不住也笑了,回道:"有意思。"

"明年会更有意思。"

"哦!"邓清跳上去抱着他,"你明年还想和我在一起呀?"

"是啊。"林州行低声问,"你想不想?"

"想。"

邓清心里甜滋滋的,想知道林州行是怎么做到的。

林州行解释:"执行公司接下了江大平安夜及圣诞节的校园装饰项目,我提前做了这个小小的彩蛋进去。"

邓清闹着说:"我也要玩。"

"过两天给你一个更大的。"林州行轻轻笑着,还是在逗她,"一个遥控器,想亮哪里就亮哪里。"

邓清也顺着他的话夸张感叹:"真的?那我也太厉害了。"

"当然。"林州行说,"那天是你的生日,你做什么都对。"

"嗯!"

第十四章
欢迎来到现实世界

1

ICDMC国际大学生数据建模大赛的获奖通知是十一月底送达江大的,今年的评奖周期略长,因此正式的颁奖活动拖到了十二月底。圣诞节已经过完,马上就是元旦,三个人趁着假期,飞往北京领奖。

他们从组委会的公示邮件里面读到了一个好消息和一个坏消息。

坏消息是Gabi的排名上升,挤掉了原本的第三名,获得了金奖。

好消息是他们并不是那个被挤掉的第三名,他们的积分排名第一,当然也是金奖。

林州行把邮件转发给林舒琴,林舒琴很高兴,打电话来问林州行要不要什么礼物,还说外公也很高兴。林州行说暂时不用,想到了再说。

林州行这一次是根本不装了,订了两间套房。

涂亮亮觉得很搞笑,阴阳怪气地问:"我一个人住套房吗?另外一张床给谁住?给鬼住?"

"女鬼可能不行。"林州行镇定地回答,"邓清会告诉柳唯。"

涂亮亮更是气愤了,咬牙道:"我半夜撞见的不见得是鬼!"

林州行冷冷扫过去一眼,涂亮亮见好就收。

邓清把脸转向窗外,装作没听见,也装作不知道他们在说什么。

窗外是灰蓝色的高楼和与高楼同色的天空,北京真大啊,从机场高速驶出后已经开了一个多小时,眼前的景色几乎未变,还是高架与建筑。这里空气干燥,邓清很不适应,想起了前几年来北京旅游的一些经历。

她小时候来过几次北京,看过故宫和天安门。高一的暑假游学,她又和同学一起来了一次,那次她们是参加一个夏令营项目,住在集体宿舍。南方小姑娘水土不服,每天晚上都被渴醒,干脆在床头柜上放一杯水。

想到这里,她又觉得喉咙干燥起来,拧开水杯。

林州行笑她好像一株缺水的植物,委屈巴巴地缩起来。

邓清愤怒地回击："一口也不给你喝。"

"我也渴。"林州行靠得很近，作势要抢。

邓清护着自己的水杯，冷不防唇上让人啄了一下。

涂亮亮受不了了，要崩溃了，说："你们两个适可而止行吗？"

邓清轻轻推开林州行，理了理头发重新坐好。

林州行转头问道："怎么了？到了吗？"

"没有。"涂亮亮苦大仇深地说，"但是我希望有些人注意乘车礼仪。"

晚上十点半，涂亮亮敲响隔壁的房门。开门的是林州行，他火气很大，撑着门框皱着眉头问道："干什么？"

涂亮亮才不管林州行脸色多差，兴奋地分享："州行，我收到回复邮件了，明天就能去参访了！"

他甚至带上了笔记本电脑，托在手里转过来给人看。

林州行接过来看了看，也改变姿态，笑意浮现，说："是好消息。"

邓清在屋内听到，也好奇地赤脚跑了过来，在林州行肩旁探出脑袋，问道："什么？"

林州行把屏幕侧了一点给她看，发件人是某互联网大厂管理培训办公室，正文内容是认可涂亮亮同学在计算机本科专业学习中的优异成绩和丰富的社团经历，着重点名了在ICDMC竞赛中获得金奖的成绩，邀请他分享代码，并同意了他的参访和面试申请。

"恭喜你呀，亮哥！"

"我明天就不去领奖了。"涂亮亮心满意足地拿回电脑，嘿嘿一笑，"实习更重要。"

林州行点点头。

"加油！"邓清热情鼓励，伸出拳头，"一定没问题！"

房门重新关上，林州行压着邓清的肩膀靠在门上亲了一会儿，又把人抱起来往里屋走。邓清趴在他的肩膀上，轻盈得像一只鸽子，慢慢被放倒在柔软的云朵一样的床铺之中，就在这时，林州行的手机响了一声。

屏幕亮了几秒钟，林州行扫了一眼，神色微怔。

他很快恢复，邓清却问："谁？"

"没事。"他想要继续，捏住邓清的下巴。

邓清把他的手机攥在手里，问道："我能看吗？"

"你看吧。"

"啊！"邓清才看了一眼，大叫一声，一掌把人推开，"你妈要来！"

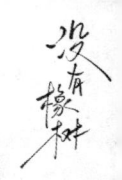

林州行差点被她推下床，扶着边沿坐稳，"嗯"了一声。

林舒琴说要来看颁奖，其实林州行也是一个小时前才知道的，林舒琴说这是突然的惊喜。

母亲经常做这种临时起意的事情，他也没有办法，总是处在被通知的境地，刚刚收到的那条信息，是她明天早上的航班号。

"为什么不和我说？"

"等下会和你说的，惊喜。"

邓清慌张之下吐槽出声："惊喜个头啊！"

林州行咧开嘴露出那颗虎牙，似笑非笑地问道："你不是一直胸有成竹的吗？"

"我没有啊。"邓清不承认，"我现在很紧张怎么办？"

"你不是说你不会紧张，只会慌张？"

"对，我现在就很慌张。"

其实林州行很能理解邓清的心情，去林川前，他也有过类似时刻，所以才想把消息稍微压一段时间再告诉邓清，因为他紧张的话就会反复预演和思考，越是没有把握越是不动声色。

但邓清的慌张就是拼命晃他，一边晃，一边问："怎么办？"

林州行想了想，尽量平和地安抚说："我妈不难相处。"

他顺手拖过来电脑打开，在网上搜了一些新闻。林舒琴打理家族基金和商铺，经常出席慈善和公益活动，公开照片很多。

邓清突然想，自己居然从来没有想过要去找来看一看。

这也是她一贯的逃避思路使然，她努力把林州行当作一个生活中可以触摸的人，而不是未来只出现在新闻里面的存在。使她慌张的并不是林舒琴本身，而是像月球暗面一般，林州行在学校之外，属于林家的那一部分生活。

但她真正看到林舒琴的照片之后，方才急促的慌张感反而被压倒了，好奇大过一切，还生出一些朦朦胧胧的向往来。

邓清偶尔也听过林州行提到一些家里的事情和林舒琴，她对林舒琴的想象，大概如温室里的玫瑰一般。可意外的是，林舒琴并不娇柔，而是好像那种从书里或电视剧里走出来的名门闺秀似的，五官秀美，身段气质极佳，无论是合影还是活动进程，都气势十足地占据主位，面向镜头时总是明朗大方地笑着。

同样的一双眼睛，放在林州行脸上是冷淡凌厉，放在林舒琴脸上却刚刚好，极美，带了几分英气，还有一股温文尔雅的沉静气质，岁月的痕迹难以掩盖，面容却被打磨得越发出众，如同蚌肉中的珍珠，被长久地磨砺出极有质感的光泽。这样的美人，当然会让人忍不住遐想当年风华正茂时，会是多么璀璨夺目。

林州行虽然正是这样的年纪，但偏偏是个男的。

邓清于是感叹："你长得这么像你妈妈，要是个女生就好了，肯定特别好看。"

林州行极为震惊地问："我现在难看？"

邓清一愣，随即埋在被子里面大笑，含混回道："不是。"

林州行马上联想到许多事，万般烦闷皆上心头，连声问道："那你觉得谁好看？李观彦？你喜欢那个类型的是不是？难怪……"他拧起眉头，"难怪那次投票你和刘薇都投给李晟，他也好看？"

他又把邓清喜欢过的男演员全部数了一遍，更加确认自己不在女朋友的审美区域里。

林州行一贯冷淡懒散，突然发疯，邓清笑得直不起腰来，抱着被子肩膀耸动。她越笑，林州行就越难受，说："邓清，说话！"

邓清勉强歇了一会儿，开始半哄半逗地解释："当时李晟是第一，我只是顺手投的，我把你投那么高干吗啊？让别人都来看吗？我才不要。再说，你自己还不是花钱压了票，现在发什么神经？"

这解释很一般，林州行冷眼看邓清，邓清又说："好吧，那我承认一下，其实那天晚上第一次见你的时候，就觉得你的手很好看。"

林州行再受打击，又是震惊地问："我人不好看吗？"

"不是这个意思。"邓清又想笑，努力忍住了，抿嘴道，"后来看了下脸，也觉得还可以。"

"只是还可以？"

"好看！"邓清终于笑出声，挂在他身上，像揉一只小狗崽一样摸他的脑袋。这可是林州行啊，难得有这样软的时候。

"我就喜欢你这个类型的，你这个类型的也只有你一个。"她一高兴就什么话都说。

"是吗？我会记住你说的。清清，你也要记得。"林州行脸上委屈的神色消失，好像潮水褪去，月光逐渐爬满海岸一般，转瞬之间，又是那双冷淡的、冷静的、凉凉的琥珀一样的眼睛。

"嗯？"邓清半是迷蒙半是清醒地接受了林州行这种状态的变化，有点分不清他刚才是不是装的，但他现在的姿态仍然很温柔，她再次陷入柔软的床铺之中，青丝铺了满枕，他重新吻下来。

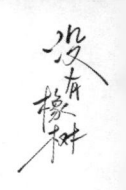

"我爱你,邓清,所以……你也要爱我。"

2

因为被歪了主题,所以到头来除了几张照片,邓清对林舒琴还是一无所知,被拉去等在机场的时候才想着反正已经来不及了,干脆恢复了往常的镇定。

林舒琴有人随行,跟在身后提着她的箱子和手包。

林州行握着邓清的手迎上前,简短地说:"妈,这就是邓清。"

林舒琴很温柔地点头笑了笑。她很和气,虽然并不热络,但是礼貌而得体,很正式地伸出手来,说道:"你好,我是林州行的妈妈。"

她的手上不像一般富太太那样戴了很多首饰,仅仅是手腕上戴着一只水头正好的玉镯,皮肤很柔软,掌心温热,让人很快心生好感。

邓清也笑道:"林阿姨好。"

林舒琴拉着邓清的手坐在车上说了一会儿话,邓清几乎完全放松下来。

邓清发现,林舒琴说话不急不缓的,语调平和,这点和林州行很像。

"我可以和小州一样叫你清清吗?"

"当然可以的!"

林舒琴的视线也很柔和,专注地凝视着人,不带任何打量和评断意味,不会让人觉得不舒服和冒犯,这点和林州行很不像。

同样的一句话,林州行讲出来就让人觉得很刻薄,而林舒琴会给人很真诚的感觉。

"清清漂亮又优秀,性格也很好,小州该好好珍惜你,我会看着他的。"

邓清不好意思,就笑了笑。

但也有一些细节和瞬间,让邓清能够敏锐察觉到林舒琴温和之外的另一面——林舒琴从不厉声说话,但口吻不容置疑。

林州行在母亲面前是很寡言的,虽然他一向说话不多,但是邓清能察觉出不同。这和她与陈锦之间动不动就开玩笑斗嘴闹来闹去的氛围南辕北辙,林州行平时在她面前也不是这个样子。

林舒琴问他们住在哪里,林州行却一声不吭。邓清觉得气氛奇怪,于是替他回答了。

林舒琴说道:"北京那么多房子,哪套不行,非要去住酒店?"

她仍然未得回复,又说:"不想让家里知道,有自己的主意了,也是好的。"

林州行终于开口:"还有其他同学。"

车停稳后,邓清习惯性要直接推门下车。

林舒琴拉住她的手,轻轻摇摇头,说:"清清,你要等他过来。"

来……来干吗?

说话间,司机已经下车弓身拉开车门,手扶车顶,尊敬地说:"夫人。"

林州行靠在副驾看手机,一时间没动,林舒琴平静唤道:"小州。"

就开个车门?不用吧!

邓清笑道:"没事的阿姨,这有什么。"

林舒琴敛目淡淡地说:"这是规矩问题。"

邓清不好再接话。

林州行什么也没说,推门下车,拉开后车门,微微俯身,把手伸出来让邓清握住,姿态很绅士,搞得邓清也不自觉挺直了背脊。

很自然的,邓清站定后就挽住了他的手臂。

林舒琴这才满意了些,对儿子说:"你对清清不能太随便了,对其他女孩子什么样,对自己女朋友应当更好。"

林州行什么都没反驳,只"嗯"了一声。

邓清却想,林州行平时对其他女孩子根本就不是这样,他只是在林舒琴面前这样。也许他的温和与教养就是这样被磨出来的,从来不是,也根本不是他的本性。

她意识到这一点,又发现自己似乎早就意识到这一点。

也许她应该警惕,但现在警惕似乎也已经晚了。

她早就害怕过,可最终还是选择了向他靠近。

那就这样吧。

领奖、做采访、和评委会及其他获奖人员合影,所有的流程走完,林舒琴带他们去吃饭。车在路口停下,胡同窄小,剩下的路需要步行,林舒琴亲昵笑道:"清清呀,阿姨要先去取一件衣服,可不可以?"

邓清柔柔一笑,回道:"我陪您。"

这是一件靛蓝色旗袍,布料素净,配玉石比配金饰更好看,老师傅身上搭着布条和软尺,慢条斯理地问林舒琴最后的调整。

林舒琴低眉浅笑,拉过邓清的手,说:"清清要不要也做一件?叶师傅多少年的老手艺了,以前在香港就总是他给我做衣服,信得过。"

邓清客气地拒绝,林舒琴劝道:"小姑娘嘛,做一件旗袍好看的呀。叶师傅,把我的料子给清清做。"

邓清觉得有些窘迫,看了一眼林州行。

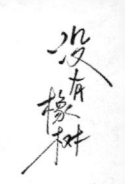

林州行说:"妈,下次再说,先去吃饭吧。"
　　"你怎么回事,催起来了?"
　　林州行显出一点不耐烦的样子来,说饿了,林舒琴这才算是作罢。邓清松了一口气,她连问价都不敢。
　　几个人拐过胡同进了一家私厨,就一张方方正正的小桌子,餐点精致,外间有流水引导入席,偶有琴声,似乎是一旁有人专门演奏,但不见琴师,只听得见琴音,很是雅致。
　　布菜也有专人放筷,动作轻柔,服务人员比吃饭的人还多。邓清自己坐着,看别人站着,围成一圈盯着,不知道有多不自在。
　　心想自己以前还动不动嘲讽林州行不食人间烟火的做派和脾气,如今看来他已经很接地气了。
　　林州行小声解释:"我就是在深圳长大的,也吃肯德基和麦当劳,念公立高中考大学,很普通的。我妈不一样,在广州念完小学就去香港读教会学校,又送到英国,结婚是选婿入赘,什么苦都没吃过,一直是千金小姐。"
　　林州行这样评价母亲,邓清忍不住反驳:"那你吃过什么苦?"
　　林州行气得咬牙,说:"我遇见你,还不够吃苦?"
　　"倒是有这么多悄悄话要讲,可不可以分一点给我听呀?"林舒琴嗔怪地望过来,却不是恼,而是面带微笑,"小州,你天天能见,也让妈妈和清清聊一聊嘛。"
　　邓清急忙说:"阿姨,您问。"
　　"你们在一起也一年了吧?打算谈多久?"林舒琴语气柔柔的,却是比陈锦和老邓都直接多了。
　　邓清努力想了想,低声说:"嗯……顺其自然。"
　　"你父母是做什么的?"
　　邓清诚实地说:"开了一个小厂子,规模不大。"
　　"听说上次你们一起回了林川,你父母怎么说?"
　　"让我们自己相处。"
　　林舒琴微笑道:"看来是不同意。"敏锐又干脆就下了定论。
　　邓清有点窘迫,勉强笑了下遮掩过去。
　　"为什么?是不是小州怠慢了你?"
　　邓清急忙说:"没有,他们只是担心。"
　　"原来是这样。"林舒琴很是了然,于是下一个问题就直接冲着林州行去,"什么时候告诉你外公?"
　　林州行含混地说:"阿公知道。"

"不是那种知道。"林舒琴看了邓清一眼,缓缓说道,"小州,你要是有打算的话,就要认真,最好早做安排,别耽误人家前程。"

林舒琴刻意在她面前讲,是拿话提点她,给她看一看自己儿子的态度是否会令人失望。邓清想得明白,却不知道林州行打算怎么回答。

没想到林州行真是厉害,和自己妈妈说话也能打太极,推了一圈把话反抛回去:"那你见了邓清,觉得怎么样?回去打算怎么和阿公说?"

"当然是很好,品性好,人也好相处。"林舒琴温和地说,"妈妈一直希望你选一个真心喜欢的,只要你喜欢,阿公当然也同意。但是清清家里既然是这个态度,你要自己去争取。"

林州行罕见地顿了一下,但他再没有其他反应,只是抬头朝林舒琴笑了笑,说:"知道了。"

这话语之间的机锋,邓清慢慢琢磨,直到送走林舒琴才逐渐想透彻明白。她父母不同意,是担心林家势大,女儿受欺负,林舒琴了然这一点之后,和儿子说的却是"你自己争取"。

陈锦和老邓担心的是林家,并不是林州行本人,所以让林州行自己去争取,能怎么争取?

所以,林家不会站出来示好低头——这才是林舒琴和林州行之间对话的真正隐含意思。

解决不了核心问题,无非是逼着陈锦和老邓让步,又或者,既然没有解决问题的本事,那就谈下去,谈到分手。

时间也是一种财富价值,林家耗得起也等得起,但普通人不能。

此时邓清才后知后觉地明白陈锦口中的"势"到底是什么意思。

林舒琴没有反对,对邓清是那样和气,也是真心的喜爱,特意带了一条金桂花手链送给她,说:"这是我少女时期的首饰,'桂'通'贵',是发财的意思呢,你们这些小姑娘,不是都想着多多赚钱嘛。"

林舒琴和想象中的完全不同,并不像电视剧里面演的那样,既没有傲慢,也没有居高临下,替她考虑时说的是"前程"二字,而不是"婚姻"和"感情"。

林舒琴没有任何让邓清不适的地方,可是邓清却感受到一股喘不上气的郁结之感。

原来这就是势。

所谓势,就是自然就在高处,无须刻意傲慢,但是从来不和任何没有筹码的人协商,因为悬殊过大,无法被撼动半分,反而格外亲切宽容。

邓清此时才真正明白林州行到底在怕些什么,也发觉自己当初说"车

到山前必有路"的确是乐观了。

实际上,既没有山,也没有路。

母亲走后,林州行一路寡言。他从小在这种环境中长大,对今天发生的事情早有预期,但他不知道邓清心里怎么想。因为忐忑,他一句话都说不出来,只是沉默地回到房间。邓清在套房的另一间洗漱,他坐在床上盯着地板愣了一会儿。

轻轻的脚步声由远及近,邓清慢慢走进来,他微微仰头抬眼。

邓清说:"州行,我们谈谈。"

他垂下眼睫点头,"嗯"了一声。

3

邓清在林州行身旁坐下,一点一点说着自己的想法,语速不快,但是很认真。

"你们林家所有人都被捆在百乐,对吧?是财富也是责任,百乐已经成为巨大的集团,有了自驱力向前转动,谁也不想看见它分崩离析,也形成了足够广阔辽远的空间,远超于普通人的生活,所以你们林家的所有人都会自愿投身其中,又或者说,出身如此,就只能投身其中。

"如果有其他人靠近……或者接触,也只有这样一种唯一选择可选……是不是?要么像你爸爸或者像你一样进入百乐,要么像你妈妈那样打理人脉关系,做一个合格的太太,总之是围绕着这份产业。

"有很多人羡慕,甚至自愿要进入这样的生活,愿意成为齿轮的一部分,这本来就是……就是通俗意义上所说的成功,甚至是捷径,但是你知道我……"

"我知道,"林州行清晰而平稳地接话,"你不是。"

她和他不一样,他出生就在高台,权利和义务是一同被既定的,未来清晰得不容选择,可是邓清不一样,她有无数可能,可以犯错,可以迷糊,可以懵懂,也可以野心勃勃去往星辰大海。

也许她一辈子也站不上他出生的高台,可是那又怎么样,她拥有自己选择的自由。

而一个人怎样选,取决于她是什么人。

邓清想,也许蔡璇会觉得隋欣阳很傻吧?放弃这么帅的男朋友、唾手可得的未来和不劳而获的生活。可隋欣阳不会后悔,甚至不理解蔡璇为什么会把目标定为飞入鸟笼。李晟也做了自己的选择,最终他们三个人都能接受现在的结果。那么她和林州行呢?所以她要开口说那两个字了吗?

林州行安静地想着,这一刻终于来临,少有人会在此时就下定决心,在还爱的时候,在很年轻的时候,在一切看起来都还没有必要走到那一步的时候……

　　可是邓清会,她有着极为冷酷与理性的一面,也一直胆怯和谨慎,林州行在最初就知道这一点,所以小心和警惕至今,也未能避免终究还是迎来审判。

　　爱情不是箭矢,不能用来将夜莺的翅膀扎透在鸟笼之中,她只有二十岁,人生才刚刚开始。

　　"我说完了。"邓清很正式地叫了他的全名,"林州行,你有没有什么想和我说?"

　　林州行轻轻摇头。

　　邓清不甘心,追问道:"谁来做决定?还是我?"

　　"嗯。"林州行说,"我都接受。"

　　邓清没有立即回话,看他许久,突然说:"胆小鬼。"

　　林州行指节捏紧,喉结滚动,愤然抬眼,看起来他似乎被激怒,但最终只是咬了咬牙,什么也没说。

　　邓清的手指在空气中画出几个字母,"WUSS",好像一个烙印,把鲜红的笔画重新刻在他身上。

　　"Gabi 说得没错,你就是胆小鬼,连做决定都不敢。"

　　"邓清!"林州行厉声喝止,站了起来,但面对着她的毫不相让,怒意又慢慢消解掉了,他重新坐下,用很平静的语调说,"我是想尊重你。"

　　邓清站在他面前,审判降临,居高临下地说:

　　"是吗?你是在逃避。我让你相信我,可你还是没有相信我,你不相信我爱你,你以为我要说分手,而且自以为是地逆来顺受,你以为我会感动吗?

　　"不,林州行,也许别人会,但是我不会。因为我知道你在躲,我们才刚刚说过,如果要分手,你要用你自己留住我,可是你根本不试。

　　"我有时候觉得你脑子里面好像有一个天平,什么都要放上去称一称,不能放弃继承人的身份,就放弃自由和选择的权利。然后你把这一套也放在我身上,所以可以自我牺牲似的接受我放弃你,因为你知道我的自我更重要。但不是这样的,林州行,不是所有人都是这样的。

　　"不是所有的东西都有价格,人生也不是交易,我早就说过了,我不做交易,林家凭什么对我提条件?我又不依附林家生活。那你呢,林州行?林家要你承担的到底是责任还是操纵,你真的分清了吗?

"你也看得出来,其实我爸妈不支持我们在一起,我妈一直催我分手,但是我和他们说,这是我自己的事情,我自己会处理,喜欢什么样的人,和谁在一起,我能为自己的选择负责和努力,我会承担后果。你会吗?"

这一连串的质问如重鼓响锤,一下又一下地敲进林州行的脑子里,砸得他发蒙,心口钝痛。他的喉咙里哽着一些词句,但盯住邓清的锋利眼瞳,又难以真正说出口。

这才是邓清真正冷酷和理性的一面,她不理会已有选项,不做交易,掀翻桌子,直指问题的核心。

邓清说得没错,她的确是个公正的审判者。是他不敢反抗,什么也没做,只推她出去面对自己的父母和林家,因为他不敢相信自己会被选择。

可他还是被选择了。

"如果你要我做决定,好啊,那我现在就告诉你。"邓清就要开口,"我们……"

"不要!"林州行脸色苍白,眼角发红,拉住她的手腕拖她入怀,继而紧紧抱住,"清清,别说完,我来做决定,给我一个机会。"

她的身体柔软,精神力却如此强悍,像一棵树,有自己的根和自己的路,向着阳光生长,无人可以动摇。当她爱人时,又会捧出自己所有的热诚。

就着这个姿势,邓清将手指插进林州行的发间,安抚地梳理起来。

"我会的。"林州行渐渐放开些,轻声开口,"为了你,我一定会的,给我时间。你说得没错,林家的所有人都被捆在百乐,我确实是胆小鬼,从来没想过要对抗,因为自我在其中是没有意义的。"

林家对继承人的教育是基于"谈判"和"筹码"两个词,用来规整边界的则是被放弃的恐惧。

他当然也有过叛逆期,有过我行我素的时候,林启远对此是很平和地告诉他:"小州,无论发生什么,你永远都是我们的孩子,但是林家和百乐不会接受这样的继承人。只要不听话,你就会被放弃。"

所以邓清刚刚问的那个问题并没有意义,林州行不是分不清什么是责任什么是操纵,而是他早就明白和接受他的责任就是被操纵。

"你真的甘心吗?"邓清说,"如果是那样,如果你完全接受,那你为什么不喜欢和罗海意接触,不愿意混那个圈子? Gabi 说你假得不够真,你为什么要在意要生气?我要和你分手,你为什么要害怕?一个不肯为你们林家让步和低头的人,有什么好舍不得的?你是百乐的继承人啊,林州行!"

邓清语调温柔,眉眼低垂,循循善诱:"总会找到下一个的。"

林州行仰头望她,说:"我只想要你。"

"所以你是有心的。"邓清把小小的、温热的掌心摁在林州行的心口,那里有急促的跳动声,"你有自己的人生,有想爱的人,州行,你真的甘心吗?你真的开心吗?"

他的回答是苍白的自我嘲笑:"谁会在乎?"

"爱你的人会在乎。"

他以为邓清是在说她自己,可是邓清又说:"是林阿姨和我说的。"

林州行微微睁大眼睛,定定地看着她。

"你为什么宁愿相信我爱你,也不相信她爱你?她可是你妈妈,她当然爱你。你要相信她会站在你这边,我们都站在你这边。"

说着,邓清摸了摸他的脸。他疑惑又依恋地抓住了她的手。

"我……我相信,"林州行艰难地说,"我相信你。"他又说,"给我一点时间。"

他曾经无数次地想过一个计划,只是从来都缺乏执行的勇气和动力,现在邓清给了他这份勇气和动力,那么现在需要的就只是时间。

林家确实无所谓他找什么样的女朋友,想娶什么样的女孩子回家,他们的傲慢和不可动摇在于,无论那个女孩是谁,都要投身于林家的利益,接受和林州行一样的命运就可以了。

那本来就是一份值得常人艳羡的命运,起点就在许多人的终点,会有许多人求之不得爬上高台。可惜邓清并不是许多人当中的一位,所以林州行要想拥有和外公谈判的筹码,就先要证明一件事——

独立的能力。

在第二个周年纪念日来临的时候,林州行已经用曾生光的名义注册了一个贸易公司,刘可和曾生光都是股东,也是员工。

为了避免被林家查到,也因为一些隐秘的坚持,林州行没有用林家的钱作为启动资金,也没有动用和林家有关的任何资源,包括那套公寓。

林州行在江大的家属楼里租了一间地下室,三百块钱一个月,网线和大屏牵进来加上水电费用,一个月在四百上下,刘可和曾生光下课以后就会背着书包钻进来。

所谓独立,并不仅仅指能够养活自己,而是比那个复杂得多,林州行不仅要证明他能够断掉林家的供养和脐带,还要证明他能够用自己的方式去掌舵庞大的巨轮。承担责任的方式并非只有外公所塑造规定的那一种,林州行可以成为由他自己来定义的继承人。

只是，他需要时间。

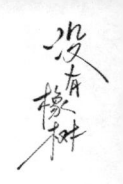

4

家属楼的地下室，邓清去得不太多，她升任了组织部部长，忙于学生会的活动，同时也在积极地找实习工作。

大三的宿舍氛围和大一大二时截然不同了，大家不再嘻嘻哈哈地一起去上课打饭逛街，或者蹲在宿舍里看电视剧，而是逐步有了担忧和规划。

老大是最早最坚定要考研的，带动了班上一大批人，包括刘薇，她每天除了上课和打游戏，又多了一项活动，那就是跟老大一起去各种考研培训班领资料，然后一起去自习室。

刘薇觉得，比起想要读研究生，她更多的是感觉自己得做点什么，不然就显得浑浑噩噩，对自己的未来毫不上心似的。

而邓清是最早最明确地说不考研的那个人，通过好几个假期在旅行社兼职，又做了几年学生会活动，还和林州行一起参加竞赛领了奖，她逐渐确定她的成就感来自于具体事件的执行和完成，所以想直接找工作。

一向决策干脆的二姐，却成了她们当中最摇摆的那个。

邓清大致能知道原因。

涂亮亮从去年获得了大厂的参访机会后，就一直和对应部门保持着良好的联系，大四更是干脆提前修满学分跑去实习，毕业以后留在北京基本是板上钉钉的事情，这和二姐一直计划的陪她回家是相悖的。

但男朋友有了这么好的机会，她很难开口。有时候，她想着考研去北京，觉得两个人还是不异地的好，又有时候，她想要涂亮亮放弃，毕竟他以前答应好的，她去哪儿，他就去哪儿。于是她时常反复纠结，没个头绪。

也就是在这个时候，邓清才真正明白为什么校园里永远流传着"毕业即分手"五字真言，因为一个人的未来尚且迷茫难以决定，还要背负起另一个人的人生，只会更加沉重，心有灵犀的美好故事世间并不常有，选择爱情的人总在少数，这是多么值得庆幸的事。

地下室常年昏暗黝黑，邓清费力抬起卷帘门才堪堪钻进来一些光亮，把里面的景象一一涂上颜色，顺带叫醒了原本躺在沙发上的人。

这屋子里的电线和草稿纸乱飞，墙壁上用黑色马克笔涂抹着公式，字体嚣张而躁动，正中一个大屏上闪动着冰冷的盘面数据，红红绿绿的数字打在那个人苍白的脸上。

照进来的霓虹灯光像在白画布上泼上油彩，有一种后现代主义风格。

林州行半躺着，缩在一张灰绿色单人沙发里，沙发扶手处已经有好几个破洞。这张破沙发是刘可在江大的二手论坛淘来的，五十块，林州行一开始很嫌弃，一下也不肯碰，他长到这么大，别说五十块的沙发了，五十块的沙发垫都没坐过，但潜移默化的力量是可怕的，半年过去，邓清每次来都能见到林州行躺在这张沙发上。

他本来就白，几天不见阳光，更是像吸血鬼一样，手腕搭在沙发扶手外，模样懒洋洋的，只露着半张侧脸。

见人来了他也不说话，只是用眼睛盯着，然后视线移开，转而看着顶板上一块破掉的地方，颇为颓丧的样子。

邓清把灯揿亮，慢慢走进来，顺手把不小心踢到的毯子捡起来收好，凉飕飕地说："我想起一个电视剧，女主角在外面辛苦了一天回到家，屋里什么都没有，只有一个废物男人。"

林州行伤心又委屈地说："我不是废物，我会赚钱。"

"别装可怜。"邓清的手指穿过他的发间，轻轻抓着发根迫使他仰起头。

这样一看，林州行有几分女相，五官柔和，睫毛纤长，很适合扮演温柔，只是那双眼睛冷淡沉静，好像轻易就能将人看透。

这样就很影响他的演技，这人明明喜怒皆漠然，心思难辨，这副凄楚表情，邓清是一点都不信。

只是气氛到了，她也就陪着演一演，摸了摸他的脸，问道："又怎么了？几天都不去上课。"

"谁让你不管我。"

她耐心说道："我跟着团委下乡了，又不是没和你说过。"

"所以你就扔下我。"

邓清气笑了，亲下去狠狠咬了一口，林州行痛得"嗞"了一声，差点真的使力把身上的人掀翻在地。

"邓清，你干什么！"

"叫你别装了！"

林州行终于收起那副软弱可欺的姿态，用他惯常的平淡语气说道："刘可和曾生光都要退出，要撤走他们那部分资金和收益。"

所以他烦得很，什么事都不想做。

"不能找其他股东补进来吗？"

"能找，但是我不能出面的话，就很麻烦。"

既然要独立，就要做得彻底一点，就算不用林家的一分钱，他的身份和他的脸也代表着林家的资源，能做到的事情太多，但那样就不够纯粹了，不足以成为筹码。

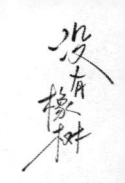

邓清想了想，先是问："他们为什么要退出？"

"退出就是退出，没有为什么。"

"肯定有原因。"邓清说完这句，看了林州行一眼，然后明白了，他是个从来不挽留的人，因此不会去寻求原因，只会寻求对策。

"那我去问，"邓清说，"也许还能争取一下。"

"随你。"

"又怎么了？发什么脾气？"

林州行低声道："不是冲你。赚钱好难。"

邓清诧异地看了他一眼，莫名觉得很新奇、很好笑，问："收益不是还可以吗？"

"太少了，太慢了。"林州行换了个姿势，在沙发里陷得更深，"平均下来每个月还不到我零花钱的一半。"

"别急，饭要一口一口吃，钱要一分一分挣，谁不是这样？"邓清伸出手揉了揉他的黑发，笑着说，"林少爷，欢迎来到现实世界！"

刘可和曾生光其实都没怎么见过邓清，因为林州行很少带着女朋友和人交际，两个人总是单独待在一起，但是刘可听刘薇描述过一些，用的词都非常让人心惊肉跳，什么"无心美人""又冷又飒"之类的。

"别听薇薇瞎说。"邓清无奈地笑了笑。

刘可"嘿嘿"一笑，说："我看也不像。"

邓清单独请刘可和曾生光吃饭，其原因三个人都心知肚明，他们也都不是善于绕弯子的人，菜吃得差不多了就开门见山，邓清问起他们想要退出的原因，刘可和曾生光对视一眼。

下定决心，刘可开了口。他不擅长委婉，因此在用词方面抓耳挠腮，说得非常慢，双手不停地搓自己的裤子。

"就是，那个……嫂子，你觉不觉得，就是偶尔的时候，林少他有一点点……其实也不是，哎，我们都觉得他人挺好的，是吧，你看，他这么的……平易近人……"

曾生光轻咳一声，刘可赶紧纠正措辞："我的意思是，我们是很好的朋友。"

邓清点点头，回道："没事，你继续说。"

"但偶尔，你觉不觉得他有一点……"刘可舔了舔嘴唇，卡住了。

邓清很干脆地接话过来："极端。"

"你知道？！"刘可愣住了。

"我知道。"邓清镇静地看着他们两个，淡淡微笑，"所以没事的，你们随便说。"

"他太疯了，那个交易风格我实在受不了！"刘可放下心来，一股脑全说了，"本来说好了大家一起商量策略，按模型节点执行，我和老曾辛辛苦苦攒出来一点，他一晚上就亏出去七十万，七十万啊！我们总资金池才多少钱，他自己加了杠杆，我要被他逼疯了！"

曾生光在一旁谨慎地提点说："不过一周之后又赚回来了，州行赚了一百六十万。"

"但是我睡不着觉啊！"刘可嚷起来，"我每天晚上一闭眼睛，眼前就是花花绿绿的钞票，一会儿是美元，一会儿是欧元，一会儿是人民币，全都像座山一样。我做梦都梦见我们被套死了，我欠钱了，这辈子都还不完，我妈哭得不行，我爸拿根铁棍追我！

"并且这种事情不只发生一次，是每次轮到他操盘都会发生，我每天看账户都能被他吓死，我真的受不了了，太折磨了！"

曾生光接过话头，很和缓地说："一开始州行叫我们合伙，我们都以为是他们家给的资金，不过后来才知道不是。这也不要紧，大家都是学这个的，正好练练手，各自拿了一笔钱，但是……"

"但是他不能这样发疯，他这样我们玩不起。"刘可截断话头，诚恳地说，"就算我们退出，大家还是朋友还是兄弟，这没得说，但我和老曾没有这种心理素质，我们不是他，我们这辈子都没见过这么多个零，也真的不敢亏，唉，算了……"刘可说着说着搓了搓脸，"嫂子，你估计比较难理解，你没投钱在里头。"

邓清却说道："我怎么没有？"

这下连稳重一些的曾生光都震惊了。

"三个原始股东，除了你们两个就是我，我以为你们知道。"

曾生光喃喃道："我们知道，但我们以为……"

刘可抢着把话说完："我们以为是州行太上头了，为了搞浪漫才用你的名字，没想到真的是你出的钱。嫂子，那你是大股东！你不着急吗？现在赚了是大家分，可是到时候亏了也是大家分，林州行多少钱的债都背得起，可是我们不一样！"

他着急地用手画了一个圈，把邓清也归类到里面，他讲得诚恳，也是出于好心，邓清觉得他是个好人，因此再次微笑起来。

她这一笑，刘可更急了，说："你信我！他马上要干的事情更疯，再不跑真来不及了！"

邓清收起笑容，认真说道："和我讲讲吧。"

5

不用林家的资源，林州行就没有钱，邓清把自己这么多年的压岁钱全部给了他，但第一个月就都赚回来了，所以她后面再没有了解过贸易公司的交易细节。

不过就算林州行想要讲，她也的确不懂，也可能是他的讲法太专业，夹杂着很多术语。

可是刘可不一样，刘可声情并茂，非常善于使用比喻和夸张的修辞手法，再加上曾生光在一旁的适当补充，大致让邓清明白了林州行正在计划的项目。

原来他消失一周是在计划这个——这几乎是一场豪赌，赢了一战成名，输了就只能找林家善后，不然以他们几个的资金量和家底，不仅覆水难收，而且会拖垮父母。

刘可说得很对，再不跑就真的来不及了。

但刘可有一点是不知道的，那就是邓清认为林州行的有恃无恐不是因为背靠林家，反而恰恰是因为不想再靠林家。如果搞砸了，最终只能向林家求救，那他就再也没有自由的可能，于他而言，也是背水一战。

邓清想到林州行反复呢喃的那句话："太少了，太慢了。"

他太着急了。

不过，邓清听完，却先是问刘可："如果他不打算做这笔交易，其实你们还是愿意和他一起做的，是吗？"

刘可挠了挠头，看了曾生光一眼。

曾生光点头道：

"对。州行并不是盲目的赌徒和投机分子，他的交易风格虽然激进，但确实是有逻辑的，他能看到我们看不到的趋势，对数据的敏感度极高，模型调试得精准，也有足够魄力去冒险，这些我们都做不到。

"风险管控是永远的第一课，我们对他的信任和认可足够支撑我们和他一起合作下去，每个人都有自己的投资理由和直觉，没办法量化，我们能接受他的交易风格，但这并不代表我们会无视利益风险支持他的所有决定。直白点说，我要是个富二代，我一定跟着他做，但我们谁都不是，这就是我和刘可的想法。"

邓清说："我理解。不过，我有一个方案，你们听听看好吗？"

邓清的方案是，分成两个策略小组，资金结算也分开，刘可和曾生光一组,林州行自己一组,不允许林州行动用刘可他们的资金。这样,一方面限制了林州行能动用的资金量,另一方面也让他们的交易策略彼此之间不受影响。

不过这样的话,刘可和曾生光何不自己注册个公司?

因此邓清笑了笑,抛出下一个条件:"但是林州行的交易资金,你们可以用。"

刘可眼睛大亮,随后疑惑地问:"嫂子,你这……为什么啊?"

"为了公司啊。"邓清好像在开玩笑,又好像没有,笑着说,"一个公司不能只有一个疯子,总得有两个正常人吧?"

"两个正常人吗?"刘可在心里掰着手指头数,"我一个,老曾一个,啊!那……那嫂子呢,嫂子你不算上自己的吗?"

刘可还在磨叽,曾生光却意外地很干脆回道:"这样很好,我同意。"

"老曾,你?"刘可大惊,立刻说,"那我也同意!"

这账是很好算的,甚至不用算,以刘可和曾生光的交易风格来说,收益率稳定但不会太高,资产增值慢,资金池增长也慢,是一潭平湖。

林州行虽然亏起来吓人,但是赚回来的时候收益率也高得惊人,资金流动大,是任何操盘手都求之不得的"活水"。

邓清的方案虽然并不能规避股东和法人风险,但是很大程度上规避了他们的交易风险,且他们还能使用林州行的资金池,他们没道理不同意,只是唯一的问题是……

"州行能答应吗?"刘可问,"嫂子,你打算什么时候和他商量?"

做了三年室友,他对林州行的脾气当然非常了解。

"不用跟他商量。"邓清很平静地说,"林州行不过是我的交易员,我们三个才是老板,我们决定就可以。"

刘可张大嘴巴。

曾生光也吸了一口气,随后又叹了一口气。

"牛啊!"刘可反应过来,率先鼓掌,激动不已,"嫂子,咱们该早点认识,哦不是,咱们早就认识了,咱们该早点交心啊!早知道你能治他,那我还会睡不着觉嘛!"

邓清问:"曾哥怎么叹气?"

刘可非常明白,一摆手,说:"哎呀,不关你的事,他有他的事。"

他一弹舌,眉毛扬起来,把胳膊搂上去,欠兮兮地戳人痛处:"老曾,你是不是特别羡慕林少?你看看人家老婆,多局气(北京方言,大气的意思)!"

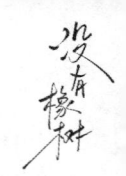

曾生光脾气再好也要张嘴骂人:"狗嘴里吐不出象牙,滚蛋!"
刘可向邓清解释:"他女朋友正和他闹呢!"
曾生光有考研的想法,江大金融很强,第一志愿当然是本校研,但他女朋友学制三年,今年马上要毕业,不愿意来江州,也不愿意继续异地,想去边海,也让他考去边海。两人平时关系极好,可一谈这事就天天吵架,有一阵子了。

爱情其实并没有那么神秘,不过是距离加上时间,打再多的电话也不如见一面,常常见面也不如天天见面,异地对所有情侣的考验都是巨大的。

邓清想了想,安慰曾生光说:"大家都一样,谈恋爱哪有不吵架的?慢慢沟通慢慢来。"

林州行打算毕业不回深圳,而是和她一起回林川,但是时机和实力都还没到,他们暂时没有和其他任何人提过一个字。

邓清有时候会冒出一些无厘头的脑洞,她真要把百乐的小公子拐回家了,林家会不会出动直升飞机来追杀她啊?

各自烦心,一时间,邓清和曾生光相对无言,神情严肃,只有刘可觉得问题完全解决,神清气爽。

"还是不谈恋爱好啊!"他振臂高呼,"啥事没有,哥们无欲则刚!"

"刘可。"邓清突然很正式地喊他,"薇薇妈妈给她介绍了一个老乡,和我们同届的,两个人正在接触。"

"她没和我说。"刘可笑容还来不及收,但是人已经傻掉了。

"她不知道该不该和你说,也不知道怎么和你说。"邓清说,"就让我告诉你。"

刘薇觉得很难开口,她和刘可的关系是朋友又不是朋友,说暧昧也并不暧昧,她和刘可也还只是刚接触,她不知道该怎么和刘可描述,索性让邓清带个消息,也就这样了。

刘可像被人按了暂停键,迷茫地依次看了一遍面前的两个人。邓清非常宁静地看着他,但眼神里面没有内容,也没有安慰,刘可只好转向曾生光。

曾生光说:"你这种情况,我真不知道该怎么建议。"

让他去表白吧,总觉得耽误人家女孩,不让他去表白,又怕他耽误了自己。

刘可气愤起身,说:"靠不住,我去找州行商量!"

邓清原本不急,但是转念一想,刚刚那个方案林州行还不知道,要是刘可先说了,那就麻烦了,因此也立刻要走,但想起什么,又急急忙忙地翻包找钱包。

曾生光说道："没事的，你先去，我结过账了。"

"好，谢谢曾哥，我下次还你！"

幸而刘可慌慌张张，满脑子刘薇的冲击消息，颠三倒四说了一堆，没说分组的事。

邓清重回地下室的时候，发现还是只有林州行一个人，忙问："刘可人呢？"

"走了。"林州行盯着屏幕，手指在键盘上清脆地敲响，旁边放着一大堆手写材料。

"你和他说什么啦？"

"晚上会知道结果的。"

"你不会让他去表白了吧？"

"晚上就知道了。"

"林州行！"

林州行视线没动，淡淡道："有点耐心。"

邓清收敛情绪，也回道："你也是，州行，有点耐心。"

林州行听出她意有所指，轻蹙眉头，那双冷瞳终于将目光落了过来，问道："什么意思？"

邓清讲完分组方案，林州行情绪起伏不大，只是拿起桌面上的水笔点了两下，调侃道："好，都听邓老板的。"

但接下来邓清要说的才是她真正的目的，她转过身背靠桌面，盯着他，说道："我还有两个要求。"

"嗯？"

"刘可和曾生光的组是两个人，你的组也要是两个人。州行，你要拉一个人入伙，你不能再一个人做交易。"

林州行脸色骤变，马上拒绝："我不需要。"

邓清说道："我需要，这不是商量，这是要求。"

她的确不懂金融，但她懂林州行，她需要有一个人看着他，以便她拉住他。

"还有，你想做的那件事，我已经知道了，但我要你解释给我听，直到我彻底明白为止，我要知道你在想什么，为什么一定要做，我要看到你的报告。"

果然，林州行的态度变得冷肃而锐利，冷冷抬眼，声线薄平地说："你凭什么限制我？"

邓清没有立即回答，反而笑了笑。

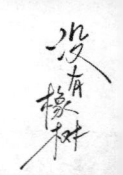

她需要找到一个理由来说服他吗？是柔情蜜意，还是撒娇要挟？

不，都不需要。

他们现在不是感情关系，而是合作关系，对于其他人来说，这两者如果重合，就一定混为一谈，但林州行不会，她很清楚林州行不会，他能泾渭分明地切割利益和感情，哪怕是他自己的感情。

所以邓清盘起手臂，用一个更高昂的姿态，不容拒绝地提出要求。

"就凭这是我的钱，我投钱给你，不是因为我喜欢你，而是因为我认可你。但是我认可你，不代表我对你毫无底线和限制。

"林州行，证明给我看，你需要说服你的老板。"

第十五章
野心的第一步

1

晚上九点钟,刘可把宿舍所有人都叫出去吃夜宵,说他请客。

程岩久违地看见了林州行,这一周林州行既不在宿舍,也不去上课,两个人的行动轨迹完全没有交集。

自从手表那件事之后,两年来他们一直是井水不犯河水的状态。程岩只是眼神扫过,觉得林州行似乎状态不佳,缺乏睡眠,眼下略显青黑,但很快移开注意力。

刘可依次给每个人倒上酒,拍桌大笑道:"我——去表白了!"

看他这么高兴,曾生光问:"成功了?"

曾生光"恭喜"两个字还没出口,刘可就说道:"失败了!"

程岩不改刻薄地说:"意料之中。"

林州行没说话,抿了一小口啤酒。

曾生光纳闷地问道:"那你这么高兴?"

"我自由了,我的心灵是自由的,你明白吗?"刘可摁着自己的心口,还没喝就跟喝多了似的,站起来发表宣言,"手握长枪,心无杂念,童子身就是最牛的!哥们就要单身一辈子!"

"那你拿瓶庆祝一下。"林州行冷不防出声,移开杯子,单手开了一瓶啤酒放到刘可面前,刘可仰头就灌。

他喝多了之后反而笑不出来了,愁眉苦脸地冲曾生光哭诉道:"怎么办?我好想哭。"

"懂,失恋了都这样。"

"我不是想谈恋爱!"

"那你哭什么。"

"我难受。"刘可说着说着,还真抹出了眼泪,"老曾,回不去了,我再也不会快乐了!"

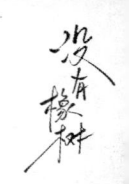

程岩一脸嫌弃地问:"什么意思?一会儿哭一会儿笑的。"

林州行平淡评价:"心智不成熟。"

"你说谁?"程岩极其警惕。

"刘可。"林州行的表情似笑非笑,似乎是友好的,也许算是笑了一下,不太确定。

程岩看见他嘴里有一颗虎牙,很锋利、尖锐,然后点头,"哦"了一声。

"出去透下气吗?"林州行站起身。

程岩紧随其后。

吃夜宵的地方是大排档,人来人往,并没有个正经说话的地方,林州行不介意,就站在门外角落。

比起程岩的浑身防备,他显得很轻松,似乎是随口问道:"刘可他们不做了,你来吗?"

这话没头没尾,程岩觉得很荒谬,说:"我都不知道你要干什么。"

林州行笑了笑,反问:"是吗?"

程岩烦透了林州行这种理所当然的语气,脸色愈沉。

因为他确实知道。

一周前,林州行似乎是不小心把一份材料放错桌面,摆到了程岩的桌子上,出于手表的前车之鉴,他摸都没摸一下,语气冷冰冰地让刘可帮林州行拿走放好,但他还是看到了封面上的股票代码和林州行随手写下的几个关键词,那是一家在美股上市的中国企业。

从那天起,程岩开始研究这支股票,并认为自己仅仅出于好奇心,和林州行毫无关系。

现在想来……他咬牙切齿,认为林州行一定是故意的"不小心"。

"先用小金额试了一下,我的空单损失了六千美元。"林州行语气温和,姿态很低,"程岩,我想问问你的意见。"

好胜心占了上风,程岩忍不住脱口而出:"应该继续做空。我也怀疑他们的财务虚报,从他们的财报来看,利润、现金、资产负债三个维度的联动非常不平整,如果他们虚增了利润,就代表没有产生真实的现金流,银行提供的现金流很难作假,所以问题大概率出在关联交易上,他们的审计迟早会出问题,总要跌空。"

程岩越说越多,没意识到自己说了"也",也没意识到自己主动问了问题。

"我看过今天的盘面,收盘是九美元,我算过,我认为至少会降到六美元,你认为是多少?"

林州行说:"零。"

"什么?"程岩一口气上不来,十分无语。

股票价值是不可能真的等于零的,林州行这样说,是认为这个企业已经毫无价值。

他为什么这么说?程岩起了疑心,问道:"你到底想干什么?你不是想做空?"

林州行十分自然地说:"是想做空。"下一句是,"然后收购。"

"百乐?"

"不是百乐。"林州行平静地看着程岩,"是你和我。"

"脑子进水了!"程岩倒吸一口冷气,转身就走。

林州行不急,慢悠悠地掏出一支细烟咬住。

程岩头皮发麻,这才知道林州行真正想要做什么,越想越心跳加快,难怪刘可和曾生光受不了不干了。

这个计划太离谱了,已经脱离了普通交易范畴,先要用杠杆大额做空,然后用做空的钱做杠杆收购,整理资产,重新进行调整,提升评级,最后再卖出去。

市值八千万美元的公司,操盘的人还是学生,杠杆叠上杠杆,摇摇欲坠,步步走钢丝,风险惊人,这不是以小博大,这是用针尖撬大厦,林州行疯了!

不过,程岩逐渐觉得自己可能也不太正常,因为这个变态计划像是有魔力一样,一旦进了脑海,就再也赶不走,他竟然有些跃跃欲试。

程岩去而复返,脸色极差,绷得紧紧的,冷冷地问:"林州行,理由,给我理由,我要看你的报告。"

林州行回道:"你和我一起做,我当然会给你看。"

"先给我看,我再决定。"

"那可能不行。"林州行偏头很淡地笑了笑,吐出四个字,"商业机密。"

程岩拳头捏紧,恨不得立刻给他一下。

"如果做不成,超出了公司的负债承受范围,我会找林家兜底的。"林州行的神情严肃了一些,慢慢说,"不会压在你身上。"

程岩冷笑一声,有些讽刺地说:"口头承诺能算数?你当我三岁?"

"随你怎么想。"林州行只问,"到底做不做?"

程岩握住的拳头渐渐松开,又重新捏紧。

"做。"

"哦。"林州行把烟尾碾在垃圾箱顶端,伸出手来,"欢迎加入。"

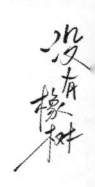

程岩没有握,他还有一个问题要问。

"你一个人也能做,为什么要找我?"

"因为有人要求我找一个人合作。"林州行并没有生气,只是把手收了回来,"我想了一下,你虽然讨厌,但是合适。"

程岩皱起眉,不解地问:"有人?谁?"

林州行神秘地微笑起来,说:"我老板。"

邓清赶到公寓,推开门把报告扔在桌上,急匆匆地说:"快点,给你半个小时,讲得完吧?晚上学生会吃饭,定的位置远,我要早点走。"

林州行倒了一杯水递过来,放在桌上,不动声色地说:"又不是团委杨老师组织的,几个部长私下聚会,去不去有什么所谓?"

"怎么也算是……同事,对吧?"邓清说,"搞好关系总没有坏处。"

"我尽量。"林州行淡淡道,"可能会讲不完,你最好还是提前告诉他们你去不了。"

"来不及就再说。"邓清随口应下,忽然看到林州行的表情,瞬间了然,声线柔和下来,扑上去钩住他的脖子,"哎呀,林少,吃醋啦?"

林州行一双冷眼对着她,说:"如果我说是……"

"那你就醋着吧。"邓清笑吟吟的,满不在乎,天真又勾人,眼睛一弯,眼尾就飞扬着往上翘,用气音轻声问,"你要管我呀?"

"我管不了你。"

"就是嘛。"邓清压着他的唇角一吻,"听话,讲快一点。"

最后果然没有讲完,林州行的拖延不留痕迹,让邓清很难判断他是否故意。时间已过,她悄悄发了一条消息说不去了,但是脸色不显,撑着下巴,重新把注意力集中在报告上。

想了一会儿,邓清说:"你只解释了思路、逻辑,还有推论,但是没有数据,不能被验证。"

"有数据。"林州行一只手横在她面前翻了两页,像是有点不耐烦她的粗略和不认真,指尖不轻不重地点了两下,淡淡冷笑,"这么急着走,看都不看?"

"我看了。"邓清不急不缓地说,"我说的不是你的模型和算法数据,而是实地考察数据。股票并不是一堆线条,不是虚拟的,反而无比真实,每一支后面都是一家公司,一项业务。过去发生的事情和正在发生的事情决定了以后会发生的事情,林州行,这还是你教我的。"

"两三天之后就会有了。"林州行道,"程岩已经去他们的牧场考察了。"

他亲自买的机票送程岩去数牛。

邓清忍俊不禁，"扑哧"一笑，林州行不仅睚眦必报，还总能找到冠冕堂皇的理由。

"但是程岩现在还没回来。"邓清说，"我没看到就是没看到，三天之后有了新材料再找我。"

她说着起身，却被人拦下。

林州行撑着门框，神色晦暗不明地问："你要走了？"

"是啊。"邓清笑了笑，"你还有什么别的理由来说服我吗？"

"没了。"他坦然承认。

"那就是了。"她转身握上门把手时，林州行从身后抱住她，用温热掌心覆盖住她的手背，整个包住，捏着她的手指扣上锁扣，贴着她柔滑的长发把一吻印在耳后，眼睫低垂，用气音轻声问道："可以色诱吗？"

"我考虑看看。"邓清转身抱住窄腰，望着他轻笑一声，"林州行硬件条件是够的，只看服务态度了。"

"好。"他轻声答应，"试试。"

像是被海水推回岸边，邓清仰面躺着，心绪渐平。天花板上倒映出街灯和车流的光影，黄昏已过，夜幕黑沉，他们在一起消磨到了晚上。

"有点晚了，来不及了。"林州行无辜而认真地建议道，"你别去了。"

"好啊，既然不急着走，那就再来一次。"邓清俯身下来响亮地亲了一下，"还能行吗？亲爱的？"

她多么得意，姿态昂扬，脸上还带着情潮未褪的红云，皮肤粉白，诱人又动人，像等待征伐的女将军，要挥剑取人首级。

林州行露着他的虎牙尖轻轻柔柔地笑，说："放过我吧。"

邓清咬牙切齿地想：他求饶，但是他一点不怕，因为他是装的。

2

庐壹乳业在四年前上市美股，因其完整的产业链生态获得了华尔街的青睐。投资人喜欢谈未来谈预期，庐壹创作了一个美妙的故事，足以让投资人们相信，牛奶消耗量和产量的错位，让中国内地存在着巨大的乳制品消费市场，未来能够供养起几十家年收入过亿的巨鳄，而庐壹乳业，将是其中之一。

基于这个故事和每季度向上昂扬的财报，庐壹乳业的股价一直稳定在8至11美元之间，林州行会注意到这只股票，其实和敏锐无关，而是一个巧合。

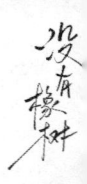

林家在辽北有个马场,刚好挨着屴壹旗下的牧场,他骑马踩过那片荒芜稀疏的草地,发现除了一个孤零零的铁牌子写着"集中化苜蓿草种植基地"之外,没有看到任何和饲草与牧草有关的东西,他想这无疑是业务造假,应该被做空。

但那时候他尚在读高中,那只是脑海中偶尔闪过的一个玩笑想法。

直到这一次选股时,屴壹乳业这个名字再一次进入视野,林州行想起传奇基金经理彼得·林奇的名言:选择你身边的企业,投资你自己知道的事情。因此他决定对这支股票进行调查,很快就发现屴壹乳业的股价虚高。

一开始,林州行只打算通过空单赚点钱,但股价的走向并没有按他的预期发展,他亏掉了六千美元。

从他的视角来看,某个时机的巧合就像是一种挑衅行为,在他空单损失的当天,屴壹乳业发布了自己的季度财报,数据漂亮,资料翔实,却是一堆虚假的泡沫。

屴壹的核心竞争优势和长期被人看好的主要原因,是其完善的深加工全产业链,自称整合度最高的乳品公司。乳品企业的业务整合最前端通常是自营牧场、奶牛养殖,而屴壹更进一步,大谈特谈自己的突出优势为饲料种植,与众多同行业相比拥有可持续的优越成本优势,通过苜蓿自产降低了其成本,公司大幅增加了盈利。

但林州行已经通过林家的马场确认过了,这么多年过去,屴壹的高品质苜蓿草依然不见踪影,所谓的种植基地已经挪作他用,他们的牧场采用的苜蓿草饲料来自于美国进口,而这笔巨大的支出,却在财报中不见踪影。

这是一个疑点,也是掀起地毯一角蹿出来的一只小蟑螂,有一些广为流传的生活经验是这样的——如果你在家里发现了一只蟑螂,那么基本可以确定,在你看不见的地方,至少还有十只甚至五十只蟑螂。

以此为突破口,林州行整合屴壹过去四年的所有公开财报、资料和新闻报道,最终得出结论,这家公司并不是蛀有孔洞的大厦,而是根本就是纸扎的房子,并不是经营不善,而是从一开始的结构就是假的,核心优势并不存在。

随着不断深入的调查和结论,林州行的计划越来越大胆,直至把刘可吓到崩溃。但邓清的要求也是必要的,单凭财务分析无法说服华尔街的投资人,也不可能从根本上撼动股价,作为撬动大厦的杠杆,林州行需要一份真正意义上的做空报告,并且找到足够有公信力的机构借壳发表。他们需要真实的数据、照片、走访资料和专家意见，因此程岩被林州行送上了去往辽北的飞机。

进行走访调查至少需要半个月，这还是行程极为紧凑的情况下，缺勤会影响期末分数，程岩怎么能允许自己的绩点有任何瑕疵？但林州行的理由也十分合理，竟然让他无法反驳。

林州行说："前期工作已经做完，如果后期调研再不参与，那要你有什么用？"

但没等程岩怒发冲冠说"那我不干了"，林州行损完人转而一笑，说："我替你签到。"

林州行变脸太快，程岩的火还来不及发出来，就稀里糊涂地上了飞机，踏上了辽北干瘪的土地。

与此同时，林州行在签到表上模仿程岩一贯的正楷写下"程岩"两个字。

旁边的人奇异地调笑道："哇，怎么你们俩关系这么好了？相逢一笑泯恩仇了？"

"一直很不错。"林州行一本正经地冷淡回答，"室友。"

程岩走访养殖场，一头一头地数牛，翻垃圾桶偷偷拍摄带着其他企业标志的饲草编织袋，藏着录音笔和人套近乎聊天，一边做贼，一边在心里骂林州行一万八千遍。

这些带着其他公司标志的包装袋可以佐证自营饲草获得的巨大盈利空间是个谎言，而至少有五个亿的上市资金被公司实控人挪用至与业务无关的房地产投资项目。财报中声称的养殖场数量也和实际数量对不上，即便是正在经营中的养殖场，奶牛数量和产奶质量也被大量造假。在整个上游牧场产能过剩，原料奶供给过多，行业价格大幅下降的同时，芦壹夸大了自己的销售能力和快速周转能力。

程岩拍下了许多储奶罐照片，并且通过咨询专家推算出了大致吨数，这些静静安放着的原料奶，在财报中均显示已经销售完毕。

3

半个月后，程岩回到江州，整个人黑了五度，比军训晒得还厉害。林州行十分隆重地带上了邓清和刘可一起去接。

邓清看见程岩哀怨的眼神尚能忍住不要幸灾乐祸，但刘可一点面子不给，哈哈大笑，说程岩现在是"黑岩"了。林州行毫无愧疚，面不改色地催问材料。

程岩恼火地说："等我整理好！"

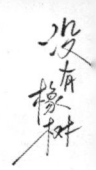

林州行不紧不慢地说道:"先告诉我你的结论。"

林州行有想要听到的话,眼神灼热地盯着程岩,邓清在他眼中看到了鼓动着的贪婪和兴奋,这很少见,他很少把情绪摆在表面。

程岩耐着性子忍了好一会儿,最终还是说:"戸壹不仅业务造假,高估了资本性支出,而且利用募集资金做业务外投资,相关人员转移募集资金,导致经营恶化,债务激增,负债率极高,真实资产估值和你算出来的差不多。"

然后他就转过头,加快脚步奋力向前冲,走在人群的最前头,这样就能不用看见林州行得意且满意的微笑。

"清清,你听到了吗?"林州行轻声说,"我是对的。"

"我知道。"邓清偏头笑了笑,眸光柔和地闪动着,"我没有怀疑过。"

经过数月的监测、采编和整理,当华尔街的投资人在鳞次栉比的高楼中端起晨起的冰美式时,一份报告已悄然放在桌面。这份报告来自欧洲一个名不见经传的小机构,但内容详尽,全文超过四十页。

报告针对美股上市的乳制品企业戸壹集团,用黑体加粗的标题建议写着"评级:强烈卖出",并且在当前价格8.13美元的情况下,给出了0.88美元的预测价格。

该报告结论大胆,在第一句就足够开门见山,笔锋凌厉,气势十足。

我们强势看空戸壹乳业,并且认为它的股票价值接近于零,通过田野调查和财务分析,完全可以认定该企业是一个彻头彻尾的骗局。

首先,该公司报告的虚假利润很大程度上是建立在饲草自产基础上的。我们找到的证据表明戸壹乳业长期以来一直从第三方购买大量的紫花苜蓿,这让我们毫不怀疑地认为其财务状况存在欺诈。

其次,二十四家养殖场中只有不到一半建成且正常经营,而且利用募集资金做业务外投资,制造关联企业,左手倒右手,掏空了至少四个亿。另外他们声称的"快速周转没有原奶库存"也是不切实际的,戸壹有原奶储存仓库,而且不止一座。

乳制品销售受阻,他们将未能及时销售的原奶储存起来,转制成奶粉,周转期变长,而且产品减值了,和公开披露的数据之间的差异值至少达到了三成。

从其他层面上看,即使预设戸壹乳业没有财务欺诈,因杠杆过高,其违约风险也高得惊人，信贷指标远超预警水平。

另一个明显信号是，曾在庐壹任职超过十年的执行董事冯友峰于今年十月中旬辞职，理由是健康原因，离职后不接受任何相关人员拜访，不出席社会活动。

…………

以上，我们可以得出结论，庐壹乳业的现金流几乎可以肯定存在欺诈性，其资产可疑，资产价值被大幅夸大，大量股份质押，流动性似乎已处于危险边缘，将给股东带来不可估量的巨大风险。

一开始，这份报告只是像投入湖心的一颗石子，荡漾起小小的圈纹，并没有掀起任何波涛，但是圈纹从未停止扩大，直至酝酿成一场突如其来的风暴。

在报告发出的三个月后，一个平平无奇的交易日，庐壹乳业临近午盘突然暴跌，创下本年度历史最大跌幅，数千万美元的市值灰飞烟灭，随后一路从7.31美元断崖式下跌，盘中最低一度低至0.42美元，最终收于0.98美元。和林州行报告中的预测结果差不多，只相差0.1美元。

邓清当然不会每天关注美股消息，她也看不懂，但是刘可贴心翻译，把盘面动态发给了她。彼时邓清刚刚下课，兴奋地大叫一声，一路冲进地下室，跳进林州行的怀里。

林州行站在写了一半的白板前，还来不及扔掉手中的马克笔就被人扑了上来，他下意识地架住长腿，任由邓清搂住他的脖子。

比起怀中人的兴奋，他显得淡定许多，甚至还抱着她略略侧身，让她看清地下室里还坐着另一个人。

那就是一脸黑线被塞了满口狗粮极其无语的程岩。

邓清又是一声大叫，红着脸松手跳了下来。

"别高兴太早了。"程岩又冷又酸地说，"这只是计划的第一步。"

邓清有些怔住，随后明白过来的确如此，激昂心情消散大半，甚至开始担忧起来。

"每完成一步都值得高兴。"林州行不动声色地维护女朋友，基本当程岩不存在，旁若无人地略略俯身贴近邓清，低声说道，"马上期末了，去度假好不好？庆祝一下。"

他轻轻笑了笑，舌尖把一些黏腻的尾音软糯地推出来，一字一句地慢慢说："用……我们自己赚来的钱。"

我们……邓清在心底默默重复了一遍这个词，这个词好像有魔力一样，

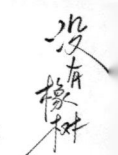

念上一遍就更开心一点，更勇敢一点。萦绕在心头的乌云一点点散去，她仰脸露出一个笑容来，用力点点头，回道："好！"

邓清喜欢海，所以林州行原本计划的是国外的海岛，但陈锦和老邓的反对让他不得不迅速放弃这个想法。

陈锦喜欢看新闻和路边小摊上卖的杂志，认为国外的海岛十分不安全，坚决不同意。

林州行和邓清选来选去，最后去了厦门鼓浪屿，租了十几天的海岸别墅，带无边泳池。

白天他们一起去看了木偶戏表演和南音表演，在小吃街吃了海蛎煎和海蜇冻，晚上两个人回到别墅泡进泳池，夜幕落下的时候，海面和泳池的水面一同粼粼闪光。

借助水的浮力，林州行只用握着腰轻轻一提，女孩柔软的身躯便被架起坐在池边，她湿淋淋的洁白双腿像刚刚由尾鳍分化出来似的，不安地轻轻挣动。她似乎仍然没有准备好，想要拒绝。

林州行索性向前噙住她的双唇，嗓音沉沉："清清，闭气。"

"啊！"

她一声轻呼，随即水花四溅。

她被他拖入池底，长发像漂浮的海藻，耳边皆是水声，她不敢睁眼，也不敢呼吸。唇舌仍旧相接，林州行慢慢渡气过去，邓清渐渐放松了一些，有种失重般的眩晕感，周围冒起一串串透明气泡，顺着脸颊向上飘，痒痒的。

氧气不足的瞬间，她挣扎起来，他猛然使力托她浮出水面。

重获氧气，邓清深吸一口，只觉得头晕目眩。

"好玩吗？"林州行问道，但不等她回答，又是一声指令，不容拒绝，"再来一次，准备好。"

"林州行！"

相爱是一种吊桥效应吗？是否真的是肾上腺素带来的一种错觉？他像是危险的水妖，拖着岸边人不肯放手，岸边人在水下无法逃离，只能紧紧与面前的人相拥，心跳快得几乎要冲出胸膛。

后面发生的事情在大脑中已经被搅成一团糨糊，邓清最后筋疲力尽。

晚上不睡，早上受罪，邓清醒得比林州行早，躺着玩了十几分钟的手机，身边的人还是一点动静都没有，气息和缓，她弯腰下去看他。

林州行有很长的睫毛，但是不算太翘，因此不媚气，直刷刷地在眼下投出浅影，眼睛的形状和弧度长得很好，线条流畅。他这双眼睛该长在女孩子脸上的，放在男生身上就太柔了，而且迷惑性很强，给人一种脾气不错的第一印象。

然而实际远非如此。

他皮肤也白，被黑发和深色的床单一衬，更像是阳气不足的吸血鬼。

床边的手机忽然响起来，邓清吓了一跳。

林州行半梦半醒，眯着一只眼睛看了一眼，不想接，又不能不接，摁了免提，甩在一旁，又闭上眼睛。

邓清不好出声，只是看见屏幕上的来电人备注写着"师父"。

林州行不打招呼也不叫人，那边像是习惯了，直接说："过来找你了，小州，你自己小心。"

林州行一听立刻睁眼，身子撑起来，情绪激动地说："姚叔，你告我的状！"

那边无奈叹道："亲自来问，我也没办法，替你遮不住……"

话没说完就被挂断了，是林州行自己挂的。他仓皇失措，求助似的看了邓清一眼。邓清第一次看林州行露出这种表情，也第一次看着他像无头苍蝇一样乱转，连滚带爬地一脚踩进裤子，跳着提起来。

邓清也跟着不明所以地慌起来，问道："怎么了？"

"我外公来了！"林州行把乱甩的衣服收起来塞进邓清怀里，"衣服穿上！"

"哦……"邓清一边套上裙子，一边忙乱中吐槽，这是干什么？

4

这栋别墅是一座巴洛克风格的二层小楼，卧室在二楼，有一整面的落地窗，面向海滩。

林州行猛地扯开窗帘向外看了一眼，急促地催道："快点！"

说话间，就听见楼下起了动静，拐杖杵在木制旋梯上一点一顿，极有节奏感。林州行跳起来牵着邓清的手跑出房门，迎面正好撞上踏上楼梯走到一半的林启远。林州行把气喘匀，短短地叫了一声："阿公。"

他握着的手紧了紧，又说："这是我女朋友，邓清。"

邓清愣愣的，跟着说："爷爷好。"

林启远脸上没有笑意，不冷不热地看林州行一眼。不过面对邓清，他虽然算不上多么和蔼，多少也算和气，点点头道："你好。"

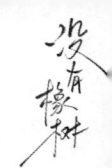

这是个穿着整齐干净，神色气质却不怒自威的老人，头发花白，没有特意染黑，但是梳得很整齐，胡子也刮得很干净，并不算太高，尤其是站在林州行面前，对比之下更是矮了一头，但是精神矍铄，犹如老松一般挺着一股劲儿，定定地撑着龙头拐杖，仰视的角度却是眼神下压，直直瞪着外孙。

他身后还跟着一个上了年纪的外国人，一丝不苟地穿着西装三件套，绅士地等在台阶下。

邓清猜这大概就是林州行提过的，从小看着他长大，不，甚至是看着林舒琴长大的英国老管家 Wilson。

几个人卡在楼梯上，不上不下地尴尬着，谁也不开口。林启远和林州行都一言不发，Wilson 耐心等着，唯有邓清实在是状况外，脑子里飞速转动，也没猜出个所以然来。

到底是怎么了？难道只是因为林州行跑出来度假，没和家里报备吗？

僵持片刻，最终还是林启远开口："早就讲好要你自己过来汇报，别让阿姚替你，我在家里等了你一星期，你不回来，那只好我老头子亲自来请，派头大得很啊！"

林州行垂着眼皮，声调平平地说："我说过了，这段时间百乐的事情我参与不了那么多，我有自己的事情。"

"什么事情？"

林州行气人果然是一把好手，缓慢地重复道："我自己的事情。"

邓清头皮发麻，恨不得冲上去捂住他的嘴。林启远明显压着火，这人还非要火上浇油，果然把老头气得够呛，眉毛抖起来，厉声训道："你有什么事？拉着人家小姑娘鬼混，怎么和别人父母交代？就凭你揾到几蚊钱？成日喺度扮叉烧，唔衰攞嚟衰（就凭你赚到的几毛钱？整天装样子，自讨苦吃）！"

大概顾及邓清，老头开始训人时憋着一口普通话，越讲越气就开始讲广府话，邓清已经听不懂，只知道骂得很凶。老头还嫌不够，举起拐杖，挥手就敲下去，使足了力气。林州行一点不躲，生生挨了这一下。

他原本就虚站在楼梯边缘，并不稳，身姿也未挺直，这一下打得他骤然滚落楼梯，发出几声巨响。

邓清反应不及，一声尖叫，捂住嘴。

"小州！"林启远也吃了一惊似的，紧握拐杖的那只手抖了起来。

Wilson 反应很快，急忙去扶。

林州行撞破额角，血迹流了半脸，被另一半的苍白脸色一衬，更显得

307

骇人无比。他在阶下狼狈起身，血继续往下滴，落在浅色上衣和地板上，开出朵朵梅花。他偏偏不擦，也不捂，就这样直勾勾地仰起脸盯着人，一双眼睛又凉又利，右边那只浸在血泊之中，一片鲜红中黑白分明，看得人心里一惊。

邓清急忙要跑下去查看情况，林启远却拐杖一横把人拦住，同时喊道："阿 Will，赶紧把他送去医院！"

Wilson 连忙点点头。

林州行却把人推开，望着林启远冷冷道："死不了的，阿公，你还有什么话，我一起听完。"

"我有什么话？"林启远又急又气又心疼，敲了两下拐杖，"我把这把老骨头赔给你好不好？"

毕竟是小姑娘，眼见着发生这样的意外，邓清突然哭了起来，眼泪一直往下掉，林启远见状狠狠瞪了林州行一眼。

邓清哭了，林州行慌乱起来，总算有些心虚。看着外公捂着心口，他知道自己是真把人气狠了，也不敢再犟，见好就收，老实跟着 Wilson 上了车。

邓清就坐在台阶上，哭得抽抽噎噎，看得林启远也不忍，心里暗骂林州行死仔作孽，惹些情债，脸上却尽量慈祥起来，不敢说重话，温声安慰道："妹妹不要哭了。"

邓清想止住眼泪，无奈泪腺发达，就是忍不住。她也不知道自己为什么要哭，也许是觉得自己天真，又或者是林州行刚刚的惨状实在吓人。

林启远心里很明白，咬牙道："他是装的！"

邓清哭得一愣，又或者是愣住忘了哭，吸了吸鼻子，接过了林启远递来的手帕，带着鼻音说："谢谢爷爷。"

"养他这么大，我什么时候碰过他一根指头？平时窜得比兔子还快，这次不知道躲了，痴掉了？"

这楼梯的确高，两个人不约而同望了一眼，都是心有余悸。

老头气得发抖，再骂道："不要命！"又沉重地叹了口气，"他阿妈要心疼死的，我怎么和阿琴交代啊。"

邓清擦了擦脸，也跟着叹气。

"不要伤心了。"林启远轻轻碰了碰邓清的头顶，柔声说，"为了那个扑街不值得，人我们就直接带回去了，你要是想再玩几天，我就叫阿 Will 陪你，好不好？"

"谢谢爷爷。"邓清轻轻摇头，"我直接回去吧。"

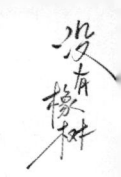

"好，我马上让阿 Will 帮你订机票，让他送你回去。"

"那……"邓清咬了咬下唇，犹豫问道，"林州行……"

"他能有什么事！"林启远一提他就气，"死仔专门和我作对，哪舍得死，搞一副惨兮兮样子，要和他阿妈哭呢！"

邓清心想：下定决心的时候，就连自己也是狠得出去的，这确实是林州行能做出来的事情。

林州行是装的，能躲不躲，要演苦肉计，但摔是真的摔，痛也是真的痛，缝针时打了麻药，然后被塞上飞机拉回深圳，转进加护病房。

中途林州行半梦半醒地昏迷过去一段时间，再醒来时额前已经上过药，绷带像头巾似的缠了一圈，几绺碎发支棱着，伤口隐隐作痛，侧身一看，床边坐着的是外公，不是母亲，他头更疼了。

林舒琴自然来哭过一场，叫林启远劝到外间去了，兔崽子心思再多，看在老头子眼里还是嫩了点。看林州行眼神四处搜寻，林启远冷笑道："找什么？找你阿妈？"

林州行半躺着把脸转过去，支撑着要起来，林启远坐在旁边一动不动，没有一点要扶的意思。他只好轻咳一声，自己拿枕头垫好，乖巧地说："阿公，我错了。"

"你哪错了？死鸡撑饭盖（明知自己做错了，也仍要死撑下去），我看你觉得自己一点错都没有！"林启远直接戳破，"你想干什么？好好给我谈，真觉得林家制住你了就去登报断绝关系，别闹这一套！"

林州行深吸一口气，紧紧咬牙，见不到母亲，他卖惨都没有地方。他本想把自己做筹码，逼林家让步，可老头的两只眼睛跟鹰眼一样，又锐又利，一语道破他的心思，这一局，已然是输了。

他索性便直说了："毕业以后，我不想回深圳。"

"怎么讲？"林启远听到这话，反而十分平和，并没有一丝怒火，甚至坐远了一些，十指交叉撑着拐杖，好整以暇地等着林州行的回答。

你想干什么？你做成了什么事？林家倾尽资源养你长大，说一句想要自由就得给你自由，你拿什么来换？你凭什么？

这就是林家对话的真正方式，亲人归亲人，生意还是生意。

"我可以有自己的事情，我也已经在做了。"林州行道，"阿公，你早就查过了吧，何必问我？"

"不过市值八千万美刀，书也不念了，投入精力在这种事情上面，顶着那么大风险多挣一点点钱，还不是指望着我老头子和你阿妈给你托底？

做梦!就算做成了,又能证明什么?百乐旗下的哪一个盘子不比这个大?中环一栋楼整整两层都是交易员,人人过手几千万刀,以后你就是他们的老板,你要和他们比?"

林启远继续说:"我养你二十年!教你这么多,让你去念书,不是为了有钱让你给女仔埋单(给女孩子付账)住别墅,每天鲍参翅肚几多开心。集团五万员工,人人都有家庭,你不做,让人家去喝风?咁我不如拎上嚟个交易员做CEO(那我不如提上交易员做CEO),人家得这个机会,必定下苦功,也好过你!"

"我……"自己原本的得意在外公眼中一文不值,林州行攥紧了指节。

"林家可以养闲人,但是不养小人,小州,如果你真不想做,也勉强不来,那就和你阿妈一样,管管基金,清清闲闲。你偏偏心思不正,贪心耍些小聪明,算计到自己家里人头上了,我对你太失望了!"林启远严厉地说,"如果早知是这样,我宁愿你心思单纯。"

"你自己好好想想。"林启远站起身,用拐杖敲了敲床边,"多休息,别闹得一群人都跟着你悬心。"

顿了顿,他强调说:"特别是那个妹妹。"

想起邓清,林州行眸光微暗,说:"我知道了。"

他还是被放弃了吗?

5

邓清在飞机上浑噩一路,实在担心,林州行的电话打不通,想来也是意料之中,终于还是忍不住给林舒琴去了电话,得到对方温言劝慰,说他没事。

"好孩子,难为你想着。"林舒琴轻声细语道,"等小州好些了,我一定带上礼物亲自上门拜访你父母。"

"不用不用!"邓清急忙拒绝,声调提高,又赶紧降下来,"林阿姨……不用费心。"

"应该的,迟早的事。"林舒琴并不理会她的拒绝,又轻快地说了几句,挂了电话。

邓清愣了半天,脑子一团糨糊,完全不知道怎么就到了双方家长见面的程度。她完全无法预测林家的想法和下一步,因为那根本就是她认知范畴之外的另一个世界,另一套逻辑,另一套规则。

她一直以来引以为傲的小聪明和"正确选择"失灵了,就在此刻,她忽然觉出自己的幼稚和天真来,本以为凭借着决心和孤勇就能解决,可如

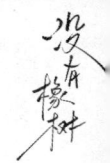

今却发现，原来连问题都没有，何谈解决？

并不是像电视剧里面那样，两个人双手紧握，向着旁人表达着怎么样都要在一起的决心，好像获得了什么人的点头就是获得了最后的胜利，就可以 happy ending（美好结局）了，可是，没有这样一个人。

林州行的外公、林州行的母亲，她都见过了，没有人刁难她，反而都那么和气，因为他们只需要按自己的逻辑行事罢了，没有人邀请她，也没有人拒绝她。像是戴上了拳击手套却没有对手，她茫然地站在台上。

林州行也不见了，他像是一个牵线木偶，随时都能那么轻易地被林家收回，她忐忑地等待了几天，没有得到他的任何回应和消息。

到底发生了什么？原因是什么？结果是什么？都没有解释，她渐渐觉得失望和被隔绝。

她忽然想起林州行来林川的那一次，还有她和林舒琴见面的那一次，都有一种同样的微妙感觉——像巨轮驶过渔船身侧掀起惊涛，渔船摇曳，巨轮本身的航行轨迹却不会受到任何影响。

林启远其实没有没收林州行的手机，从他的角度来讲，除非邓清已经做出了什么损害林家和百乐利益的事情，不然他都是乐于见到外孙能找到一个真心喜欢的人的，没什么好反对的，所以林州行没有联系邓清，不是因为林州行不能，而是因为林州行不想。

在没有想清楚且做出行动之前，林州行无法向邓清解释。

林启远虽然并没有切断林州行和外界的联系，但把他关在医院的 VIP 病房里面，哪儿都不许去，林舒琴求了几次情都被驳回。

林启远无奈道："他哪里会觉得自己错了！他是在想这一次为什么没成功！不知道存着什么心要等着拿捏你我，放出去不晓得要惹多大麻烦！"

"爸爸，"林舒琴叹道，"怎么就不能让他遂心？不回深圳就不回嘛，公司的事有平舟顶着，他会管的！"

林启远看她一眼，说："你以为你老公是什么省油的灯？他对他那个侄子倒比自己儿子亲热多了，再顶五年十年，等我老得动不了，谁也管不住了，你以为小州还插得进去，还接得了班吗？"

"到底还是你把他当小孩，"林启远板起脸来，"仗着一点小聪明就狂起来了，以为自己什么都能做成，还在用这种脾气和家里闹。我告诉你阿琴，你这次再让着他，那才是真的完了！生意场上遇见的人，吃人都是不吐骨头的，以后我死了怎么办？谁来护住你们母子？"

"爸爸，别说这种话呀……"林舒琴辩解道，"小州这次一点没用家里的钱呢，年金账户也没动。"

"他敢做,无非押着林家给他托底,算准了我们不会不管他,这算什么本事?这是窝里横!不成大器!阿琴,如果我们只是想把小州养成一个有出息的孩子,不是个混吃等死的废物,那早就成了。"林启远沉声叹道,"但他以后是要接手百乐的,那不仅仅是林家的私产,也不仅仅是有出息就行,你明白吗?"

林舒琴沉默不语,她心里知道父亲是对的,于是轻叹一声。

但还是心疼,她毕竟是一个母亲。

门口响起一阵急促的敲门声,那人却不敢推门而入。

林启远道:"进来。"

"林董!"安保队长冲进来,虽然忐忑,但是不敢不说,"人跑了!"

林启远稳坐如山,林舒琴一听急了,尖声道:"查他的机票啊!"

"查了……夫人……"队长擦了擦额前的汗,"没有记录,也没有监控。小林总最会躲这个了,您知道的。"

"那怎么办呢?爸爸,我们去车站等吧,或者找私家侦探!"

"不要急。"林启远有条不紊道,"去车库,查他那些花花绿绿的玩具车少掉哪辆没有。"

林州行的跑车收藏还是 Wilson 最清楚,点了一遍,确实少了一辆。

林舒琴松了一口气,林启远却道:"故意挑这种颜色,大概往反方向跑了。阿 Will,搞清楚他在哪里,告诉我们就可以了,然后就不要再管他。"

林启远点了点拐杖,环视一圈,最后把视线落在林舒琴身上,一字一顿强调道:"所有权限和卡都给他停掉,一分钱、一粒米都不许给!"

"爸爸,小州还伤着……"

"怎么,你还怕他死了?"林启远反而露出一丝赞许的笑容,额前皱纹舒展开,但很快收了起来,"敢做到这一步,他也算是有点骨气。阿琴,我们就等着看你的好儿子要折腾些什么吧。"

邓清睡得并不安稳,深夜接到林州行的电话的时候她刚刚入睡不久,拧开床前夜灯,她看了一眼表面,已是午夜十二点。

听筒里有一点杂音,林州行像是坐在某个封闭的容器当中似的,外面正在下雨,又或者刮风,不是很清晰,但有寒凉意味。

林州行很轻地叫了她一声,然后沉默下来。

他应当是有很多话要解释的,她应当是有很多问题要问的,也的确如此,但两个人不是不知道怎么开口,而是不知道怎么开头。

夜里很静，静得连呼吸声都听得见。

最终，还是邓清开口问道："你的伤好了吗？"

"本来还在医院，但是我跑了。"就着这个话头，林州行简短说明了现在的状况，"外公停了我的卡，冻结了我所有的账户。"

他和家里闹翻了？

邓清声音一紧，问道："只能这样吗？"

并不，显然有更柔和、更迂回的方式，但林州行并不是一个柔和、迂回和有耐心的人，而且他极其敏锐，立刻察觉到邓清话里的担忧和不赞同，反问道："那你想要我怎么样？"

"我说不清……只是觉得这样不好。"邓清的反应并不快，骤然变故，她有点茫然，一边想一边说，"现在还没有到那个地步，对不对？别让家里人担心。"

林州行直接问："你想让我回去？"

邓清低低"嗯"了一声。

"我做到了这一步……你让我回去？邓清！"林州行惊愕不已。

"你的伤还没好，没有必要现在……"

"没有必要？！"他厉声打断，重复了一遍，强调着反问，"你说要我分清林家的操纵的时候怎么不说没有必要？说要我做自己想做的事情的时候怎么不说没有必要？现在到了这一步……我做到了这一步，你告诉我没有必要？"

"我只是希望你用更好的方式，不想看到你和家里决裂。"邓清的出发点明明是关心，却不知道为什么触及他敏感的神经，不由得皱起眉头，"你冷静点行吗？"

林州行似乎听进去了一点，即使语气中还带了一些阴阳怪气的疏离："那麻烦讲讲，什么是更好的方式？"

她能给出什么方案？她并不真正了解他的家庭和他的处境。邓清迟疑着说："经济上独立了，你外公就会信任你了，是这样吧？也许等大四的时候，贸易公司做出一些成绩，我们可以一起和他们谈一谈。"

这一次林州行不再忍耐，直接说："你太乐观了。"

"我不明白你的意思。"邓清吸了一口气。

"你明白，邓清。我外公和妈妈都很喜欢你，没错，那是因为你还没有在他们面前表现出你自我和旁若无人的另一面，我是拿你没有办法，但是林家永远不可能让你想干什么就干什么，永远不可能给你自由。这次逃避的人是你不是我，拖有什么用？你怎么不明白，你从一开始就明白！"

313

他越说越激动,讽刺而尖刻地笑了一声,"谈谈?怎么谈?你打算去和我外公说我们是真爱,所以麻烦他成全我们,改一改自己的态度?"

他这话太刻薄,邓清气到发抖,只喊得出他的名字:"林州行!"

第十六章
人生的选择

1

电话沟通的问题是,你看不到对方的处境,也看不到对方的表情。邓清当然不知道林州行从医院跑出来之后都做了什么,也不知道现在深圳正在下雨,而他的伤口正在渗血,头疼得要命,额前贴着一层湿发,脸色白得像纸,缩在一辆破面包车的驾驶座里,握紧手机的那只手轻微地颤抖着,精神紧绷,另一只手有些神经质地、焦灼地、徒劳地扯着自己的领口。

他离开了前二十年来熟悉的一切,跃下高台,诚然是一时冲动,却也是走投无路。

太可笑了,他觉得水已经淹到脖子,邓清却还是一点紧迫感都没有,他还能怎么办?他之前的计划太自以为是了,以为不靠林家赚到钱就能证明自己,可是外公的话说得很清楚,做贸易公司、做房地产、做百货、做什么都没有意义,他赚到几千万又能怎么样,也不及百乐旗下任何一个分公司的零头!

百乐不需要这样的继承人,中环坐着整整两层的交易员,谁不比他做得好,为什么他们不能当 CEO,就因为他们不是董事长的外孙吗?

所以,他只有两条路,要么就是乖乖听话,按照外公的规划和思路支撑产业,坚定地围绕着家族利益,每个人各司其职。邓清想要和他在一起,也要甘心承担现在作为女朋友,未来作为未婚妻、作为妻子的责任,认同林家的利益是高于一切的第一目的。她是做不到的,他比她自己更清楚这一点,她绝对做不到。

她的自我边界那么顽固、那么清晰,不会像母亲一样做玻璃罩中的玫瑰,也不可能像父亲一样为了利益而甘愿附势。所以,林州行只剩下另一条路。

他必须要证明他对于百乐和林家而言独一无二的价值,商业意义上的价值,他要证明是林家需要他,而不是他需要林家。真正的独立才能要求真正的权利,所以他把什么都扔下了,决心切断所有资源,而邓清居然说没有必要?!

如果不是现在,那要是什么时候?养他长大的人当然最了解他,外公已经知道他有这个心思了,再不表明态度,外公就会去接触和了解邓清,调查她的父母,调查他们的产业和他们的人际关系,缓慢地布局和渗透起来,以便必要的时候能派上用场。

他的缜密心思和思虑谋划是谁教出来的?

当然是林启远。

他能想到的事情,外公只会做得更深更不留痕迹,邓清和她的家庭都会被观察、被笼罩、被审视,甚至是被利用,她能受得了吗?

她一定会受不了的,他也不想让这一切发生。林启远最后一句提到"那个妹妹"是一句希冀,也是一种警告,是警告他,也希望邓清能保持住他们目前接触中的聪明和乖巧。

在这个前提下,林家是喜欢邓清的,就好像他们在乎他培养他的前提是听话一样。

但是邓清不可能满足林启远的前提,就好像林家不可能迎合邓清天真的假设一样。林州行发现自己成为了唯一的弥合点,林家和邓清之间的不了解让他们彼此都存有幻想,只有林州行知道他们是不可调和的,现在看起来一团和气,可总有一天矛盾会爆发,到那时候还来得及吗?

他知道自己的行为突兀、幼稚、神经质,他也知道外公的责骂不是没有道理,在某个瞬间,他确实起了要挟的心思,把亲情当成算计的筹码,想要用母亲和外公的关心达到目的。

他卑鄙、不知好歹、心术不正,这些指控他都能接受,但他接受不了邓清说没有必要。

"我知道你觉得我很可笑,觉得我根本不够了解,我知道你心急是有很大压力。"邓清尽量用深呼吸去平衡语调里的颤抖和眼眶的潮热,"我也有……"

林州行急促且不耐烦地打断她:"你父母尊重你是因为你们是单纯的家庭关系,但林家是一个利益集团。"他不得不说得更直白,"如果你们家的厂子年收入乘以五十倍,你爸妈还会说你喜欢就好吗?那我就会是被考量是否别有用心的那一个……"

"不会的,因为再乘以五十倍也不过是百乐的零头罢了!"邓清针锋相对地抢过话头,打断他,"不用费心去算了,比不上的,林州行,远远比不上。你总是觉得我的想法可笑,讽刺我对我们的信心是乐观,以为我

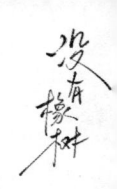

是不懂……是,我是不懂,我不在你的家庭里长大,可是我不聋也不傻,你外公调查我爸爸,你妈妈嘱咐你的那些话,我听得见,我也都知道,你想过我的压力吗?"

她几天前从厦门回到林川,是 Wilson 带着林家的司机送她回的机场,Wilson 坐在前排接到林启远的电话,她听见 Wilson 用英语低声但清晰地汇报着,她听见她自己和她家人的出生年月、受教育经历和财政情况。一条条毫无感情的机械数据念在 Wilson 口中,像一根根细细的丝线,勒住了她的脖子。

她确信这是一份提示,林启远偏偏选这个时候打电话来,是一份温和且婉转的提示,提示她已经进入了林家的视野,而林家什么都能掌握。

这是一份高高在上的温和。

她没有告诉林州行。

所以林州行沉默许久才低声说:"我不知道,我不知道外公已经开始查了。"

比他想象的还要早。

"那你妈妈嘱咐你的那些话呢?"

领奖的那一次,林舒琴对他们住酒店而不是林家在北京的房产颇有微词,其后又提了好几次家里的房子定期有人打扫照看,有什么情况都能及时知道,遭到林州行沉默的抵抗后,又说了"注意分寸"四个字。

林州行解释说:"我妈是提醒我尊重你。"

"当然有这个意思,我不是不知冷热。"邓清说着哽咽起来,但很快抹掉眼泪,"可还有一个意思,是让你注意一点,别被人赖上,万一有了孩子你们林家可不认!你要否认吗?林家真的从来没有提醒过你吗?"

林州行无法回答,只能艰涩地哑声说:"我从来没有这样想,清清,你相信我。"

"我相信你,是你总不相信我,我对你们林家毫无向往,也没有什么好感,我劝你回去,只是因为你,即使你觉得我的担心和建议没用,也不用这样质问我。"

"对不起……"林州行紧紧抿唇,仓皇又徒劳地挣动一下,试图继续说点什么来道歉和安慰。但面包车的空间狭小,他不小心压到喇叭,发出一声突兀的鸣叫,两个人都吓得一怔。

突然,电话那头的声音换了人,一阵乱响之后,陈锦"喂"了一声。

林州行忙道:"阿姨好。"

陈锦用词客气,但是语气严苛:"太晚了,清清哭得又厉害,我把她的手机收走了,让她赶紧睡。你还有什么事情,和我说吧。"

"阿姨,对不起……"

"谈恋爱嘛,吵架是难免的,我理解。"陈锦平静地突兀转折道,"小林,如果清清不愿意,能不能你来提分手?"

"我……"

"这是一个建议,也是一个请求,阿姨提前谢谢你。"陈锦说完,挂了电话。

窗外风雨更甚,敲打着破烂的车顶。因为来不及办手续,也不敢去相熟的车行,林州行随便找了一家车行把开出来的跑车置换成了一辆旧面包车,足够不起眼,也足够简陋。

他从医院跑出来,什么都没带。

他忽然觉得很累,额前的伤口疼得变本加厉。他揉了揉眼,随后用手掌捂住脸,指缝间溢出眼泪。他咬着牙,肩膀轻轻颤抖,哭起来没有声音。

在他身边的,只有雨声。

邓清晚上断断续续醒了几次,然后又睡着,第二天顶着黑眼圈和肿眼泡醒来,洗漱完又回到房间,拉开窗帘推开窗户,试图让晨光和微风透进来,清醒清醒脑子。昨天晚上她先是在电话里和林州行吵了一架,又因为和林州行吵架所以和妈妈吵了一架,妈妈到现在也没有把手机还给她。

为了避免和女儿再次正面冲突,陈锦先是说要去买菜,又说要跳会儿广场舞,总之到现在也没有回家。老邓也出门了,空荡荡的房子里只有邓清一个人,她无所事事,只好吹风。

她趴在窗台上,想着千里之外的那个人,每念一次他的名字,心就越沉一分。

她才二十岁,爱情本该是美好和充满幻想的,却无端落入如此沉重的现实主义命题,无论怎么想怎么做都是忐忑。她视线向下一瞥,余光震颤,心脏狂跳起来。

林州行站在她家楼下,缓缓抬起那双浅褐色的冷瞳。

视线相撞,他苍白地笑了一下,嘴唇动了动。她听不清他在说什么,也许什么也没说,只是在喊她的名字。

他怎么来的?开了整夜的车吗?林州行是不是疯了?

邓清立刻冲出房间,拉开门又跑回去,拿了一件爸爸的大衣。

2

南国的初冬仍有和煦的暖风,但在林川已是寒意冷冽。林州行瘦削而安静地站在那里,只穿着一件薄衫,头上还缠着绷带,嘴唇已经冻得失去血色,和脸色一样惨白。

邓清用大衣裹紧他的肩头,使劲拉紧。

他的手也很冷。

"我妈……她昨天晚上……我们吵架了,收走了我的手机。"邓清磕磕绊绊地解释,"我总会找到其他机会给你打电话的。"

林州行低声开口:"有些话还是当面说比较好,所以我来找你。"

"你说。"邓清努力笑了一下。

"我们分手吧。"

这话像是忽然的一记重锤,或是一盆冷水,邓清的笑容凝固,僵在原地,半天反应不过来。她问:"为什么?"

"你不是想让我回去吗?"林州行又用叙述语气说问句,声音淡淡的,"我的人生是有轨道的,但是你没有,你该有你的自由,我也不想强迫自己缠着你了,很累。"

邓清盯着他的眼睛,问道:"我妈和你说什么了?"

林州行轻微摇头,说:"没有。"

"你答应过我的,我们如果要分手,你要和我解释。"

"我已经解释了。"

"那不是真正的理由。"

她说对了,可是他却沉默下来。

过了一会儿,他静静开口:"没有真正的理由。"

"非要这样是吧?好。"邓清点点头,"那我们就分手,我走了,反正你在金融我在档案,远得很,不见面也很正常,离开江大之后更是天差地别,再也不会有交集,以后我恐怕只能在新闻里看到你了,那么就抓紧时间说上最后一句话,祝你……祝你……"她停顿一会儿,奇异地、残忍地笑起来,"祝你快乐,林州行。"

像一把刀从胸口穿过,寒光闪闪,不见血流,只留下刺目的伤口。林州行的身体轻微摇动了一下,只觉得这话十分刺耳。这不是一句祝福,而是一句诅咒。

邓清说完就要走,林州行拉住她的手腕,问道:"你什么意思?"

即便虚弱,男女之间的力气也实在悬殊,邓清挣脱不开,被他拖着扣在眼前。

林州行咬牙切齿地低声说:"是陈阿姨说,希望由我来提出分手!"

"那你为什么不一开始就告诉我?"

"她是你妈妈。"

听起来本该心酸又委屈,可邓清脸色冷冷的,眸光锋利,问道:"你放弃掉那么多东西,做到这一步了,我妈说一句你就听?林州行,稀奇啊,你以为我第一天认识你,还是太阳从西边出来了?"

被发现了。

林州行所有神色消失,忽然松手。

邓清知道自己说对了,有些伤心地问:"你明知道我爱你,何必要用分手来试探我,非要再确认一遍不可?"

"我只是害怕。"伪装出来的色厉内荏消退后,林州行那双浅瞳流露出哀伤和惶然,"清清,我怕你不选我。"

"不会的……"邓清哭着说,"永远不会。"

林州行把她揽进怀里,轻轻揉着她的头顶。

可她哭不是因为幸福或者难过,而是因为恐惧。在那个瞬间,她完整且清晰地认识到一个事实——她完蛋了,彻底完蛋了,她真的爱上他了。

不是欢愉的交缠后荷尔蒙驱使下的满足,不是一句表白、一句哄人高兴的情话,也不是只有快乐没有痛苦的单面糖果,而是更复杂、更扭曲、更甜蜜,也更坚定的东西,也更令人恐惧。

明知道他对爱的认知和感受并不正确,明知道他的不安像一个黑洞,永远要寻求确认,不吝于伤害自己,也想要先得到她的保证,明知道如此,可她还是说了,说了他渴求的那句话,给了承诺和安抚。明知道他总是忍不住要用自己做筹码去索取,明知道他真诚、脆弱、极端而危险、锋利又聪明,还是向他伸出手。

最谨慎选择想要规避风险的人,选择了一个未知的未来。

林州行的吻很轻地落下来,邓清仰头接受,他们吻在一起,像最初最爱的那个时候一样,那时候海面的晨光慷慨而美好地洒在他们肩头,如同今日一样温暖。

但怎么会一样?也许爱情只有在迸发的那一刻才是纯粹的,之后就越来越复杂。人心如此难测,人们却非要爱上对方,还把匕首的刀柄交到对方手上。

如果最后因此而受伤,将无人同情,他们会说这就是相信爱情的下场。

邓清十分确信,某一天她会被林州行伤害,她也会因此而痛苦、崩溃,会想手持剑刃捅进他的心脏。

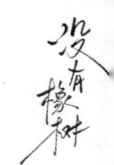

这件事几乎百分之百会发生，因为他们就是这样的人，人很难改变自己，也无法改变对方。

爱情的不可抗拒性有时候也并不一定是件全然的好事，不会有一个人从身到心都长成完美契合另一个人的样子，他们首先是他们自己，然后才会遇到对方，所以当人们爱上彼此，就不得不接纳对方粗糙的边缘，并为之痛苦。

月亮也有背面，要爱，就只能接受全部。

好像一种奇异的验证，邓清忽然想起自己曾经说过的幼稚而天真的话语——

"当你觉得即使难过也愿意的时候，就是爱情了。"

是一语成谶吗？

不，不是的，她并不觉得自己愿意，她只觉得没有办法。

也许她命运的某一环，就是爱上他。

那么对于林州行来说，遇到自己算是幸运吗？她也并不能确认，因为原本锦衣玉食的人，现在为了所谓的爱情和自由在寒风中被冻得发抖。

邓清的手指摸到绷带的边缘，低声问道："还疼吗？"

林州行摇摇头，似乎是答非所问："我只有你了。"

不过林州行倒也不至于一无所有，虽然他不是贸易公司的股东，就算是他自己赚的钱，也不能参与利润分配，但是他是贸易公司的员工，理论上是可以拿薪水的。邓清打电话和另外两个股东商量这件事，讨论一下怎么给林州行和程岩的小组发工资。

刘可感叹起来："我的天，我的妈啊，太刺激了，怎么就轮到我给林州行发工资了！"

说是这么说，但刘可当起老板来一点都不含糊，剥削起来痛下狠手，对着财务表噼里啪啦按了一通计算器，最后说："虽然庐壹乳业的空单赚了一大笔钱，但是为了公司的可交易资金和抗风险能力着想，只能暂扣提成，只发每个月的固定薪水。"

林州行数了两遍工资卡里面的余额，诧异地扬眉，震惊地瞪着邓清。

邓清摸了摸鼻子，轻咳一声，问道："不够吗？好歹是我每月零花钱的五倍！"

林州行叹了口气，说："还要扣掉学费。"

"不会吧？"邓清没有想到这点，"林家连学费都不给你出吗？"

"嗯。"

不仅如此,他还得到通知,不仅公寓被收回,而且里面的衣物等物品也全部被封存,他现在浑身上下只剩穿在身上的衬衫、薄外套、证件、车钥匙和手机。

林州行虽然不炫富,但一向对花钱没什么概念。出现在餐桌上和冰箱里的食物永远是新鲜的,衣服是衣柜里面长出来的,母亲会帮他配好,喜欢什么从商店里直接刷卡拿回家就好,如今方觉得现代社会样样都要钞票,没钱的确寸步难行,他一时间适应不来,有些茫然。

邓清安慰他说:"没关系,我养你啊!"

这话一出口,他们都想起在海边看日出时的玩笑话。

林州行点点头,可怜兮兮地说:"我吃得很少的。"

"不过先说好,我可能只养得起你过那种……普通人的生活。"

林州行无辜地眨眼,说:"我一直都很普通。"

什么话?邓清忍不住在心里翻了个白眼,回道:"那是你自以为。"

人在对抗全世界的时候会生出一些豪迈感来,尤其是在年轻的时候,总忍不住把叛逆当成一件很酷的事情。他们保持不了太久的沉重,多数时候都能把糟糕的现状扔在身后不想——但确切来说,这只是邓清的状态。

林州行还在等待一个时机、一个答案,他想要做的事情就一定要做成,无论付出什么样的代价,强求亦可得。

假期刚刚开始,尚未过半,林州行住不起酒店,只好在林川租了一间小房子。邓清把林州行前几年送给她的一些物品卖了,换出一笔数量可观的现金。

对于普通大学生来说,林州行的每月薪水加上这笔现金已经是一笔巨款,但对于林州行来说,这仅仅连原来的十分之一还不到,其实更根本的区别在于心态。

林州行生平第一次开始记账,说了一句废话:"原来每花掉五十块钱,账户上就会少掉五十块钱。"

邓清没有嘲笑和揶揄他,点头说:"而且花完就没有了,就得去赚。"

这听起来也像是一句废话,但世间的道理有时候就是这样简单且显而易见,但没有感同身受,就永远不会明白。林州行突然明白了外公的用意,也彻底意识到自己曾经的天真所在。

他原本是有不甘心和不服气的,跑出来一半是为了邓清,一半是为了自己,他以为不用林家的资金和资源就叫作独立,和林启远当年的白手起家没有分别,但大错特错。

他一直在林家的羽翼庇护下,做事毫无顾忌,且行为极端,只为结果,

是因为他从来没有经历过真正意义上的失败。

他没有失败过,是因为他潜意识里知道有外公、有林家,所以他从来不怕,而外公曾经说过,要想成为一个优秀的经营者,最关键的就是要长存恐惧,居安思危。

他从来没有做到过,因为他从来不懂。

3

现如今没有林家托底,林州行不敢再用双杠杆去做收购,庐壹的项目停止,交易风格也变了很多。

他跟着邓清学会了很多东西,比如讲价和谈判是不同的,有特殊的技巧和智慧,大卖场叫价两百块一件的衣服,实际上两百块可以买三件,廉价的绒线毛衣和昂贵的大衣一样温暖。

但是邓清端详许久,笑眼弯弯地说:"果然还是人靠衣装。"

林州行微微诧异抬眼,很温和地问:"怎么了?"

断码大号毛衣袖子过长,即便以林州行的个子也很难露出手掌,五指被遮住,额发柔软,被换过的绷带缠得有点乱,浑身毛茸茸的,像个大号玩具熊一样,和曾经那个冷淡矜贵又自傲的小公子相去甚远,他似乎变了很多。

"没什么。"邓清摇摇头,突然问,"州行,你后悔吗?"

"不后悔。"林州行淡淡道,"我又没有放弃什么,迟早还是要做成的。"

"哦,好吧。"邓清为自己方才的一丝愧疚而哑然失笑,林州行果然还是那个林州行。

邓清总是不在家,没几天就引起了陈锦的怀疑,她根本不知道林州行一直就在林川,还在奇怪为什么从那次之后姓林的小子就再也没有尝试联络过,稍微有点困难就退缩了,自己这个王母娘娘棒打鸳鸯,真是正确极了。

不过女儿总是找借口出门,很反常,陈锦绷着脸,问道:"你总往外跑什么,外面有什么?"

邓清眼珠一转,眨眨眼,说:"我在……找兼职。"

"兼什么职?家里缺你这口米下锅吗?"

"转移一下注意力嘛。"邓清做作地叹了口气,"感情不顺。再说还能锻炼一下。我又不打算考研,大四就得开始参加校招找工作了,多点经验有什么不好?"

好像很有道理,陈锦被说服,只嘱咐道:"小心一点,别叫人骗了,现在那些个当老板的都贼得很,最能欺负临时工!"

邓清无奈道:"妈,你这不是把我爸也骂进去了?"

"你爸能一样吗?实心眼子!倒被临时工骗!"

邓清想着既然这么说了,也就顺水推舟找一份工作算了。她找到了之前兼职过的旅行社问需不需要人,老板看中大学生便宜,又看中她形象好,就让她做前台接待,也负责简单咨询和登记,工时不长,但这样她每天都有了正当理由出门。

邓清每天换班的时候,林州行会过来接她,两个人腻腻歪歪地聊一会儿,然后邓清回家吃饭。两人明修栈道,暗度陈仓,偷偷摸摸地谈恋爱,陈锦女士浑然不觉。

这天也是一样,临近下班,邓清跑出去买糖炒栗子,让林州行替她在前台站最后五分钟。她抱着栗子回来的时候,看见林州行正在和一个挽着发髻的中年女客户聊天,她忍不住皱了皱眉。

这个女客户她是认识的,这两天常来,说自己一家要去欧洲旅游,提前来咨询一下,很喜欢刁难人,态度也趾高气扬的。

那天邓清拿着公司的宣传册介绍,这女人似笑非笑地上下打量她一眼,语气嘲讽地问:"你去过吗?只会照着念。"

不只是邓清,哪怕店里的金牌销售也不能入这位姐姐的法眼,但她和林州行似乎聊得非常不错,态度和煦,甚至面带微笑地道别:"我回去和我老公商量一下,谢谢你啦,帅哥,我明天再来。"

林州行点点头,礼貌地说:"慢走。"

邓清马上酸溜溜地说:"这人这么难搞,你给她下什么迷魂药了?"

林州行把手里的宣传册卷成筒,轻轻敲在邓清头上,无语地说:"别瞎说。"

"都聊什么了?"

"她说要去欧洲。"

"我知道啊,但是她怪得很,什么都问,又什么都怀疑,给她介绍什么都不信。你怎么聊的?"

"我念的宣传册。"林州行摊开手。

邓清十分吃惊,原以为林州行一定是因为去过所以能获得对方的信任,没想到他也是一样,那凭什么?邓清想不明白,脱口而出:"为什么?"

"没有为什么。"林州行说,"她有疑问的时候,我都直接告诉她,就是这样的,欧洲就是这样。"

"就这样?"

"就这样。"

"为什么？"

"信任和身份认同。"林州行解释说，"她想要得到高端的服务，又对所谓的高端没有具体的、清晰的要求，所以你们需要提供一种感觉。"

"我不明白，这什么意思？"邓清十分疑惑，"是不是只有你们有钱人才懂有钱人？"

林州行自嘲一笑，回道："我现在哪里是有钱人？"

"但是你就是啊……"邓清说到一半顿住，若有所思——那个女客户并不可能认识林州行。

"是吗？"林州行淡淡反问，"清清，你确定吗？你明确地知道吗？你知道有多少资产是属于林家的家族基金会，有多少是我外公的个人资产，又有多少在我妈手里，我名下有没有商铺或者其他投资，能否立即置换？就算是之前，外公没有停掉我的卡的时候，我每个月能直接过手的现金流有多少，能置换或者转卖的资产有多少，能拿去抵押或者质押的又有多少，你调查过吗？你真的知道吗？"

"我……"邓清陷入沉默，但是她已经明白了。

"很多人都是盲目的，他们相信的是身份和话术，而非事实本身，又或者事实本身就不重要，重要的是相信。"林州行说，"相信在某种程度上来说，就是一个事实。"

邓清突然想起那个词语，也说了出来："Fake it（假装）。"

"对。"林州行笑了。

第二天林州行去接邓清的时候，邓清兴奋地告诉他昨天那个难缠的欧洲游女客户已经付定金了，而且是在她手上付的。

令人更惊讶的是，那位女客户所谓的"全家游"居然是个十几个人的大家族，完全可以独立成团，老板赚钱赚得非常激动，给了邓清1%的提成做奖金。

邓清一边开心地收拾东西，一边说："你太厉害了，昨天教的那招果然有用！"

林州行笑了笑，回道："是你比较厉害。"

"我请你吃饭吧，想吃什么？火锅怎么样？步行街新开了一家。"

"好像有点贵。"林州行谨慎地说，"买食材回来自己煮吧。"

邓清含笑道："林少也学会精打细算了。"

"反正有百乐的折扣。"

"什么折扣？"

"我也是刚刚想起来的。"

林州行原本五谷不分,自己试着做了几次简单的饭菜之后有所进步,终于能分清茭白和冬笋,但依然不知道韭黄、蒜叶和大葱的区别。

邓清往购物车里扔了三盒羊肉卷,又想起刚刚未完的话题,问道:"真能打折?"

"至少这个月能。"

个中缘由,还要追溯到去年林州行给百乐做的大学生实习方案,其中有一条福利是实习生折扣,只要曾经在百乐门店实习过的大学生,凭借姓名拼音首字母和生日数字串就可以组成一条时效五年的优惠折扣码,每月折扣消费限额五百元。

这样的设计比起实体优惠券来讲,有一种"提我名字好使"的微妙自豪感和虚荣心,而且有个人特色标识,又不过分涉及隐私,比起直接给折扣更多了一层"氛围感",让实习生更乐于向周围人介绍和宣传自己在百乐的实习经历。

在做内部测试时,林州行把他自己和邓清的编码都录入了,也实地验证过一次,确保体验感完美。但也许是金额太小,又或者是不值一提,他很快忘了这件事,到了现如今吃饭都要掰手指的境地,才想起来。

他前两天去试了一次,连负责收银的店员都不知道这一条政策,后来在优惠系统中输入之后发现真能生效,还十分惊讶。

其实林州行原本在百乐的权限远不止于此,但已经差不多全部被林启远停掉,这一条成为"漏网之鱼",大概是因为走的是方案执行渠道。

每个月月初全国门店的优惠政策会统一更新,大概在下个月月初,外公就会在优惠方案上剔除这一条,并且"查漏补缺"。

"那么……"邓清问了一个问题,"为什么一定要等月初?连董事长也要等月初才行吗?"

"这是一个制度问题,也是一个系统问题。"林州行解释说,"百乐是国内最早一批从ECR收银系统升级到POS系统的零售企业,当时是……我舅舅主导的,在那个年代是先进的,但这几年已经渐渐落后。虽然有数字化结算系统和数据库,但是并不能实时更新,统一的周期是每月更新一次,因为系统的效率不够高,所以零售门店的优惠政策也只能以月度为周期来进行设计。"

"不能换吗?"

"可以换,整体配套下来几千万,但不是钱的问题。"

"那是什么?"

"没人做。"林州行说,"不是没人会做,而是外公找不到放心的人。其实他也想换,各大企业都在更新数字化,百乐这个体量,只要肯招标,来投标的技术公司明天就能从北京排到上海。但零售系统太重要了,所有的真实数据、财务、交易都能通过这个系统被观察,一旦交出去,就等于给出了自家后门的钥匙,而且每家的系统都是根据自己的业务进行特殊设计的,所以得有一个人既懂业务,又懂技术逻辑,还要能得到外公绝对意义上的信任,如果姚叔懂技术的话,那就是他,可惜。"

"嗯,可惜。"邓清也跟着说了一句,"要是你舅舅还在就好了。"

林州行突然非常奇怪地看她一眼。

"啊……"邓清有点心虚,"我是不是说错话了?对不起。"

"没有。"林州行笑了笑,牵起她的手去结账,"走吧。"

4

三月份开学,林州行和邓清一起回到江大。

大三下学期的气氛较之上学期更为紧迫一些,考研大军越发庞大,不打算考研的同学也忙着找实习,课程表上基本只剩下一些专业课。

因为有过志愿者的经历,邓清和刘薇一起去了市档案馆实习,每月工时要达到200个小时。

关于毕业必备的实习证明,林州行的想法果然出人意料。他说:"既然自己有公司有公章,那自己给自己签一张不就好了?"

刘可大叫一声:"你是天才啊!"

这下好了,在同专业其他人都在兢兢业业给买方公司投简历刷实习经历的时候,四个人都省出了大块时间。

程岩用来筹备考研,曾生光用来跑去找女友吵架,刘可用来打游戏,林州行……林州行不知道在做什么。

邓清也不是特别清楚,她也很忙,两个人很少见面,线上沟通也少,不比在假期的时候。

整理了一下午散发着霉味儿的老档案,着实是个体力活,邓清和刘薇拖着疲惫的步伐回到食堂吃饭。她俩刚刚拿着餐盘坐下,就有个极自来熟的男生非常自然地挨着刘薇坐下,说道:"我和你们一起吃吧。"

邓清心里猜到八九分,笑了笑,没说话。

刘薇有点尴尬地蹭了蹭鼻尖,介绍说:"这是我室友,这是研究生院的学长。"

那男生补充说:"我们是老乡。"

"嗯，我知道的。"邓清笑着说，"听薇薇提起过。"

刘薇反而解释："我和老大不是都想考本校研嘛，刚好就问问他。"

果然，这就是刘薇妈妈给她介绍的那个"老乡"，但她妈妈的本意大概不是仅仅想让女儿打听考研的事情，不过看这当下情况，刘薇不是很热络，言语之间不是很熟的样子，倒是那个男生不停找话题，邓清跟着应了几句。

"哎哟，邓老板！"不速之客一个不嫌多，两个不嫌少，就是这么巧，刘可笑眯眯地端着餐盘站在一旁，"你也来吃饭啊。"

刘可自从开学得知林州行"为爱离家出走"之后，对邓清更是佩服得五体投地，心服口服，认定她就是公司的老大，最近特别喜欢这样喊。

邓清瞪他一眼，没好气地说："别乱叫。"

"我能坐吗？"

"你坐。"

刘可坐下了，眼神有意无意往刘薇那边飘，又看了看旁边的老乡学长。

老乡学长问刘薇："你室友的男朋友吗？"

邓清忙说："不是。"

刘可说："我和刘薇更熟。"

刘可话多，锲而不舍地讲了一堆，其他两个人一边吃一边也接两句，唯独刘薇一声不吭。

刘可终于耐不住，直接问道："你最近在干吗啊？都不上线。"

"我要考研。"刘薇总算答话了。

老乡学长不失时机地点头插话："对。"

刘可愣住了，过了一会儿突然说："我也打算考研。"

刘薇说："那刚好，你可以问问学长，他就是本校的金融系研究生。"

老乡学长很大方地说："可以啊。"

刘可往嘴里塞了一块土豆，含混不清地"哦"了一声。

老乡学长热心地说："你可以加我QQ方便联系，让刘薇给你。"

"啊……"刘可说，"谢谢。"

"我吃完了，你们慢慢吃。"刘薇把盘子一推，"小清，我们走吧。"

平时刘薇总是蹦蹦跳跳的，是个不肯走路非要跳花坛边的小家伙，今天却安安静静的。

邓清安慰道："其实谈恋爱挺烦的，不谈也好，你看看我，看看二姐。"

二姐和亮哥也开始吵架了，终于把问题摆在了明面上，和老曾是一个命题——到底是二姐跟着亮哥去北京，还是亮哥跟着二姐回老家。

他俩吵完又和好，和好了又吵，因为没有进展没有结论，所以没有尽头。

可是刘薇说："老大四年不谈，不也挺烦的？"

"嗯。"

刘薇突然沧桑地感叹："人生就是很烦。"

"可能说明我们长大了吧。"邓清笑了笑。

"我不想长大。"

"我也不想，但是……没办法嘛。"

刘薇突然又冒出来一句："刘可太幼稚了。"

邓清抿嘴笑了笑。

刘薇看她一眼，噘起嘴，问道："你笑什么嘛！你是不是在心里想我其实也一样！"

"没有哦。"

"就是有！"

回到宿舍也是一样的低气压。二姐冷着脸搓护手霜，老大小心翼翼地看她们两眼。

邓清轻手轻脚地关上门，刘薇小声问道："又吵架啦？"

老大点头。

二姐像后脑勺长眼睛了似的，不仅看到了她们一连串的眉来眼去，而且知道她们想问什么，说道："这次不一样，分手了。"

"假的。"刘薇马上说，"你看你又搞这套，过两天就和好了！"

邓清已经很习惯在这种风波中见风使舵，马上也说："肯定是亮哥的问题。"

柳唯说："就是他提的分手！"

"你……你同意了？"邓清瞪大眼睛。

"对啊。"柳唯轻描淡写地说，"他敢提我有什么不敢同意？谁离了谁还过不了不成？"

老大有点无奈，说："你怎么不把前因后果说全？不是你先说不跟着你回老家就分手，让他选一个，然后涂亮亮才说，那你不跟他去北京，就分手的吗？"

柳唯"哼"了一声，不以为意地说："有区别吗？"

感情问题最不好劝，而且女生劝分男生劝和。刘薇一屁股坐在凳子上，豪气地一挥手，说："那就分吧！旧的不去新的不来！"

邓清也不好说什么，只好说："你们先冷静两天吧，都是气话。"

柳唯突然抬头盯着邓清，问道："我就问你，小清，你和林州行吵架，他说过分手没有？"

邓清语气躲闪道："我和林州行没怎么吵过架。"

柳唯笑了一声，说："那是，你们不吵架，你们就是冷飕飕地拿话刺死对方而已。"

"没说过。"就说过一次，不过是因为陈锦，所以邓清觉得不算。

"你看吧。"柳唯道，"关键时刻，涂亮亮还是不如林州行。"

"这怎么好比？"邓清叹了口气。

"我一直觉得我比你强。"涂亮亮对林州行说，"原来我不如你。"

林州行回道："不一样。"

"是不一样。"涂亮亮愁得脸发皱，"门当户对有门当户对的麻烦，谁也不让谁。"

是涂亮亮约林州行出来打球的，但没几分钟又失去兴致。

林州行问："真的要分吗？"

"我也不想啊！但是她非要和我较劲，非要我在北京和她之间选一个。我说实在不行就异地恋呗，各自发展两年再看看，她也不同意！"

林州行想了想，问："你一定要去北京？"

"那倒也不是，但是目前只有北京有工作有机会啊。"涂亮亮郁闷地说，"男人不赚钱怎么养家，怎么结婚？"

林州行点点头，说："这样，我来解决。"

"你怎么解决？"涂亮亮一着急就嘴快，"老爷子现在不是连裤衩子都给你没收了吗？"

林州行神秘地微笑起来。

在一个平平无奇的初秋午后，澄澈的蓝天上飘荡着棉团状的白云，阳光也格外清透，没有遮挡，直射入小阶梯教室的玻璃窗，一排排影子像高楼一般整齐排列在地上。

讲台下，除了坐在第一排的邓清之外，再没有其他人。

林州行登记了一整个下午，穿着剪裁挺括的白衬衫，卷起袖子，在黑板上敲了敲，极为正式和隆重地称呼道："邓老师好。"

"干吗这样叫我？"邓清很不自在。

林州行笑了起来，解释："都是这么叫投资人的。"

"又找我要钱！"邓清也笑了起来，开了个玩笑，"那我可得捂紧口袋。"

"考虑一下吧。"

"考虑什么？"

"我。"林州行端正地鞠躬，语气郑重，"邓老师，这是我的 BP（商业计划书）初稿。"

阳光随着他的动作覆盖上来，浅褐的双瞳染上一层漂亮的金色，邓清安静地、专注地看着他。

她当然愿意考虑他，因为她相信他。

林州行打算成立一家面向 B 端的技术公司，开发独立部署 SaaS 系统，适合以极小体量承接巨量企业业务，行业门槛高，但人员需求结构简单，一旦建立合作，用户忠诚度很高。

困难的是 SaaS 系统开发周期长，动辄半年至一年起步，他们必须招募技术团队来完成，也必须要有正式的办公地点和硬件设备。而且技术开发公司不可能像贸易公司那样做一个学生作坊，马上就可以有收入和流水，必须先投入再产出。林州行说服邓清同意用贸易公司的利润养着科技公司，但是那也远远不够。

林州行说："没关系，等我打个电话。"

他说得胸有成竹，然而电话里只有一阵忙音，老头果然把他的电话拉黑了。他又打给姚叔和董事长秘书办公室，也通通都是拒绝。

林州行只好借邓清的手机，一接通就甜甜地叫道："阿公。"

林启远直接道："不认识你，别乱认亲戚。"

"林董事长。"林州行轻咳一声，改了称呼，"我发了一份项目书到公开的工作邮箱，但是一直没有得到回复，所以我想私下找找机会。"

"不充大头菜了？还是找我要钱来了？"

林州行纠正说："是投资。"

老头很干脆地拒绝："不看。"

"你不听我讲，那我打给记者讲。"林州行说，"继承人被扫地出门，对股价好像会有影响吧？林董事长，你说呢？"

"生骨大头菜（被宠坏的小孩）……"

等电话那头骂完，林州行一口气讲完后面的话："三十秒钟。第一期投资我只要一千万，给我两年时间，我会开发出完全嵌合百乐零售业务的一体化系统，并且完成对应的员工培训和内部操作系统配套。丰海已经在招标了，预计明年就会完成数字化升级，百乐已经落后三年，不能再落后三年。"

林启远说："凭什么给你做？就凭你打得通董事长私人电话吗？"

"不,因为安全是最重要的,必须有一个人既懂业务又了解技术,还能保证对百乐的忠诚,不泄露关键数据,恪守商业机密。"林州行慢慢地说,"阿公,那个人就是我,而且只有我。"

电话那头沉吟片刻,很快做出决定。

"五百万。"

"六百万。"

"二百万现款,二百万折算股权。"

"成交!"林州行从椅子上站起来,"林董,公司的选址,我想放在林川,那里技术资源更好,也有科技龙头企业,我觉得……"

他话没说完被林启远打断:"放在火星都没有人管你!我只管结果!"

"哦。"林州行满面笑容地点点头,随即神情渐渐严肃起来,轻声道,"阿公,放心吧。"

回答他的是急促的嘟嘟声。

邓清担心地问:"怎么样?"

林州行轻轻笑了起来,说:"老头还是很犟,不过……算是我赢了。"

5

大四毕业的那一年,林州行跟着邓清回了林川,兰堂科技有限公司已正式成立将近一年,两个人处理毕业论文和答辩的这段时间,是技术总监涂亮亮代管公司事务。

涂总监技术入股,是公司的合伙人,放弃了北京的 offer(录用通知书),美滋滋地和相恋四年的女友订了婚,婚房买在柳唯的老家,但两个人的工作都在林川,于是一起租了套公寓。

老大没能录取上自己研究生的第一志愿,思量再三拿了校招 offer(录用通知书),打算去边海发展。

刘薇一年没打游戏效果显著,成功考上江大研究生。她一年没上线,也就几乎一年没见过刘可,离校的前一天,她久违地收到刘可的消息。

刘可抱着一个牛皮纸袋站在刘薇的宿舍楼下,见人来了就急忙把袋子里的东西掏出来,说:"我收拾东西时发现有一套键盘买了从来没用过,新的,机械键盘,手感可好了……送给你!不然我还得带走,怪沉的,你就顺手收一下吧,行吗?"

崭新的最新款,上面还用激光刻了一行字,这行刻字是这个牌子为了吸引用户推出的个性化服务,这就显得刘可的理由欲盖弥彰。但是刘薇没有拆穿他,只说:"既然这么好,你自己用吧,一个键盘能有多沉。"

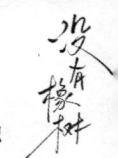

"我要出国了，带着不方便。"刘可说，"我要去美国读 MSF（金融学硕士）。"

"哦。"刘薇低头应了一声，接过键盘，抬起头笑了笑，"恭喜你啊。"

"我说我也要考研的，没骗你吧？"

"嗯。"

"听说你……听说你也考上了，那刚好，这也当个礼物吧，行吗？"

"好。"

"还有一件事，就是……"刘可抓了抓后脑勺的头发，慢吞吞地说，"就是我之前不是和你表白过嘛！你不是拒绝我了嘛，然后我确实……确实挺不爽的，有好长一段时间没怎么理你，但是现在想想，我当时就是不服气而已，如果真在一起了，可能对你也不好，不过也说不定……说不定在一起之后我就变了，对吧？谁说得准……"

他觉得自己讲得很糟糕，不知所云起来，看着刘薇的大眼睛盯着他，越说越心虚，干脆一挥手，直说道："反正就是你拒绝我是对的，我太小心眼了，我和你道歉！"

刘薇说："这有什么好道歉的？"

"是吧？"刘可要说的话都说完了，转身要走，"那……那就这样。"

"哎……等等，刘可！"

听见刘薇出声，刘可赶紧刹住脚步，眼神晶亮，期待地等着。

刘薇眨眨眼睛笑了笑，指着键盘上特意定制的那行字，把它念了出来："友谊地久天长。"

"嗯！"刘可点了点头，也笑了，"再见。"

"再见。"

人事主管敲门进来，把挑出来的几份简历放在了老板的桌上。

邓清拿起来看了看，发现基本都是应届生，忽然有些感叹："又到毕业季了。"

"是呀。"人事主管弯着眼睛笑了笑，"我们也该招一些管培生了。"

"两年了呀。"邓清还沉浸在回忆里有点出不来，脑海中浮现出自己毕业时揽着二姐的胳膊穿着学士服照相的场景。时间如白驹过隙，如今二姐和亮哥已经完婚，他们都变成了真正的大人。

她收回思绪，调整了一下神色，认真看了看简历，问道："你这个顺序是按优先级排的吗？"

"是的，邓总，最上面是最优先推荐的。"

"嗯好,我看看。"邓清扫了一眼第一份简历的名字和照片,那是个笑起来很有亲和力的小姑娘,叫王瑶。

王瑶同学大学玩了四年,成绩马马虎虎,绩点不上不下,几轮校招下来毫无收获,心一横,不分青红皂白在求职网站上一天投了两百份简历,想着只要网够密就能捕到鱼,瞎猫总会碰见死耗子的。果然马上收到了一堆面试邀请,只是都是不足百人的小公司。

如果放在半个月前,王瑶一个都不会去,自己好歹也是林川大学的应届毕业生,要去就去大厂和品牌集团。但人在屋檐下,如今王瑶的目标已经下降到有份工打就可以了,于是十分虚心,老老实实把接到的邀请都筛选了一遍。去掉传销的、诈骗的、公司信息查不到的、根本不知道业务内容是干嘛的,还剩下六家左右,花了两天,王瑶全跑了一遍。

兰堂科技是最后一家,公司地址在林川的CBD,这点让王瑶非常满意,而且她登录官方网站看过资料,这是一家做SaaS系统开发的科技企业,虽然只成立了三年,还是一个创业型公司,规模也不大,只有几十人,但是业务合作伙伴各个来头不小,最突出的就是零售巨头百乐。而且兰堂科技创始人履历很强,人却年轻。

王瑶仔细确认了一遍,三个联合创始人都只比她大两三岁而已,且全部毕业于江州大学。

她心里的小人咬着小手绢眼泪汪汪,不由得升起一股心酸和羡慕,心想:刚毕业两年的学姐学长就可以当我老板了!

不过官网并没有这三位创始人的照片,王瑶自我安慰,既然这么厉害,肯定都是秃头,或者龅牙,要是年轻有为又长相出众,那也太气人了,老天不会这么不公平的!

基于很多好奇,王瑶带着简历去了写字楼,在楼下被闸机拦下,大厦负责登记的前台人员暂时不在,放了一块"请您稍等"的牌子。

王瑶提着提包等了一会儿,灵机一动,拦下一个要过闸机的年轻男人,说:"帅哥,帮我刷进去一下可以吗?"

那人冷淡地扫她一眼,问道:"去几楼?"

"十七楼,兰堂科技!"

那人听了很绅士地侧身,刷开闸机请她进去,随后又陪她一起等电梯,电梯到了手扶门边让她先进。

不过直到男人摁下十七楼的按钮,王瑶才恍然大悟,搞了半天他也要去十七楼,不是专门送她啊?

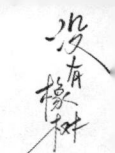

她心直口快，把这话说出来了，还说："我是去兰堂面试的，说不定以后我们就是同事啦！"

按说该有一些礼貌的客套，但这人只是淡淡"嗯"了一声。

非上下班时间，电梯一路未停，电梯里只有他们两个人，王瑶闻到男人身上一股海风似的清爽气息，心生好感。她本来就喜欢冷白皮，仰头一望，更是满意——五官也长得不错，一声"帅哥"没白叫，是实打实的帅哥。

他叫什么？真要成了同事，能不能开展一下办公室恋情？王瑶心思活络起来，正要开口问，电梯"叮"的一声响。

到了，真可惜。

先是和人事沟通，聊得很愉快，王瑶为锦上添花，甜甜地夸奖："这公司的人颜值都好高啊，人事姐姐你就很漂亮，真是大美女。"

人事抿嘴一笑，回道："我们公司的大美女其实是我们老板。"

王瑶心想：这也太能拍马屁了，这就是社会人吗？谁给我发钱谁就是超级大美女？那是当然了！

谁知道人事又说："你等会儿见了就知道。等会儿是老板亲自面试，你就从这里出去右转，尽头那间办公室就是。"

"好。"王瑶急忙确认一遍，"姓邓，是不是？我怕叫错。"

"嗯对。"人事姐姐笑眯眯地说，"老板很年轻的，和你差不多大，比我还小呢。都是同龄人，你不用这么紧张。"

怎么可能不紧张？王瑶攥着自己的简历，默念着开场白，推开门，毫无防备，忽然直面那张漂亮的脸。

不是拍马屁，是真的大美女！王瑶吃了一惊，盯着电脑屏幕光线勾出的一张无懈可击的侧脸轮廓愣了半天才磕磕绊绊道："邓……邓总，我是来面试的。"

"啊，稍等我一下。"邓清很轻快地收拾起桌面的文件，很和气地说，"坐吧。"

王瑶拘谨地坐在了椅子边缘，整个人非常僵直。

邓清看了看她的简历，笑道："林川大学是我的第二志愿呢，要是江大没录我就去了，我是林川人。"

老板的确很亲切，又是同龄人，王瑶很快放松起来，聊得手舞足蹈，把邓清也逗笑几次，愉快地敲定了 offer（录用通知书），下周就可以来签三方走流程。

邓清还说："如果觉得别扭，不用叫邓总也行，我听着也别扭。"

"那我就叫你小清姐好不好？"王瑶得意忘形，开始什么话都讲，"沿

335

江玩的地方就没有我不熟的,姐,你下次和我一起去,我给你介绍!"

邓清又被逗笑,眼睛一弯,问道:"你现在有男朋友吗?"

"公司准不准办公室恋情啊?我是单身!"

"没有专门的规定说不让,不影响工作任务的前提下,自愿原则吧。你看上谁啦?"

"就是我上来的时候,在电梯……"

几声短促敲门声打断了兴致勃勃的王瑶,她扭头一看,咦,多巧,不就是和她同乘电梯的帅哥同事?他手里拿着一份文件走了进来,另一只手推着行李箱,看样子是要出差。

邓清顺口介绍说:"这是我们公司的副总经理林州行。"

哦,是创始人之一!

王瑶热情洋溢地招呼道:"林总,我马上要入职了!"

林州行这才看她一眼,略微一笑,算是回应,那笑意却不到眼底,淡色的眸子落下来的目光凉凉的。

王瑶莫名有点心虚。

他把文件放在邓清面前,单手推开签字笔笔帽,递出去,微微俯身,垂着眼看邓清,眼神变得很柔和。他感受到有一道目光一直热烈地黏着,于是抬眼,淡淡问道:"怎么了?"

"林总……"王瑶胆子一大直接就问了,"你有女朋友没有呀?"

"有。"林州行收回签好的文件,很利落地"啪"的一声合上文件夹,平静冷淡地说,"我是邓总的人。"然后他就推着行李箱出去了。

王瑶感觉自己被雷劈了。

邓清有点惊讶,她确实没想到王瑶刚刚说的"电梯邂逅"是林州行,稍微有点五味杂陈的尴尬。

但更想死的是王瑶,她哭丧着脸,哆哆嗦嗦地说:"邓总,我就是一时兴起,绝对没有认真,我就是过过嘴瘾!我发誓!"

反而是邓清先缓过神来,安慰道:"没关系,就是个误会。"

王瑶赶紧大表忠心:"以后我就是你们俩的头号粉丝!"

当林州行落地深圳,正好是黄昏时分,烟紫色的晚霞染红了大半片天空,起落的航班像油画里的一只只鸽子,白色的机体和翅膀在天空中划过一道影子。

林州行拍了一张照片发给邓清,五秒钟之后得到对方回复:一切顺利。

他轻轻笑了笑,发了一条语音过去:"有你在,一切都会顺利的。"

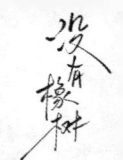

毕业两年，除了重大节日和长假，林州行没再回过深圳，百乐的数字化系统已经研发上线，正在逐步进行区域更新，但他这次回来却并不仅仅是想讲系统的事情，他要向外公表明的，是更庞大更长远的构想，关乎整个百乐，也关乎他和邓清共同的未来。

王瑶同学八卦的能力和她的工作能力一样出色，在她入职后到兰堂发展到两百人规模的四年时间里，每一个在王瑶之后入职的新人都在脑海中深深地植入了一个概念——可以找同事谈恋爱，但是不要对林总有非分之想，也不能对老板有！

是的，没错，这个公司最好看的两个人是一对。

王瑶经常这样讲："嗯嗯，小清姐就是我们的榜样！女人就要多赚钱，搞事业！"

林州行偶尔有一次经过时听到，却没有生气和反对，态度很平淡地就走过去了。于是，这事很快在公司坐实传开，还衍生出一个非常丰满的故事版本，有头有尾。

结局是这样的——

"听说邓总的父母一开始不同意呢！嫌林总一穷二白，但是林总追到林川，靠诚意和能力打动了丈母娘，甘当贤内助，帮邓总把公司做大做强，终于获得同意，今年两个人就要订婚了！"

合情合理的幸福结局。

但是涂总监却有话说。他对林州行说："我要是小清，图你什么啊？你又作又矫情。"

林州行懒洋洋地说："我能赚钱。"

"喊！钱能买来感情和自由吗？"

"能啊。"

"怎么，和你家老头子聊好了，就今年吗？"

"嗯，年底。"

"你亲爱的岳母大人也不反对啦？"

面对揶揄，林州行用更气人的方式应对，那就是什么都不解释，只抬头反问："为什么要反对？"

"没用啊，你这种炫耀太低级了。"涂亮亮一扬眉，"当谁没有老婆似的！"

年底，零售巨头百乐向工商局提交申请，并于港交所发出公告，进行股份变更，任命新的执行总裁。

股份变更之后,林氏家族仍然享有对百乐的绝对控制权,但其中额度最高的却已经不是创始人林启远,而是他的外孙。

媒体皆报道这是一次顺利的代际权力迭代,林家年轻的继承人正式走到台前。

该继承人同时对外公布了自己的未婚妻,兰堂全体员工看着新闻上熟悉又陌生的两张面孔,纷纷惊掉下巴。

"这不是我们家老板和副总吗?"

"说好的穷小子呢?为什么突然跑去继承家业了?而且还是百乐!"

"以为是奋斗样板,没想到是关系户,唉,对这个世界太失望了!"

而王瑶,王瑶早就不是当年的王瑶了,她已经是知情人士,此时得意又神秘兮兮地爆料说:"你们知道咱们公司为什么叫兰堂科技吗?"

"为什么?"马上围上来一圈人。

就连品牌部门的人都说:"只知道是林总取的,不知道什么意思,当初我们问邓总,邓总也说不知道,还让我们随便发挥,自己编一个含义!"

王瑶笑得高深莫测,说:"兰堂两个字的来源是晏殊的一首词,兰堂帘幕高卷。"

众人还是不懂:"什么意思啊?"

"意思是这句词还有下一句。"王瑶慢慢念道,"兰堂帘幕高卷,清唱遏行云。"

有清,还有行。

"还有,这首词的词牌名是什么你们知道吗?"

"是什么?"

《诉衷情》。

番外
十年之前

中秋节过去没多久,邓清和林州行一起出差,带了一个技术小组去东湾竞标,这是一个事业单位的项目,资质要求很高,整个团队都严阵以待。

为期三天的听证会终于结束,吃了一顿庆功的工作餐后,紧绷的神经一下子放松下来,邓清回到酒店就扑到了床上,抱着软绵绵的被子吸了一大口气,叹道:"累死了。"

身旁的床垫一陷,林州行也坐到了床上。他微微松了松领带,隔着被子摸了摸邓清,说:"累的话就休息两天吧。"

邓清把被子拉下来一点,露出两只眼睛,问道:"你陪我吗?"

"邓总给我放假我就陪。"

"准了。"

"谢谢老板。"林州行笑着开始捏她的肩膀。

他手上的力道刚好,指尖有点凉,邓清舒服地闭上眼睛,没享受多久,就听见手机响了。林州行停了动作,就在她身边接通电话,"嗯"了几声,最后说:"不确定,我要问问她。"

他话很少但又很乖顺的时候,通常就意味着这是家里来的电话,他说要问的那个人显然是她,但不知道是什么事。林州行挂了电话,邓清等着他说,但是他不说。

这人总是这样,太能沉得住气,邓清已经习惯了,不过也可能因为她太沉不住气,又足够聪明,一听就明白,总是要问的,所以他等着她问。

"什么事?"

"族里有一个亲戚结婚,就在东湾办,我妈听说我们刚好在这里,就问要不要去。"

"什么时候?"

"明天。"

"林阿姨在问我吗?"

"嗯。"

"这有什么好问的？"邓清起身攀上林州行，环着他的脖子，眨眨眼，"你不想让我去？"

"不是。"林州行笑了笑，声音很轻柔，"族里的亲戚，你知道的，很麻烦的。"

"没关系，我懂的，亲戚嘛，爱说什么就说什么，是长辈就笑一下，是小辈就开开玩笑聊聊天。你放心，我能处理。"

虽然林舒琴在电话里说的是"顺便"，问的是"要不要去"，但实际上林州行是没有"不要"这个选项的，而邓清是有的，只不过她说："我想陪你。"

林氏一脉在岭南人丁兴旺，林启远生在西关，总是讲做人不能忘本，不仅每年都要回广府过年，更常常在族中走动，很重视礼数往来。林州行人不在东湾还好说，在的话如果不去，是说不过去的。

邓清微卷的发尾落在林州行的白衬衫上，还有一些发丝顺着衬衣缝隙滑进胸前，痒得他心猿意马。他把发丝拉出来，绕在手指上把玩，好像心不在焉似的答了一句："好。"

邓清对他这个态度很不满意，问道："哎？你不该很感动吗？"

"嗯。"他含混地应着，盯着她白皙脖颈上的一颗小痣，慢慢把唇贴了上去，气息间盈满馨香，他轻轻蹭了蹭。

邓清立刻警惕起来，说："林州行，我好累了！"

"不要你动，我来。"

"还没洗澡呢。"

"抱你去？"

这个人简直油盐不进，邓清软绵绵地瞪人一眼，无奈身体太过于习惯这种亲密，早就做好了准备。她窄腰被温热的掌心搂住，轻轻一带就坐在人怀里，甜腻的舌尖绕了进来，撬动齿关，她下意识闭上眼睛。

结束之后又洗了个澡，林州行躺在床上回邮件，邓清在浴室里敷面膜敷到一半突然想到什么，跑出来问道："是多近的亲戚呀？关系好不好？你带了现金吗？够不够？明天要不要去取？"

"嗯？"林州行反应寡淡，只是抬头望了她一下，表情很迷茫。

"红包呀！结婚要给很重的礼金吧？"

"你还挺爱操心的。"林州行弯了一下嘴角。

听出他的调笑，邓清生气地说："那我不管了，也不理你了。"

"哎，别。"林州行笑着拉住她的手腕，"你放心，这边的礼金不重，

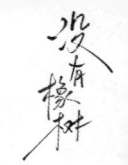

是固定的，两百元就行。"

邓清惊讶道："这么点？"

"主要是个寓意，成双成对，龙凤呈祥，大概就这个意思。"林州行把电脑扣上，拇指在她手腕上不轻不重地按了按，是安抚的意思，"别担心。"

"我没有担心。"邓清抽回手，走出了两步又承认，"但确实有点紧张。"

严格来讲，从大学那次之后，邓清再没有见过林舒琴和林启远，虽然每次林州行回深圳之后都会转交礼物给她，她也打过电话，但直接的接触再没有了。他陪着她在林川，她几乎都快忘了所谓的"林家"。

所谓的"林家"，是高台，是巨轮，是无形的墙，其实她没有忘记，她还记得那种"没有山也没有路"的感觉，还有那种拔剑四顾却没有敌人的茫然感，但今时不同往日。

林州行对她说："现在我就是我。"

"好。"邓清也给自己打气，"不就是吃席嘛！"

林州行又笑了，说道："这份气势就很好。"

和邓清想象中的豪门宴会不同，宴请地点选在了一家看起来平平无奇的老字号，桌上铺着老式的红绸桌布，中间是玻璃转盘，配着看起来就很不舒服的直背木头椅子，来参加宴会的人也衣着平实，有些年纪稍大的婶婶伯伯甚至十分家常，还穿着拖鞋。

邓清心里默默想，幸好今天听了林州行的建议，没有穿上一套隆重行头，不然一定格格不入。

不过，她又想到一些刻板印象和地域传说，悄悄地问林州行："听说这边的人都不可貌相，穿拖鞋拎塑料袋的家里都有五套房打底，是不是？"

"这个……"林州行想了想，"有些夸张，但也不是完全在夸张。"

广府有一句俗话，叫作"静鸡捞静水"，意思是"闷声发大财"。林启远就常常讲要低调节俭，所以最讨厌外孙露出小开做派，林启远自己是清苦出身，可林州行不是，他出生就在高台，再怎么规训遮掩还是不同的，只是有时候他自己也不自知，直到遇到邓清。

婚宴其实要摆好几场，这一场主要就是请亲戚和族人，来来往往的不少都是长辈，林州行乖巧地和人打招呼，很自然地坐在老式餐桌前掰开一次性筷子，熟练地用滚茶烫碗烫筷子，然后帮邓清摆好。这不由得让她想起他们第一次一起吃炸鸡时林少的一副娇气做派。

后知后觉的，邓清突然有点不满地说："你那时候怎么那样？"

这话说得像谜语，不过林州行听懂了。他笑了笑，露出虎牙尖，凑过来一点，含笑低声道："那时候是太紧张了。"

邓清托着下巴看他,也笑起来,说:"原来林少一直都有这么朴实的一面啊,我还以为你遇见我之后才消费降级了。"

"清清,不要用负面词汇。"林州行收起笑意,很认真地说,"遇见你是一件再幸运不过的事情。"

邓清心里柔柔地一颤,把视线从那双浅瞳中移开,不再对视,耳尖热热的,轻轻"嗯"了一声。

曾经冷淡漠然的一双眼,如今总是含着浅浅笑意,热闹非凡的酒席之中,邓清不合时宜地心神荡漾了一会儿,突然听见林州行一声"啦",吓了一跳,转头喊道:"州行……"

后面的字被吞了回去,因为邓清看见了林启远,愣住了。

林启远还是那副不怒自威的模样,看着外孙总有一种"恨铁不成钢"的隐约嫌弃,虽然老头今天穿得很家常,但是气势还在。他用拐杖敲了林州行一下,嗔怒道:"不去长辈那桌打招呼,等着我来请你吗?"

林州行倒是面不改色心不跳地说:"阿公,我也刚来,没看到。"

"你眼睛长头顶?"

邓清急忙站起来打招呼:"林爷爷。"

"妹妹也来啦?"林启远一下子换了脸色和语气,很和蔼,"等下好好尝尝我们这边的席面,别看这里不起眼,但是手艺地道得很,不然我也不会喊小州特意让你来一趟。"

邓清连连点头,林启远也笑眯眯地点点头转身。

林州行看了邓清一眼,邓清偏着头弯起眼睛,用口型说"去吧,等你"。

林启远走了两步回头一瞪,林州行赶紧跟上。

只不过等林州行走了,邓清明显感觉到全桌人兴致勃勃地将目光聚焦过来。邻座的是一位年纪稍长的大姐,立马带着周围两个人同邓清攀谈起来,平时她就很不会算这些亲戚账,被几个人七嘴八舌地介绍了一通还是晕乎乎的,索性就直接露出笑脸,捡着说一些好听话。

虽然林启远这一支在族中辈分不是太高,但是因为百乐的存在,还是十分风光。前几年编族谱修祠堂,林启远出钱最多。

长辈们在一起,无非就是聊小孩,说起谁家的儿子女儿在哪里哪里挣钱,免不了是要问林州行的,大家问一句,邓清就答一句。

在大姐们嘴里林州行也不过是自家看着长大的小孩,亲热得很,还没问两句工作上的事情就提到结婚。

谈了几年了,家里条件怎么样,双方父母见过面了没有……

邓清都笑着说还在考虑。

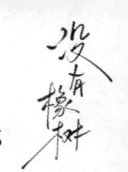

大姐自顾自地说:"你自己得着急啊,小州这样的条件可不是哪里都有的。"

邓清不好说什么,就笑了笑。

又有人问:"以后想好了吗?要几个?"

邓清又不说话了。

"咱们家起码得一个男孩一个女孩,生仔生女都是福,但是架不住百乐摆在那里,不能没有儿子。"

另一个人插嘴道:"要我说两个都不够。"

邓清脸上笑意渐淡,勉强抿嘴笑道:"到时候再说吧。"

"哎哟,小邓,咱们家规矩大,你这样万事不挂心的可不行,到时候嫁进来里里外外都是要操持的呀!你这孩子怎么不爱说话?得大方点。"

这话刚落,一个又静又平的声线冷冰冰地插了进来:"红婶,邓清想怎么样,用不着你在这里替我们拿规矩。"

这声音熟悉,邓清知道是林州行回来了,仰头看他,轻轻摇了摇头,小声说:"没事。"

红婶脸上挂不住,悻悻道:"聊聊天,连话也说不得了?"

见林启远跟在后面,她转而告状说:"伯公啊,好几年没见小州,脾气变大了。"

见林州行面无表情地坐下,林启远立刻训道:"没大没小的,和你红婶道歉!"

林州行懒懒道:"红婶,不好意思。"

"没事,没事,这有什么。"

不过,林启远接着又笑眯眯地说:"但是我们家妹妹确实是很厉害的,重点大学毕业,又自己开公司,做得蛮好的,不靠祖业吃饭,有真本事,妹妹要是能进林家,是林家的福气。"

林启远这样说了,就代表了林家的态度,红婶只好赔笑道:"是的,是的,儿孙自有儿孙福。"

说话间,林启远也回了席面。

场间灯光暗下来,仪式正式开始,这场开席前的小插曲也就结束了,然后陆续上菜。

林州行塞了一碗汤在邓清手里。

这碗汤也很特别,之前她是没吃过的,里面有猪肚、炸猪皮和肉丝,配在一起居然是鲜甜的口感。

青菜是白灼菜心,旁边的清远麻鸡大名鼎鼎,也果然名不虚传。

邓清笑着小声感叹："难怪你不喜欢吃韩式炸鸡。"

林州行笑了笑，没说什么。

到最后，邓清撑得肚子鼓鼓的，满足地回了酒店。她换衣服洗漱，正对着镜子擦脸时，林州行从她身后经过，想了想，说："以后你要是不想和这些人往来，就不用去。"

"没什么呀，菜挺好吃的。"

"那你怎么……"他靠了过来，手撑在台面边缘，微微弯下身子，浅色的瞳仁认真地盯住她，"今天总是提以前的事情？"

"啊？你以为我在批判你吗？"邓清笑了起来，揉了揉林州行脑后的碎发，笑意渐渐淡下去，但是神色温柔，"没有呀，以前高高在上的你现在想来也挺好玩的。其实我只是在想……十年了，州行。"

她顿了一下才继续说："最近这几天，总是想起以前的事情。我们认识十年了。"

回忆总是让人心生缱绻和柔软，林州行垂了下眼睛，突然说："没有十年。"

"嗯？"

"明天才是十年。"林州行抬起眼睛，轻轻笑道，"你是不是不记得了？"

"啊？啊……嗯……你是说……你是说明天是我们十年前第一次正式遇见的那个晚上吗？"邓清心虚地把视线偏开，却被林州行轻轻握着下巴掰正。

"对，过了十二点，就是十年前的那一天。"

他把手腕上的表面举起来给她看，两个人静默着看指针走动，一圈又一圈，然后秒针分针时针渐渐重合，完全叠在了一起。

他们的未来和命运也重合起来。

十年前的那一天，我爱上你。

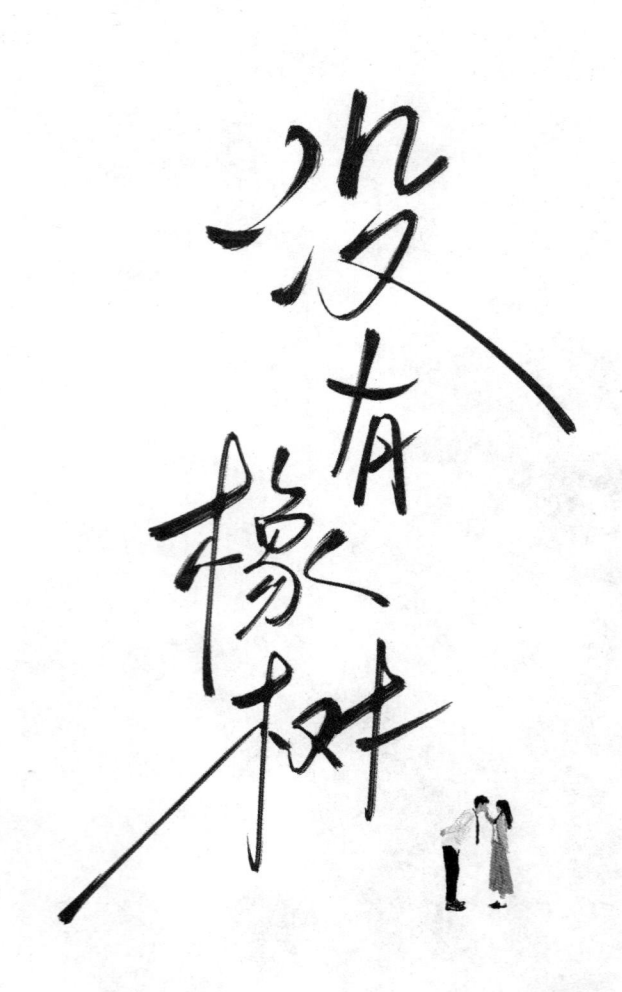

没有橡树